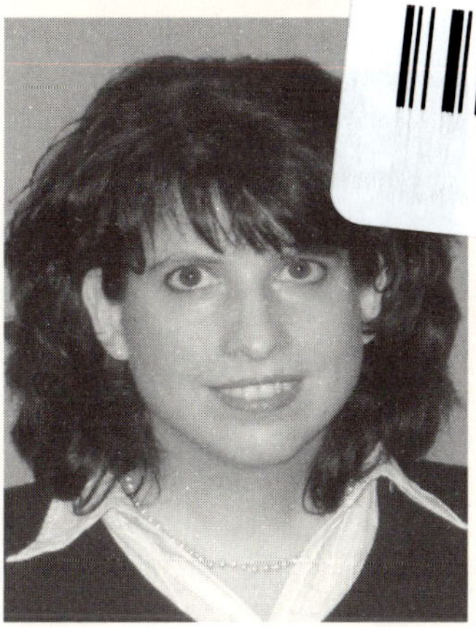

Maria W. Peter

Maria W. Peter studierte Sprachen, Literaturwissenschaft, Alte Geschichte und Klassische Archäologie an der Universität des Saarlandes und der Université de Metz. Als Fulbright-Stipendiatin besuchte sie die renommierte »School of Journalism« in Columbia/Missouri. Nach ihrem Zweiten Staatsexamen ist sie heute als Gymnasiallehrerin und als freie Autorin tätig.

Von Maria W. Peter ist bei BLT lieferbar:

92269 Fortunas Rache

Maria W. Peter

DIE LEGION DES RABEN

Historischer Kriminalroman

BLT

BLT
Band 92305

1. Auflage: November 2008

BLT in der Verlagsgruppe Lübbe

Originalausgabe

Umschlaggestaltung: Gisela Kullowatz
Satz: Textverarbeitung Garbe, Köln
Gesetzt aus der Stempel Garamond
Druck und Verarbeitung: GGP Media GmbH, Pößneck
Printed in Germany
ISBN 978-3-404-92305-2

Für

Christian Laes,
(Leuven, Belgien)

und

Nancy Llewellyn
(Wyoming, USA)

In Memoriam
Dr. Caelestis Eichenseer

Die Richtschnur des Nutzens ist dieselbe
wie die der Ehrenhaftigkeit.
Wer das nicht einsieht, dem ist kein Betrug,
keine Untat fremd.

Cicero

KAPITEL I

Ab Urbe Condita 1012 (260 n. Chr.)

Der Duft von Weihrauch zog durch das Haus. In jede Ritze, in jeden Winkel kroch der geheiligte Odem, der die Wünsche der Sterblichen hinauf zu den Göttern tragen sollte und gleichzeitig versprach, das Haus von üblen Geistern und Schatten zu reinigen.

Nun weiß ich natürlich nicht, wie wirksam diese reinigende Kraft ist, wenn sich ihr Duft mit dem Geruch von Wein und opulenten Speisen mischt. Im statthalterlichen Triclinium, in dem die heiligen Rauchschwaden aus Kohlebecken emporstiegen, waren alle höheren Beamten und was sonst in Stadt und Civitas Rang und Namen hatte versammelt, um den Geburtstag meines Herrn, des Statthalters der Provinz Gallia Belgica, zu begehen. Schon jetzt hatten sie dem Wein ganz kräftig zugesprochen und lagen mit geröteten Wangen und feuchten Augen auf ihren Speiseliegen.

Eigentlich hatte ich bei dem Fest nichts zu suchen, da ich nicht zur Bedienung eingeteilt war. Celsus, der Sklavenaufseher, hatte mir sogar strengstens untersagt, meine Nasenspitze bei den Gästen zu zeigen, doch erlaubte ich mir die Freiheit, diesen Befehl ein wenig weiter auszulegen, während ich darum betete, Celsus möge sich in seiner Kammer einen Rausch antrinken, statt ausgerechnet über mich zu stolpern.

Hinter dem Vorhang, der den Flur vom Triclinium trennte, war ich den Blicken der hohen Herren und ihrer Gattinnen entzogen und hatte dennoch eine ungetrübte Sicht auf das ganze Geschehen. Von meinem Versteck aus sah ich, wie sich die meisten Gäste großzügig von den üppig auf Tischen angerichteten und in mundgerechte Stücke geschnittenen Speisen bedienten.

An mir vorbei wurden immer weitere Tabletts hineingeschleppt, bis zum Biegen beladen mit erlesenen Köstlichkeiten aus den entlegensten Winkeln des Imperiums, die zum Teil auf ausgeklügelten Wegen auf dem Tisch des mächtigsten Mannes von Treveris gelandet waren. Neben einer Unzahl von getrockneten Früchten und mit exotischen Gewürzen angerichteten Gemüsespezialitäten wie syrischem Rettich und ägyptischem Porree verströmten auch exquisite Fleischgerichte wie frisch angebratener Flamingo und in Honig gebackener Siebenschläfer ihren verführerischen Duft. Auf filigran verzierten Silberplatten glitzerten frische Austern, die in Eis gepackt mit Eilkurieren von der gallischen Atlantikküste herbeigebracht worden waren, mit dem in schweren Silberbechern servierten Wein um die Wette. Beinahe bescheiden nahmen sich daneben die Pfauenzungen aus, mit deren Gegenwert sich so mancher Sklave seine Freilassung hätte erkaufen können.

Geschäftig liefen Bedienstete zwischen den Speiseliegen und Tischen umher, um den Braten zu zerkleinern, Wein nachzuschenken und den Gästen Schalen mit frischem Wasser und trockene Tücher zu bringen, mit denen sie sich nach jedem Gang die Hände waschen konnten.

Ein aufkeimendes Hungergefühl unterdrückend, ließ ich meinen Blick über die Liegen schweifen, um zu sehen, wer eine Einladung ins Erste Haus der Stadt erhalten hatte. Ich lebte noch nicht lange genug in Treveris – die meiste Zeit meines Lebens hatte ich im mediomatrischen Divodurum verbracht –, um alle Honoratioren und Würdenträger zu kennen. Von den meisten hatte ich wohl schon den Namen gehört, doch nur die wenigsten von ihnen zu Gesicht bekommen.

Zu den Personen, die ich erkannte, zählten Gaius Baetius Quigo und Decimus Sempronius Meritus, die beiden amtierenden Duumviri, die mit ihren Frauen einen Platz in der Nähe des Statthalters innehatten, so wie es ihrem Rang gebührte. Dabei wusste ich von Gesprächen, dass es in letzter Zeit häufiger zu Spannungen zwischen den höchsten der städtischen Beamten und dem Statthalter gekommen war. Ich hatte keine Ahnung, um was es sich dabei handelte, doch vermutete ich, dass es um Bedeutenderes ging als um Baumaßnahmen, öffentliche Spiele und die damit verbundenen Kosten.

Seit vor einigen Monaten germanische Barbarenstämme den Limes überrannt hatten und immer wieder plündernd und mordend über Gehöfte, Ansiedlungen und Städte herfielen, befanden sich die gesamten Nordprovinzen im Ausnahmezustand. Tagtäglich kamen – zusammen mit einem Strom von Flüchtlingen – neue Schreckensmeldungen über Metzeleien und Brandschatzungen in die Stadt. Da Kaiser Valerian mit seinen Legionen im Osten kämpfte, oblag es seinem Sohn und Mitregenten Gallienus, sich der einfallenden Horden an Rhein, Donau und in Norditalien zu erwehren. Sein erst sechzehnjähriger Enkel Saloninus residierte derweil in Colonia Agrippinensis, wo er zusammen mit Postumus, dem Statthalter von Niedergermanien, die Verteidigung der nördlichen Provinzen sichern sollte.

Schon machten Prophezeiungen vom nahen Weltuntergang die Runde. Wahrsager und Zukunftsdeuter erfreuten sich eines nie gekannten Zustroms, während die wenigen Überlebenden aus den Unglücksgebieten Grauenvolles zu berichten wussten.

»Und ich sage euch, dass wir uns mit aller Macht diesen Barbaren entgegenstellen sollten. In diesem Punkt müssen wir uns einig sein. Der Schutz unserer Bevölkerung muss für alle die oberste Priorität haben!« Diese Worte, die so geschliffen klangen, als kämen sie von einem Redner alter

Schule, stammten vom Procurator Marcus Metellus. Er hatte seinen Amtssitz ebenfalls in Treveris und kontrollierte die Finanzverwaltung der Belgica und der beiden germanischen Provinzen. Ähnlich wie der Statthalter war er unmittelbar vom Kaiser eingesetzt und unterstand nur dessen Verfügungsgewalt. Dass er sich dieser Stellung sehr bewusst war, konnte man an dem selbstgerechten Ausdruck seines Gesichts ablesen. Aus irgendeinem Grunde hatte er seine Frau nicht dabei, und so lag er allein inmitten der feuchtfröhlichen Runde und führte das große Wort: »Es wäre nicht das erste Mal, dass besondere Vorkommnisse es geboten erscheinen lassen, Maßnahmen zu ergreifen, die von den Gesetzen des Reiches ursprünglich nicht vorgesehen waren. Doch der Bestand des gesamten westlichen Imperiums steht auf dem Spiel, wenn wir es nicht bald schaffen, diese Alemannen und Franken aufzuhalten.«

»Du redest von Populares, einer Bürgerwehr, nehme ich an. Nun, darüber wurde im Stadtrat bereits gesprochen, und eine winzige Mehrheit der Decurionen teilt in diesem Punkt deine Ansicht.« Marcus Lampenius Ambrosius, einer der amtierenden Aedile, hatte das Wort ergriffen. Ich wusste, dass er erst vor Kurzem seine Frau im Kindbett verloren hatte. Das Schicksal verschont offensichtlich niemanden, auch nicht die Würdenträger. Ich wunderte mich ein wenig, dass er trotzdem auf dieser Festivität erschienen war. »Doch geht es nicht nur darum, das uralte Gesetz zu missachten, das die Macht der Legionen ausschließlich in der Gewalt des Kaisers und seiner Vertreter wissen will. Man riskiert auch, Söhne vornehmer Bürger an der Grenze aufzureiben.«

»Nun, da ist etwas dran«, mischte sich ein weiterer Gast in das Gespräch ein. Erst jetzt fiel mein Blick auf den Fremden, den ich bisher noch nicht wahrgenommen hatte. Er lag ein wenig abseits, am anderen Ende des Raumes, und trug eine reich dekorierte Militärtunika aus purpurfarbener Seide, dazu Hosen und Stiefel. Seine schwarzen Haare waren kurz geschnitten, die vorstehende Nase ein wenig gebogen. »Eine Bürgermiliz aufzustellen erscheint mir ebenfalls als eine nicht ungefährliche Angelegenheit. Sehr leicht zieht man sich dadurch einerseits den Hass der einflussreichen Familien zu, die ihre gefallenen Söhne beweinen, andererseits wird die Aufmerksamkeit der Feinde durch eine solche Mobilmachung häufig erst geweckt.«

»Wer ist das?« Ohne den Blick von dem Treiben der Gäste abzuwenden, packte ich Foeda am Handgelenk, eine Mitsklavin, die gerade Krüge mit frischem Wein auf den Tischen der Gäste abgestellt hatte und auf dem Weg zurück in die Küche war.

Erschrocken zuckte sie zusammen, lächelte jedoch, als sie mich erkannte.

»Wen meinst du?«, fragte sie leise zurück und achtete darauf, dass wir vom Triclinium aus nicht gesehen werden konnten.

»Den dahinten, in der Ecke. Den Kerl in dem purpurnen Gewand.«

Foedas Blick folgte meiner Hand.

»Ich weiß nicht genau«, meinte sie schließlich. »Soviel ich weiß, ein Reiterpräfekt aus Niedergermanien, der die besten Grüße des Statthalters Postumus überbringen soll.«

Noch mehr ehrenvoller Besuch also, schoss es mir durch den Kopf. Es überraschte mich nicht, dass auch die Vertreter der Nachbarprovinzen ihre Aufwartung machten.

»Vor nicht allzu langer Zeit soll er einen wichtigen Sieg gegen eine Gruppe Alemannen errungen haben, die die Grenze überrannt hatten, um die umliegenden Städte zu plündern. Mehr weiß ich nicht, aber jetzt muss ich gehen.«

Rasch hatte sich Foeda meinem Griff entwunden und eilte Richtung Küche, während mein Blick auf dem Gesandten aus der niedergermanischen Provinz hängen blieb. So sah also jemand aus, der in der Lage war, es mit Alemannen aufzunehmen.

»Doch macht ihr euch ohnehin zu viele Sorgen«, fuhr dieser fort. »Der edle Postumus hat die Lage im Griff. Die verbliebene Stärke seiner Legionen und Hilfstruppen reicht völlig aus, die Sicherheit eurer Provinz zu gewährleisten. Stellt euch einfach unter den Schutz seiner Truppen.«

»Damit er seine Macht weiter ausbauen kann?«, mischte sich nun Duumvir Baetius Quigo ein. »Es ist kein Geheimnis, dass seine Machtansprüche schon lange über das Imperium seiner Provinz hinausgehen. Die Verteidigung der Belgica – *ha*, das ist doch nur ein willkommener Anlass für ihn, auch noch die Nachbarprovinz in seine Abhängigkeit zu bringen!« Sein Blick ging zum Statthalter, als erwarte er von ihm eine Bestätigung, doch dieser blickte nur nachdenklich in die Runde.

»Ich dulde nicht, dass auf meinem Fest Gäste beleidigt werden, Baetius«, meinte er schließlich, ohne jedoch die Stimme zu erheben. »Also halte dich mit derartigen Unterstellungen besser zurück.«

»Man erlaube mir die Frage«, nahm nun Sempronius, der zweite Duumvir, das Wort auf, »jetzt, da Kaiser Valerian von den Sassaniden gefangen genommen wurde, wer wird in der Lage sein, dieses Machtvakuum zu füllen. Oder«, er räusperte sich kurz, »zumindest so lange, bis sein Sohn Gallienus das Lösegeld an deren König Schapur bereitgestellt hat.«

Kaiser Valerian, gefangen? Gefangener eines persischen Barbarenkönigs? Tausend Gedanken wirbelten durch meinen Kopf. Wann war es in der Geschichte des römischen Weltreiches je vorgekommen, dass ein Feldherr, noch dazu ein Kaiser, von den Gegnern des Imperiums in die Sklaverei verschleppt worden war?

Während ich immer noch ein wenig fassungslos von meinem Versteck aus das Treiben der Gäste beobachtete, breitete sich in mir die Erkenntnis aus, dass mit den Barbareneinfällen im Norden und den Perserkriegen im Süden vielleicht etwas über Rom hereinbrach, das nicht mehr aufzuhalten war und dazu führen konnte, das Leben, wie es mir vertraut war, von Grund auf zu verändern.

»Natürlich wird alles Erdenkliche getan, um den erhabenen Kaiser zu befreien«, versuchte der Präfekt abzuwiegeln, »während Gallienus und Postumus gleichzeitig alles tun werden, um die nördlichen Grenzen zu sichern.« Seine Stimme strahlte eine solche Selbstsicherheit und Ruhe aus, dass niemand zu widersprechen wagte. Zumindest schien das Gespräch plötzlich beendet zu sein, sodass man sich anderen Themen zuwandte.

Langsam begann sich auch mein Puls wieder zu beruhigen. Vielleicht war das alles ja nur heiße Luft, nicht mehr als das weinselige Gerede vornehmer Gäste, die sich wichtigmachen wollten.

Außerdem hatten wir Sklaven anderes im Sinn, als sich den Kopf mit Dingen zu beschweren, die doch außerhalb des eigenen Einflussbereiches lagen. Denn gleichgültig, wer gerade Kaiser, Statthalter oder auch nur städtischer Beamter war, es änderte nichts an der täglichen Routine. Und die Frage, ob ein Herr sich einem gegenüber gut oder schlecht verhielt, hatte nur in geringem Maße mit dessen politischer Einstellung zu tun.

Mitten in die Runde dieser erlesenen Gäste, deren Stimmung mit fortschreitender Uhrzeit ganz offensichtlich immer gelöster wurde, trat endlich Flavus, ein schweres Silbertablett auf den Händen.

Und er war der eigentliche Grund, weshalb ich hier stand und eine Abreibung riskierte, falls Celsus mich tatsächlich beim Spionieren erwischen sollte. Denn heute Morgen hatte mich der neue Hausverwalter Hermion in sein Büro zitiert und Flavus und mir eine gemeinsame Kammer zugewiesen. Was das zu bedeuten hatte, war unmissverständlich. Bevor der Barbar dann heute Nacht also über mich herfallen würde, wollte ich ihn mir noch mal ungestört ansehen, was mir sicher keiner verdenken kann.

Flavus. Der alemannische Kriegsgefangene, der seit beinahe zwei Monaten als verantwortlicher Sklave für die Fußbodenheizung des Legatus in den weitläufigen Gemäuern des Statthalterpalastes sein Unwesen trieb. Keine Ahnung, wie er im Barbaren-Kauderwelsch wirklich hieß. In all der Zeit, seit er hier im Hause war, hatte er noch nicht die Höflichkeit besessen, mir seinen richtigen Namen mitzuteilen.

Eigentlich war ich vor einiger Zeit schon einmal dazu beordert worden, diesem ungewaschenen Wilden als Bettgenossin zu dienen. Keine ungewöhnliche Praxis, galten Sklaven doch allgemein als unzuverlässig, gerissen und faul, sodass sie nur mit strengster Zucht und gelegentlichen Vergünstigungen bei der Stange gehalten werden konnten.

Doch wo zwei sture Dickköpfe wie Flavus und ich zusammenstoßen, hat selbst die geballte Macht der römischen Herrschaft kein leichtes Spiel. Statt überschüssiges Temperament auszuleben und gleichzeitig für kostenlosen Sklavennachwuchs unseres Herrn zu sorgen, endete schon meine erste Zusammenkunft mit Flavus in einem handfesten Streit, bei dem ich mir geschworen hatte, in Zukunft lieber die Finger von den Männern zu lassen, besonders wenn es sich um einen handelte, der gerade aus den germanischen Wäldern eingeschleppt worden war.

Zugegeben, ganz so schlimm war das Ganze vielleicht nicht. Immerhin hatte Flavus mir sogar das Leben gerettet und dabei selbst erhebliche Blessuren davongetragen. Noch Tage später hatte mich der Anblick seiner Blutergüsse und Schrammen in Schuldgefühle gestürzt, und langsam war in mir der Verdacht gereift, dass Amors Pfeil mich vielleicht doch ein wenig gestreift haben könnte. Zwar ließ das unverschämte Auftreten dieses Kerls immer noch eine Woge der Hitze in mir aufsteigen, doch musste ich mir eingestehen, dass dies nicht mehr nur aus Ärger geschah, sondern möglicherweise noch andere Ursachen hatte. Nach reiflicher Überlegung hatte ich mich schließlich dazu durchgerungen, meinen Stolz herunterzuschlucken und dem Befehl des Vilicus nachzukommen und das Beste draus zu machen.

Doch sobald Flavus sich von seinen Verletzungen und ich mich von meinem Schrecken erholt hatte, war auch unsere Sturheit zurückgekehrt, und keiner von uns hatte je gefragt, ob das beschlossene Arrangement überhaupt noch galt, zumal der damalige Verwalter nicht mehr im Amt war. Und nun hatte der neue Vilicus uns kurzerhand die Entscheidung abgenommen. Heute Nacht würde mir keine Ausrede mehr etwas nützen, und allein dieser Gedanke trieb mir die Hitze ins Gesicht.

Im Halbdunkel des von Öllampen erhellten Raums konnte ich sehen, wie sich unter dem Stoff von Flavus' Tunika deutlich sein muskulöser Oberkörper abzeichnete. Mein Herz begann zu klopfen, und ich konnte den Blick nicht von ihm wenden.

Langsam näherte er sich den Klinen, auf denen die Speisenden lagen, und seine Augen glitten über die Gesichter der Gäste. Plötzlich zuckte er kurz zusammen. Für einen winzigen Augenblick blieb er stehen und hielt in seiner Bewegung inne, als hätte er etwas gesehen, das ihm nicht gefiel.

Dann gab er sich einen Ruck und trat auf die Honoratioren zu.

Langsam setzte die Musik der Flöten- und Harfenspieler ein. Das Licht der Fackeln und Öllampen flackerte, und der Geruch des Weihrauchs versetze mich in einen leicht rauschähnlichen Zustand.

Von meinem Platz aus beobachtete ich Flavus, der nur wenige Schritte hinter dem Statthalter stand und immer noch das silberne Tablett mit den kunstvoll angerichteten Enten hielt. Seine hellen Augen wirkten abweisend, die Gesichtszüge verschlossen.

»Ich bin erobert, aber nicht besiegt«, hatte er einmal zu mir gesagt, und so wie er da stand, bezweifelte ich seine Worte nicht. Weiterhin blickte ich wie gebannt auf die Gestalt des Mannes, der in dieser Nacht zum ersten Mal das Lager mit mir teilen würde.

»Invita, du dummes Kind, was tust du denn hier!«

Erschrocken fuhr ich herum und glaubte schon Celsus' Rute zwischen den Rippen zu spüren.

Doch statt in die geröteten Schweinsaugen des Aufsehers blickte ich in das füllige Gesicht von Bricia, der Vilica. »Hat dir Celsus nicht verboten hierherzukommen? Was ist, wenn er dich hier erwischt?« Sie wirkte eher besorgt als verärgert. »Los, verschwinde, leg dich schlafen, oder hol dir in der Küche was zu essen! Ich habe keine Lust, dich noch einmal gesund pflegen zu müssen, nur weil du Celsus wieder Gelegenheit gibst, dich zu bestrafen.«

Was das anging, war ich mit Bricia genau einer Meinung. Seit ich vor einigen Monaten als Geschenk eines Ratsherrn aus Divodurum in dieses Haus gekommen war, hatte sie mich unter ihre voluminösen Fittiche genommen, und wenn immer Celsus sich dazu genötigt gesehen hatte, mich in Ketten zu legen oder zu züchtigen, war sie es gewesen, die sich um mich gekümmert hatte, auch wenn diese Pflege meist mit einer stinkigen Salbe verbunden war, die jeden gesunden Menschen auf zehn Schritte Entfernung in die Flucht geschlagen hätte.

Allein die Erinnerung daran ließ mich schaudern. Bricia war eine kluge Frau, und wo sie recht hatte, hatte sie recht. Es war besser, hier zu verschwinden.

Die Luft roch ohnehin nach Ärger, auch wenn ich nicht sagen konnte, aus welcher Richtung dieser kommen würde.

Ich unterdrückte ein Gähnen, als ich in die Küche ging.

War im großen Triclinium die Luft zum Schneiden, so war es hier unten geradezu atemberaubend stickig. Viele der Gäste hatten ihre Sklaven mitgebracht, damit diese sie nach der Feier durch die dunklen Straßen nach Hause geleiteten.

Missmutig bahnte ich meinen Weg durch die mit Menschen vollgestopfte Küche. Schlimm genug, dass man hier im Hause schon wegen der eigenen Leute, wie der zahlreichen Sklaven, Freigelassenen und Soldaten im Dienste des Legatus, nie seine Ruhe hatte. Nun musste auch noch der Anhang all dieser fremden Gäste die Gesindestube zum Überlaufen bringen. Dazu legten, je nach gesellschaftlicher Stellung des Besitzers, manche von ihnen auch noch ein derart herablassendes Benehmen an den Tag, dass nur die eigene Position als Diener des Statthalters einen davon abhielt, ihnen ins gepuderte Gesicht zu boxen. Von den aufdringlichen Gerüchen angeblich teurer Duftöle gar nicht zu reden.

Mich in mein Schicksal ergebend, sah ich mich nach einem Platz um. Schließlich fand ich einen in der Ecke, quetschte mich durch die Menschenmenge und ließ mich hungrig und entnervt darauffallen.

Das war ja ein Affentheater!

Ich griff nach einem Weinbrötchen und kaute darauf herum.

»Du siehst verärgert aus.« Eine Stimme riss mich aus meinem heiligen Groll.

Unwillig sah ich auf. »Was du nicht sagst!«

»Ist dir das Essen nicht bekommen, oder hast du Probleme, weil du dem Statthalter Wein über die saubere Tunika gegossen hast?«

Die vorlauten Worte kamen von einem jungen Kerl, kaum älter als ich, mit kurzen rabenschwarzen Locken, ebenso dunklen Augen und einem markanten Gesicht mit scharf hervorstehenden Wangenknochen. »Vielleicht solltest du einfach einen Schluck trinken, dann geht es dir gleich besser.«

Bevor ich etwas erwidern konnte, platzierte er einen Becher vor mich hin und quetschte sich neben mich. Es war unmöglich, auch nur einen Fingerbreit zurückzuweichen.

Mit größter Willensanstrengung rang ich mir ein Lächeln ab. Wie schon gesagt, unsere gehobene Stellung als Sklaven des Statthalters …

»Hast du heute Abend keinen Dienst?« Auffordernd blickte er auf den Becher.

Mit unwillig heraufgezogenen Augenbrauen ergriff ich ihn und nahm einen Schluck. Der Wein war kaum verdünnt und stieg mir geradewegs in den Kopf.

Betont gleichgültig zuckte ich mit den Achseln.

»Du kommst doch aus diesem Hause, oder?«

Mit den Fingerspitzen tippte ich auf meine taubenblaue, von marinefarbener Borte umrandete Tunika: »Sieht fast so aus!«

So schnell ließ er sich aber nicht entmutigen: »Ich habe meinen Herrn schon öfter hierher begleitet. Seltsam, dass wir uns noch nie begegnet sind.« Er lächelte. »Ist die Arbeit gut hier?«

Ich nahm noch ein Brötchen und tauchte es kurz in den Wein. »Wahrscheinlich wie überall sonst auch.« Mir war wirklich nicht nach einem Gespräch zumute.

»Übrigens, ich heiße Hyacinthus.«

Nur mit Mühe unterdrückte ich ein spöttisches Lächeln. Doch wer wie ich Invita, die Unwillige, hieß, sollte sich nicht allzu sehr aus dem Fenster lehnen.

»Und wie heißt du?«

Ein Gefühl sagte mir, dass ich nun besser das Feld räumen sollte, doch ich war hungrig und müde und verspürte überhaupt keine Lust dazu, im Flur Celsus über den Weg zu laufen. Also nannte ich ihm meinen Namen.

Das Leben war doch ein Trauerspiel. Dies war also meine erste Nacht in offiziellem Contubernium, meine Hochzeitsnacht sozusagen. Und der Mann, der dazugehörte, servierte Fleischplatten, während ich in einer überfüllten Küche saß und nicht einmal genug Energie aufbrachte, mich den Annäherungsversuchen des Pedisequus, des Begleitsklaven von irgendwem, zu erwehren.

Frustriert nahm ich noch einen Schluck Wein.

Dieser elende Tag schien kein Ende nehmen zu wollen, und ein seltsames Prickeln in meinem Magen sagte mir, dass die darauf folgende Nacht auch nicht gerade eine Zeit reiner Freuden und Wonnen sein würde.

»Ertrage und halte aus!«, murmelte ich bitter.

»Ertränkst du deinen Ärger mit Ovid?« Dumm war der Knabe nicht, denn offensichtlich wusste er, wovon ich sprach. »Es sieht fast so aus, als hättest du Kummer.«

Unwillig blickte ich zu ihm auf.

»Mag sein. Doch selbst wenn dem so wäre, behielte ich diesen lieber für mich!«

Dumpf schaute ich auf meinen Becher, Hyacinthus blickte auf mich, und ein ungutes Gefühl sagte mir, dass der Rest des Raumes auf uns beide starrte.

Völlig entnervt gab ich meinen Widerstand auf.

»Und, woher kommst du?«, fragte ich, um seinen Blick nicht noch länger ertragen zu müssen.

Er lächelte. »Aus dem Hause des Baetius Quigo!«

Also war Hyacinthus der persönliche Sklave eines der beiden amtierenden Bürgermeister.

»Und dein Herr, der Duumvir, vertreibt sich die Zeit mit Ovid, oder weshalb kennst du dich da so blendend aus?« Da ich ohnehin nichts Besseres zu tun hatte, als hier herumzusitzen und zu warten, konnte ich mich genauso gut unterhalten.

»Hin und wieder!« Ein zufriedenes Aufblitzen ging über sein Gesicht. »Wenn er nicht gerade damit beschäftigt ist, Wahlkampf zu betreiben oder seine Anhänger zu bestechen.«

Das war gewagt. Erschrocken zuckte ich zusammen und wäre froh gewesen, einen anderen Platz gefunden zu haben, da ich keine Lust auf Ärger hatte. »Ich glaube, du solltest nicht so viel ausplaudern. Ich weiß ja nicht, wie es bei euch zu Hause gehandhabt wird, doch kann ich mir nicht vorstellen, dass es der edle Baetius allzu sehr schätzt, wenn sein Pedisequus für ihn die Verhandlungen im Statthalterpalast führt!«

Wieder lächelte er, was ihn für einen Moment überraschend sympathisch erscheinen ließ. »Sei unbesorgt, mein Herr weiß genau, was er an mir hat. Da sieht er gewisse Dinge nicht so eng.«

Gegen meinen Willen musste ich das Lächeln erwidern.

»Ich hoffe, du irrst dich da nicht«, meinte ich zweifelnd, »bisweilen reagieren die da oben ganz unberechenbar, wenn ihr guter Name in Gefahr ist.«

»Ach?« Wohlwollender Spott glitt über Hyacinthus' Gesicht. »Du scheinst aus Erfahrung zu sprechen, oder täusche ich mich da?«

Verschämt grinste ich in meinen Becher. Eins musste ich zugeben, der Junge hatte ein feines Gespür.

»Doch ich muss jetzt gehen!« Langsam stand er auf. »Mein Herr schätzt Gastmähler nicht besonders. Er wird gleich nach mir schicken, damit ich ihn nach Hause geleite.« Einen Moment ergriff er meine Hand und blickte mich an. »Es war schön, dich kennen gelernt zu haben.« Kurz zog er die Hand an seinen Körper, sodass meine Fingerspitzen ihn berührten. »Wer weiß, vielleicht sieht man sich ja wieder.«

»Vielleicht ...« Einen Augenblick war ich zu verwirrt, um ihm zu antworten.

Er lachte. »Wenn es das Schicksal so will. Ich wünsche dir noch eine gute Nacht.«

Wortlos blieb ich stehen und sah ihm nach, wie er den Raum verließ. An die vor mir liegende Nacht hätte er mich besser nicht erinnert.

KAPITEL II

So viele Muscheln am Strand, so viel Schmerzen bietet die Liebe!«, sagte schon Ovid, und der alte Knabe wusste wahrscheinlich selbst nicht, wie recht er damit hatte.

Das war also meine Hochzeitsnacht oder zumindest das, was für einen – im juristischen Sinne gesprochen – belebten Gegenstand wie mich dieser Sache am nächsten kam.

Obgleich oder gerade weil ich die großen Dichter kannte, ihre frivolen Verse auf Liebe, Lust und Leidenschaft, hatte ich wirklich keine allzu großen Erwartungen an die Freuden, die der Gott Amor für die Sterblichen bereithielt, auch wenn ich mich keineswegs zu den Pythagoräern zählte, mit ihrem geradezu krankhaften Abscheu vor körperlichen Freuden.

Allerdings hätte ich mir nicht träumen lassen, dass ich diese erste Nacht alleine verbringen würde, da der Mann, mit dem ich mein Nachtlager teilen sollte, gerade dazu benötigt wurde, protzig angehäufte Platten mit Speisen herumzureichen und sich von weinseligen Gästen begaffen zu lassen.

Doch wusste ich nicht, ob ich über seine Abwesenheit wirklich traurig sein sollte. Mit einem unguten Gefühl erinnerte ich mich an unser letztes Stelldichein und wie handgreiflich es geendet hatte. Aber diesmal waren die Voraussetzungen ganz anders. Diesmal würde es besser gehen.

Nachdenklich schälte ich mich aus dem taubenblauen Gewand und schlüpfte, nur mit der Untertunika bekleidet, unter die Decke.

Ein seltsames Gefühl überkam mich. In meinem ganzen Leben hatte ich die Nächte meistens in Gesellschaft anderer verbracht, umgeben von schwatzendem, lärmendem oder schnarchendem Hauspersonal – von den Zeiten im Ergastulum, dem hauseigenen Kerker, einmal abgesehen.

Zum ersten Mal war ich allein, und allerlei Gedanken stürzten auf mich ein, derer ich mich in der Einsamkeit des kleinen, schäbigen Zimmers nicht erwehren konnte.

Der Raum war so winzig, dass man darin Platzangst bekommen konnte. Neben dem einfachen Bett mit geflochtener Matratze befanden sich darin nur zwei wackelige Regale, in denen irgendwelche Werkzeuge gestapelt waren, sodass ich nicht nur Angst haben musste, des Nachts von einem wilden Barbaren, sondern womöglich noch vom rostigen Inventar des Statthalters erschlagen zu werden.

Der Duft des Frühlings drang durch das geöffnete Fenster, und gedämpft konnte ich den Lärm des Gastmahls vernehmen. Es war ungewöhnlich warm für diese Jahreszeit, dennoch zog ich fast schützend die Decke über mich.

Zwar wusste ich nicht, wann Flavus seine Arbeit beenden oder was die Nacht noch bringen würde, aber jemand in meiner Position hatte gelernt, dass er derartige Dinge ohnehin nicht beeinflussen konnte und besser daran tat, nicht allzu viel darüber nachzudenken.

Ob es die Erschöpfung war oder eine Schutzreaktion meiner Seele, kann ich nicht sagen. Trotz meiner Unruhe und des Lärms schlief ich irgendwann ein.

Etwas hatte mich geweckt!

Einen Moment lang war ich so benommen, dass ich nicht einmal wusste, wo ich mich befand.

Schlaftrunken tastete ich mit der Hand neben mich, doch da war nichts außer der leeren Hälfte des Bettes und einer Spur von Wärme, als hätte dort bis vor Kurzem noch jemand gelegen.

Von draußen wurden Schritte laut, aufgeregte Stimmen und hektisches Getrappel. Irritiert richtete ich mich auf.

Dann wurde hart an die Tür geschlagen.

»Steht auf! Macht euch raus! Der Vilicus will euch sehen!«

Mein benommener Blick ging zu dem winzigen Fenster. Es war mitten in der Nacht, und nicht einmal ein Schimmer von Morgenröte war zu sehen.

Was war geschehen?

Die Tür wurde aufgerissen, und ein flackernder Lichtschein fiel herein.

»Los, raus, habe ich gesagt!«, brüllte eine Stimme: »Bist du schwerhörig?«

Eilig sprang ich auf und zog mir meine Tunika über. Mit bloßen Füßen tastete ich nach den Sandalen und fuhr mit den Fingern durch meine verhakten Locken.

Dann hastete ich nach draußen, mit hämmerndem Herzen und der Frage, was so Schreckliches geschehen sein konnte, dass alle mitten in der Nacht geweckt werden mussten.

Der Flur lag, nur schwach von hängenden Öllampen beleuchtet, im Halbdunkeln. In jedem Winkel drängten sich die Haussklaven, und das Ganze wirkte auf mich wie ein Szenario aus der Unterwelt.

»Alle mal herhören!«, bellte Celsus, und seiner Stimme war anzumerken, dass sogar er ernsthaft erregt war. »Wir haben Nachricht erhalten aus dem Hause des edlen Dumvir Gaius Baetius Quigo, der am Abend Gast im Hause des Statthalters war …«

Die Müdigkeit steckte mir noch in den Knochen, und mit den Augen suchte ich die Reihe der Sklaven nach Flavus ab.

»Gerade hat uns ein Bote diese empörende Mitteilung überbracht.«

Nur mühsam hielt ich mich auf den Beinen und wäre beinahe im Stehen wieder eingeschlafen. Warum kam dieser Trottel nicht endlich zur Sache?

»... soeben haben wir also Nachricht erhalten ... dass der edle Baetius ... auf dem Heimweg ermordet worden ist!«

Was?

Einen Moment lang glaubte ich, mich verhört zu haben.

Was sagte er da?

»Es geschah auf offener Straße, nicht weit vom statthalterlichen Palast. Eine Übermacht, nehme ich an. Der edle Baetius muss schrecklich zugerichtet sein.«

Ich musste immer noch träumen. Das hier konnte einfach nur ein Albtraum sein. Wahrscheinlich lag ich in dem harten Bett, und die ungewohnte Umgebung rief aberwitzige Fantasien in meinem Geist hervor. Doch sah ich davon ab, mir in den Arm zu kneifen, um diese These zu überprüfen.

»Natürlich wird sich der Statthalter der Sache annehmen. Der Mord ist gleich nach seinem Gastmahl geschehen!«, polterte Celsus weiter. »Also, wenn einer von euch etwas gehört oder gesehen hat, sagt er es mir am besten jetzt gleich.«

Der schwache Schein der Öllampen tauchte den Flur in ein flackerndes Zwielicht. Mehr denn je glaubte ich mich in der Unterwelt gefangen, auch wenn meine Sinne langsam vom Schlaf in das Hier und Jetzt zurückfanden.

Dann entdeckte ich Flavus. Einige Schritte von mir entfernt, stand er fast unmittelbar hinter Celsus. Halb im Schatten, wirkte sein Gesicht wie das einer Statue, unbewegt und undurchschaubar.

Er sah mich nicht an. Mit seiner üblichen unbeteiligten Miene blickte er ins Leere, als würde ihn all das, was um ihn herum geschah, gar nichts angehen.

Ein Schauder, den ich mir nicht erklären konnte, überfiel mich. Wo war Flavus gewesen? Hatte er noch gearbeitet, als das Verbrechen geschah? War er denn irgendwann im Laufe der Nacht überhaupt einmal bei mir gewesen?

Ich wusste es nicht und konnte mich an nichts erinnern.

Plötzlich bemerkte ich etwas und erstarrte: ein dunkler Fleck auf dem Stoff seiner Tunika, oberhalb seiner linken Brust. Vielleicht spielte das flackernde Licht der Öllampen meinen Augen ja einen Streich, doch von meiner Position aus wirkte es wie Blut.

»Gleich morgen wird der Statthalter mit den Vernehmungen beginnen. Zuerst werden alle diejenigen verhört, die damit beauftragt waren, Gäste nach Hause zu geleiten, dann die Sklaven, die das Essen serviert haben, und so weiter. Habt ihr verstanden?«

Nur entfernt nahm ich Celsus' Worte wahr. In der dünnen Tunika fröstelnd, war ich in Gedanken noch immer bei Flavus.

Dieser schien mich endlich zu bemerken. Sein Blick traf mich, und ein Lächeln erschien auf dem Gesicht, das den Anschein erweckte, nichts von dem, was Celsus gerade berichtete, hätte auch nur die geringste Bedeutung für ihn.

Unsicher wich ich seinem Blick aus. Wo hatte er die ganze Zeit über gesteckt? Eine Gänsehaut überlief mich, als ich für einen kurzen Moment den Ausdruck von Genugtuung über seine Züge gleiten sah.

So viel zu meiner Hochzeitsnacht! Zwar hatte ich von Beginn an geahnt, dass diese in einer Katastrophe enden würde, doch musste das Schicksal beträchtliche Einwände gegen diese unstandesgemäße Verbindung haben, wenn es zu einem derart tragischen Zwischenfall kommen musste.

Die Schrift verschwamm vor meinen Augen, während ich an einem Schreibpult im Büro des Statthalters stand und einen Brief kopierte. Die einzige Aufgabe, derer man mich wohl für fähig erachtete, seit ich dort als zukünftige Schreiberin für die Tochter des Hausesangelernt werden sollte.

Während ich mich darum bemühte, mich auf meine Arbeit zu konzentrieren, schossen mir die verworrensten Gedanken durch den Kopf. Jemand hatte den edlen Baetius Quigo ermordet, auf dem Heimweg vom Gastmahl. Und noch kurz zuvor hatte ich mit Hyacinthus gesprochen, dessen Aufgabe es war, seinen Herrn sicher nach Hause zu geleiten.

Unwillkürlich kam mir sein feingliedriges Gesicht, sein selbstbewusstes, etwas herausforderndes Auftreten ins Gedächtnis, und ungewollt versetzte es mir einen kleinen Stich, als ich mich fragte, ob er bei diesem Überfall auch ums Leben gekommen war.

Die Tatsache, dass Celsus nichts über Hyacinthus' Verbleib hatte verlauten lassen, hatte nichts zu bedeuten. Wenn ein so hoher Beamter wie Baetius umgebracht wurde, fragte niemand nach dem Wohlergehen seines Sklaven.

Wieder versuchte ich, mich auf den vor mir liegenden Brief zu konzentrieren und auf der rauen Oberfläche des Papyrus klare, deutlich lesbare Buchstaben zu zeichnen. Im Schreiben war ich etwas ungeübt, so viel musste ich mir eingestehen. Zwar konnte ich schnell und zügig lesen und beherrschte neben dem treverischen und mediomatrischen Keltisch auch fließend das Lateinische und ein wenig das Griechische, dazu noch vereinzelte Brocken verschiedener germanischer Dialekte. Doch hatte meine Arbeit als Küchensklavin mir nur wenig Gelegenheit gegeben, etwas zu Papier zu bringen. Mein bescheidenes Maß an Bildung verdankte ich ohnehin nur der Tatsache, dass ich als Kind den endlosen Unterrichtsstunden des Sohnes meines ersten Herrn beiwohnen musste, da es meine Aufgabe war, dem Erzieher des Hauses zur Hand zu gehen.

Immer wieder schweiften meine Gedanken ab. Der Statthalter hatte sein Versprechen wahr gemacht. Schon seit Stunden zogen sich die Befragungen der Haussklaven hin, insbesondere derer, die damit beauftragt gewesen waren, die Besucher nach Hause zu geleiten. Seit Celsus' Botschaft, irgendwann in der Nacht, hatte sich niemand im Haus mehr schlafen gelegt, und die Sekretäre im Büro, die natürlich weder mit Gastmählern noch mit nächtlichen Spaziergängen betraut gewesen waren, bemühten sich, den größtmöglichen Eindruck von Normalität zu erwecken und die Korrespondenz des Statthalters so gewissenhaft weiterzuführen, als sei nichts geschehen.

Im Stillen dankte ich dem Unbekannten Gott für Celsus' Befehl, mich von dem Gastmahl fernzuhalten, und dafür, dass ich mich weitgehend daran gehalten hatte. So konnte ich zumindest diesmal nicht in die Unannehmlichkeiten mit hineingezogen werden, wie es sonst meist der Fall war. Jeder wusste das, und diese Tatsache stimmte mich etwas friedlicher.

»Pelagius!«

Eine Stimme riss mich aus meinen Gedanken. Vorsichtig legte ich den Federhalter beiseite und wandte mich um. In der Tür stand Hermion, der Hausverwalter, und seinem Aussehen nach zu urteilen hatte er in dieser Nacht ebenfalls nicht geschlafen. Wahrscheinlich war er damit beauftragt, die Befragung der Haussklaven zu leiten, eine verantwortungsvolle Aufgabe für jemanden wie ihn, der neu in der Stellung als Verwalter war.

»Der Dominus möchte Julia, der Witwe des Baetius, einen Besuch abstatten. Dazu benötigt er zwei Schreiber, um die Gespräche zu dokumentieren. Wenn du dich also darum kümmern würdest, Pelagius?«

Der Angesprochene, ein schon grau gewordener Freigelassener im Alter von etwa fünfzig Jahren, nickte. Er war der Vorsteher des statthalterlichen Sekretariats und für den gesamten Schriftverkehr verantwortlich.

Seinem Gesichtsausdruck nach zu urteilen kam es ihm ziemlich ungelegen, gleich auf zwei seiner Schreibkräfte verzichten zu müssen.

Durch die sich häufenden Barbareneinfälle und die daraus resultierenden politischen Unruhen stand mehr Korrespondenz an als üblich; immerhin war der Statthalter für die gesamte Provinz Gallia Belgica zuständig, mit all ihren Gemeinden und Städten. Wenn er nicht gerade reiste, sorgte sein umfassender Austausch von Berichten und Depeschen dafür, dass er stets über die Geschehnisse auf dem Laufenden war und durch seine Order Recht und Gesetz in der Provinz aufrechterhielt. Gerade jetzt konnte Pelagius niemanden in seinem Büro entbehren, wagte aber natürlich nicht, sich einem direkten Befehl des Legatus zu widersetzen.

»Nun gut«, meinte er schließlich. »Dann schicke ich Marcipor und Sedulus.«

»Sedulus ist seit gestern Abend krank.«

Nur am Rande nahm ich wahr, wie Pelagius die Augenbrauen hochzog. »Deshalb ist er also heute Morgen nicht zur Arbeit erschienen. Und ich hatte geglaubt, er sei bei den Verhören.« Etwas ratlos zuckte er mit den Schultern. »Hat er gestern vielleicht zuviel getrunken?«

»Woher soll ich das wissen?« Unwillig wandte sich Hermion um. »Und wie sieht es mit der da aus?« Mit den Fingern wies er auf mich. »Ist die für deine Arbeit auch unentbehrlich?«

Hermions Miene war anzumerken, dass er keineswegs gedachte, meine Vorstrafen, die er aus den Akten kannte, allzu schnell zu vergessen.

Ich bemühte mich um ein möglichst unbeteiligtes Gesicht, als Pelagius mich ansah.

»Durchaus nicht«, meinte er. »Sie ist ohnehin nur hier, um mit den Grundlagen eines Schreibers vertraut gemacht zu werden. Eigentlich gehört sie der Domina.«

Einen Moment lang entstand ein angespanntes Schweigen. Beide Männer schienen das Für und Wider abzuwägen.

»Der Statthalter kann nicht länger warten. Er möchte sofort aufbrechen. Also, wie sieht's aus?«

Vor ungläubiger Aufregung schlug mein Herz bis zum Hals. Stumm wagte ich nicht zu hoffen.

»Dann nimm sie mit. Hier steht sie mir doch nur im Weg rum. Aber ob der Statthalter …? Mit einem *Mädchen?*«

»Ich habe keine Zeit zu verschwenden. Schick mir noch diesen Marcipor vorbei, und versorge vorher beide mit ausreichend Schreibzeug, es wird ein langes Gespräch.«

Ohne ein weiteres Wort zu verlieren, wandte sich Hermion ab und verließ das Büro.

Einen Augenblick lang verdrängte die freudige Überraschung den Schrecken der letzten Nacht. Ich sollte tatsächlich den Statthalter als Schreiberin zu einer Befragung begleiten? Ausgerechnet ich? Mit meiner Vorgeschichte und dazu noch als Frau?

Langsam und vorsichtiger als notwendig packte ich meine Schreibgeräte zusammen. Das war zu viel Glück auf einmal. Meine Erfahrung hatte mir gezeigt, dass es meistens nichts Gutes zu bedeuten hatte, wenn sich das Fatum auf einen Schlag allzu wohlwollend verhielt.

Ich sollte mich nicht täuschen.

Das vornehme Haus des Baetius befand sich in einem teuren Viertel von Treveris, nicht weit von der Porta Martis, dem nördlichen Stadttor, entfernt.

Eine weißgetünchte, beinahe schlicht zu nennende Außenfront, die auf jeglichen Schmuck verzichtete, ließ von der Straße her nur durch die Größe etwas vom Reichtum des Besitzers erahnen. Diese Familie besaß altes Geld. Das war auf den ersten Blick ersichtlich. Der Ausstattung und dem Baustil nach zu urteilen musste es schon vor einigen Generationen gebaut worden sein, als die Stadt sich gerade zur wirtschaftlichen Blüte aufschwang.

Der Empfangsraum war ebenso altmodisch und gediegen wie das Äußere. Ein Mosaikfußboden, auf dem sich zwischen einfachen Flechtbändern Felder unterschiedlicher Art um ein Mosaik mit einer Darstellung des Bacchus gruppierten, der auf einem von Tigern gezogenen Wagen fuhr. In den vier Ovalen der Ecken erkannte ich Frauengestalten, vermutlich eine Allegorie der Jahreszeiten, dazwischen weitere Tierwagen. Die Wandgliederung zeigte über der Sockelzone Malereien herkömmlicher Art, die ein friedliches Hirtenleben zur Schau stellten, wie es dies allenfalls in den Eklogen Vergils gegeben haben mag. Selbst die Kassettendecke war, in schlichtem Weiß gehalten, mit Himmelblau unterlegt.

Ich merkte, dass ich verlegen nach oben starrte, und senkte erschrocken den Blick. Mit feuchten Händen hielt ich Wachstafel und Griffel an mich gepresst und schaute unsicher in die Runde.

Meine Anwesenheit schien den Statthalter etwas zu irritieren. Einzig und allein die Tatsache, dass er den Besuch bei Baetius' Witwe möglichst schnell hinter sich bringen wollte, hatte ihn davon abgehalten, mich ins Büro zurückzuschicken und jemand anderen anzufordern. Doch würde der gute Pelagius sicher noch etwas zu hören bekommen, was ihm denn eingefallen wäre, ausgerechnet mich zu schicken.

»Die Herrin Julia erwartet dich!« Ehrerbietig verneigte sich der Empfangssklave, um dann dem Statthalter die Tür zu öffnen und ihn in das geräumige Triclinium zu führen.

Bevor jemand die Gelegenheit hatte, mich anzuweisen, ich möge draußen warten, folgte ich Marcipor und dem Statthalter.

Trotz all seiner Pracht, der verschwenderischen Wandbemalungen, der aufwändigen Mosaiken, die mehr gekostet hatten als zwanzig gute Haussklaven, und der hohen lichtdurchfluteten Räume machte das Haus auf mich den Eindruck eines Grabes. Weihrauchduft hing schwer in der Luft, an den Wänden waren nach römischer Sitte Kränze aus Zypressen und Tannen angebracht, um den Toten zu ehren, und die Sklaven huschten stumm und mit gesenktem Kopf durch die Räume. Eine merkwürdige Beklemmung, die ich mir nicht erklären konnte, überfiel mich.

Die Witwe des Baetius war nicht anders als edel zu nennen. Vielleicht vierzig Jahre alt, mit aschfarbenen, von einzelnen silbernen Strähnen durchzogenen Haaren, die sie als Zeichen der Trauer offen trug. Die nachtblaue Seide, aus der sowohl ihre Tunika als auch die Stola angefertigt war, verlieh ihr eine stille Eleganz, gleichzeitig jedoch eine solch unnahbare Kühle, dass der Raum um einiges kälter zu werden schien, wenn man sich ihr näherte.

Während der Statthalter Julia entgegentrat und ihr leise gesprochene Beileidsbekundungen überbrachte, blieb ich mit Marcipor nahe der Tür zurück und beobachtete verstohlen die ganze Szenerie.

Zwischen den Augenlidern hindurch sah ich, wie Julia den Statthalter bat, Platz zu nehmen. Sofort eilte ein vielleicht vierzehnjähriger Sklavenjunge herbei, stellte einen weiteren Silberbecher auf den kleinen, dreifüßigen Tisch und schenkte Wein ein.

»Gibt es irgendetwas, was ich für dich tun kann?« Ohne den Blick von Julia zu nehmen, griff der Legatus nach seinem Becher.

»Sorge dafür, dass der Mörder meines Gatten bestraft wird!«

»Dazu brauche ich deine Hilfe.« Noch immer war die Stimme des Statthalters ruhig und höflich.

»Wie soll diese aussehen?«

»Nun …« Mit einer Handbewegung winkte der Statthalter Marcipor herbei, damit dieser alles protokollierte. Offensichtlich hatte die Befragung begonnen, und es bestand keinerlei Zweifel daran, dass ich bei der ganzen Angelegenheit nicht wirklich benötigt wurde. »Hatte dein Gatte irgendwelche Feinde?«

Durch ein Kopfnicken wies der Legatus Marcipor an, das Gespräch auf seinen Wachstafeln festzuhalten.

»Privat oder politisch?«, gab sie zurück.

»Macht das einen Unterschied?«

Mit emporgezogenen Augenbrauen griff Julia nach ihrem Becher und lehnte sich zurück. »Feinde? Das kann ich mir nicht vorstellen.« Einen Moment zog sie nachdenklich ihre Stirn in Falten. »Mein Mann war sehr … verträglich, muss man wissen. Immer auf Gerechtigkeit und Ausgleich bedacht. Niemand, der durch allzu großen Ehrgeiz auf Ablehnung gestoßen wäre.«

Selbst in meiner Ecke an der Tür war der leichte Anflug von Kritik, der in der Antwort mitschwang, nicht zu überhören.

Ich zwang mich dazu, weiter unbewegt auf meine Sandalenspitzen zu sehen.

»Das glaube ich dir gerne.« Der Statthalter nickte bedächtig. »Doch haben uns die jüngsten Ereignisse gezeigt, dass es zumindest einen geben muss, den sich Baetius Quigo zum Feind gemacht hat.«

Einen Moment lang verfinsterte sich der Ausdruck auf Julias makellosem, wenn auch nicht mehr in der Blüte ihrer Jugend stehenden Gesicht. »Wer sollte das sein?«

»Um das herauszufinden, bin ich hier.«

Als Julia ihn weiterhin stumm betrachtete, fuhr er fort: »Es ist ein Skandal, dass einer meiner Gäste ermordet worden ist. Sei versichert, dass ich alles in meiner Macht Stehende tun werde, um den Täter ausfindig zu machen und ihn seiner gerechten Strafe zuzuführen.«

»Vielleicht musst du da nicht allzu weit suchen.«

Ich bemerkte, wie der Statthalter erstaunt aufblickte.

»Natürlich kann ich nicht nachweisen, wer für den Mord an meinem Gatten verantwortlich ist, doch gibt es zumindest einen, der das Verbrechen hätte verhindern können, wenn er es aufrichtig gewollt hätte.«

Das Schweigen hing im Raum, wie eine unausgesprochene Frage.

Schließlich ließ sich Julia dazu herab, unsere offensichtliche Unwissenheit zu erhellen: »Ich rede von Hyacinthus, seinem Leibsklaven.«

Unwillkürlich zuckte ich bei der Erwähnung dieses Namens zusammen. Wieder kam mir sein Gesicht ins Gedächtnis, seine dunklen, spöttischen Augen.

Ungerührt fuhr Julia fort: »Natürlich streitet er es ab, sagt, er sei überwältigt worden, doch …«

Mit einem lauten Krachen flog die Tür auf, die an der anderen Seite des Raumes nach draußen führte. Gerade noch sah ich, wie der Sklavenjunge hastig einen Schritt zurückwich, dann trat ein vielleicht neunzehnjähriger Mann ein, dessen rotgeränderte Toga ihn als Sohn eines Adeligen auswies.

»Kann ich dir helfen, Mutter?« Ohne auf einen der Anwesenden zu achten, durchschritt er den geräumigen Saal und trat hinter Julia, der er selbstsicher die Hand auf die Schulter legte.

»Wie du siehst, haben wir Besuch.« Kurz berührte die Angesprochene die Hand mit den Fingerspitzen. »Der Statthalter erweist uns die Ehre. Er ist hergekommen, um uns seine Hilfe anzubieten.«

Wenn der junge Mann, der allem Anschein nach ein Sohn des Verstorbenen war, über dessen Tod große Trauer oder Bestürzung empfand, so ließ er sich dies zumindest nicht anmerken.

Selbstbewusst nahm er auf der Kline neben seiner Mutter Platz und wies den Sklaven an, ihm ebenfalls Wein einzuschenken.

»Statthalter …« Kurz nickte er dem Legatus zu. »Wie kann ich dir zu Diensten sein?«

»Mein Beileid zu diesem entsetzlichen Vorfall, Publius.« Ohne sich von dem Auftreten beeindrucken zu lassen, nahm der Statthalter das Wort wieder auf. »Ich werde alles mir Mögliche tun, um den Schuldigen zu bestrafen. Ist dir bekannt, ob dein Vater irgendwelche Feinde hatte?«

Reflexartig warf Publius seiner Mutter einen flüchtigen Blick zu. »Nein«, sagte er nach einer Weile. »Weshalb?«

»Das könnte den Kreis der Verdächtigen eingrenzen und uns helfen, Licht in die Sache zu bringen.«

»Es würde schon genügen, wenn dieser Nichtsnutz von Hyacinthus endlich den Mund aufmachen würde.«

Mit ernstem Gesichtsausdruck griff der Statthalter nach seinem Becher. »Du glaubst also auch, dass er mit dem Verbrechen zu tun haben könnte?«

Ein abfälliger Ausdruck erschien auf Publius' Gesicht. »Wer denn sonst? Er war als Einziger den ganzen Abend bei meinem Vater, kannte seine Gewohnheiten, wusste, welchen Weg er nahm …«

»Welchen Grund sollte er für diesen Mord gehabt haben?«, unterbrach ihn der Statthalter.

Verächtlich zuckte Publius mit den Schultern. »Wie kann ich denn wissen, was sich im Kopf eines Sklaven abspielt? Habgier vermutlich … oder vielleicht Rachsucht.«

»Hatte Hyacinthus denn einen Anlass, sich an deinem Vater zu rächen?«

Wieder glitt Publius' Blick zu seiner Mutter, und seine Pupillen flackerten unruhig. »Glauben diese Sklaven nicht immer, einen Grund zu haben, unzufrieden zu sein?«

»Zeigte Hyacinthus sich denn unzufrieden?«

»Sagen wir einmal, er glaubte sich in eine Stellung drängen zu können, die ihm nicht zustand«, nahm nun Julia das Wort wieder auf. »Ich denke, mein Mann war etwas zu nachsichtig mit ihm. Dann vergessen manche leicht, wohin sie eigentlich gehören.«

»Wenn ich etwas zu sagen gehabt hätte«, Publius' blasses Gesicht hatte eine rote Färbung angenommen, »ich hätte ihm derlei schon ausgetrieben ...«

»Wie seid ihr mit ihm verfahren?« Die Stimme des Statthalters blieb weiterhin ruhig.

Desinteressiert lehnte sich Julia zurück und wies den Bediensteten an, ihr Wein nachzuschenken. »Ich habe ihn auspeitschen lassen, dafür, dass er meinen Gemahl in seiner Not so schändlich im Stich gelassen hat.« Ihre schmalen, beringten Finger schlossen sich um den Silberbecher, der ihr gereicht wurde.

»Was geschieht weiter?«, fragte der Legatus.

»Nun ...« Gleichgültig stellte Julia den Becher auf dem kleinen dreifüßigen Tisch ab. »Selbstverständlich wird Hyacinthus hingerichtet. Er muss bei diesem Mord die Hand mit im Spiel gehabt haben.«

»Doch zuvor lasse ich ihn verhören. Sicher hatte er Komplizen.« Es klang fast so, als würde Publius seiner Mutter das Wort abschneiden. »Nach dem, was geschehen ist, wird die Familie, deren Oberhaupt ich nun bin, keine einzige Nacht mehr ruhig schlafen können. Jeder weiß, dass man sich des Lebens nicht mehr sicher sein kann, wenn ein Sklave erst einmal gewagt hat, Hand an den eigenen Herrn zu legen. Alles Herdenvieh – es wird nicht lange dauern, bis der nächste etwas Ähnliches versucht.« Ein Ausdruck des Abscheus glitt über sein Gesicht. »Deshalb habe ich mich entschlossen, auf altes Recht zurückzugreifen. Sobald Hyacinthus gestanden hat, werden alle Sklaven des Hauses hingerichtet.«

Julia sah ihren Sohn mit einer ausdruckslosen Miene an, der nicht zu entnehmen war, ob sie über dessen Eröffnung schockiert war oder mit einer solchen Maßnahme gerechnet hatte.

»Und nun«, fuhr Publius ungerührt fort, »wirst du meine Mutter entschuldigen müssen, Legatus. Die Bestattung … Es gibt noch einiges für sie zu tun.«

Ohne ein weiteres Wort zu verlieren, stand Julia auf, wandte sich um und verließ den Raum. Der Stoff ihrer dunklen Stola raschelte leise, als er über den Mosaikboden glitt.

KAPITEL III

Das konnte nicht sein!

Ich war wie vor den Kopf geschlagen, fühlte mich wie in einem Albtraum. Der ganze Raum verschwamm vor meinen Augen.

Einen Moment lang lag ein bedrückendes Schweigen über dem Saal, als hätte die Ungeheuerlichkeit dieser Enthüllung sogar den Statthalter der Sprache beraubt.

»Kann ich dir noch einen Becher Wein anbieten?« Es war Publius, der als Erster das Wort ergriff. Seine Stimme klang entspannt, beinahe selbstzufrieden und riss mich aus meiner Betäubung.

»Nein, danke.« Entschieden schüttelte der Statthalter den Kopf. »Doch gibt es gewisse Dinge, die ich mit dir zu besprechen habe.«

»Die da wären?«

»Nun«, vorsichtig stellte der Statthalter seinen Becher ab, »ich würde dir bei der Suche nach dem Mörder deines Vaters gerne meine Unterstützung anbieten.«

Ich sah, wie Publius' Gesicht sich verhärtete, seine Lippen bildeten einen schmalen Strich. »Wie meine Mutter schon sagte, ist der Mörder bereits gefunden. Bemühe dich also nicht. So wie es aussieht, fällt die ganze Angelegenheit unter die Gerichtsbarkeit des *Pater Familias*, was bedeutet, ich habe die letzten Dinge zu entscheiden.«

»Damit wären wir bei der zweiten Sache, die ich mit dir zu besprechen habe«, nahm der Statthalter das Wort wieder auf. »Du weißt sicherlich, dass die Hinrichtung so vieler Sklaven einer offiziellen Genehmigung bedarf. Aus diesem Grunde würde ich gerne …«

»Wie ich mit meinem Besitz verfahre, ist einzig und allein meine Angelegenheit!«, unterbrach Publius ihn schroff. »Oder willst du mir da etwa dreinreden?« Es bereitete ihm sichtlich Schwierigkeiten, ein Mindestmaß an Höflichkeit aufrechtzuerhalten. »Du weißt, dass meine Familie verwandtschaftliche Beziehungen bis in die höchsten Kreise Roms hat. Was, denkst du wohl, würde der Kaiser dazu sagen, wenn er erfahren würde, dass sein Legat sich anmaßt, Angehörigen seines Hauses in privaten Angelegenheiten hereinzureden?«

Alarmiert horchte ich auf. Das war gewagt! Nicht nur dass Publius es sich herausnahm, dem obersten Herrn der Provinz die Stirn zu bieten, nun bezeichnete er sich auch noch selbst als Angehöriger des Kaiserhauses und drohte damit indirekt dem Statthalter, sich über seinen Kopf hinweg an Rom zu wenden.

»Rom ist weit, und der Kaiser hat derzeit andere Sorgen, würde ich meinen«, sagte der Statthalter gefährlich leise. »Aber du solltest nicht vergessen, dass ich hier seine Autorität verkörpere und dass jede Auflehnung dagegen als Verrat missdeutet werden könnte. Nicht dass ich dir, verehrter Publius, dergleichen unterstellen möchte.«

Publius erbleichte. Fast fahrig glitt sein Blick zu der Tür, dann machte er eine beiläufige Handbewegung. »Solche Dinge sollten wir lieber alleine bereden. Nicht vor neugierigen Ohren.«

»Mein Sekretär ist nur hier, um sich Notizen zu machen. Du kannst versichert sein, er ist verschwiegen, wie man es von ihm erwartet.«

Einen Moment lang schien Publius zu zögern. Schließlich nickte er. »Ganz wie du wünschst, Legatus. Doch sicher kannst du auf die Anwesenheit von der da« – er wies auf mich – »verzichten. Ich glaube kaum, dass sie dir in dieser Situation von Nutzen sein könnte.« Er lächelte anzüglich. »Fuscus!«, rief er den Sklavenjungen herbei, der den Wein serviert hatte. »Lass uns allein und sieh zu, dass das Mädchen des Statthalters versorgt wird. Und versuche erst gar nicht, dich in der Nähe der Tür herumzutreiben!«

Das blasse Gesicht des Jungen wurde noch einen Ton fahler, als er nickte und sich zum Gehen wandte. Immer noch erschüttert, folgte ich Fuscus nach draußen, widerwillig, da ich wusste, dass mich dies davon ausschloss, mehr über die ganze Geschichte in Erfahrung zu bringen.

»Willst du etwas trinken?«

Bei den unerwarteten Worten zuckte ich zusammen und schaute zu meinem Begleiter, der mit großen Augen auf eine Antwort wartete. Sein Gesichtsausdruck war trostlos und leer. Dennoch besaß er genügend Disziplin, sich der Anordnung gemäß um das leibliche Wohl der Sklavin des Legatus zu kümmern.

»Sicher …« Meine Antwort kam halbherzig. Mir zog die Vorstellung den Magen zusammen, mich in die Gesellschaft von Todgeweihten zu begeben, in die Gesellschaft der Sklaven, die wussten, dass sie – wenn das Schicksal ihnen nicht gnädig war – höchstens noch einige Tage zu leben hatten, bevor man sie für ein Verbrechen hinrichten würde, das sie nicht begangen hatten.

»Komm mit!« Mit einer fahrigen Handbewegung bedeutete er mir, ihm zu folgen, und gemeinsam gingen wir den Flur hinunter zur Küche.

Der übliche Geruch nach Braten, Ruß und Gewürzen schlug mir entgegen, und ich trat, meine Beklemmung überwindend, ein.

An einem schweren Tisch saß eine Alte, die Bohnen schnitt, während an der Feuerstelle eine hagere Mitsklavin in einem großen Topf rührte. Eine hochgewachsene, blonde Frau von Anfang zwanzig, die auf einem Schemel saß und Erbsen pulte, hob nur kurz den Blick, als wir die Küche betraten. Zu ihren Füßen hockte ein etwa vierjähriger Junge, dessen Gesichtszüge mir seltsam vertraut vorkamen.

»Das ist die Sklavin des Statthalters. Sieh zu, dass sie versorgt wird!« Fuscus' Stimme schien um Festigkeit bemüht, doch es war deutlich zu spüren, wie sehr er sich jedes Wort einzeln abringen musste.

Misstrauische Blicke wurden auf mich geworfen, dann erhob sich die Alte von dem knarrenden Stuhl, schlurfte zu dem großen Wandregal, nahm daraus einen Becher. Schließlich goss sie mir etwas verdünnten Wein ein, den sie vor mir auf dem Tisch abstellte, und gab mir ein Zeichen, mich ebenfalls zu setzen.

Zögernd griff ich nach dem glasierten Tonbecher und trank einen Schluck, während ich mich verstohlen in der Küche umsah.

Ein gemauerter Herd, zwei steinerne Backöfen. Außer dem Tisch, an dem wir saßen, war noch ein weiterer an die Wand gerückt, darüber Regale, in denen sich das Geschirr stapelte. Von der Decke hingen Gewürze zum Trocknen. Der mit Terrakotta-Fliesen belegte Fußboden war peinlich sauber gehalten.

Die anheimelnde Einrichtung stand im krassen Gegensatz zu der bedrückten Stimmung. Überall auf den Gesichtern derselbe Ausdruck: Hoffnungslosigkeit und Angst.

Schließlich hielt ich das Schweigen nicht länger aus. »Wann wird euer Herr bestattet?«, begann ich, da mir nichts Besseres einfiel.

Die Alte zuckte zusammen und hätte sich beinahe mit dem Messer in die Hand geschnitten. Langsam blickte sie zu mir auf. »In drei Tagen, weshalb fragst du?« Ihre Stimme klang schleppend, und wahrscheinlich war es nur der pflichtschuldige Respekt einer Sklavin des Statthalters gegenüber, der sie überhaupt etwas sagen ließ.

Verunsichert stammelte ich eine halbherzige Erklärung und nahm schnell einen weiteren Schluck.

»Es ist eine schreckliche Sache, nicht wahr?«, warf ich nach einer Weile in den Raum, wobei ich es bewusst offen ließ, ob ich den Tod des Baetius Quigo meinte oder die möglichen Folgen.

Ich sah, wie ein Zittern durch den Körper der Alten ging, erhielt jedoch keine Antwort.

»Warum hat Hyacinthus euren Herrn getötet?«

Die Frau am Herd hielt in ihrer Bewegung inne und wandte mir wie unter Schock ihr bleiches Gesicht zu. Der Alten am Tisch fiel das Messer aus der Hand, und Fuscus starrte mich an, als hätte ich ihm einen Schlag verpasst oder mich vor seinen Augen in ein Fabelwesen verwandelt. Sogar die stille, blonde Frau mit dem kleinen Jungen saß starr aufgerichtet und mit entsetzten Augen da.

Hitze schoss mir ins Gesicht, und schon bereute ich es, diese Frage gestellt zu haben.

Die Alte fing sich als Erste. »Wer hat das gesagt?«

»Ich hörte meinen Herrn mit eurer Herrin darüber sprechen«, gab ich verlegen zur Antwort und wand mich unbehaglich auf meinem Platz. »Ich habe Hyacinthus auf dem Gastmahl meines Herrn, des Statthalters, kennen gelernt; wir haben miteinander gesprochen. Er wirkte gelöst und guter Dinge, nicht wie jemand, der für dieselbe Nacht noch einen Mord geplant hat.«

Das Schweigen wurde unerträglich.

»Ich kann es nicht glauben, dass er zu so etwas fähig wäre. Ich glaube, dass jemand anders den Mord begangen hat.«

»Ein anderer – aber wer?« Die Frage der Alten klang wie ein leiser Aufschrei, und es hatte etwas geradezu Erlösendes, statt der stummen Ergebenheit eine menschliche Reaktion auf die bevorstehende Hinrichtung zu erfahren.

Vorsichtig hob ich die Schultern. »Ich weiß es nicht. Vielleicht einer der Gäste, ein politischer Gegner, ein persönlicher Feind.«

Die starr auf mich gerichteten Augen zeigten mir, dass sie eine derartige Möglichkeit noch nie in Betracht gezogen hatte.

Mehr zu meiner eigenen Klarheit fuhr ich in den Überlegungen fort: »Einen Mord zu begehen, noch dazu an einem derart wichtigen Beamten, dafür braucht es ein Motiv. Einen Grund, der ausreichend genug ist, ein solches Risiko einzugehen.« Immer noch schienen mich alle Blicke zu fixieren.

»In den Tagen vor dem Gastmahl, gab es da irgendetwas, das euch seltsam vorkam? Irgendetwas, das mit dem Tod eures Herrn in Verbindung stehen könnte?«

Die Alte sah mich unverwandt an, während die junge blonde Frau ihre Schüssel mit Erbsen beiseitestellte, aufstand und durch eine Seitentür entschwand. Der kleine Junge blieb verschüchtert zurück. Noch immer schienen sie alle Angst zu haben, mit mir zu reden.

»Der junge Herr, der Sohn des Verstorbenen, sprach davon, dass Hyacinthus es gewohnt sei, sich Dinge herauszunehmen, die ihm nicht zustanden«, nahm ich wieder das Wort auf, in der Hoffnung, etwas zu erfahren, das vielleicht ein wenig Licht in das Dunkel bringen konnte. »Weißt du, was er damit gemeint hat?«

Das Schweigen, das daraufhin entstand, war so groß, dass man eine Nadel hätte fallen hören können. Aus den Augenwinkeln heraus nahm ich wahr, wie Fuscus sich umwandte und die Küche verließ. Dann schien der Bann gebrochen, und die Alte schüttelte stumm den Kopf.

Ich kam einfach nicht weiter!

Bevor ich ins Haus des Statthalters kam, war ich Sklavin bei einem einflussreichen Ratsherrn namens Cornelius Felix in Divodurum gewesen. Zwar waren dessen Frau und

Tochter im günstigsten Fall als Drachen zu bezeichnen, die recht freigiebig Ohrfeigen zu verteilen wussten, wenn sie schlecht gelaunt oder unzufrieden waren. Doch noch nie im Leben hatte ich einen Haushalt gesehen, in dem die Sklaven derart verängstigt waren.

Seltsam, dabei hatte Hyacinthus an jenem Abend überhaupt nicht diesen Eindruck erweckt, so keck und vorlaut, wie er sich gegeben hatte. Solche Bemerkungen über meinen Herrn hätte noch nicht einmal ich mir herausgenommen, und ich stand im Rufe, nicht besonders vorsichtig mit meinen Äußerungen zu sein.

»Der Legatus möchte gehen!« Ohne dass ich es gemerkt hatte, war Fuscus zurückgekommen und stand in der Tür, sein Gesicht immer noch blass und ausdruckslos. »Du solltest jetzt besser aufbrechen.«

Noch einmal sah ich mich um. Wie auf ein Stichwort hin hatten alle ihre Arbeit wieder aufgenommen und wichen meinem Blick aus.

Ich unterließ es, noch einen guten Tag zu wünschen, und verließ die Küche.

Die dunkle Kühle des Flures, die bunten Wandbemalungen, deren Faune und Hirtinnen zynisch zu mir herabzustarren schienen, verstärkten das Unbehagen.

Ein leises Geräusch ließ mich zusammenfahren. Vom hinteren Teil des Flurs waren leise Schritte zu hören.

»Du – Mädchen!«

Eine raue Stimme ließ mich innehalten. Langsam blieb ich stehen und wandte mich um. Einige Schritte von mir entfernt hinter einer Säule versteckt stand die junge blonde Frau, die ich in der Küche gesehen hatte, und blickte mich an.

Zögernd warf ich einen Blick über die Schulter und machte ein paar Schritte auf sie zu.

»Was ist los?«, flüsterte ich, und vor Angst schlug mir das Herz bis zum Hals.

»Du – in Haus von Statthalter?« Trotz ihres schlechten Lateins klang ihre Stimme fest, wenn auch etwas ängstlich.

Ich nickte. »Ja!«

»Hyacinthus nicht ermorden Dominus. Hyacinthus unschuldig.«

Überrascht blickte ich die Frau an und sah mich verstohlen um, ob uns jemand belauschte.

»Woher weißt du das?«

»Ich wissen.« Beschwörend legte sie mir die Hand auf die Schulter. »Und jetzt wir alle sterben wie Hyacinthus, Frau, Mann, Kind, alle!« Sie machte eine allumfassende Handbewegung, und ihre Augen flackerten erregt.

»Was weißt du von der Sache?« Vor Aufregung drohte meine Stimme zu versagen.

»Frau von Dominus wollen alle tot. Böse Frau! Alle strafen für Hyacinthus.«

»Die Herrin hasst Hyacinthus?«, versuchte ich ihren Worten einen Sinn zu entlocken.

Ein bestätigendes Nicken war die Antwort.

»Wofür?«

»Herrin sagen, Hyacinthus zerstören Macht von Familie. Dominus sagen …«

»Wo steckst du denn?« Eine harsche Stimme ließ mich zusammenfahren. »Der Statthalter wünscht zu gehen! Kommst du endlich?« Ungeduldig stand Marcipor in der offenen Tür und blickte verärgert zu mir herüber.

»Nicht glauben, was Herrin sagen«, raunte sie mir beim Weggehen zu. »Statthalter muss wissen, Herrin nicht sagen Wahrheit!«

Meine Gedanken rasten, mein Gesicht brannte, als ich mit Marcipor den Flur zum Haupttor des Hauses hinabeilte. Was hatte die Frau gesagt? Ich war zu verwirrt, um die bruchstückhaften Andeutungen zu verstehen. Und ihr schwerer Akzent – wo hatte ich dergleichen schon gehört?

Plötzlich fiel es mir wie Schuppen von den Augen. Es war mir, als öffnete sich der Schlund zum Hades, als mir die Wahrheit dämmerte, und ich wusste, weshalb mir die Sprache so bekannt vorgekommen war und die Gesichtszüge des kleinen Jungen Erinnerungen in mir wachgerufen hatten.

Das Haus des Baetius war der Ort, zu dem Flavus bisweilen heimliche Streifzüge unternommen hatte. Und die blonde alemannische Frau, die jetzt ebenso wie ihr kleiner Sohn den sicheren Sklaventod vor Augen hatte, war niemand anders als Flavus' Schwägerin, Ehefrau seines im Kampf gefallenen Bruders, und der Junge deren gemeinsames Kind, Flavus' Neffe.

Ich zitterte immer noch, als ich im Statthalterpalast ankam. In meinem Kopf stürzten die Gedanken auf mich ein wie bedrohliche Fledermäuse, gegen die ich mich nicht zur Wehr setzen konnte.

Immer wieder stiegen die Gesichter derer in meinem Kopf auf, die in wenigen Tagen mit ihrem Leben für den Tod ihres Herrn büßen sollten. Die Ungeheuerlichkeit dieser Tatsache traf mich jetzt noch härter, da ich wusste, dass darunter auch zwei nahe Verwandte von Flavus waren.

Eilig entledigte ich mich meiner Schreibutensilien und bat Pelagius, mich einen Moment nach draußen zu lassen.

Ich ging durch den Flur hinaus in den Hof, wo ich einen Moment lang meinen Kopf gegen die kühle, weiß getünchte Mauer des Hauses drückte und mich dazu zwang, meine Gedanken zu sammeln.

Ein Geräusch riss mich aus meinen Überlegungen. Das vertraute dumpfe Schlagen einer Axt, die ins Holz eindrang.

Ich blickte mich um. Inmitten des Hofes stand Flavus und zerkleinerte das Holz für das Hypocaustum, die Fußbodenheizung.

Bei jeder Bewegung traten die Sehnen an seinen Armen hervor, die Muskeln zeichneten sich durch den Stoff des Gewandes deutlich ab.

Wieder stieg dieses seltsame Gefühl in mir auf, das ich nicht zu deuten wusste. War es Angst?

Zögernd näherte ich mich ihm. Verstohlen ging mein Blick zu seiner Tunika, doch ich konnte keine Spur jenes verdächtigen Flecks entdecken, den ich in der Nacht gesehen zu haben glaubte. Hatte er ihn ausgewaschen, oder hatte ich mich einfach nur getäuscht?

Konzentriert arbeitete er weiter. Erst als ich unmittelbar vor ihm stand, bemerkte er mich und blickte auf.

»Invita!« Ein kurzes Lächeln huschte über sein mit Ruß verschmiertes Gesicht; mit dem Handrücken wischte er sich den Schweiß von der Stirn.

Ich war unfähig, ihm in die Augen zu sehen.

»Was ist los?« Mein seltsames Verhalten war ihm nicht entgangen. »Bist du verstimmt, dass Celsus dich ausnahmsweise mal nicht einer Untat verdächtigt?«

Immer noch fehlten mir die Worte.

Fast nachlässig legte er die Axt beiseite. Ein spöttisches Funkeln lag in seinen Augen. »Oder hat dir unsere erste gemeinsame Nacht die Sprache verschlagen …?«

»Lass derartige Scherze!«, fauchte ich ihn an, nur schwer meine Erschütterung verbergend. »Danke deinen Barbarengöttern auf den Knien dafür, dass du es hier so gut getroffen hast und dir der Hausverwalter auch noch die Schreiberin der Domina als Dreingabe ins Bett steckt!«

Ein unverschämtes Grinsen blitzte in seinem Gesicht auf. »Ich habe mich ja gar nicht beschwert. Nur, du siehst aus, als wärst du gerade als Löwenfutter für die nächsten Spielen eingeteilt worden …«

Unerwartete Röte schoss mir ins Gesicht, das Herz schlug mir bis zum Hals, als Flavus der Wahrheit so nahe kam, auch wenn nicht ich, sondern andere dem Tod geweiht waren. Wieder sah ich Flavus' Schwägerin vor mir, ihre großen, traurigen Augen, und ich brachte es nicht über mich, ihm von ihrem Schicksal zu berichten.

»He, was ist?« Er kam noch einen Schritt auf mich zu. »Was hast du?«

Verbissen presste ich die Zähne zusammen und vermied es, Flavus anzusehen. »Ich war im Hause des Baetius.«

»Tatsächlich?« Der Ausdruck in seiner Stimme veränderte sich, war jedoch nicht zu deuten. »Waren deine Ohren wieder einmal besonders neugierig?«

Meine Angst erstickte meine Verärgerung. »Ich war als offizielle Begleitung des Statthalters dort und …«

»Was hast du diesmal angestellt?« Der übliche Spott in Flavus' Tonfall war nun vollständig verschwunden.

»Nichts, es ist nur … .« Es war zu furchtbar, um es ihm zu sagen. Ich spürte Flavus' Körperwärme, seine Nähe und wusste nicht, wie er reagieren würde, wenn er die Wahrheit erführe.

Sanft legte er mir die Hand auf die Schulter. Erneut stieg Verwirrung in mir auf. Als Sklavin einflussreicher Beamter hatte ich im Laufe des Lebens die unterschiedlichsten Menschen im Haus meiner jeweiligen Herren ein und aus gehen sehen, doch noch nie hatte mich jemand so irritiert wie dieser Fremde aus den germanischen Wäldern. In einem Augenblick brutal und undurchschaubar, im nächsten Moment so einfühlsam und sanft, dass ich mich nur schwer dem Drang erwehren konnte, mich ihm in die Arme zu werfen.

»Wovor hast du Angst?« Der Blick seiner Augen traf mich, und ich wusste, dass ich es ihm nicht sagen konnte, dass seine Verwandten womöglich nur noch wenige Tage zu leben hatten.

Mit einem Ruck riss ich mich los und wandte mich ab, als ich spürte, wie Tränen in mir aufstiegen. »Was geht dich das überhaupt an?«, fauchte ich und lief über den Hof davon.

Ein Unglück kommt selten allein! Kaum zurück in der Kühle des Hauses, war es mir nicht einmal für einen Moment vergönnt, meine Gedanken zu sammeln.

»Invita!« Eine Stimme ließ mich zusammenfahren. Mit dem wichtigen Gesichtsausdruck eines Mannes, der sich darüber im Klaren ist, dass sich ohne ihn die Welt nicht dreht, kam Hermion auf mich zu.

Er war ein kleiner, untersetzter Mann mit einem Bärtchen in griechischer Art, das er sorgsam pflegte, als könne es ihn irgendwie männlicher und damit bedeutsamer machen. In seiner beflissenen Art war er so bestrebt, auf jedes Detail zu achten, dass er sich manchmal darin verlor.

Schnell wischte ich mir mit dem Zipfel der Tunika die Tränen aus dem Gesicht, bevor ich zu ihm aufblickte. »Vilicus.«

Er schien meinen Zustand nicht zu bemerken. Mit angestrengter Miene zog er ein Wachstäfelchen hervor und klappte es auseinander.

»Wenn ich es richtig sehe, bist du die Einzige, die ich noch nicht zu den Vorkommnissen befragt habe.«

»Ich war gerade mit dem Dominus im Hause des verstorbenen Baetius Quigo«, gab ich zur Antwort, als sei von jemandem wie mir irgendeine Rechtfertigung erwünscht.

»Es ist äußerst wichtig, dass dieser hinterhältige Mord aufgeklärt und der Schuldige hart bestraft wird.« Noch immer klang Hermion so, als würde er mir tatsächlich eine Neuigkeit verkünden.

Doch ich nickte bestätigend.

»Bist du im Moment für eine Arbeit eingeteilt?«

»Nein«, sagte ich mehr oder weniger wahrheitsgemäß, und auf einen Wink hin folgte ich ihm in sein Büro, wo er sich sogleich auf seinem Stuhl niederließ, mir jedoch keinen Platz anbot.

»Also«, begann er nach einer Weile und klapperte wichtig mit seiner Wachstafel. »Was weißt du über den Überfall auf den edlen Baetius Quigo?«

Stellte er jedem diese Frage?

»Nichts«, antwortete ich wahrheitsgemäß. »Ich lag im Bett und schlief, als das …«, ich zögerte, »das Verbrechen geschah. Von der ganzen Sache habe ich erst erfahren, als Celsus alle weckte.«

Ich bemühte mich um einen unbeteiligten Eindruck, wusste ich doch, dass ich im Ruf stand, stets Ärger zu machen.

Mit heraufgezogenen Augenbrauen kritzelte er etwas in seine Wachstafel. »Hast du vielleicht im Laufe des Abends irgendetwas Verdächtiges bemerkt?«

Mir kamen meine heimlichen Beobachtungen hinter dem Vorhang in den Sinn, und unwillkürlich schoss mir Röte ins Gesicht.

»Gar nichts, Vilicus.«

Ein misstrauisches Stirnrunzeln zeigte mir, dass er nicht gedachte, mir zu glauben. »Wo warst du während des Gastmahls?«

Erneut durchfuhr ein Hitzeschwall meinen Körper. Aus Selbstschutz beschloss ich, meine angeregten Gespräche mit dem Hauptverdächtigen des Mordes vorerst unerwähnt zu lassen.

»Ich war in der Küche«, meinte ich schließlich, »bei den anderen Bediensteten.«

Wieder kritzelte er etwas auf seine Wachstafeln.

»Ist dir dort irgendetwas Verdächtiges aufgefallen?«

Unsicher, wie ich darauf antworten sollte, schüttelte ich den Kopf.

»Hast du zufällig mit Sklaven aus dem Hause des Baetius gesprochen?«

Ich spürte, wie ein fiebriges Zittern in meinem Körper entstand und sich langsam in mir ausbreitete.

»Hast du?«

Meine Reaktion schien Hermion nicht entgangen zu sein, und Leugnen war zwecklos. Zu viele der anderen Sklaven hatten mich mit Hyacinthus gesehen, und es erschien mir besser, der Vilicus würde es von mir erfahren und nicht von anderen.

Zögernd nickte ich.

»Und so etwas erzählst du erst jetzt?« Von einem Moment zum nächsten hatte Hermions Gesicht eine rosa Färbung angenommen.

»Bisher wurde ich nicht danach gefragt, Vilicus.«

Angestrengt hielt ich meinen Blick auf die Fußspitzen gerichtet, und Hermion schien einen Moment zu überlegen, ob dies als eine angemessene Entschuldigung gelten könne.

Schließlich ließ er es auf sich beruhen. »Mit wem hast du denn gesprochen?«

Diese Frage hatte ich befürchtet.

»Mit Hyacinthus!«, stieß ich hervor und spürte, wie mein ganzes Gesicht in Flammen stand, was wie ein Schuldbekenntnis wirken musste.

»*Was?*«, entfuhr es Hermion, der zum ersten Mal, seit ich ihn kannte, die Fassung verlor. »Mit *diesem* Hyacinthus?«

Ich war gezwungen, ihm in die Augen zu sehen, und nickte.

»Das ist ja ungeheuerlich. Wieso hast du den Abend mit einem Mörder verbracht?«

Weil mir unter Androhung von Prügeln der Aufenthalt in der Nähe des Speisesaales verboten war, wollte ich antworten, war jedoch klug genug, mich zurückzuhalten.

»Mir blieb keine andere Wahl, Vilicus«, gab ich so sachlich wie möglich zur Antwort.

So demütig, wie es mir meine schauspielerischen Fähigkeiten gestatteten, senkte ich den Kopf. »Der Sklave Hyacinthus hat sich an dem Abend einen Platz neben dem meinen ausgesucht und offensichtlich den Wunsch gehabt, sich mit mir zu unterhalten. Da wir dazu angehalten waren, uns den Gästen und ihren Bediensteten gegenüber zuvorkommend und freundlich zu verhalten, sah ich keinerlei Möglichkeit, mich dieser Gesellschaft zu entziehen.«

Hermions Gesichtsausdruck war nicht anzumerken, ob er diese Erklärung stichhaltig fand.

Ich war keine große Schönheit. Mit meinen rostfarbenen, störrischen Locken, den aufsässigen Sommersprossen auf der spitzen Nase und dem vorlauten Mundwerk zählte ich nicht gerade zu den Günstlingen der Männerwelt. Mehr als einmal hatte ich dem Schicksal für diese Gnade gedankt, hatte mich diese Tatsache doch davor bewahrt, unfreiwillig von den Herren oder Söhnen der Häuser, in denen ich bisher diente, zum Objekt der Befriedigung ihrer männlichen Gelüste auserkoren zu werden, wie es bei Sklavinnen, die allzu sehr mit äußeren Reizen gesegnet sind, früher oder später fast immer der Fall ist.

Dass jedoch ausgerechnet Hyacinthus, der Hauptverdächtige eines Kapitalverbrechens, noch dazu am Abend des Mordes seinen zweifelhaften Charme an mir versprühen musste, war eindeutig eine jener bösartigen Launen des Schicksals.

»Was hattest du mit diesem Burschen zu bereden?«, schnaufte Hermion schließlich. Er war deutlich um Haltung bemüht.

»Nichts von Bedeutung, Vilicus«, antwortete ich wahrheitsgemäß, wusste jedoch schon jetzt, dass er dieser Aussage keinerlei Glauben schenken würde.

»Du willst mir sagen, dass du den Abend mit einem Mörder verbracht und nichts davon geahnt hast?«

Beinahe verblüfft schaute ich ihn an. Wie naiv war Hermion denn? Sollte ich denn jemandem von der Stirn ablesen können, ob er unter dem Tisch schon das Mordmesser wetzte? Abgesehen davon, dass ich nach wie vor von Hyacinthus' Unschuld überzeugt war und er an jenem Abend auch nicht den Eindruck erweckt hatte, als plane er noch ein Verbrechen.

»Nein«, antwortete ich schließlich. »So etwas war nicht zu vermuten. Hyacinthus wirkte gelöst und guter Dinge.«

Ein Stirnrunzeln war die Antwort. »Du weißt, dass ich dich zu einer Aussage zwingen kann, wenn du mir nicht die Wahrheit sagst, also versuche erst gar nicht, mir etwas zu verschweigen.«

»Nein, Vilicus. Sicherlich nicht.« *Großartig*! Nun wurde mir auch noch mit Folter gedroht, und das, obgleich ich die reine, die absolute Wahrheit sprach.

Doch wusste ich aus eigener Erfahrung, dass in schwerwiegenden Fällen wichtige Aussagen von Sklaven nur dann Gültigkeit besaßen, wenn sie unter der Folter gemacht wurden, und jemand, der wie Hermion neu in einer derart wichtigen Position war, würde ganz sicher von jedem Mittel Gebrauch machen, um sich zu profilieren.

Unwillkürlich verkrampfte ich mich, aber nur kurz. Da ich derzeit unter dem besonderen Schutz der Hausherrin stand, musste Hermion schon einen schlagenden Beweis gegen mich haben.

»Es ist die Wahrheit, Vilicus. Nichts an dem Abend hat auf irgendein Verbrechen hingedeutet.«

Er schien zu merken, dass er im Moment nicht mehr aus mir herausbekommen würde. Mit der Miene eines leidenden Philosophen ließ er mich schließlich gehen.

Natürlich war die Sache damit keineswegs abgeschlossen. Aber da ich diesmal wirklich nichts damit zu tun hatte, war ich auf der sicheren Seite.

Für einen Augenblick durchströmte mich wieder das Gefühl von Erleichterung, doch löste es sich genauso schnell auf, wie es gekommen war.

Zwar bestanden gute Chancen, dass *ich* diesmal ungeschoren aus der Sache herauskam, nicht jedoch die Sklaven des Baetius. Ein Bild des Grauens stieg vor meinem inneren Auge auf, und plötzlich wusste ich, dass ich den Tod so vieler Unschuldiger nicht einfach tatenlos hinnehmen konnte.

Ein verhängnisvoller Entschluss reifte in mir heran.

Weshalb sollte ich meine bevorzugte Stellung unter dem Schutz der Hausherrin nicht dazu verwenden, um in Erfahrung zu bringen, was es tatsächlich mit dem Mord auf sich hatte? Zwar würde dies bedeuten, dass ich mich wieder einmal einmischen und womöglich in die Nesseln setzen würde, doch waren die Beweise, die Hyacinthus zur Last gelegt wurden, so dünn, dass es doch nicht allzu schwer sein konnte, diese zu entkräften.

Zumindest glaubte ich das.

Und außerdem – bei dem Gedanken stahl sich ein kleines Lächeln auf meine Lippen – konnte ich auf diese Weise vielleicht einen Teil der Schuld begleichen, in der ich bei Flavus stand.

Mein Herz begann bei dieser Vorstellung heftig zu klopfen, und eilig machte ich mich auf den Weg zurück in Pelagius' Büro, bevor er nach mir schicken musste und ich nur unnötige Aufmerksamkeit erregte, die ich im Moment nicht gebrauchen konnte.

Nachdenklich trat ich hinaus auf die Straße. Das frühlingshafte Maiwetter war mild, und vor dem Seiteneingang des statthalterlichen Hauses lungerten ein paar Mägde herum, die sich angesichts des Sonnenscheins wohl nicht dazu durchringen konnten, die auf dem Markt gekauften Lebensmittel ins Haus zu bringen.

Aus der geöffneten Vorratskammer strömte der Duft der im Herbst eingelagerten Äpfel und mischte sich mit dem Geruch des Frühlings und der im ganzen Trevererland in Blüte stehenden Bäume.

Mein Gefühl von Schock und Beklemmung war einem neuen Tatendrang gewichen, der jedoch von einer gewissen Angst überschattet war. Außerdem hatte ich noch keine genaue Vorstellung davon, wie ich am besten vorgehen könnte, um über diesen Mord etwas in Erfahrung zu bringen.

Gedankenversunken lehnte ich mich gegen die von der Frühlingssonne angewärmte Hauswand und wollte soeben die Augen schließen, als mich das Gefühl überkam, gerade aus den Augenwinkeln etwas aufgeschnappt zu haben, das mir überhaupt nicht gefiel.

Seltsam. Stirnrunzelnd blickte ich mich um. Nicht weit vom statthalterlichen Haus entfernt, nur halb durch einen Mauervorsprung verborgen, standen vier Männer und gaben sich allem Anschein nach beträchtliche Mühe, von der Straße aus nicht gesehen zu werden.

Misstrauisch kniff ich die Augen zusammen. Drei der Männer waren mir völlig fremd. Groß gewachsen, bärtig, mit schmutziger, abgetragener Kleidung und dem einschüchternden Auftreten von Gladiatoren vor dem Angriff. Der vierte in der Gruppe, den sie gerade kräftig in die Mangel zu nehmen schienen, war mir hingegen hinlänglich bekannt.

Flavus.

Einen Moment lang stockte mir der Atem. Zwar konnte ich von meiner Position aus kaum etwas verstehen, doch sah es ganz so aus, als würden ihn die drei Fremden mit allen Regeln der Kunst zu etwas überreden wollen, in das er partout nicht einzuwilligen gedachte.

Brutal drohten sie ihm mit Fäusten und hielten ihn fest. Einer packte ihn an den Schultern, und ich erkannte das metallische Aufblitzen einer Klinge in der Abendsonne. Doch Flavus' scharf geschnittenes Gesicht blieb abweisend und verschlossen.

Kalter Schweiß brach mir aus. Die frühlingshafte Sonne schien sich zu verfinstern. Eine Messerspitze war auf Flavus' Kehle gerichtet, während einer der Fremden seinen Kopf gepackt hielt und zurück riss.

Flavus schien etwas zu sagen, was ich aber nicht hören konnte. Offenbar überrascht ließ sein Gegenüber das Messer sinken und blickte ihn an. Endlich lockerten die Unbekannten den Griff. Flavus schien auf ihr Anliegen, worin auch immer dieses bestand, eingehen zu wollen.

Vorsichtig ging ich näher an die Gruppe heran.

Wieder begannen sie, laut auf ihn einzureden, doch beherrschte ich germanische Dialekte nur sehr bruchstückhaft. Aber ein Wort konnte ich selbst in dieser barbarischen Sprache verstehen: *Rache.*

Einen Augenblick lang sah Flavus dem Anführer der Fremden direkt in die Augen. Schließlich nickte er, befreite sich aus ihren Fängen und hob beschwichtigend die Hände.

Schleunigst trat ich den Rückzug an.

Ohne sich noch einmal nach ihnen umzuwenden, machte sich Flavus ebenfalls auf den Weg zurück zum Statthalterpalast.

Gerade noch rechtzeitig glückte es mir, im Inneren zu verschwinden, ohne von ihm gesehen zu werden.

Ein Zittern breitete sich in meinem Körper aus, als der erste Schreck von mir abfiel und die Erkenntnis langsam in mir einsickerte: Flavus hatte also etwas zu verbergen.

Mühsam kämpfte ich um Beherrschung. Ich hatte geglaubt, ihm vertrauen zu können, und nun machte er gemeinsame Sache mit irgendwelchen Halunken, die sich nicht davor scheuten, auf offener Straße von einer Waffe Gebrauch zu machen und von Rachefantasien zu faseln.

Das Hämmern meines Herzens schien an den hohen Wänden des Hauses widerzuhallen. Schon jetzt wusste ich, dass ich nicht den Mut haben würde, Flavus nach den heutigen Ereignissen zu fragen.

KAPITEL IV

Ich lag allein in der Dunkelheit.

Durch das geöffnete Fenster strömte kühle Nachtluft herein, das Holz der Truhen und Regale knackte leise, und die Strohmatratze, auf der ich lag, war hart und roch intensiv nach Wiese und Heu. Unruhig schlang ich die kratzende Decke fester um mich und drehte mich auf die andere Seite.

Ich konnte nicht schlafen. Wie die Furien verfolgten mich die Gesichter von Baetius' Sklaven bis in die Nacht. Das stolze, aber traurige Gesicht von Flavus' Schwägerin, die hilflose Resignation der alten Köchin und die Befürchtung, Flavus könne seine Hände in irgendwelchen dunklen Machenschaften haben, bohrten in mir wie Messerstiche.

Noch immer hatte ich nicht den Mut gefunden, ihn darauf anzusprechen. Fast den ganzen Tag über arbeitete er im Heizraum und kam erst zurück, wenn sich alle anderen schon schlafen gelegt hatten.

Leise knarrte die Tür, ein Lichtschein fiel herein, als sie sich langsam öffnete. Hastig schloss ich die Augen und stellte mich schlafend.

Ich hörte, wie Flavus eintrat und die Tür wieder hinter sich schloss. Schritte kamen näher. Ich ahnte mehr, als dass ich es hörte, wie er seine Übertunika auszog, seine Sandalen aufband und beides auf eine der Truhen legte.

Mein Herz schlug lauter, als er sich dem Bett näherte.

Kaum hörbar murmelte er ein paar Worte, die ich nicht verstand, und schlug schließlich die Decke zurück.

Einen Moment lang zögerte er, als sei er unschlüssig, dann spürte ich, wie er sich langsam zu mir herabbeugte.

»Hast du etwa Angst vor mir?«

Ich rührte mich nicht.

»Ist die Schreiberin des Statthalters derart eingeschüchtert, dass sie sich vor mir unter der Bettdecke verkriecht!«

Wütend fuhr ich auf. »Was soll das, mich einfach zu wecken?«, fauchte ich ihn an.

»Seit wann kann man jemanden wecken, der gar nicht schläft?«

»Wie kommst du auf so etwas?«

Der Spott in seiner Stimme war nicht zu überhören: »Dein Atem ging so heftig, dass ich dachte, die Götterdämmerung bricht herein.«

Ich verkniff mir eine bissige Antwort. »Vielleicht habe ich ja schlecht geträumt.«

Kurz blitzten seine hellen Zähne auf. »Bin ich etwa dein Albtraum?«

»Wenn ich sonst keinen Kummer hätte …«

Wieder dachte ich an die jüngsten Ereignisse und drehte mich schnell auf die andere Seite. Noch immer rührte sich Flavus nicht, und beinahe glaubte ich, seinen Blick zwischen meinen Schulterblättern zu spüren.

»Du verschweigst mir doch etwas.« Der freundschaftliche Spott war vollständig aus seiner Stimme verschwunden. »Was?«

»Was soll ich denn verschweigen?«, knurrte ich verlegen zurück. »Glaubst du, einen Monat im Amt, und schon weiht mich der Legatus in wichtige Staatsgeheimnisse ein?« Ich versuchte zu lachen, was jedoch nicht wirklich überzeugend klang.

Flavus beugte sich weiter zu mir herunter. »Versuch nicht, mir etwas vorzumachen. Du weißt, dass dir das nicht gelingen wird, und ich weiß, dass es etwas gibt, das du mir nicht sagen willst. Also, was ist es?«

Einen Moment lang zögerte ich, doch schließlich entschied ich, dass er die schreckliche Wahrheit vielleicht doch besser von mir erfahren sollte.

»Heute Morgen, im Hause des Baetius ...«, begann ich vorsichtig und betete zum Unbekannten Gott, dass ich mit meinen Worten keine Lawine auslösen würde.

»Ja ...?«, meinte Flavus gedehnt.

»Es sieht so aus, als ob der Schuldige feststeht ...«

Überrascht blickte er auf, und im schwachen Mondlicht sah ich, wie sich eine Falte zwischen seine Augenbrauen grub.

»Die Domina Julia ist überzeugt, dass es Hyacinthus war, der Begleitsklave ihres Gatten, der ihn nach Hause geleiten sollte.«

Ich spürte, dass Flavus etwas erwidern wollte, ließ ihm jedoch keine Zeit zu antworten. »Publius, ihr Sohn, besteht darauf, altes Recht anzuwenden. Wenn innerhalb der nächsten Zeit niemand anders des Mordes überführt wird, werden alle Sklaven des Hauses hingerichtet!«

Es war heraus. Mein Herz schlug schmerzhaft bis zum Hals, als ich atemlos innehielt.

Einen Moment lang geschah gar nichts. Flavus' Gesicht verfinsterte sich wie der Himmel kurz vor einem Gewitter. Die Schlagader an seinem Hals begann, heftig zu pochen.

»Das kann er nicht tun!«, brach es schließlich aus ihm heraus. »So etwas ist barbarisch!« Seine rechte Hand war zur Faust geballt, und einen Moment lang befürchtete ich, er könnte sich auf mich stürzen, um seine Wut an mir, der Überbringerin der Botschaft, auszulassen.

»Er wird es tun«, zwang ich mich so ruhig wie möglich zu erwidern, »sobald sein Vater bestattet und kein anderer Schuldiger gefunden ist.«

Flavus keuchte angestrengt. Selbst im Halbdunkel spürte ich seine Anspannung und den inneren Kampf.

»Wenn es also irgendetwas gibt, das du weißt«, meinte ich vorsichtig, »irgendetwas, das du an jenem Abend gesehen oder gehört hast, dann ...«

Das Bett knarrte bedrohlich, als Flavus ruckartig aufstand und zur anderen Seite des Raums ging.

Mühsam versuchte ich, in der Dunkelheit etwas zu erkennen, und sah undeutlich, wie er aus dem Fenster blickte, die Hände zur Faust geballt und Worte in seiner Sprache hervorpressend.

Ich richtete mich vollständig auf.

»Niemand auf der Welt wird sie daran hindern, es sei denn, es findet sich ein anderer Schuldiger. Jemand, der nicht zu ihren Sklaven zählt.«

In ohnmächtigem Zorn schlug er mit der Faust gegen die gekalkte Wand, dann wandte er sich um und zog seinen Umhang über.

»Was hast du vor?« Erschrocken stand ich auf.

Statt einer Antwort machte er ein paar Schritte in Richtung Tür.

»Wo willst du hin?«

Ein kurzer, herablassender Blick traf mich. »Was denkst du wohl?« Seine Stimme zitterte vor mühsam unterdrückter Aggression.

Mit einem Ruck riss er die Tür auf, blickte kurz nach beiden Seiten und verschwand dann, während er sie fast lautlos hinter sich schloss.

Wie erstarrt saß ich allein in der Dunkelheit. Mein Herz hämmerte, es drängte mich, ihm zu folgen. Doch war ich schon einmal dafür ausgepeitscht worden, dass ich weggelaufen und für mehrere Tage verschwunden war. Im Augenblick verspürte ich keinerlei Neigung, derartiges ein weiteres Mal zu riskieren – oder, vielleicht noch schlimmer, in die Hände irgendwelcher alemannischer Verschwörer zu geraten.

Erneut wurde mir schmerzhaft bewusst, wie fremd mir Flavus war.

Angst und Unbehagen breiteten sich in mir aus, doch blieb mir in meiner Situation nichts anderes übrig, als abzuwarten und zu beten, der Unbekannte Gott möge vielleicht doch ein Einsehen haben, falls ihn das Leben von Sklaven überhaupt interessierte.

Ein Geräusch riss mich aus dem Schlaf.

Erschrocken fuhr ich zusammen und richtete mich auf.

Erstes blasses Morgenlicht fiel ins Zimmer, vor meinem Bett stand Flavus, den Rücken mir zugewandt, das Gesicht zum Fenster.

Wie spät war es? War er gerade erst wieder zurückgekommen?

»Wo warst du?«, flüsterte ich, doch es erfolgte keine Reaktion.

Ohne meine Sandalen zu suchen, stand ich auf und ging zu ihm. »Wo bist du gewesen?«

Langsam wandte er mir das Gesicht zu, doch es war ausdruckslos, eine undurchschaubare Maske, und beinahe verängstigt wich ich einen Schritt zurück.

»Was hast du getan?«

Ohne mir eine Antwort zu geben, begann sich Flavus für seine Arbeit fertig zu machen.

»Weißt du überhaupt, was du mit deinen heimlichen Eskapaden riskierst?«

Wut stieg in mir auf, als er noch immer keine Reaktion zeigte. Was hatte er getan, das er vor mir verbergen musste? Was hatte er mit diesen drei Fremden zu schaffen, und weshalb weigerte er sich, mit mir zu sprechen?

»Hast du Baetius Quigo ermordet?«, flüsterte ich kaum hörbar, doch wie unter einem Schlag zuckte Flavus zusammen. Ohne Vorwarnung packte er mein Handgelenk, dass es schmerzte, und zog mich zu sich heran.

»Invita, hör zu!« Seine Stimme klang atemlos und heiser. »Ich …«

Das Auffliegen der Tür ließ uns beide herumfahren. Celsus stand im Eingang und starrte böse herein, als erwartete er zu sehen, dass Flavus und ich gemeinsam einen Aufstand gegen den Statthalter anzettelten.

»Wie ich sehe, brauchst du gerade wieder jemanden, der dich züchtigt«, meinte er an mich gewandt und ließ seine Augen dann über Flavus gleiten. »Nun gut, zumindest hat sich jemand gefunden, der dazu in der Lage zu sein scheint … Doch für so was ist noch ein anderes Mal Zeit. Die Herrin wünscht dich zu sehen!« Sein eisiger Blick traf mich. »Sofort!«

Überrascht starrte ich Celsus an und spürte, wie Flavus meinen Arm losließ.

»Du sollst dich noch vor dem Frühstück bei ihr melden. Und beeil dich, es scheint wichtig zu sein!« Ohne ein weiteres Wort zu verlieren, wandte sich Celsus um und stapfte den Flur hinab.

Noch immer verwirrt blickte ich in Flavus' Gesicht, das wieder den üblichen herablassenden Ausdruck zeigte.

Mir blieb keine Zeit, das unterbrochene Gespräch fortzusetzen. Wenn ich von Flavus Antworten wollte, musste ich wohl bis zum Abend warten. Eilig schlüpfte ich in meine Tunika und richtete notdürftig die Haare, bevor ich ebenfalls die Kammer verließ und mich mit vor Aufregung hämmerndem Herzen zu Marcella aufmachte.

Das Schicksal war eine bösartige Kraft. Noch vor wenigen Tagen hatte ich geglaubt, für mich hätte sich alles zum Besseren gewendet: eine erträgliche Arbeit, dazu den Schutz und die Dankbarkeit der Herrin. Außerdem war ich mir endlich sicher gewesen, dass ich Flavus Vertrauen schenken konnte.

Zu früh gefreut! Innerhalb nur eines Tages hingen erneut düstere Schatten des Unheils über mir und meiner Umgebung.

Wahrscheinlich hatte es jedoch so kommen müssen. Die Götter neideten den Sterblichen schon immer allzu viel Glück und jemandem wie mir sogar das kleinste bisschen.

Schon als Säugling war ich zum Sterben im Straßengraben ausgesetzt worden, wo ich jedoch statt von streunenden Hunden von jemandem gefunden wurde, der ein gutes Geschäft erkannte und das schmutzige, schreiende Bündel aufhob und an einen Sklavenhändler verkaufte.

So oder so ähnlich musste es sich abgespielt haben, und das war auch schon alles, was ich über meine Herkunft wusste. Fast alles.

Einen Moment lang lehnte ich mich an die kühle, kunstvoll verzierte Wand. Ein paar durchdringend grüne Augen, ein schmales, noch kaum von Falten berührtes Gesicht erschien vor meinem inneren Auge. Ich versuchte das Bild zu verscheuchen, doch diesmal gelang es mir nicht. Es hatte sich für alle Ewigkeiten in mein Gedächtnis geprägt – wie der Griff von Celsus' Händen, der mich von der Frau, in der ich geglaubt hatte, meine Mutter zu erkennen, weggerissen hatte. Doch auch diese hatte mich im entscheidenden Moment verleugnet.

Selena!

Ich zwang mich, die Augen zu öffnen und die Erinnerungen zu verscheuchen. Es war nicht der geeignete Zeitpunkt, sich von den Geistern der Vergangenheit heimsuchen zu lassen, die Herrin wartete.

Als ich Marcellas Zimmer erreicht hatte, klopfte ich leise.

Keine Reaktion. Das war seltsam. Einen Moment lang wartete ich, dann klopfte ich erneut.

Noch immer keine Antwort. Vorsichtig, da ich nicht so recht wusste, wie ich mich verhalten sollte, öffnete ich die Tür einen Spalt und spähte hinein.

Marcella saß in ihrem Korbsessel, die Füße auf einem kleinen Schemel, die Hände auf dem Schoß gefaltet. Ihre schwarzen Haare waren offen und fielen ihr leicht über die Schultern.

Das grüne Glas der Fenster tauchte den Raum in ein beinahe überirdisches Licht, welches Marcellas Haare und Gesicht erhellte, sodass es den Eindruck erweckte, sie würde von innen heraus leuchten.

Ihre Augen waren geschlossen, und der Ausdruck auf ihrem Gesicht zeugte von so viel Stärke und Gelassenheit, dass ich – wäre ich auch nur eine Spur abergläubisch gewesen – sie für eine Erscheinung aus der Anderswelt gehalten hätte.

Stumm murmelten ihre Lippen Worte. Ich nahm an, dass sie betete. Marcella gehörte zu jener verbotenen orientalischen Sekte, deren Mitglieder sich Christen nannten, wovon außer mir im Hause nur wenige wussten. Anfangs hatte ich mich schwer damit getan, dass sie jenem seltsamen Kult anhing, und bis heute wusste ich nicht wirklich, was ich davon halten sollte. Aber es schien ihr eine innere Ruhe und Stärke zu geben, und so hatte ich mich damit abgefunden. Was hätte ich auch sonst tun sollen?

Sie war so sehr in ihre Meditation vertieft, dass sie meine Anwesenheit gar nicht wahrnahm. Um diesen wundersamen Frieden nicht zu stören, vermied ich es, mich bemerkbar zu machen.

Schließlich schlug Marcella die Augen auf, als erwache sie aus einem Traum. Sie blinzelte, dann erkannte sie mich, und ein Lächeln huschte über ihr Gesicht.

»Invita«, sagte sie leise, »ich habe dich rufen lassen, da ich etwas mit dir besprechen möchte.«

»Herrin?« Noch immer war ich zu sehr mit den jüngsten Ereignissen beschäftigt, um zu verstehen, was Marcella von mir wollte.

»Sicher hast du von dem schrecklichen Verbrechen gehört, das am Abend des Gastmahls meines Vaters begangen wurde.«

Ich unterdrückte ein bitteres Auflachen. »Davon gehört« war eine Untertreibung. Wegen des Mordes an dem edlen Baetius hatte Celsus uns mitten in der Nacht aus dem Schlaf gerissen und zusammengetrieben, bei Verhören ausgequetscht, und Hermion hatte mir sogar mit Folter gedroht. Doch natürlich war das nichts, was ich der Tochter des Hauses sagen konnte, also nickte ich bloß.

»Wenn ich richtig gehört habe, hast du meinen Vater zum Hause der Witwe begleitet«, fuhr Marcella fort. »Leider spricht er mit mir nicht darüber. Daher muss ich dich fragen, ob du etwas Genaueres weißt.«

Einen Augenblick lang fehlten mir die Worte. Das lag zum Teil daran, dass ich noch immer nicht so recht daran gewöhnt war, von Marcella ins Vertrauen gezogen und ernst genommen zu werden. Vor allem jedoch wusste ich nicht, wie ich ihr die Wahrheit beibringen konnte.

Sie schien meine Reaktion zu bemerken, und ihr Gesicht nahm einen besorgten Ausdruck an. »Was ist los?«, fragte sie.

»Es gibt Neuigkeiten, ja ...«, begann ich schließlich. »Dein Vater hatte ein langes Gespräch mit der Witwe des Ermordeten.«

»Und?« In ihrer Stimme klang aufrichtige Anteilnahme. »Wie geht sie mit diesem schweren Verlust um?« Wieder musste ich mich über Marcellas Wandlung wundern. Noch vor wenigen Wochen war sie krank, blass und zerbrechlich gewesen, doch seit sie sich zu ihrem seltsamen neuen Glauben bekannte, schien sie wie verwandelt zu sein und brachte sogar die Größe auf, sich um Menschen zu sorgen, die ihr Mitgefühl überhaupt nicht verdienten.

»Nun«, fuhr ich vorsichtig fort, »zumindest nimmt sie die ganze Angelegenheit sehr ernst.« Wieder zögerte ich, und nur Marcellas auffordernder Blick ließ mich schließlich weiter sprechen. »Sie hat Hyacinthus, den Pedisequus ihres Gatten, im Verdacht, den Mord begangen zu haben, da dieser ihn wie üblich auf dem Nachhauseweg begleitet hat.«

Marcellas Stirn zog sich in skeptische Falten. »Gibt es dafür irgendwelche Hinweise?«

Ich schüttelte den Kopf. »Nicht dass ich wüsste, Herrin. So wie ich die Sache sehe, hatte der besagte Sklave noch nicht einmal einen Anlass, seinen Herrn zu ermorden. Und niemand geht grundlos ein solches Risiko ein, besonders da …« Ich stockte und wusste nicht, wie ich Marcella auch noch den Rest berichten sollte.

»Besonders was?« Sie schien zu spüren, dass etwas nicht stimmte, und ergriff meine Hand. »Was ist los, Invita?«

»Da die edle Julia überzeugt ist, nur dieser Leibsklave könne den Mord verübt haben, fühlt sie sich in ihrem Hause nicht mehr sicher. Publius, ihr Sohn, will altes Recht anwenden und alle Sklaven in ihrem Hause dafür hinrichten lassen.«

Aus Marcellas Gesicht wich alle Farbe. »Er will *was?*« Ihre Stimme versagte, und für einen Moment blickte sie mich an, als hätte sich vor ihr die Erde geöffnet. Entsetzen spiegelte sich auf ihren Zügen.

Es breitete sich eine Stille aus, die lauter wirkte als alles, was ich bisher gehört hatte.

Schließlich fasste ich mir ein Herz. »Herrin, unter den Sklaven gibt es Frauen, Kinder und alte Menschen, die sicher nichts mit dem Mord zu tun haben.« Die Erinnerung daran ließ Verzweiflung und ohnmächtige Wut über mir zusammenschlagen. »Sie alle werden sterben für …«

Meine Stimme versagte. Hilflos stand ich vor Marcella, die sich vor der Ungeheuerlichkeit der Enthüllung in einen Stein verwandelt zu haben schien.

»Wann?«, brachte sie schließlich hervor.

Es gelang mir, den Kopf zu schütteln. »Ich weiß es nicht, Domina. Wahrscheinlich gleich nach der Bestattung.«

»So etwas darf nicht geschehen!« Ruckartig stand Marcella auf. Noch immer war ihr Gesicht schreckensbleich, doch ihre Augen hatten einen entschlossenen Glanz angenommen, den ich noch nie zuvor bei ihr gesehen hatte.

»Was willst du dagegen tun, Herrin?«, flüsterte ich und spürte, wie sich eine vage Hoffnung in mir breitmachte.

»Ich weiß es nicht«, antwortete sie, »doch ich werde der edlen Julia einen Besuch abstatten und mein Beileid für den schrecklichen Verlust aussprechen.«

Noch während sie redete, hatte sie nach ihrer Palla gegriffen und sich diese umgelegt.

»Darf ich dich begleiten, Domina?«, brach es aus mir hervor, und ich wartete mit klopfendem Herzen auf die Antwort.

Einen Moment lang blickte sie mir in die Augen, dann nickte sie. »Ja, komm mit mir!«

»Danke, Herrin«, erwiderte ich hastig und folgte ihr auf den Flur.

Zwar wusste ich nicht, was Marcella zu tun gedachte, doch ich konnte mich des Gedankens nicht erwehren, gerade eine Lawine losgetreten zu haben, die nicht mehr aufzuhalten war.

»Die Tochter des Statthalters.«

Eine Faust schien meinen Magen umzudrehen, als ich zwei Schritte hinter Marcella den Empfangsraum des Baetischen Hauses betrat. Die Erinnerungen an die grausige Enthüllung kehrten zurück.

Zwar in Trauerkleidung, ansonsten jedoch offensichtlich guter Laune, kam Publius auf Marcella zu.

»Dein Besuch ehrt mich, Domina.« Sein Blick glitt an ihrer wohlgeformten Figur entlang und blieb dann an ihren Augen hängen. »Welch unerhofftes Vergnügen.« Er lächelte herausfordernd, und es war offensichtlich, dass er versuchte, bei ihr Eindruck zu schinden.

»Auch ich möchte mein Beileid zu diesem schrecklichen Verlust ausdrücken.« Mit keiner Geste ging Marcella auf diese Anzüglichkeit ein. »Als ich davon erfuhr, war ich zutiefst bestürzt.«

Nach allem, was ich bisher von Marcella wusste, traute ich es ihr zu, auch noch Mitleid mit einem Mann zu empfinden, der bereit war, eine Menge Unschuldiger zu töten, um seinen eigenen Rachegefühlen oder denen seiner Mutter Genüge zu tun.

»Ein furchtbares Verbrechen, in der Tat.« Publius' Stimme strafte seine Worte Lügen, seine hellen Augen waren noch immer begehrlich auf Marcellas schlanken Körper gerichtet, doch diese verhielt sich so einwandfrei, wie man es von der Tochter des Statthalters erwartete. Nichts in ihrem Auftreten verriet Zorn oder Verärgerung.

»Sicher möchtest du dich setzen.« Endlich besann sich der junge Herr seiner Manieren und bot Marcella einen Platz in einem der Korbsessel an, was sie mit einem Kopfnicken annahm.

»Womit kann ich zu Diensten sein?« Offensichtlich war er es in seinem bisherigen Leben gewöhnt gewesen, als einziger Sohn eines der einflussreichsten Männer der Stadt, sich mehr den angenehmen Seiten des Lebens hinzugeben. Geschäfte zu führen und offizielle Besuche zu empfangen schien bisher nicht wirklich zu seinen Aufgaben gezählt zu haben.

»Es geht um den Sklaven deines Vaters, diesen Hyacinthus«, bemerkte Marcella knapp, und von einem Augenblick zum nächsten wechselte Publius' Gesicht die Farbe.

»Was ist mit ihm«, brachte er so höflich, wie es ihm möglich war, hervor, doch seine Stimme zitterte leicht.

»Ich wollte wissen, welche Beweise ihm zur Last gelegt werden«, gab Marcella zur Antwort und griff nach dem Becher Wein, den ein Sklave in der Zwischenzeit neben ihr auf dem Tisch abgestellt hatte.

Wieder war ich erstaunt über Marcellas Verwandlung und die Selbstsicherheit, die sie gewonnen hatte.

»Welche Beweise braucht es denn noch?«, antwortete Publius schließlich abfällig. »Er war mit meinem Vater allein, die Gelegenheit war günstig …« Er unterbrach sich, da er offensichtlich nicht weiterwusste.

»Hatte er denn irgendwelche Gründe für ein solches Verbrechen?« Marcella schien sich nicht so leicht geschlagen zu geben, und allmählich musste es selbst Publius dämmern, dass es sich bei ihrer Anwesenheit nicht um einen bloßen Höflichkeitsbesuch handelte.

Seine Augen hasteten durch den Raum und blieben dann an mir hängen. »Sollten wir das nicht besser unter vier Augen besprechen? Den Sklaven ist nicht zu trauen, wie du wohl weißt.«

Marcellas Blick richtete sich kurz auf mich, dann heftete er sich auf Publius und sah ihn fest an. »Dieser Sklavin schon.«

Mein Herz schlug bei diesen Worten schneller, und ich spürte, wie ein Gefühl angenehmer Wärme sich in meinem Körper ausbreitete.

»Aber wenn du darauf Wert legst, bitte.« Sie gab mir einen kurzen Wink. »Würdest du bitte draußen warten, Invita?«

Ich sah, wie Publius aufatmete, während mich der Sklave, der auch den Wein gebracht hatte, ohne eine weitere Aufforderung vor die Tür begleitete und diese danach hinter mir schloss.

Erneut war ich abgeschnitten von dem, was die Herrschaft miteinander zu bereden hatte. Nur konnte ich bei Marcella gewiss sein, dass sie mich spätestens zu Hause an ihren Erkenntnissen teilhaben lassen würde.

Also gut. Ich beschloss, mich in der Zwischenzeit etwas in der Baetischen Villa umzusehen. Vielleicht würde ich als Sklavin Dinge erfahren, die der Herrschaft verborgen blieben. Keine ganz ungefährliche Angelegenheit, sollte ich dabei erwischt werden, doch würde Marcella meine Handlungsweise verstehen, und was den edlen Publius anging … Nun, er würde es wohl nicht wagen, Hand an eine Sklavin des Statthalters zu legen. Zumindest hoffte ich das inständig.

Die bedrückende Stille des Hauses lastete auf mir, während ich durch den hellen, reich ausgestatteten Flur ging, dessen kostbare Wandbemalungen trunkene Bacchanten zeigten, die sich zwischen geometrisch angeordneten Weinranken gütlich taten. Es war wie in einer Gruft, einem Haus der lebenden Toten.

Ein leises Rascheln riss mich aus meinen Überlegungen. Aus einem Impuls heraus drückte ich mich gegen die Wand. Gerade noch rechtzeitig, denn im selben Augenblick hörte ich leise, vorsichtige Schritte die Treppe herunterkommen, die so sanft waren, dass ich beinahe glaubte, es handele sich um einen Geist, obgleich ich für solche Hirngespinste normalerweise nicht empfänglich war.

Von meiner Position aus sah ich zunächst ein paar zierliche bloße Füße, über denen sich ein fließendes weißes Gewand bauschte. Der Rest der grazilen Gestalt erschien in meinem Blickfeld, und zuletzt sah ich ein blutjunges, aber gespenstisch blasses Gesicht, umrahmt von offenen, zerzausten Haaren. Ihr verstörter Blick aus großen geröteten Augen ging ins Leere.

Trotz meines Glaubens an die stoische Philosophie der Unerschütterlichkeit fröstelte es mich. Wer war dieses gespenstige Wesen?

Ich hatte keine Möglichkeit mehr, mich zu verstecken. Wenn dieses Mädchen nicht auch noch mit Blindheit geschlagen war, musste es mich binnen weniger Augenblicke wahrnehmen.

Die geisterhafte Erscheinung hatte die letzten Treppenstufen genommen, und ihre Füße berührten nun den glatten, kühlen Marmorboden. Wie eine Gestalt aus Luft und Nebel glitt sie über die Fliesen und machte dann einige Schritte auf mich zu.

Schließlich fiel ihr Blick auf mich, und sie hielt in ihrer Bewegung inne. »Wo ist Publius?«, fragte sie, ohne auch nur den Anflug von Erstaunen zu zeigen, mich hier zu sehen. Ihre Augen blickten wirr, ihre Pupillen flackerten.

Es schien mir das Beste, zu antworten. »Der junge Dominus ist gerade im Empfangszimmer. Er hat ein Gespräch mit der Tochter des Statthalters.«

»Ah.« Ein Zittern schien ihren Körper zu durchziehen wie eine Windböe, die die glatte Oberfläche eines Sees kräuselte.

Einen Moment lang fragte ich mich, ob die Gestalt real oder meiner wirren Fantasie entsprungen war.

»Was bereden die dort?« Noch immer klang ihre Stimme unwirklich, ohne jede Emotion.

Vorsichtig hob ich die Schultern. »Ich weiß es nicht.« Das stimmte nur zur Hälfte, doch wäre es nicht klug, die Gespräche meiner Herrin einfach so auszuplaudern.

»Wie heiß es hier ist …« Wieder diese körperlos anmutende Stimme, die einen merkwürdigen Kontrast zu den nervös flackernden Augen bildete.

Ich begnügte mich mit einem Nicken.

»Man meint gerade, man müsse verbrennen.« Noch bevor sie diese Worte zu Ende gesprochen hatte, wandte sie sich um und ging zur Treppe zurück. Mit raschen Bewegungen entschwebte sie nach oben und verschwand hinter einer Ecke.

Völlig perplex schaute ich ihr nach.

Wer war das gewesen?

Sie hatte nicht den Eindruck erweckt, ein nahes Familienmitglied oder Gast des Hauses zu sein. Zwar trug sie nicht die übliche Arbeitskleidung der Bediensteten hier, wirkte aber mit ihrem vorsichtigen, verängstigten Auftreten dennoch wie eine Sklavin. Auch zeigte sie dieselbe hilflose Resignation.

Wer konnte es also sein? Vielleicht so etwas wie die Lustsklavin des jungen Publius? Hatte sie deshalb so seltsam reagiert, als ich erwähnte, er sei gerade mit Marcella zusammen?

Ich wusste es nicht, doch wollte das unheimliche Gefühl, gerade einem Geist begegnet zu sein, nicht so schnell verschwinden, während ich meinen Weg fortsetzte, um mich in die Gesindeküche zu begeben. Vielleicht würde ein Schluck warmen Würzweins mir helfen, wieder einen klaren Kopf zu bekommen.

Die Küchentür knarrte, wenige Schritte, bevor ich sie erreicht hatte. Fast erleichtert atmete ich auf, als die Gestalt der Alten sichtbar wurde, die ich schon bei meinem letzten Besuch hier im Hause kennen gelernt hatte. Von ihr war nichts Schlimmes zu befürchten.

Mit glanzlosen Augen schlurfte sie aus der Küche. In der Hand hielt sie eine kleine Schale mit Getreidebrei und einen Becher.

Eine Vermutung stieg in mir auf. »He!«, rief ich. »Wo willst du damit hin?«

Wie im Halbschlaf wandte sie sich zu mir um, als müsse sie sich erst vergewissern, tatsächlich eine Stimme gehört zu haben.

»Wem bringst du das?« Mit dem Finger wies ich auf die Schüssel.

Ihr Blick folgte meinem Wink, und ein wenig verwirrt blickte sie auf die dampfende Getreidegrütze. Da die Bediensteten ihre Essenszeiten hatten und die Herrschaft sich wohl kaum mit derart bescheidenen Speisen zufrieden geben würde, musste es damit etwas anderes auf sich haben.

Meine Worte schienen nur langsam zu ihr durchzudringen.

»Hyacinthus.«

»Hyacinthus ist hier im Haus?« Vor Erregung schoss mir die Hitze ins Gesicht. »Wo denn?«

Mit der Hand deutete sie eine vage Richtung an: »Da unten!«

Also hatte man ihn hier im Hause festgesetzt. Das hätte ich mir denken können, denn wahrscheinlich verfügte ein so großer Haushalt wie der des Baetius über ein Ergastulum, eine Bestrafungszelle oder etwas Ähnliches. Mein Herz pochte bis zum Halse, als eine Idee in mir Gestalt annahm.

»Darf ich dich begleiten?«

»Was?« Für einen kurzen Moment verdrängte der Ausdruck des Erstaunens ihre bisherige Apathie. »Was willst du denn von ihm?«

Die Ratlosigkeit stand ihr ins Gesicht geschrieben.

»Ich muss mit ihm reden!«

»Mit ihm reden? Wieso?«

»Es ist wichtig!«, stieß ich hervor.

»Na, ich weiß nicht …« Sie war sichtlich beunruhigt. »Der junge Herr hat strikte Order gegeben, niemanden zu ihm zu lassen. Nur ich darf ihm einmal am Tag etwas zu essen bringen. Und wenn die Domina davon erfährt …«

»Das wird sie nicht!« Meine Stimme hatte einen fast flehenden Tonfall angenommen.

Das, worum ich sie bat, war für sie nicht ungefährlich. Doch was hatte sie letztlich schon zu verlieren? Würde Hyacinthus für schuldig befunden, wäre das ohnehin ihr Todesurteil.

»Ich bitte dich inständig! Wenn ich Hyacinthus dazu überreden kann, mir zu sagen, was er an jenem Abend gesehen hat, dann kann ich vielleicht seine Unschuld beweisen.«

»Seine Unschuld?«

»Ja!«, drängte ich und betete zum Unbekannten Gott, dass ich der armen Frau keine falschen Hoffnungen machte. Doch offensichtlich schien sie zu ähnlichen Schlussfolgerungen gekommen zu sein wie ich. Noch einmal blickte sie sich um, um sich zu vergewissern, dass wir auch wirklich alleine waren, dann nickte sie unmerklich. »Gut. Komm mit!« Ihre Stimme war nur noch ein Flüstern. »Aber wenn wir unterwegs gefragt werden, sagst du, ich wolle dir lediglich die Vorratskammer zeigen, ja?«

»In Ordnung!« Mein Herz hämmerte zum Zerspringen, als ich ihr mit weichen Knien eine Treppe hinab folgte.

Es klirrte leise, als sie den Schlüssel hervorzog, ihn ins Schloss des Ergastulums steckte und danach umdrehte. Knarrend öffnete sich die Tür.

Dunkelheit. Der Geruch von getrocknetem Blut schlug mir entgegen. Meinen Widerwillen unterdrückend trat ich ein, während sich meine Augen nur langsam an das schwache Licht gewöhnten, das von der Tür hereinfiel.

»Hyacinthus?«, rief die Alte leise. Ihre Stimme klang besorgt.

Ein Rascheln von der anderen Seite des Raumes zeigte, dass sich dort jemand befand.

Ein inneres Zaudern hinderte mich daran, weiterzugehen. Meine Füße weigerten sich, die wenigen Schritte zu machen. Wie durch Nebel hindurch nahm ich wahr, dass die Alte zu dem Gefangenen hinübertrat und sich über ihn beugte. Leise murmelte sie ihm einige Worte zu und stellte dann Schüssel und Becher neben ihm auf den Boden.

Dann richtete sie sich wieder auf und wandte sich zum Gehen. In der Hand hielt sie jetzt eine leere Schüssel, wohl von der letzten Mahlzeit. Offensichtlich gab es wirklich strikte Anweisung, Hyacinthus nur mit Essen zu versorgen und sich ansonsten nicht um ihn zu kümmern.

Ohne darüber nachzudenken, was ich tat, packte ich sie am Arm. »Einen Augenblick!«

Verwirrt blickte sie mich an.

»Ich sagte dir doch, ich muss mit ihm sprechen!«

»Aber ...« Ängstlich warf sie einen Blick in Richtung Tür.

»Warte draußen. Gib acht, dass niemand kommt.«

Heftig pochte mein Herz bis zum Hals. Ich wendete mich von der Alten ab und trat auf den Gefangenen zu.

»Hyacinthus?« Meine Stimme klang matt.

Mühsam schlug er die Augen auf. Seine Pupillen flackerten und glänzten fiebrig. Einen Moment lang schien er mich nicht zu erkennen, schließlich klärte sich sein Blick.

»Invita«, sagte er schließlich, und der Ausdruck des Erstaunens mischte sich mit dem des Widererkennens.

Schwerfällig versuchte er, sich aufzurichten. Die Ketten waren massiv und kurz gehalten, und so kauerte er in gekrümmter Haltung vor mir, kaum in der Lage, den Kopf zu heben.

Spuren von verkrustetem Blut schimmerten auf dem Stoff seiner Tunika. Ich erinnerte mich an Julias Worte: Sie hatte ihn auspeitschen lassen. Und das anscheinend nicht nur einmal. Ich verbot mir den Gedanken daran, was mit mir geschehen würde, wenn man mich hier bei ihm erwischte, und setzte mich zu ihm. Die feuchte Kälte des Lehmbodens drang durch den Stoff meines Gewandes, und Wut stieg in mir auf über die Grausamkeit, Hyacinthus in diesem Zustand hier liegen zu lassen.

Seine Lippen waren bläulich weiß, seine Augenlider zeigten violette Schatten, und sein Gesicht war von einer kränklichen, mit roten Flecken durchzogenen Blässe, die zeigte, dass er unter Blutverlust litt und gleichzeitig fieberte.

»Was ist geschehen?«, begann ich ohne Umschweife, da ich wusste, dass die Zeit knapp war.

»Was?« Bei meinen Worten fuhr Hyacinthus zusammen.

»In der Mordnacht, der Nacht des Gastmahls, als du deinen Herrn nach Hause gebracht hast, was ist da geschehen?«

Wieder versuchte Hyacinthus, sich aufzurichten. Seine Hand- und Fußgelenke waren dort, wo die Eisenketten angebracht waren, geschwollen.

»Wir wurden überfallen«, begann Hyacinthus stockend, und sein Atem ging stoßweise. »Es war nicht weit vom Palast des Statthalters, als wir plötzlich Schritte hörten.«

»Konntest du etwas erkennen?«

Langsam schüttelte Hyacinthus den Kopf. »Ich kann mich nicht erinnern; alles ging so schnell, und es war dunkel.«

Das sah nicht gut aus. Solange es keine gegenteiligen Hinweise gab, würde der Verdacht weiterhin an ihm haften bleiben.

»Gab es vielleicht irgendwelche Zeugen, jemand außer euch, der die Tat mit angesehen hat und deine Unschuld beweisen könnte?«

Wieder schüttelte er den Kopf. »Nein, es war mitten in der Nacht, in einer kleinen Seitenstraße. Wir waren allein, niemand war in der Nähe.«

Meine Hoffnung sank vollends. Wenn dem so war, was konnte ich dann noch für ihn oder die anderen tun?

»Doch … eines ist merkwürdig.« Seine schwache Stimme riss mich aus der Resignation. »Bei dem Versuch, den Herrn zu schützen, bekam ich das Gewand eines der Angreifer zu fassen. Nur kurz, doch es war aus gutem Stoff, fest gewebtes, aber leichtes Leinen.«

Überrascht hob ich den Kopf. Das könnte vielleicht eine erste Spur sein.

»Es waren keine einfachen Straßenräuber.« Hyacinthus' Stimme ging schleppend, und ich bemerkte, dass ihm das Sprechen Mühe bereitete. »Es war ein geplanter Überfall. Sie müssen meinem Herrn aufgelauert haben, und wer es auch war, sie kamen aus gutem Hause.«

Wie nach einer großen Anstrengung sank er wieder in sich zusammen. Seine geschlossenen Lider zuckten nervös. »Doch wenigstens …« Erneut schlug er die Augen auf, und ich musste mich tiefer zu ihm beugen, um seine leisen Worte zu verstehen. »… wenigstens ist *sie* in Sicherheit.« Sein Blick flackerte, und einen Augenblick lang glaubte ich, er fantasiere im Fieber. »Mehr konnte ich nicht tun …«

»Sie …?«

Ich wusste nicht, wen er damit meinte, spürte aber, dass sein Körper zu zittern begann und ein neuer Fieberschub eingesetzt hatte. Es gab nichts mehr, was ich für ihn tun konnte, jedenfalls nicht, ohne mich und meine Begleiterin in Gefahr zu bringen.

Schweren Herzens wandte ich mich zum Gehen, doch seine Hand packte mich am Fußgelenk. »Da ist … noch etwas«, Hyacinthus' Worte wirkten wieder klar. »Die Stimmen … der Verfolger.«

»Ja?« Herzklopfend drehte ich mich wieder um. »Ihre Stimmen … ich bin mir nicht sicher, doch ihre Sprache …«

Schritte drangen vom Flur zu mir ans Ohr.

»Komm jetzt.« Die Alte war wieder eingetreten. »Wir müssen gehen, schnell.«

Hastig wechselte mein Blick zwischen ihr und Hyacinthus. Die Schritte wurden lauter. Heftiger, als ich es vermutet hätte, packte sie mich am Arm. »Komm, bevor dich hier jemand entdeckt.«

Ohne dass ich es verhindern konnte, zerrte sie mich nach draußen und schob mich in einen Winkel am Ende des Flures.

Keinen Moment zu früh, denn schon kurze Zeit später kam einer der Bediensteten die Treppe herunter und verschwand mit lautem Poltern in einem Nebenraum.

»Du kannst jetzt rauskommen«, flüsterte sie. Mit zitternden Knien folgte ich ihrer Anweisung, und gemeinsam stiegen wir schweigend die Treppe hinauf.

Was hatte mir Hyacinthus noch mitzuteilen versucht?

Zurück in der Küche, nahm sie ihre Schürze und wischte sich über die Augen. Tränen schimmerten darin, und ich glaubte zu wissen, dass sie nicht so sehr um sich weinte. »Armer Junge«, murmelte sie leise, »der arme Junge …«

Müde schlurfte sie zum großen Tisch und setzte sich daran, das Gemüse für das Abendessen zu zerkleinern. »So ein freundlicher Junge, und so viel Unglück haben die Götter über ihn ausgegossen.« Wieder rann ihr eine Träne die Wange hinunter.

»Hyacinthus?«, fragte ich schließlich mit belegter Stimme.

Traurig schüttelte die Alte den Kopf. »Schon immer hat er sich in Schwierigkeiten gebracht. Gut aussehend und charmant – was ihm schon früh die Eifersucht des Dominus einbrachte«, begann sie schließlich. »Und dann – dann auch noch die Sache mit seiner Schwester …«

Überrascht blieb ich stehen. »Seiner Schwester?«, fragte ich. »Was ist mit seiner Schwester?«

Wieder kullerte eine Träne über ihr Gesicht, es fiel ihr merklich schwer, über dieses Thema zu reden. »Hyacinthus' Zwillingsschwester. Sie war wie er, lebensfroh, bezaubernd. In diesem Hause aufgewachsen, kannte sie nichts anderes, doch als sie heranwuchs …« Ihre Stimme drohte zu versagen. »Es dauerte nicht lange, bis der Herr bemerkte, welche Schönheit sich unter seinem Dach befand. Sehr bald begann er ihr nachzustellen. Hyacinthus war empört, doch blieb ihm nichts anderes übrig, als der ganzen Sache hilflos zuzuschauen. Dann eines Abends, der Herr kam ziemlich angetrunken von einem Gastmahl zurück, der Rest des Hauses schlief schon, da …« Wieder rang sie nach Fassung und holte schließlich tief Luft. »Unter irgendeinem Vorwand ließ er sie zu sich in sein Zimmer rufen. Dort nahm er sie mit Gewalt. Bis zu diesem Zeitpunkt war sie unbefangen und sehr stolz gewesen. Sie kam nie darüber hinweg. Nur wenige Tage später hat sie sich in der Mosel ertränkt …«

Einen Moment lang glaubte ich, den Boden unter den Füßen zu verlieren, denn neben der Tragödie der mir soeben eröffneten Geschichte gab es noch einen weiteren Punkt, der mich irritierte und dessen ganze Tragweite sich erst langsam, doch dann immer deutlicher in meinem Gehirn festsetzte.

Die ganze Zeit über hatte ich geglaubt, Hyacinthus zu verdächtigen sei nichts als die fixe Idee einer trauernden Witwe und die Willkür eines verwöhnten Sohnes des Hauses.

Erst in diesem Moment wurde mir bewusst, dass es für Hyacinthus wirklich ein Motiv gab, Baetius Quigo zu hassen – für eine Tat, für die er den Tod verdiente.

Und jetzt fragte ich mich, ob ich auf der Treppe vielleicht wirklich einen Geist gesehen hatte.

KAPITEL V

Wenn ich prophetisch reden könnte und wüsste alle Geheimnisse und alle Erkenntnis und hätte allen Glauben, sodass ich Berge versetzen könnte, und hätte die Liebe nicht, so wäre ich nichts.«

Stirnrunzelnd saß ich auf einem kleinen Schemel und hielt eine von Marcellas Schriftrollen auf dem Schoß.

Da ich mit der Arbeit im Büro des Statthalters fertig war, hatte Marcella mich gebeten, ihr etwas daraus vorzulesen. Nach dem chaotischen Treiben im Büro des wichtigsten Mannes der Provinz war es erholsam und beruhigend, ein wenig Zeit in Marcellas friedlichem Zimmer zu verbringen, auch wenn ich das, was ich da vorlesen musste, nicht verstand.

»*Und wenn ich alle meine Habe den Armen gäbe und ließe meinen Leib verbrennen und hätte die Liebe nicht, so wäre mir's nichts nütze.*«

Es war zum dritten Mal, dass ich die Schriften dieser seltsamen Sekte der Christen in Händen hielt, auch wenn dies zum ersten Mal bewusst geschah. Im wirklichen Leben befolgte ich die Lehren der Stoa und verehrte Seneca, obgleich ich auch anderen philosophischen Richtungen durchaus aufgeschlossen war, solange sie der menschlichen Vernunft huldigten und dem Verstand nicht allzu sehr zuwiderliefen.

Daher liebte ich auch die klaren Aussagen der Philosophen, deren jedem vernunftbegabten Menschen nachvollziehbare Forderungen, und es erschien mir höchst suspekt, was Marcellas christlicher Philosoph in offensichtlicher Verzückung da predigte.

Liebe! Wer bei allen Göttern verließ sich schon darauf? Doch nur Narren und Kinder!

Mechanisch las ich weiter vor, ohne dass die Worte wirklich bis zu mir durchdrangen.

»*Denn unser Wissen ist Stückwerk und unser prophetisches Reden ist Stückwerk.*«

Ich wollte es nicht mehr hören. Wäre ich nicht dazu gezwungen gewesen, hätte ich die Schrift zusammengerollt und das Weite gesucht. Ich war lange genug auf der Welt, um zu wissen, dass die Sache mit der Liebe nichts anderes war als eine Illusion, der sich keiner hingeben konnte, der klaren Verstandes die Realität betrachtete.

Jemand, der wie ich als Säugling zum Sterben im Straßengraben ausgesetzt und von der Frau, die ich für meine Mutter hielt, erneut im Stich gelassen worden war, wusste es besser.

So viel also zu der viel besungenen Liebe.

»*Nun aber bleiben Glaube, Hoffnung, Liebe, diese drei; aber die Liebe ist die größte unter ihnen.*«

Als die letzten Worte verklungen waren, hielt Marcella eine Weile inne. Sie öffnete die Augen, und ich sah, dass Tränen darin glitzerten, doch sie lächelte.

»Danke, Invita!«

Ich spürte, wie eine leichte Gänsehaut mich überlief. Noch nie im Leben hatte sich jemand bei mir für etwas bedankt. Es war schließlich meine Pflicht, den Wünschen der Herrschaft nachzukommen, nicht mehr und nicht weniger, und die Götter mochten sich meiner erbarmen, wenn ich dies nicht mit allen mir zur Verfügung stehenden Kräften täte.

Etwas schief lächelte ich zurück, dann stand ich auf und gab Marcella die Schrift zurück, die sie vorsichtig nahm, zusammenrollte und in einer ihrer Truhen verstaute.

»Es liegt nicht in meiner Absicht, dich in Verlegenheit zu bringen. Sei unbesorgt, *dir* wird nichts geschehen, diesmal bin ich es, die die Gefahr auf sich nimmt, unerlaubte Schriften bei sich aufzubewahren.« Fast entschuldigend lächelte sie. »Bisweilen muss man einfach Dinge tun, die verboten sind. Es gibt höhere Gesetze als die, die unser Kaiser erlässt.«

Erstaunt schaute ich sie an.

Vielleicht unterschieden wir uns doch nicht so sehr, die Tochter des Statthalters und ich. Wir riskierten beide viel, um in den Besitz von Schriften zu kommen, von denen wir uns Weisheit erhofften, Klarheit und Erkenntnis. Aus einem unerfindlichen Grunde gefiel mir dieser Gedanke.

Einen Moment lang ließ ich dieses Gefühl auf mich wirken. Ich hatte den Eindruck, dass hier nichts Schlimmes geschehen könnte, zwischen diesen Wänden, in diesem Raum, in dem das Licht warm und unwirklich durch die grünlich verglasten Fenster strömte.

Dann regte sich Marcella leicht; ihr Gewand knisterte. Ihr Gesicht war wieder ernst, und der Zauber des Augenblicks verlosch wie eine Kerze in der Dämmerung.

»Was gibt es Neues aus dem Hause des Baetius?«

Langsam hob ich die Schultern. »Ich weiß es nicht. Seit dem letzten Versuch konnte ich nichts mehr in Erfahrung bringen.« Ich schwieg, und die Erinnerung an Hyacinthus' Anblick drohte mich zu übermannen.

Ich atmete einmal tief durch. »Wie gut kennst du eigentlich die Familie des Baetius Quigo, Herrin?« Meine Worte waren kaum hörbar, denn es stand mir nicht zu, derartige Fragen zu stellen, und dennoch …

»Genaues weiß ich über sie nicht.« Marcellas Stimme war nicht anzumerken, ob sie über meine Dreistigkeit verärgert war. »Bisweilen habe ich ihnen einen Besuch abstatten müssen, mit meinem Vater.«

Endlich wagte ich aufzublicken und sah, wie sich ihre ebenmäßigen Züge bei der Erinnerung an jene Besuche angewidert verzogen. »Das Übliche eben, was man in einem derartigen Hause erwartet. Ehrgeiz, Macht und Geld! Die Familie des Baetius Quigo ist alter treverischer Adel. Schon vor der Römerherrschaft sollen sie zu den führenden Leuten des Landes gezählt haben. Gleichzeitig waren sie jedoch klug genug, sich von Beginn an nie an Aufständen gegen Rom zu beteiligen.« Marcella machte eine kurze Pause und ließ ihren Blick über mich gleiten. »Die Domina Julia hingegen – sie selbst stammt nicht aus der Belgica, sondern aus der Lugdunensis. Wenn die Gerüchte stimmen, soll sie sogar eine Verwandte des Kaisers sein.«

Überrascht blickte ich auf. Ich erinnerte mich an Publius' Worte dem Statthalter gegenüber, als er sich als Angehöriger des Kaiserhauses bezeichnet hatte. Dabei war es also lediglich seine Mutter, die sich mit derartigen Verwandtschaftsverhältnissen brüsten konnte, was für ihn wenig zu bedeuten hatte, da die mütterliche Blutlinie zumindest nach offiziellem römischem Recht nur von geringem Belang war.

Doch irgendwie passte alles zusammen. Julias herrisches Wesen, das kalte, herablassende Auftreten. Alter römischer Adel, verheiratet mit dem Spross eines treverischen Fürsten. Ob das die Ursache der familiären Spannungen war?

Bei diesem Gedanken fiel mir ein, was sie über ihren verstorbenen Gatten gesagt hatte. *Mangelnder Ehrgeiz*, so ähnlich hatten ihre Worte geklungen.

Was verbarg diese Familie sonst noch?

Ich wagte einen neuen Vorstoß: »Und was ist mit dem Sohn, dem jungen Herrn. Ich hatte den Eindruck, dass …«

»Publius!« Marcellas Gesichtsausdruck war anzumerken, was sie von dem Jüngling, der nun so unerwartet zum Familienoberhaupt aufgestiegen war, hielt. »Ein verwöhnter Junge. Wahrscheinlich hat er bis zum Tode seines Vaters noch nichts Vernünftiges in seinem Leben geleistet.

Es würde mich nicht wundern, wenn die neue Aufgabe ihn hoffnungslos überforderte.« Sie schwieg. »Einige Male war er bei Gastmählern meines Vaters zugegen. Ein unangenehmer Zeitgenosse. Ganz im Gegensatz zu seiner Schwester ...«

»Eine Schwester?«, entfuhr es mir. Bisher hatte ich noch nie von einer Schwester gehört.

Nachdenklich zog Marcella ihre Stirn kraus. »Natürlich gibt es in der Familie eine Tochter, Baetia Minor, ein freundliches Mädchen, das überall beliebt ist. Aber es stimmt, bei meinem Besuch habe ich sie auch nicht angetroffen. Ist sie vielleicht krank oder vom Tod ihres Vaters derart mitgenommen, dass sie ihr Zimmer nicht verlassen kann?«

Unwillkürlich kam mir die geisterhafte Gestalt auf der Treppe in den Sinn. Allein daran zu denken ließ mich schon erschauern.

»Aber auch keiner der Hausklaven hat eine Tochter erwähnt«, sagte ich mehr zu mir selbst.

»Du stellst Nachforschungen an?«, unterbrach mich Marcella. Es klang wie eine Frage, doch das Erstaunen, das darin lag, zeigte mir, dass sie es als Feststellung meinte.

»Herrin, ich ...« Mir fehlten die Worte. Es gab nichts, was ich zu meiner Verteidigung vorzubringen hatte. Ich hatte Dinge getan, die mir nicht zustanden, das Urteil einer Verwandten des Kaisers angezweifelt, in einem fremden Haus das Personal ausgefragt ...

Es gelang mir nicht, die Augen zu erheben, ich hatte aber auch nicht den Mut, es abzustreiten. So saß ich nur stumm da und wartete auf das, was Marcella zu dieser Ungeheuerlichkeit sagen würde.

»Konntest du schon etwas in Erfahrung bringen?«

Wie bitte? Ich glaubte nicht richtig zu hören. Den Blick starr auf Marcellas Fußspitzen gerichtet, schüttelte ich den Kopf. »Nicht viel, Herrin. Ich ...«

Das Schweigen wurde unerträglich. Marcella berührte leicht meine Schulter. Zögernd schaute ich auf. Ihr Blick war keineswegs tadelnd. Sie schien Interesse an dem Fall zu haben.

»Sehr viel konnte ich bisher noch nicht erfahren, aber wenn ich weitermachen könnte …«

Mehr traute ich mich nicht zu sagen.

»Dann mach weiter. Die Gerechtigkeit soll nicht immer unterdrückt werden.« Marcellas Augen waren ernst. »Hör dich auch in Zukunft um. Vielleicht gelingt es dir, Dinge in Erfahrung zu bringen, die ansonsten verborgen bleiben würden.«

Ungläubig blickte ich Marcella an. Was hatte sie gesagt? Ich sollte mich weiter umhören? Normalerweise war Neugierde eine Eigenschaft, die bei Sklaven nicht gerade gern gesehen war. Und sie forderte mich sogar dazu auf. Welche Gründe hatte sie dafür?

Ein wenig verwirrt nahm ich einen leeren Krug von dem dreifüßigen Tisch und wartete darauf, entlassen zu werden, um ihn zurück in die Küche zu bringen.

Auf Marcellas Wink hin verließ ich den Raum. Nachdenklicher, als ich gekommen war.

»Invita! Du ungeschicktes Ding, was hast du gemacht?«

Erschrocken fuhr ich zusammen und bemerkte, dass sich quer über den Papyrus, auf den ich gerade einen Brief kopierte, ein beeindruckender dunkler Tintenklecks ergoss, der langsam in das Material einsickerte.

»Oh, tut mir leid!« Hastig nahm ich das kleine Tuch, das auf dem Schreibpult lag, und versuchte, den Schaden zu beseitigen, was nur dazu führte, dass sich die Tinte auf dem ganzen Blatt verteilte.

»Ja, bist du denn von allen guten Geistern verlassen?« Scharf zischte Pelagius' Stimme an mein Ohr. Offensichtlich war es mir binnen kürzester Zeit gelungen, selbst den eher phlegmatischen Vorsteher des statthalterlichen Schreibbüros zur Verzweiflung zu treiben.

Verlegen stammelte ich eine Entschuldigung und zwang mich dazu, den Reflex zu unterdrücken, die tintenbeschmierten Finger am Rock meiner Tunika abzuwischen.

»Ich habe es ja immer gesagt, eine Frau im Sekretariat, das kann nicht gutgehen!« Kopfschüttelnd schob er mich beiseite, um den Schaden zu begutachten. »Nur die Götter wissen, was der edle Herr sich dabei gedacht hat ...«

Unglücklich stand ich daneben und sah zu, wie Pelagius den verschmierten Papyrus begutachtete und versuchte, mit einem scharfen Messer den Schaden bestmöglich zu beseitigen.

»Es ... es tut mir leid ...«, stammelte ich kläglich und spürte, wie mir die Hitze ins Gesicht schoss. »So etwas wird sicher nicht wieder vorkommen!«

»Das glaube ich auch!« Wieder wandte er sich an mich. »Zumindest heute nicht. Da kann ich nämlich auf deine Dienste verzichten. Geh, und lass dir irgendeine andere Arbeit zuteilen!«

Wie erstarrt blickte ich ihn an, die mit Tinte verschmierten Hände schlaff herunterhängend.

»Hast du nicht gehört? Geh, habe ich gesagt! Ehe du noch Schlimmeres anrichtest!«

Zögernd leistete ich dem Befehl Folge, packte die Schreibutensilien zusammen und wandte mich dann zum Gehen. Mit einem leichten Knall schlossen sich die schweren Flügel der Tür zum statthalterlichen Büro hinter mir, und ich ging ziellos weiter den Flur hinab.

Missmutig schlurfte ich über den teuren Marmorboden, wütend darüber, aus dem Büro verbannt und dadurch von einer der wenigen Tätigkeiten abgeschnitten zu sein, die mir Freude machten und mich außerdem davon ablenkten, ständig die traurigen Augen der zum Tode verurteilten Sklaven des Baetius vor mir zu sehen.

Einen Moment lang stand ich gegen die kühle, farbenprächtig bemalte Wand gelehnt; das Gefühl der wertvollen Fresken auf meiner Haut ließ mich zum ersten Mal ganz Treveris hassen. Diese Stadt, die wie ein funkelndes Juwel in die hügelige Mosellandschaft eingebettet lag, umringt von fruchtbaren Weinbergen und grünen Tälern. Mit einem wehrhaften Mauerkranz umgeben, trotzte sie allen Feinden von innen und außen und bot dennoch nicht allen Bewohnern Schutz. Nicht wenn sie Rechtlose waren und das ungünstige Schicksal hatten, als Unfreie, als beseelte Gegenstände geboren zu sein.

Das Öffnen der Tür riss mich aus den Gedanken.

Mit eiligen Schritten kam Cirratus, ein Freigelassener des Statthalters, heraus, schlang noch im Gehen seinen Mantel über und wollte gerade etwas, das wie eine Schriftrolle aussah, in seinem Gürtel verstauen.

Meine Neugier erwachte. Ohne lange zu überlegen, trat ich auf ihn zu.

»Wo willst du hin?«, fragte ich so unbeteiligt wie möglich, doch sein Blick zeigte mir, dass er mir diese Beiläufigkeit nicht abnahm.

Misstrauisch sah er mich an. »Was könnte dich das angehen?«

Herablassend lächelte ich zurück. »Wem sollst du da denn etwas überbringen?« Mit den Fingern wies ich auf die Schriftrolle, die er noch immer in der Hand hielt. Er machte ein abweisendes Gesicht, ließ sich dann aber doch dazu herab, mir zu antworten.

»Der edlen Julia, Witwe des Baetius!«

Ich spürte verräterische Röte in mir aufsteigen, während ein nicht ganz ungefährlicher Plan in mir Gestalt annahm . Ehe ich selbst wusste, was ich vorhatte, trat ich noch näher an Cirratus heran und lächelte ihn vielsagend an.

»Ich muss zufällig sowieso in diese Richtung, eine Besorgung für die Herrin machen.« In Gedanken bat ich

Marcella für diese Lüge um Verzeihung. »Da könnte ich dir doch den Weg abnehmen.«

Cirratus runzelte die Stirn und schien zu überlegen.

»Dann hättest du etwas Zeit, dir in der Küche einen Becher Wein zu genehmigen.« Eine diebische Freude kribbelte in meinem Bauch. »Rapida ist im Moment beim Brotbacken.«

Ich dankte den Göttern für diesen guten Einfall, denn ich wusste, dass Cirratus schon lange ein Auge auf diese vorlaute Zicke geworfen hatte, in der Vergangenheit aber meist abgeblitzt war. Sein Dienst im Büro gab ihm nur wenig Gelegenheit, ihr zufällig im Hause zu begegnen. Eine Chance wie diese … Ich lächelte aufmunternd und hoffte, dass er den Köder schluckte. »Es macht mir wirklich nichts aus.«

Noch immer zögerte er, schien ernsthaft die Risiken dieser Entscheidung abzuwägen. »Na, wenn dich die Herrin ohnehin losgeschickt hat, kannst du das Schreiben an die edle Julia gleich mitnehmen.«

Ich bemühte mich, mir das aufsteigende Gefühl des Triumphes nicht anmerken zu lassen, nahm die Schriftrolle entgegen und sah ihm noch nach, wie er in Richtung Küche verschwand, während ich mich zur Villa der Baetier aufmachte.

»Die Herrin ist beschäftigt.« Ein neuer Türwächter, ein hoch gewachsener, muskelbepackter Mann, den ich zuvor noch nicht gesehen hatte, blockierte die Eingangspforte des Baetischen Hauses und schien nicht gewillt, mir Einlass zu gewähren.

Wütend machte ich einen weiteren Schritt nach vorne und wäre beinahe gegen seine breite Brust gerannt.

»Aber es ist wichtig!« So einfach würde ich mich nicht abweisen lassen.

In unmissverständlicher Geste verschränkte er die Arme vor seinem Körper. »Ich habe Anweisung, niemanden einzulassen, der nicht angemeldet ist oder zur Familie gehört.«

Das war seltsam.

»Aber ich komme aus dem Hause des Statthalters. Mit einer Nachricht für die Domina Julia.«

Mein Gegenüber schien zu zögern. Dann zog er langsam die Augenbrauen nach oben. »In Ordnung«, meinte er, und mein Herz machte einen kleinen Hüpfer. »Ich führe dich zu ihr.«

Entschlossen nickte ich und folgte ihm durch die Empfangshalle und den schattigen Flur nach draußen in den Hof, wo mich für einen Moment die Sonne blendete.

Als ich endlich wieder klar sehen konnte, ließ mich die Szenerie, die sich mir bot, beinahe auf der Stelle wieder umkehren.

Mitten auf dem Hof war ein Pfahl aufgerichtet worden, und ich erkannte, dass es Hyacinthus war, der daran hing. Sein Rücken war von Striemen überzogen, aus denen in dünnen Rinnsalen Blut sickerte.

Als wäre ich gegen eine gläserne Wand gerannt, blieb ich stehen. Bei dem grausigen Anblick wurde mir übel. Ich erinnerte mich daran, in welch geschwächtem Zustand Hyacinthus war, als ich ihn das letzte Mal gesehen hatte, und wusste nicht, wie er diese Tortur noch einmal lebend überstehen sollte. War das vielleicht der Plan? Ein unauffälliger Versuch, einen wichtigen, vielleicht den einzigen Zeugen beiseitezuschaffen? Über einen Sklaven, der bei einer Auspeitschung starb, würde niemand unbequeme Fragen stellen.

Um das blutige Schauspiel herum standen die übrigen Haussklaven mit blassen, schicksalsergebenen Gesichtern.

Wenige Schritte daneben, etwas abseits von den anderen, erkannte ich die junge Frau, die mir vor wenigen Tagen mit aufgelösten Haaren und geröteten Augen im Treppenhaus des Baetischen Hauses entgegengegeistert war. In einer Geste kaum beherrschter Verzweiflung hielt sie die Hände vors Gesicht geschlagen; ihre Schultern zuckten vor unterdrücktem Schluchzen.

Hinter ihr stand Publius, der ihr hin und wieder einen herablassenden Blick zuwarf und den Eindruck erweckte, er würde am liebsten nach vorne treten und sie wegen ihres derart ungebührlichen Verhaltens zurechtweisen.

Doch am meisten erschreckte mich der Anblick der Herrin Julia. Dicht neben ihrem Sohn stehend, ging von ihrem Auftreten ein entrückter Glanz aus, eine fast greifbare Befriedigung.

Angewidert wandte ich den Blick ab. Das Geräusch des Flagellums, das die Luft zerschnitt und krachend auf Hyacinthus' Rücken traf, trieb mir Tränen in die Augen und erinnerte mich daran, dass ich vor nicht allzu langer Zeit etwas Ähnliches hatte durchmachen müssen.

»Was kann ich für dich tun?« Eine Stimme riss mich aus meiner Erstarrung, und ich fuhr zusammen, als hätte der letzte Schlag mich selbst getroffen.

Mit klopfendem Herzen blickte ich in das Gesicht eines Mannes, den ich nicht kannte, der seinem Aussehen und Auftreten nach zu urteilen jedoch nur so etwas wie der Hausverwalter sein konnte.

Meine sorgfältig zurechtgelegte Erklärung fiel mir nicht mehr ein. Stumm hielt ich ihm die Schriftrolle hin, die ich Cirratus abgeluchst hatte.

Kurz angebunden nahm er sie entgegen.

»Es ist ein Brief für die Herrin Julia«, sagte ich schwach.

»Ich werde ihn ihr überbringen. Kann ich sonst noch etwas tun?«

Noch immer war ich zu schockiert, um auch nur einen einzigen klaren Gedanken zu fassen. Über die Schulter meines Gegenübers hinweg sah ich, dass der Aufseher dem Opfer wohl den letzten Hieb verabreicht hatte. Das Flagellum noch immer in der Hand, ging er auf Hyacinthus zu, griff in dessen Haare und riss seinen Kopf zurück. Mit dem Peitschenstiel zwang er Hyacinthus' Gesicht so nach oben, dass dieser ihn anblicken musste.

Ich sah, dass er ihm mit zusammengezogenen Augenbrauen eine Frage stellte. Als keine Antwort kam, riss er den Kopf noch weiter zurück, und ein erstickter Aufschrei ging durch die Reihen der Umstehenden.

Schließlich murmelte Hyacinthus etwas, das ich für eine Antwort hielt, jedoch nicht verstand. Ungläubig, fast verärgert starrte der Aufseher ihn an, als sei er sicher, dass dieser ihn gerade belog. Einen Moment lang glaubte ich, er wolle erneut zuschlagen, doch dann riss er ruckartig das Flagellum weg und ließ die Haare los. Kraftlos sank Hyacinthus' Kopf auf die Brust, als hätte er das Bewusstsein verloren.

Der Anblick war kaum noch zu ertragen.

»Sonst noch etwas?«, wiederholte mein Gegenüber, und es war klar, dass er versuchte, mich mit dem Mindestmaß an Höflichkeit aus dem Haus zu komplimentieren.

Mühsam kämpfte ich um Fassung. »Ich soll die Antwort abwarten!«, log ich schnell, auch wenn ich nicht wirklich wusste, ob ich auch nur einen Moment länger hier verweilen wollte.

Skeptisch blickte mich der Hausverwalter an. »Das mag noch eine Weile dauern. Die Domina ist beschäftigt, wie du siehst.«

Diesen Anblick hätte ich gerne vermieden. Stumm nickte ich eine Zustimmung, konnte jedoch nicht verhindern, dass mein Blick immer wieder in Hyacinthus' Richtung gezogen wurde.

Etwas Abschätziges vor sich hinmurmelnd, ließ der Aufseher den offensichtlich Bewusstlosen am Pfahl hängen und stapfte, vor seine Füße ausspuckend, auf mich und den Hausverwalter zu, der sich jedoch abwandte und im Inneren der Villa verschwand.

Davon unbeeindruckt, blieb der Aufseher vor mir stehen, kratzte sich an den Schultern, rollte dann mit einem beinahe selbstzufriedenen Ausatmen die blutige Peitsche zusammen und steckte sie in seinen Gürtel.

»So, dieser unverschämte Mistkerl wird uns nicht mehr so schnell belügen.«

Sollte das etwa heißen, Hyacinthus hätte die Auspeitschung nicht überlebt? Panik krampfte meinen Magen zusammen.

»Ich denke, der hat seine Lektion für heute gelernt. Der verwöhnte Schönling.« Beinahe entrüstet atmete er aus, und es klang, als ob er vor Verachtung am liebsten erneut ausspucken wollte. »Glaubt, nur weil er der Vertraute unseres verstorbenen Dominus war, sich alles herausnehmen und uns an der Nase herumführen zu können, pah!«

Mit herablassendem Gesichtsausdruck schaute er in die Runde, und sein Blick blieb schließlich an mir hängen. »Meinst du nicht auch, dass der Junge nun gelernt hat, was Sache ist?«

Ich presste die Lippen zusammen und schluckte den aufsteigenden Magensaft hinunter, der mir ätzend in der Kehle brannte. Noch immer brachte ich kein Wort hervor. Ob Hyacinthus überhaupt noch in der Lage war, irgendwelche Lektionen zu lernen? Ein flüchtiger Blick zeigte mir, dass ihn noch niemand losgeschnitten hatte.

»Hatte noch die Frechheit, mir eine derartige Lügengeschichte aufzutischen.« Die Selbstzufriedenheit des Aufsehers war der Empörung gewichen.

Mühsam versuchte ich, einen klaren Gedanken zu fassen. Da ich hierhergekommen war, um vielleicht noch mehr in Erfahrung zu bringen, durfte ich nicht die Nerven verlieren. Und offensichtlich war der Aufseher nach verrichteter Arbeit gerade ein wenig in Plauderlaune, zumal keiner der Sklaven es wagte, sich irgendwie zu rühren, geschweige denn, den Platz zu verlassen.

»Was sagt er denn?«, krächzte ich schließlich.

»Er streitet immer noch alles ab.« Beinahe gleichgültig zuckte er die Achseln. »Dem Jungen ging es einfach zu gut, und das ist nun der Dank.«

Mir gelang ein kraftloses Nicken.

»Und wen er alles verdächtigt ...« Mit herausgedrückter Brust hakte er seine Daumen in den Gürtel. »Von einem einäugigen Mann hat er gefaselt – das glaubt ihm doch keiner! Und nun noch diese Geschichte mit den Alemannen! Alles erstunken und erlogen.«

Ich hatte das Gefühl, mich hätte ein Schlag getroffen.

»Alemannen ...?«

»Nicht wahr?« Er ließ ein trockenes Lachen vernehmen, das zeigte, für wie absurd er die Behauptung hielt. »Gerade eben hatte er doch noch die Dreistigkeit zu behaupten, er hätte vor dem Überfall Stimmen gehört. Stimmen, pah ... Wohl höchstens in seinem Kopf!«

Alarmiert horchte ich auf. »Was haben diese Stimmen denn gesagt?«

Ein bösartiges Grinsen überzog das feiste Gesicht des Kerls. »Das konnte der Junge mir natürlich nicht sagen. Aber er behauptet, dass er zumindest die Sprache erkannt hat.«

»Und?«, fragte ich angespannt. Das Herz schlug mir bis zum Hals.

Gleichgültig zuckte er mit den Schultern. »Er sagte, es klang wie irgendein barbarisches Kauderwelsch, wahrscheinlich Alemannisch.« Mit eindeutig abfälliger Geste winkte er ab. »Alles Ausreden und Lügen. Aber der wird noch gestehen. Lange macht der sowieso nicht mehr.«

Sein Blick blieb schließlich an meiner taubenblauen Uniform hängen.

»Du kommst aus dem Haus des Statthalters«, stellte er fest und sah mich an, als erwartete er etwas wie Bewunderung für seine scharfsinnige Erkenntnis. »Ich bin mir sicher, bei euch zu Hause würde man einen verlogenen Bastard wie diesen Hyacinthus gar nicht erst dulden.«

»Sicher nicht«, antwortete ich lahm und benötigte einen Moment, um mich zu fangen, denn ich hatte das Gefühl, der Boden täte sich vor mir auf.

Alemannen? Im Gegensatz zu dem Aufseher hegte ich keinerlei Zweifel an der Richtigkeit von Hyacinthus' Aussage. Die Angreifer waren also Alemannen gewesen. Unwillkürlich stieg das Bild aus jener Nacht in mir auf, der Fleck an Flavus' Tunika Ich verbot mir, den Gedanken ganz zu Ende zu führen. Für heute hatte ich genug gehört und wollte nur noch weg von hier.

»Ich sehe, dass die Herrin Julia jetzt wirklich keine Zeit hat. Den Antwortbrief kann euer Bote zum Legatus bringen.« Mit dieser Ausrede verabschiedete ich mich.

Ein letzter Blick fiel noch auf Hyacinthus, den endlich jemand loszuschneiden geruhte, dann wankte ich wie geschlagen aus dem Haus.

Wenn hinter dem Mord tatsächlich Alemannen steckten, dann brauchte ich nur zwei und zwei zusammenzuzählen, um zu wissen, wer ebenfalls in die Sache verwickelt war. Flavus und seine Stammesbrüder. Wieder schien sich das scharfe Messer der Enttäuschung in meine Brust zu bohren.

Gerade noch schaffte ich es bis zur nächsten Seitengasse, dann setzte ich mich auf einen Trittstein am Straßenrand und begann hemmungslos zu weinen.

Ich lief durch vollkommene Dunkelheit. Schwärze breitete sich vor mir aus, legte sich über mich wie ein schwerer, undurchdringlicher Mantel.

Nur mit Anstrengung gelang es mir, einen Fuß vor den anderen zu setzen, als ob meine Füße mit Eisenketten gefesselt wären oder ich durch Sumpf watete. Eine diffuse Angst hatte sich in mir ausgebreitet, und ich wusste, dass ich vor jemandem auf der Flucht war.

Mühsam kämpfte ich mich weiter, und wie einen Albdruck spürte ich einen Schauder zwischen den Schulterblättern, der mir zeigte, dass mein Verfolger näher kam.

Ich versuchte, schneller zu gehen, doch meine Schritte wurden immer schwerfälliger, und jede Bewegung schien mich mehr anzustrengen. Schließlich spürte ich einen heißen Atem im Nacken. Erschrocken schrie ich auf und stürzte zu Boden, Körper und Gesicht in die warme Erde vergraben.

Verzweiflung verwandelte sich in Resignation. Es war sinnlos. Hier würde ich liegen bleiben und nie wieder aufstehen.

Gegen meinen Willen zwang mich eine unsichtbare Kraft, die Augen zu öffnen und nach oben zu blicken. Ich erstarrte, und einen Moment lang vergaß ich zu atmen.

Am blutroten Horizont zeichneten sich schwarz die Silhouetten von Kreuzen ab. Ich konnte sie nicht zählen, so viele waren es, und ohne es zu sehen, wusste ich, dass daran gerade die Sklaven des Baetius starben.

Ich schrie auf, schrie weiter und weiter und wollte die Hand vor die Augen schlagen, um den Anblick nicht länger ertragen zu müssen. Doch es war mir nicht möglich, mich zu rühren oder auch nur den Blick abzuwenden.

Jemand packte mich an den Schultern. Erschrocken fuhr ich herum, und die Starre, die mich gefangen gehalten hatte, löste sich.

Vor mir stand eine Frau. Groß gewachsen, die Gestalt von einem langen Gewand verhüllt, den Kopf mit einem dunklen Schleier bedeckt. Sie blickte mich an, und das dunkle Grün ihrer Augen war wie ein tiefer, grundloser See, in dem ich zu versinken drohte.

Unwillkürlich wich ich zurück. Ich kannte diese Augen, ich kannte diese Frau. Und einen Moment lang erinnerte ich mich daran, wie ich aus diesem kühlen, smaragdfarbenen See einmal etwas wie Wärme zu spüren geglaubt hatte, Wärme und mütterliche Zuwendung.

Aus einem Impuls heraus streckte ich ihr die Hand entgegen. Doch statt diese zu ergreifen, wich sie von mir zurück. Ich wollte ihr folgen, jedoch war es mir unmöglich, mich aufzurichten.

Ohne meine Anstrengungen wahrzunehmen, schlug sie sich den Schleier vors Gesicht und wandte sich von mir ab. Ihre Füße berührten kaum den Boden, als sie dem glutroten Horizont entgegenschritt und schließlich aus meinem Blickfeld verschwand. Ihr loses Gewand flatterte hinter ihr her.

Mein Mund war trocken und taub, ich wollte schreien, doch diesmal brachte ich keinen Ton heraus. Ich spürte, wie mir stumme Tränen die Wangen hinabglitten, und ich erwachte endlich.

Schweißnass lag ich auf dem Rücken. Allmählich glitt ich aus dem Traum in die Wirklichkeit und fand mich in dem kleinen, stickigen Zimmer und einer nicht weniger unerträglichen Realität wieder, in die sich die Bilder des Albtraums mischten: Die Kreuze am hellen Horizont, die Frau, die mich verlassen hatte, und die Gefühle von Trauer, Verzweiflung und Ohnmacht überwältigten mich.

Ich vergrub meinen Kopf in das Stroh der Matratze, krallte die Hände in die Decke und weinte. Heftig zitternd, um jeden Atemzug ringend wie eine Ertrinkende, weinte ich alle Tränen, die ich bisher nicht geweint hatte.

Ich weiß nicht, wie lange es dauerte, bis sie schließlich versiegten und ich mir mit dem Handrücken über das Gesicht wischte.

Flavus neben mir schlief. Selbst mein Schluchzen hatte ihn nicht geweckt, diesen Wilden aus den germanischen Urwäldern.

Vorsichtig drehte ich mich zu ihm um und betrachtete ihn genauer, im heller werdenden Schein der Morgendämmerung. Sein Gesicht wirkte im schwachen Licht scharfkantig und rau, doch irgendetwas daran faszinierte mich und jagte mir gleichzeitig Angst ein.

Nur allzu gut wusste ich, welche Gefahr von seinen alemannischen Stammesbrüdern ausging, die Städte und Dörfer der Nordprovinzen in Schutt und Asche legten. Und Flavus verbarg etwas vor mir, dessen Ausmaß ich nur erahnen konnte.

Doch konnte er ein kaltblütiger Mörder sein? Wieder kamen mir die drei Gestalten in den Sinn, die ihn vor wenigen Tagen mit einem Messer bedroht und von Rache gesprochen hatten. An wem wollten sie sich rächen und wofür?

Was wusste ich schon von den Gepflogenheiten und Ritualen dieser Barbaren? Jeder wusste, dass sie Frauen und Kinder töteten und im Blutrausch grässliche Rituale zelebrierten. Und es konnte kein Zweifel daran bestehen, dass die Überfälle zunahmen und immer näher an Treveris heranrückten.

Doch hatte er mir das Leben gerettet, sein eigenes für mich riskiert. Ich stand in seiner Schuld. Aber solange er nicht bereit war, offen mit mir zu reden, konnte ich keine Ruhe finden. Er und ich waren wie Feuer und Wasser. Zwei Welten, die nicht zusammenpassen konnten.

Auf der einen Seite ich, die nie etwas anderes kennen gelernt hatte als das Leben in römischen Herrenhäusern. Auch wenn ich oft davon nicht viel mehr hatte, als bis zum Umfallen die kostbaren Marmortreppen und Mosaikböden schrubben zu müssen und den Sinn für die römische Weltordnung mit der Rute eingeprügelt zu bekommen. Doch daneben kannte ich die Schönheit und Größe des Imperiums, die alten Dichter und Philosophen, das ganze unschätzbare Wissen einer Jahrhunderte alten Kultur.

Auf der anderen Seite Flavus, ein Mann aus einem unzivilisierten Volk, das sich zusammenrottete, um all das zu zerstören, was seit Jahrtausenden bestand und Kultur, Schönheit und Philosophie hervorgebracht hatte.

Ich wusste noch nicht einmal, ob diese Wilden überhaupt Götter verehrten. Und wenn sie welche hatten, mussten diese düster und grausam sein und sich am Blut von Gefallenen und am Wahnsinn einer Schlacht berauschen.

Während ich Flavus im Schlaf beobachtete, bemerkte ich, wie sich seine Gesichtszüge veränderten. Sein Ausdruck wurde hart, Schweißperlen traten ihm auf die Stirn. Seine Lippen formten Worte, dann brachte er abgehackte Sätze in seiner Muttersprache hervor, dazwischen immer wieder Fetzen in Latein, die ich jedoch nicht vollständig verstand.

Erst bei genauem Hinhören erkannte ich, dass er zwischen dem Kauderwelsch, das er hervorstieß, ein Wort wiederholte. »Der Rabe! Nimm dich in Acht vor dem Raben! Der Rabe hat uns verraten!«

Der Rabe! Wie vom Blitz getroffen fuhr ich zurück.

Mein Herz hämmerte so laut, dass ich dachte, es müsse sogar den von Albträumen geplagten Barbaren an meiner Seite aus dem Schlaf reißen.

Wovon redete Flavus da? Was meinte er damit? Vage glaubte ich mich zu erinnern, dass Tiere als Schutzgeister in den Überlieferungen der Barbaren eine Rolle spielten; hatte nicht Tacitus dergleichen berichtet? In dem langsam heller werdenden Licht überlegte ich, ob Flavus' Worte vielleicht eine symbolische, eine religiöse Bedeutung haben könnten. Wollte er vielleicht einfach nur sagen, die Götter hätten sich gegen ihn verschworen, das Schicksal sich von ihm abgewendet?

Flavus' Atem ging heftiger, und ich hatte den Eindruck, dass er gegen einen unsichtbaren Feind kämpfte, der aus der Vergangenheit zurückgekehrt war.

Immer wieder hallten die Worte in meinem Kopf wider: »Der Rabe, der Rabe hat uns verraten!«

Plötzlich, wie von einem Schlag getroffen, hielt Flavus in seiner Bewegung inne und schlug die Augen auf. Obwohl er mich anschaute, schien er mich nicht wahrzunehmen.

Ich rührte mich nicht. Schließlich erkannte er mich. Der wirre Ausdruck verschwand, und sein Atem wurde ruhiger. Langsam kehrte er in die Wirklichkeit zurück und setzte sich auf.

Ich sagte nichts und sah nur schweigend zu, wie er sich mit dem Handrücken den Schweiß von der Stirn wischte und versuchte, meinem Blick auszuweichen.

»Was ist los?«, fragte ich schließlich.

Immer noch sah er mich nicht an.

»Was soll sein?« Seine Worte waren scharf und abweisend.

»Bist du krank?«

Ich erhielt keine Antwort, doch konnte ich im Halbdunkel erkennen, dass an seinem Hals heftig eine Ader pochte.

»Warum redest du nicht mehr mit mir, seit man uns dieses Zimmer zugewiesen hat?«

Wortlos stand er auf und verließ das Bett. Kaum wagte ich es, mich zu rühren, als er zur anderen Seite des Raums ging und sich ankleidete.

Leise trat ich neben ihn. »Hast du Neuigkeiten von deiner Familie?«, begann ich vorsichtig und betete darum, mit den Worten keine allzu großen Wunden aufzureißen.

Er fuhr herum, und sein Blick traf mich wie eine Speerspitze. Seine Augen waren zu zwei Schlitzen verengt, doch ich sah, dass sie glitzerten, vor Trauer oder vor Hass.

»Kann ich etwas für dich tun?« Zögernd trat ich einen Schritt näher und berührte ihn mit meinen Fingerspitzen sanft an seiner Schulter.

Er fuhr zusammen und schlug meine Hand weg. »Lass mich in Frieden!«

Sein Atem ging keuchend, doch ich musste einfach erfahren, was er wusste, und dazu gab es nur einen Weg. »Die Frau und der Sohn deines Bruders«, begann ich vorsichtig. »Ich bin ihnen begegnet. Im … im Haus des Baetius …«

Da ich nie eine Familie gehabt hatte, konnte ich nur erahnen, was er gerade durchmachte: zu wissen, dass sie bald sterben würden, und selbst hilflos dabeizustehen, ohne etwas für sie tun zu können. Doch zumindest dieses Gefühl vollkommener Ohnmacht kannte ich nur allzu gut.

»Ich weiß«, sagte er schließlich. In diesem Wort lag eine solche Traurigkeit, eine solche abgrundtiefe Verzweiflung, dass ihm sofort mein Herz zuflog.

»Wie hast du überhaupt erfahren, dass sie nach Treveris verkauft worden sind?«, fuhr ich fort, nur um etwas zu sagen, das meine Gefühle nicht allzu deutlich zeigen würde.

Mit zusammengekniffenen Augen schaute er mich an. »Wieso fragst du das?«

»Ich weiß überhaupt nichts von dir.«

Eine Weile schwieg er, schien zu zögern. Doch schließlich zuckte er mit den Achseln. »Es war dieser Hund von Inultus, der in dieser Gegend meist seine Hand im Spiel hat, wenn es darum geht, durch Sklavenhandel zu Geld zu kommen.«

Inultus, diesen Namen hatte ich hin und wieder gehört. Da mein früherer Herr, der Decurio Cornelius Felix aus Divodurum, mich jedoch an den Statthalter nach Treveris verschenkt und nicht verkauft hatte, war mir eine persönliche Begegnung mit diesem Menschenschinder glücklicherweise erspart geblieben.

»Und was bringt es dir, den Namen dieses verfluchten Sklavenhändlers zu kennen?« Seine Hand war zur Faust geballt.

»Vielleicht mehr, als du denkst!« Mit dieser Antwort verließ ich unser gemeinsames Zimmer und ging Richtung Küche, um mich für den kommenden Tag zu stärken. Doch hatte ich einen ersten Anhaltspunkt, wo ich weitersuchen konnte, auch wenn das nicht ungefährlich war.

An diesem Morgen fehlte Flavus beim Frühstück.

KAPITEL VI

Wie eine Katze schlich ich um das schlicht verputzte, einstöckige Gebäude herum. Mit der taubenblauen Tunika war ich gleich als dem Hause des Statthalters zugehörig zu erkennen. Dies war eine Gegend, nahe am Hafen, in der es keine feinen Villen gab und keine Häuser ehrbarer Handwerker. Ich wusste, was ich damit riskierte, hierherzukommen, doch irgendwo musste ich mit den Nachforschungen beginnen.

Mein Herz klopfte bis zum Hals, als ich langsam zum Vordereingang ging, wo sich die Catasta befand, der Sklavenblock, auf dem der Händler einen Teil seiner Ware zum Kauf anbot.

Zwei blutjunge Mädchen in dünnen, fast durchscheinend wirkenden Tuniken standen darauf, daneben ein gut gebauter Mann mittleren Alters, der nur mit Kniehosen bekleidet war, damit seine Muskeln besser zur Geltung kamen, und ein etwa dreijähriger Knabe, der nicht wirklich zu wissen schien, wie ihm geschah, und sich geradezu ängstlich an der Eisenkette festklammerte, mit der er an die Catasta gefesselt war. Alle trugen sie Holztafeln um den Hals, auf denen ihre Charaktereigenschaften und Fähigkeiten aufgelistet waren, damit sich potenzielle Käufer ein Bild davon machen konnten, was von ihnen zu erwarten war.

Als ich zu ihnen hinaufblickte, wichen die beiden Mädchen zurück, als glaubten sie, ich sei in Kauflaune und könne sie voneinander trennen. In allen Augen las ich stumme Resignation.

Ich konnte dem Schicksal noch dankbar sein, dass es mich bisher davor bewahrt hatte, wie Vieh auf dem Marktplatz ausgestellt zu werden. Rasch verdrängte ich derartige Gedanken und hastete weiter an der Catasta entlang, bis ich zu einer geöffneten, mit schweren Eisenbeschlägen behauenen Tür kam, von der aus ich in den winzigen Innenraum sehen konnte. Hier gab es keine Wandmalereien wie in den Häusern der Reichen, nur einen schlichten Verputz, der zu einer schmutzig gelben Tünche nachgedunkelt war, und der Boden war aus festgestampftem Lehm.

Auf einem schweren Holzstuhl, den Rücken an die Wand gelehnt, saß ein Mann, den Kopf auf die Brust gesenkt, die Hände auf dem voluminösen Bauch gefaltet. Seinem sogar im Schlaf noch selbstzufriedenen Gesichtsausdruck nach zu urteilen konnte es sich nur um Inultus, den Sklavenhändler, handeln, der seinen Reichtum dadurch vermehrte, dass er den wohlhabenden Bürgern der Stadt beseelte Objekte, wie es offiziell hieß, zum Verkauf anbot.

Zögernd blieb ich vor dem Eingang stehen. Wie könnte ich es anstellen, hier etwas über irgendwelche alemannischen Kriegsgefangenen in Erfahrung zu bringen?

»Kann ich was für dich tun?«

Erschrocken fuhr ich herum und blickte einem Mann in die Augen, den ich zuvor nicht bemerkt hatte. Er war kaum größer als ich, doch von gedrungener Gestalt. Seine hellbraunen Haare hingen ihm zerzaust in die Stirn, er trug lederne Kniehosen und eine kurze Leinentunika, die mit einem Gürtel zusammengehalten war, in welchem ein Flagellum steckte. Seine Augen waren von einem Blau, das kalt und abweisend wirkte. Mit spöttisch verzogenem Mund blickte er mich an.

Erschrocken starrte ich zurück, unfähig, etwas zu erwidern.

»Kann ich etwas für dich tun?«, fragte er schließlich noch einmal, während mich sein Blick mit einer Mischung aus Erstaunen und Misstrauen musterte.

Verstohlen schaute ich rasch auf Inultus, der nur wenige Schritte von mir entfernt immer noch schnarchend in Morpheus' Armen lag.

»Ich …«, antwortete ich schließlich und spürte, dass ich bis zu den Haaransätzen errötete, »wollte mich hier einmal umsehen.«

Zumindest das entsprach der Wahrheit.

»Du kommst aus dem Hause des Statthalters«, meinte er, während sein Blick über mein Gewand glitt.

»Ja«, sagte ich, da Leugnen zwecklos war, und blickte ihm direkt ins Gesicht, »ich gehöre dem Legatus.«

Die Brauen meines Gegenübers hoben sich ein wenig. »Mein Name ist Aridus. Wie kann ich dir weiterhelfen?« Noch immer glitten seine Augen über meinen Körper, als würde er den Wert einer Ware abschätzen.

»Ich arbeite für die Tochter des Statthalters«, begann ich, da mir im Augenblick nichts Besseres einfiel. »Sie interessiert sich für eine Ornatrix oder Unctrix, und da es sich für eine Frau ihres Standes nicht schickt, hierherzukommen«, mit der Hand wies ich auf den Sklavenblock und den daran angrenzenden Laden, »da hat sie …«

»Da hat sie dich hierhergeschickt?« Auf dem Gesicht des Sklavenhändlers mischte sich Misstrauen mit Belustigung.

Ich zuckte nur die Achseln, um wenigstens in diesem Punkt nicht auch noch lügen zu müssen.

»Ich soll mir einen ersten Eindruck verschaffen. Das Geschäft selbst – sollte es denn zustande kommen – wickelt dann der Vilicus ab.« Ich spürte, wie mir bei dieser unverschämten Behauptung das Blut ins Gesicht schoss, und hoffte, dass Inultus keinen Boten in den Statthalterpalast schicken würde, um die Geschichte zu überprüfen.

»Aha«, antwortete Aridus, nachdem er mich offensichtlich genügend gemustert hatte. »Na, dann schau dir mal unsere Ware an.«

Angst vor der eigenen Courage. Das war das Gefühl, das mich gleichzeitig mit einer maßlosen Erleichterung überkam.

Alle Muskeln in meinem Körper verkrampften sich, als ich ihm an dem schlafenden Sklavenhändler vorbei durch den kleinen Raum in einen dahinter liegenden düsteren Flur folgte. An dessen Rückseite befand sich eine schwere Tür, die er mit einem großen Schlüssel aufschloss.

»Nur hereinspaziert«, meinte er, immer noch zähnebleckend. »Niemand soll sagen können, wir würden dem Hause des Legatus irgendetwas vorenthalten.«

Mit einer großspurigen Handbewegung trat er beiseite und ließ mich an sich vorbeigehen. Ein beißender Geruch von menschlicher Ausdünstung schlug mir wie eine schwere Wolke entgegen.

»Also, Mädchen, sieh dich nur um«, raunzte mein Begleiter hinter mir, während ich zögernd den mit Stroh bedeckten Boden betrat, meinen Widerwillen und Ekel herunterschluckend.

»Unsere Auswahl ist derzeit nicht sonderlich groß. Zu wenig Kriege, nur kleinere Auseinandersetzungen.« Fast entschuldigend zuckte er mit den Achseln. »Doch bisher ist bei uns noch jeder Kunde fündig geworden.«

Ohne allzu große Überzeugung nickte ich, während ich hinter ihm herschritt.

Von irgendeiner Ecke vernahm ich ein leises Weinen, das in wellenartiger Regelmäßigkeit an- und wieder abzuschwellen schien.

Ich musste den Reflex unterdrücken, einfach wegzulaufen, und folgte Aridus weiter in den Raum.

Das Weinen wurde lauter. Als wir näher kamen und ich genau hinsah, bemerkte ich eine junge Frau von vielleicht zwanzig Jahren, die zusammengekauert in einer Ecke saß. Mit dem rechten Fuß war sie an eine in die Wand eingelassene Eisenkette gefesselt. Sie hatte das Gesicht in die Hände gepresst und weinte; ihre Schultern zuckten bei jedem Aufschluchzen.

»He, du!«, zerriss die Stimme meines Begleiters die angespannte Stimmung. »Vertreib mir mit deinem Gejammer nicht die Kundschaft, sonst gebe ich dir einen Grund zum Heulen!«

Augenblicklich verklang das Weinen und ließ eine Stille zurück, die mir noch unerträglicher erschien.

»So, dann sieh dir mal die Ware genau an, damit du deiner Herrin berichten kannst!« Mit dem Handrücken wischte er sich über die Nase und schob dann die Daumen in den Gürtel seiner Tunika.

Wieder nickte ich stumm. Das Herz klopfte mir bis zum Hals, als ich meinen Blick über die am Boden kauernde menschliche Ware schweifen ließ.

Etwa ein Dutzend Menschen, darunter auch zwei Kinder, waren mit Eisenketten an die Wand gefesselt. Um den Hals trugen sie die obligatorische Holztafel mit der Beschreibung, und auf allen Gesichtern zeigte sich derselbe hoffnungslose Ausdruck.

Der Schweiß brach mir aus bei diesem Anblick. Ich durfte gar nicht daran denken, was wohl mit mir geschehen würde, wenn der Statthalter herausbekam, dass ich vorgab, hier in seinem Namen Geschäfte zu tätigen.

»Also«, brummte er schließlich. »Sucht deine Herrin irgendwas Bestimmtes?«

»Hm«, meinte ich, »die Domina hat gehobene Ansprüche. Sie möchte Bedienstete, die robust und außerdem zuverlässig sind und gut zupacken können.« Stumm bat ich Marcella um Vergebung, dass ich sie so vor Fremden darstellte. »Daher denke ich, die Herrin wäre mit einer Alemannin ganz gut bedient.«

»Eine Alemannin?« Aridus sah mich überrascht an und zog seine Stirn in misstrauische Falten. »Wieso denn ausgerechnet eine Alemannin?«

Mit einer solchen Frage hatte ich nicht gerechnet. Vor Verlegenheit errötend, suchte ich nach einer passenden Erklärung, die möglichst keinen Verdacht erwecken sollte.

»Ja, weißt du … ich habe gehört …«, begann ich unsicher, »Alemannen seien nun mal so … robust, meine ich, und …«

Ein lautes Scheppern, gefolgt von einem Schrei, ließ uns herumfahren. Es kam von draußen, wahrscheinlich von der Catasta.

»He! Was ist denn da los?«, brüllte Aridus aufgebracht.

Ich weiß nicht, ob es ein gütiges Schicksal oder lediglich Zufall war, doch ehe ich wusste, was geschah, hatte er den Raum verlassen, und ich war mit den Sklaven allein.

Mir blieb kaum Zeit, meiner Erleichterung Luft zu machen, denn sofort setzte das erbärmliche Weinen wieder ein und führte mir damit die gesamte Hoffnungslosigkeit der Situation vor Augen.

Hilflos wollte ich schon zu der Weinenden hingehen, auch wenn ich nichts für sie tun konnte oder ihr irgendwie hätte helfen können.

Gerade als ich ihr aus einem Impuls heraus meine Hand auf die Schulter legen wollte, fiel mein Blick auf einen alten Mann, der, ein paar Schritte von ihr entfernt, zusammengesunken auf dem schmutzigen Fußboden kauerte. Ein röchelndes Husten entrang sich seiner Kehle, sein magerer Körper erbebte, und doch hatten seine Augen nicht denselben leeren, abgestumpften Ausdruck, den ich bei den meisten der anderen Sklaven gesehen hatte.

Einer Eingebung folgend zog ich das Honigbrötchen aus der Tunika, das ich mir am Morgen in der Küche eingesteckt hatte.

Seine fiebrigen, trockenen Finger griffen danach und schlossen sich darum wie um einen Schatz. Doch stopfte er es sich nicht gierig vor Hunger in den Mund, sondern brach es in zwei Teile und reichte diese den beiden Kindern, die das ungewohnte Luxusgut so hastig verschlangen, als hätten sie Angst, jemand könne es ihnen wegnehmen.

»Suchst du nach jemandem?«

Einen Moment lang wusste ich nicht, woher diese leise, leicht heisere Stimme kam. Dann erkannte ich, dass der Alte diese Worte gesprochen hatte und mich fragend anblickte.

Völlig überrumpelt starrte ich zurück. »Ich weiß nicht … ja. Das heißt, nein, vielleicht …«, stammelte ich.

»Bist du hier, um jemanden zu suchen, den dein Herr verkaufen ließ?«

Perplex sah ich ihn an, blieb ihm jedoch eine Antwort schuldig.

»Mach mir nichts vor. Du bist doch nicht wirklich im Auftrag deiner Herrin hier, oder?«

Mir schoss die Röte ins Gesicht. Unbehaglich wand ich mich unter seinem Blick.

»Das muss dir nicht unangenehm sein«, fuhr er fort. »Es ist schlimm, von Menschen getrennt zu werden, die einem nahestehen.«

Erst jetzt verstand ich, was er mir sagen wollte. Er schien zu glauben, ich wollte einen ehemaligen Mitsklaven suchen, vielleicht einen Bruder oder eine Mutter, der ich entrissen worden war. Ein leichter Schauder überkam mich bei dieser Vorstellung, doch vielleicht war es gut, ihn in diesem Glauben zu lassen.

»Ich suche nach zwei Alemannen, einem Mann und einer Frau«, antwortete ich nur und fragte mich, ob es mir gelingen würde, Flavus und seine Schwägerin so gut zu beschreiben, dass er sich wieder an sie erinnern könnte.

»Es gab hier Alemannen«, flüsterte er heiser, und kurz schaute er in Richtung Tür, wo Aridus verschwunden war. »Vor vielleicht zwei Monaten oder so …«

Unwillkürlich zuckte ich zusammen bei dem Gedanken, dass der Alte selbst schon mindestens so lange in diesem Elend hausen musste.

»Weißt du, wo sie herkamen?«, fragte ich leise, während mein Blick wieder über die erbärmliche Gestalt glitt.

»Sie waren Kriegsbeute aus einem Vergeltungsangriff der römischen Reiterei, weit im Landesinneren jenseits der Grenze.«

Ich nickte. So etwas hatte ich erwartet.

»Erinnerst du dich vielleicht, ob eine Frau mit ihrem Sohn dabei war, etwa vier Jahre alt?« Ich bemühte mich darum, die beiden Alemannen aus dem Hause des Baetius so gut wie möglich zu beschreiben.

Der Alte überlegte einen Moment. Seine fiebrigen Augen glitzerten.

»Ich kann mich nicht erinnern. Es waren viele da, auch einige Frauen und Kinder, so manche, auf die deine Beschreibung passen könnte.«

Das half mir nicht weiter. »Waren darunter auch Männer? Ich meine solche, die für harte Arbeit geeignet sind, oder als Gladiatoren?«

Ein schwaches Lächeln glitt über sein zerfurchtes Gesicht. »Du meinst, ob auch Krieger darunter waren – ja, einige. Es war grässlich, mit ihnen unter einem Dach zu sein. Man hatte immer Angst, sie könnten ihren Zorn darüber, in Gefangenschaft geraten zu sein …«

Das Gefühl kannte ich. Besonders seit ich mit Flavus nicht nur unter demselben Dach, sondern auch im selben Raum schlief.

»Weißt du vielleicht, ob welche von ihnen in das Haus des Baetius verkauft worden sind?«

Schwach zuckte er mit den Schultern. »Woher soll ich das wissen? Uns sagt man nicht, wohin sie gebracht werden.«

Das war wohl nicht anders zu erwarten gewesen. Ein weiteres Stück Hoffnung schwand.

»Das heißt …«

Überrascht horchte ich auf, während der Alte weitersprach.

»Eines Tages kam ein Mitarbeiter des Besitzers der großen Thermenanlage vom Moselufer hier vorbei. Das weiß ich deshalb so genau, weil wir uns kennen – noch aus … aus anderen Zeiten. Er hat sich nach Sklaven erkundigt und wollte kräftige Männer, zäh und ausdauernd, die in der Lage waren, die Arbeit als Heizsklaven in den Thermen durchzustehen.« Eine Weile schwieg er und schien zu überlegen. »Ich bin sicher, dass er auch einige der Alemannen mitgenommen hat. Mehr kann ich dir darüber nicht sagen.« Wieder schüttelte ihn ein Hustenanfall.

Aufgeregt bohrten sich meine Fingernägel in meine feuchten Handflächen. Das war ein erster Anhaltspunkt, auch wenn ich im Moment noch nicht genau wusste, was ich damit anfangen konnte.

»Ist dir vielleicht sonst etwas aufgefallen? Etwas, das dir ungewöhnlich oder bemerkenswert erschien?« Hastig ging mein Blick zur Tür. Wenn der Wächter zurückkäme, wäre mein Gespräch vorbei.

Wieder schien der Alte zu überlegen und schüttelte dann den Kopf. »Was ist schon ungewöhnlich daran, wenn Menschen verkauft werden?« Ein Ausdruck von Trauer und Mitgefühl glitt über sein Gesicht. »Flüche, Angst und Tränen. Ich habe gehofft, dergleichen in meinem Leben nicht mehr mit ansehen zu müssen. Schreiende Kinder, weinende Frauen. Eine fremde Sprache, ein ungewisses Schicksal …« Beinahe glaubte ich zu sehen, dass sich seine Augen mit Tränen füllten. »Tag für Tag!«

Ich hatte genug gehört, ich glaubte, nichts mehr davon ertragen zu können. Am liebsten hätte ich mir die Hände auf die Ohren gepresst und wäre davongelaufen. Doch wäre damit niemandem geholfen gewesen, am allerwenigsten den Sklaven des Baetius.

»Auge um Auge, so lautet das Gesetz. Die Alemannen überfallen römische Städte, Gehöfte und Siedlungen, im Gegenzug werden sie und ihre Familien gefangen genommen und verschleppt. Das ist der Lauf der Welt, und so wird es weitergehen bis zur Wiederkehr des Herrn …«

Ich wusste nicht, was er damit meinte. Einen Augenblick lang glaubte ich, die Monate des Eingesperrtseins hätten seinen Verstand benebelt und er spräche wirr. Doch sein Blick war klar. Nichts deutete darauf hin, dass er fantasierte. Sein Gesicht war ernst, aber er wirkte nicht so hoffnungslos wie die meisten anderen hier. Trotz des Elends, in dem er sich befand, strahlte er eine Ruhe aus, die sich auf subtile Weise sogar auf mich übertrug.

»Doch noch etwas anderes fällt mir ein. Zwar spreche ich nur sehr schlecht die germanischen Dialekte, aber etwas habe ich doch verstanden. Sie sprachen davon, dass ein Rabe sie verraten habe. Ich weiß nicht, was sie damit meinten.«

Alarmiert runzelte ich die Stirn. »Ein Rabe, sagst du?« Hatte das nicht auch Flavus im Schlaf geschrien? Dass ein Rabe sie verraten hatte?

Kaum merklich nickte der Alte. »Ich bin nicht sicher, ob ich es richtig verstanden habe, aber …«

»Was ist denn das hier?« Eine harte Stimme riss mich herum. Mit Entsetzen stellte ich fest, dass Inultus, der Sklavenhändler, an der Tür stand und mich aus kleinen Augen misstrauisch anstarrte. Offensichtlich hatte er in der Zwischenzeit seinen Mittagsschlaf beendet.

Bevor ich Gelegenheit hatte zu antworten, kam er auf mich zu und baute sich vor mir auf. Sein Blick blieb auf meiner Tunika hängen, und ein spöttisches Grinsen breitete sich auf seinem Gesicht aus. »So, so, Besuch aus dem Statthalterpalast!« Natürlich kannte auch er die blauen Tuniken der Bediensteten des Legatus. »Lass dich mal ansehen, Mädchen. Wie mir scheint, hat dein Herr dich nicht bei mir gekauft. Dein Gesicht kommt mir nicht bekannt vor.«

Scham schoss heiß durch meinen Körper. Es klang, als würde jemand sich an das Aussehen seiner Warenbestände erinnern. Doch ich schüttelte den Kopf. »Nein.«

»Also, was verschafft mir das Vergnügen?«, gab sich der Händler geschäftsmännisch. »Hat dich dein Herr geschickt, um für ihn eine Vorauswahl zu treffen, hm?«

Unter seinem Blick blieb mir die Lüge im Halse stecken. »Ich habe, eh …«

Plötzlich veränderte sich sein Gesichtsausdruck, als er in unmittelbarer Nähe von mir den Alten entdeckte, mit dem ich gesprochen hatte. Grausamer Spott lag in seinem Tonfall, als er sagte: »Glaub dem da kein Wort, sonst verkleistert er dir nur die Ohren!«

Verständnislos sah ich ihn an.

»Sein Herr hat ihn an mich verkauft, da er sein dummes Gerede nicht mehr länger ertragen konnte. Ein schlechter Handel; nicht einmal ich finde für den alten Trottel einen Abnehmer.« Inultus hob die Hand, und einen Augenblick lang glaubte ich, er wolle seine Enttäuschung darüber an dem Alten abreagieren. Doch dann wandte er sich wieder um und schob mich vor sich her nach draußen. »Der alte Esel glaubt tatsächlich, sein Gott würde eines Tages kommen, um ihn zu retten. Pah!« Verächtlich spuckte er aus. »Da kann er warten, bis er verrottet, der Christenesel.«

Die Erkenntnis durchzuckte mich wie ein Schlag. Ein *Christ!* Bei allen Göttern, diese erbärmliche, zerlumpte Gestalt huldigte demselben Gott wie die Herrin Marcella.

Hastig gingen meine Augen wieder zu ihm hin, doch Inultus drängte mich nach draußen.

»So, und nun hast du alles gesehen, was ich zu bieten habe«, meinte er schließlich. »Und sag deinem Herrn, dem Statthalter, wenn er bei mir Ware kaufen möchte, schicke ich ihm gerne eine Auswahl ins Haus.«

Mechanisch nickte ich, ohne wirklich zu verstehen, was er sagte. Die Gedanken in meinem Kopf überschlugen sich, und ein seltsames Gefühl der Verwirrung und des Ekels hatte sich in mir ausgebreitet.

Bevor Inultus die Möglichkeit hatte, erneut das Wort an mich zu richten, hatte ich meine Tunika gerafft, mich auf dem Absatz umgedreht und rasch auf den Rückweg in den Statthalterpalast gemacht.

Ich zwang mich dazu, nicht zu rennen, um wenigstens einen halbwegs würdevollen Abgang zu zeigen und keinen weiteren Verdacht auf mich zu lenken.

Fast lautlos eilte ich über den Flur. Die Kühle des Marmorbodens, auf dem sich das hereinfallende Abendlicht spiegelte, drang durch die dünnen Sohlen meiner Sandalen. Frisch gebrühter Minztee duftete angenehm in dem schweren Tonbecher, den ich in meinen Händen hielt.

Ein trügerischer Frieden lag über dem Statthalterpalast, ein Bild des perfekten Haushaltes, der Errungenschaften und Segnungen römischer Kultur und Lebensweise. Doch ich wusste es besser. Da war kein Friede; ich lebte schon zu lange in dieser grausamen Welt, um mich von solch äußerem Schein täuschen zu lassen.

Vorsichtig klopfte ich. Eine Stimme hieß mich eintreten. Wortlos tat ich, wie mir geheißen. Auf einen Wink von Marcella stellte ich den Becher auf einem kleinen dreifüßigen Tischchen ab und deckte ein Tuch darüber, um den Inhalt vor Verunreinigungen zu schützen.

Schließlich blieb ich vor Marcellas Korbsessel stehen und wartete auf ihre Anweisungen.

Bestürzt sah ich, dass sie geweint hatte.

»Domina?«, entfuhr es mir, ohne darüber nachzudenken, dass sie mich nicht zum Reden aufgefordert hatte. »Fehlt dir etwas?«

Stumm schüttelte sie den Kopf und rang sich ein Lächeln ab. «Nein, mir geht es gut, danke. Es ist nur ...« Sie unterbrach sich und blickte mir direkt in die Augen. »Man hat mir berichtet, die Herrin Julia habe den Tag für die Hinrichtung festgesetzt.«

Wie ein Blitz fuhr der Schreck durch meinen Körper. »Wann ...?«, brachte ich tonlos hervor.

»Auf Bitte meines Vaters will sie die Möglichkeit offen halten, noch nach anderen Schuldigen suchen zu lassen. Daher besteht sie nicht auf sofortiger Vollstreckung.« Sie machte eine winzige Pause. »Doch ist sie nicht bereit, länger zu warten als bis zu Mercurius.«

Das Fest des Mercurius! Panik schoss in mir auf und wurde zugleich von aufkeimender Resignation unterdrückt. Das bedeutete, nur noch neun Tage. Neun Tage, bis alle im Hause des Baetius, einschließlich Frauen und Kinder, sterben würden.

Nie im Leben würde es mir gelingen, in so kurzer Zeit den wirklichen Schuldigen zu präsentieren. Nicht ohne die Möglichkeit, mich wirklich frei bewegen zu können, um notwendige Nachforschungen anzustellen. Wo man mir doch schon auf eine halbe Meile Entfernung ansehen konnte, dass ich Eigentum des Statthalters war!

Ein bedrückendes Schweigen entstand, während ich Marcella unverwandt anstarrte, immer noch wie gelähmt von ihrer grausamen Enthüllung.

»Konntest du zwischenzeitlich etwas herausfinden?«, brach sie schließlich das Schweigen.

Es gelang mir ein schwaches Kopfschütteln.

»Was bleibt uns dann noch zu tun?«

Uns? Ungläubig blickte ich auf. Sie hatte *uns* gesagt …

Ein Anflug von Hoffnung flackerte in mir auf, wie eine Flamme, die sich kurz vor dem Erlöschen gefangen hat. Gab Marcella die Sklaven noch nicht verloren?

»Wenn ich die Möglichkeit hätte«, begann ich, »mit anderen Sklaven zu sprechen, die damals gleichzeitig mit den Alemannen, die jetzt im Hause des Baetius leben, gefangen genommen wurden, vielleicht könnte ich dann etwas in Erfahrung bringen.«

Marcellas Gesichtsausdruck veränderte sich. »Welche anderen Sklaven? Und wieso Alemannen?«

»Herrin, der Sklave Hyacinthus hat ausgesagt, er habe am Ort des Verbrechens Worte gehört, die sich wie Alemannisch anhörten. Natürlich glaubte ihm niemand, aber ich bin sicher, dass er die Wahrheit spricht.«

»Und wie könnte dir eine Unterredung mit alemannischen Kriegsgefangenen weiterhelfen?« Marcellas Stimme klang skeptisch, aber interessiert.

Ich schluckte, da ich nicht recht wusste, wie ich ihr meine vage Vermutung, den einzigen dünnen Strohhalm, den ich hatte, begreiflich machen konnte. Auf jeden Fall musste ich aber vermeiden, Flavus und meinen Verdacht ihm gegenüber ins Spiel zu bringen. »Wenn Hyacinthus recht hat, scheinen irgendwelche Alemannen in den Mordfall verwickelt zu sein, aus Gründen, die mir bisher nicht ganz klar sind. Die einzigen Alemannen, von denen ich weiß, dass sie sich offiziell innerhalb der Stadtmauer aufhalten, sind die Kriegsgefangenen und Sklaven, die bei den Schlachten auf beiden Seiten des Limes hierher verschleppt und auch auf dem Markt verkauft worden sind.«

Marcella nickte nachdenklich. »Ja, der Präfekt Spurius Cornix hat auf dem Gastmahl davon berichtet, dass er einen Teil seiner Kriegsbeute nicht nur in Niedergermanien, sondern auch hier in der Belgica hat verkaufen lassen.«

Spurius Cornix? Das Bild eines Mannes mit purpurner Seidentunika und einer Raubvogelnase stieg in mir auf, aber ansonsten sagte mir der Name nichts. Also fuhr ich fort: »Das heißt, wenn wirklich Alemannen mit in die Sache verwickelt sind …«

»… dann könnten Stammesmitglieder, die ebenfalls gefangen genommen wurden, vielleicht etwas davon wissen«, beendete Marcella meinen Satz. »Glaubst du denn, dass die bereit wären, darüber zu sprechen?«

Ein wenig mutlos zuckte ich die Achseln. »Es wäre zumindest einen Versuch wert.«

Über Marcellas hübscher Nase hatten sich nachdenkliche Falten eingegraben. »Nehmen wir an, es stimmt, was du sagst, und es gäbe tatsächlich unter den alemannischen Sklaven welche, die etwas von der Sache wüssten. Wie könnte man diese finden? Die Stadt ist groß, und wer weiß, wohin sie überall verkauft worden sind?«

Mein Herz schlug schneller, als mir bewusst wurde, dass Marcella meinen Plan nicht als die dumme Idee einer verzweifelten Sklavin abtat.

»Ich habe in Erfahrung gebracht, dass einige der alemannischen Sklaven in die Thermen am Moselufer verkauft worden sind. Wenn ich vielleicht die Möglichkeit hätte, mit ihnen zu reden …«

»Die Thermen, hm …«, meinte sie schließlich mit einem nachdenklichen Kopfnicken. »Immer ein ausgezeichneter Ort, um Informationen oder den neuesten Tratsch zu hören. Vielleicht sollte ich dort auch einmal ein Bad nehmen und hören, was die Damen der Gesellschaft so zu erzählen haben.«

Der Funke Hoffnung in meinem Inneren flammte plötzlich hell auf.

»Nur«, nahm Marcella das Wort wieder auf, »meiden wir Christen die Thermen ebenso wie die Spiele und die staatlichen Opfer.«

Oh, das hatte ich nicht gewusst. Meine Hoffnung verglomm.

»Auf der anderen Seite«, fuhr sie fort, »geht es hier um das Leben so vieler Unschuldiger.« Eine Weile schien sie stumm mit sich zu ringen. »Wahrscheinlich wäre es eine unverzeihliche Sünde, nicht jede sich bietende Möglichkeit zu ergreifen, um sie zu retten.« Schließlich blickte sie zu mir auf, als habe sie eine Entscheidung getroffen. »Du wirst mich begleiten, gleich morgen früh.«

Erleichterung durchrieselte mich. Ich schluckte. »Vielen Dank, Herrin«, sagte ich heiser. »Ich sollte nun wohl besser gehen. Pelagius wartet in der Schreibstube auf mich.«

Auf ihr Nicken hin wandte ich mich um und ging zur Tür.

»Invita?« Ihre Stimme ließ mich innehalten, und ich blickte sie an. »Was du tust, ist sehr … selbstlos von dir. Vielen Dank.«

Zwischen Benommenheit und langsam aufkeimender Furcht schwankend, konnte ich nur schwach nicken. Dann öffnete ich die Tür und trat auf den Flur.

Leise sprach Marcella einige Worte, doch ohne darauf zu achten, schloss ich mit zitternden Fingern die Tür hinter mir.

Es hatte wie ein Segenswunsch geklungen.

Immer noch nachdenklich betrat ich die Küche. Die Sonne war schon vor einer ganzen Weile untergegangen, nur noch ein grauer Schimmer drang durch die kleinen, milchverglasten Fensterscheiben in den Raum und ließ die mit Tongeschirr, Krügen und Schüsseln gefüllten Regale nur noch erahnen. Die langsam erkaltenden Backöfen verströmten eine schwache Wärme, und in der gemauerten

Feuerstelle glomm ein Rest von Glut – das heilige Herdfeuer, das niemals erlosch.

Weder die Köchin noch andere Bedienstete waren zu sehen.

An dem schweren Eichentisch saß Flavus im flackernden Schein einer Öllampe.

Sein kräftig gebauter Körper wirkte angespannt, er schien in Gedanken versunken zu sein. Der Getreidebrei und das Stück Käse in seinem tiefen Teller waren unangetastet. Er hatte die Ellbogen auf die Tischplatte aufgestützt, und sein Blick ging ins Leere. Mechanisch bewegte er einen schweren Tonbecher in seinen Händen, die meine Aufmerksamkeit auf sich zogen. Schwielig und kraftvoll hielten sie das Gefäß umschlossen.

Vor meinem inneren Auge stieg ein Bild auf: diese kräftigen Hände, die ein Messer gepackt hielten und es Baetius Quigo mehrmals in den Rücken stießen.

Der Geschmack von Galle bildete sich auf meiner Zunge, unwillkürlich wandte ich den Blick ab. Ich wusste selbst, welche Kraft Flavus besaß, hatte er mir doch vor nicht allzu langer Zeit das Leben gerettet und den Angreifer, der versucht hatte, mich zu töten, mit bloßen Händen niedergestreckt. Mit den Händen eines barbarischen Kriegers!

Ich musste mich zwingen, die Vorstellung zu verdrängen, wie viele Feinde er damit in der Schlacht schon getötet hatte.

Nur mühsam konnte ich mich von seinem Anblick lösen. Wieder war ich erstaunt, welch widersprüchliche Gefühle dieser Mann in mir auslöste. Wut und Mitleid, Verlangen und gleichzeitig Angst.

»Flavus«, begann ich schließlich, und meine Stimme klang belegt.

Langsam blickte er auf, in seinen Augen lag noch immer jene Traurigkeit, die ihn nicht verlassen wollte, seit er von der bevorstehenden Hinrichtung seiner Verwandten erfahren hatte. Das klare Blau schimmerte im schwachen Licht der Öllampe dunkel wie der Nachthimmel.

Unsicher näherte ich mich ihm, zog mir einen Stuhl heran und setzte mich neben ihn. Der Geruch und die Wärme seines Körpers ließen meinen Puls schneller schlagen.

Ohne ein Wort an mich zu richten, führte er den Becher an seinen Mund und nahm einen Schluck. Jeder Muskel in seinem Körper schien zum Zerreißen angespannt.

Jetzt oder nie. Ich musste einfach mit ihm reden. »Kennst du irgendwelche Alemannen in der Stadt?«, stieß ich ohne eine Einleitung hervor.

Es war eine dumme Frage, denn natürlich war uns beiden bewusst, dass er Kontakt zu Stammesbrüdern hatte. Ich musste an die drei Männer denken, mit denen ich ihn gesehen hatte, den Streit, das Messer. Würde er mir etwas davon erzählen, mich ins Vertrauen ziehen?

Mit klopfendem Herzen sah ich, wie er meinem Blick auswich. Langsam stellte er den Becher ab und rückte seinen Stuhl zurecht. Erst nach einer Weile des Schweigens sah er mich an.

»Es gibt hier überall Alemannen«, sagte er schließlich, und sein Tonfall zeigte mir, dass er wusste, wovon er sprach, doch konnte ich nicht erkennen, ob auch ein Anflug von Triumph darin mitschwang.

Mühsam kämpfte ich gegen die aufsteigende Angst an, während ich mich dazu zwang, Flavus' Blick standzuhalten. Sein kantiges Gesicht wirkte im lodernden Schein der Öllampe bedrohlich, der Rest des Raumes schien in beinahe vollständiger Dunkelheit zu liegen.

Ich wagte einen weiteren Vorstoß: »Haben diese Alemannen irgendetwas vor … irgendeinen Plan?«

Erneut schwieg Flavus, und nur das dunkle Flackern in seinen Augen zeigte mir, dass er meine Frage gehört hatte.

»Die Alemannen sind machtlos!«, brach es schließlich aus ihm heraus. »Solange sie sich innerhalb dieser Mauern befinden. Sie sind nichts weiter als Spielbälle, Sklaven …« Er sprach nicht weiter, doch seine Brust hob und senkte sich stoßweise und ich konnte sehen, wie erregt er war. »Wenn es also einen Plan gibt – wie du sagst –, dann stecken bestimmt nicht die Alemannen dahinter, nicht hier in Treveris!«

Das war keine Antwort, die mir weiterhalf. Flavus war also nicht bereit, auf meine Fragen einzugehen. Aber weshalb? Was versuchte er vor mir zu verbergen?

Eine Weile sah ich ihn schweigend an, doch er blickte scheinbar unbeteiligt in seinen Becher. Wut und Mitleid kämpften in meinem Inneren. »Die Frau und der Sohn deines Bruders …«

Flavus' Kopf ruckte hoch.

»Niemand kann sie vor dem Tod bewahren, solange du nicht erzählst, was du weißt«, setzte ich nach. »Warum hast du nicht den Mut, wenigstens mir zu sagen …«

»Schweig!« Seine Worte trafen mich wie ein Schlag. Seine Hände waren zur Faust geballt, sein Körper wie zum Sprung bereit. Ich befürchtete schon, er wolle sich auf mich stürzen.

Nur mühsam meine Enttäuschung verbergend sprang ich auf: »Ich sehe schon, du willst mir gar nicht helfen. Ich hätte nicht gedacht, dass du so feige bist! Du hast einfach nicht den Mut, mir zu vertrauen! Aber was kann man von jemandem wie dir auch schon erwarten!« Meine Tränen unterdrückend fuhr ich herum und wandte mich zur Tür.

Eine harte Hand packte meinen Unterarm und riss mich zurück. »Invita, hör zu!« Heftig versuchte ich, mich dem Griff zu entwinden, und blickte in Flavus' Gesicht, das vor Zorn oder Verzweiflung verzerrt war. »Hör auf, in

Dingen herumzustochern, von denen du nichts verstehst!« Noch immer hielt er mit der Hand meinen Arm gepackt, sodass ich Mühe hatte, nicht vor Schmerz aufzustöhnen. »Hörst du, Invita? Lass es gut sein, misch dich hier nicht ein! Du hast keine Ahnung vor dem, was da draußen vorgeht, und ich will nicht, dass du so endest wie Baetius Quigo!«

Wie Baetius? Vor Überraschung und Schreck gab ich meinen Widerstand auf und starrte ihn mit offenem Mund an. »Dann weißt du also, wer Baetius Quigo ermordet hat?«

Das Flackern der Öllampe, das sich in Flavus' Augen widerspiegelte, war die einzige Antwort. Schließlich ließ er mein Handgelenk los, das sofort schmerzhaft zu klopfen begann.

»Lass die Toten ruhen, Invita. Ich kann dich nicht immer schützen.«

Was meinte er damit? Verwirrung wirbelte durch meinen Kopf, Angst jagte durch meine Adern. Mich schützen? Vor wem?

Als sei er über die Worte, die ihm entglitten waren, selbst erschrocken, presste Flavus die Kiefer zusammen. »Du bist unbelehrbar«, meinte er schließlich grimmig und stand auf. »Kannst du es nicht einmal lassen, die Nornen herauszufordern?«

Schnell hatte er den Inhalt seines Tellers in einen Eimer entleert, ihn und den Becher in einen Bottich gestellt.

»Du weißt nicht, auf was du dich da einlässt, Invita. In dieser Sache kannst du nichts ausrichten. Die ist zu groß für dich.« Ohne mich eines weiteren Blickes zu würdigen, verließ er den Raum und ließ mich allein zurück im Strudel meiner Gedanken.

Eine Weile stand ich da im dämmrigen Licht der Küche, wie betäubt, in dem vergeblichen Versuch, Flavus' Worten einen Sinn zu entlocken. Irgendwann kam die Köchin hereingeschlurft, und ich hielt es für besser, meine Kammer aufzusuchen und das Bett, das noch immer leer war.

Wenn Flavus in dieser Nacht zu mir kam, dann bemerkte ich zumindest nichts davon. Allein schlief ich ein, und der Platz neben mir war auch verlassen, als ich vor dem Morgengrauen am nächsten Tag erwachte.

KAPITEL VII

Die Thermen! Ein riesiger Gebäudekomplex, hoch und protzig wie der Palast eines Kaisers, gleichzeitig schlicht verputzt und doch so kunstvoll in der Architektur, dass er dazu einlud, hinter diesen Mauern Muße und Erholung zu suchen.

Ein Tempel des Vergnügens.

Heute lag er im warmen Licht des Maimorgens, verschlafen und träge, wie immer bei den Besucherzeiten für die Frauen. Erst am Nachmittag, wenn Politiker und Geschäftsleute sich trafen und neben Entspannung auch geschäftliche Kontakte suchten, würde es lebhafter werden.

Still und glitzernd floss unweit der Thermenanlage die Mosel vorbei, als eifere die Natur der Schönheit der von Menschen geschaffenen künstlichen Becken und Seen nach.

Schon öfter war ich an diesem Bauwerk vorbeigekommen, lagen die Thermen doch unweit der Brücke, die über die Mosel aus Trier hinaus und zu wichtigen Fernstraßen führte, doch hatte ich mir bisher noch nie die Zeit genommen, die Architektur zu bewundern, geschweige denn, sie zu betreten.

Wie die meisten anderen Sklaven des Statthalters benutzte ich in der Regel die hauseigenen Bäder, nachdem der Herr und seine Tochter mit ihrer Körperpflege fertig waren, oder besuchte zuweilen die wesentlich bescheideneren Thermen nahe des Forums.

Erst an diesem Morgen, als ich hinter Marcella durch das hohe Eingangstor schritt und wir über den riesigen Innenhof, die Palästra, hin zu der Hauptanlage gingen, wurde mir bewusst, dass sich hier eines der Zentren des öffentlichen Lebens befand. Bereits zu dieser frühen Stunde war der Platz mit den umliegenden Säulenhallen erfüllt von Menschen, die sich sportlichen Ertüchtigungen widmeten, Geschäfte tätigten oder sich einfach dem Müßiggang hingaben. Hier konnte man alle möglichen Dienste in Anspruch nehmen, von Ärzten und Apothekern bis zu Salbenverkäufern und Friseuren, und aus Garküchen drang der verführerische Duft von frisch zubereiteten Speisen.

Dagegen war das Apodyterium, der Auskleideraum, fast schon eine Zone der Stille. Wände und Fußboden waren vollständig mit Marmor ausgekleidet, und angesichts dieser Pracht kam ich mir unbedeutend und klein vor. Zwei offensichtlich zum Badehaus gehörende Sklavinnen standen bereit, den Ankömmlingen zu Diensten zu sein, auch wenn die meisten der vornehmen Gäste von eigenen Sklaven begleitet wurden.

Da ich nicht vorhatte zu baden, behielt ich meine Tunika an, half Marcella jedoch aus der ihren, faltete das schlichte, aus teurem blassgelbem Stoff hergestellte Gewand zusammen und legte es in ein dafür vorgesehenes Regalfach.

Sorgfältig wickelte ich Marcella in ein großes Tuch ein, reichte ihr ein Paar Holzpantinen, die verhindern sollten, dass sie sich auf dem heißen Boden die Fußsohlen verbrannte, und drückte auf ihr Geheiß einem der Sklavenmädchen einige Münzen in die Hand, damit sie ein Auge auf die Sachen hielt.

Dann folgte ich ihr in die eigentlichen Baderäume. Dunst und Wärme hüllten uns ein. Die Fetzen der wie Weihrauch aufsteigenden Nebelschwaden gaben einen verschwommenen, aber atemberaubenden Blick auf die prächtige, mit Marmor und Stuck verzierte Anlage frei. Die hohe, gewölbte Decke war durch die diesige Luft nur noch zu erahnen und musste jedem Menschen das Gefühl geben, zwar selbst unbedeutend, aber gleichzeitig Teil von etwas Großem zu sein.

Sollte Marcella angesichts dieser Umgebung ähnlich empfinden, ließ sie sich das nicht anmerken. Ruhig und entspannt schritt sie über die prächtigen Marmor- und Mosaikböden und wirkte, nur das helle Tuch um ihren Körper geschlungen, unnahbar wie eine Königin.

Unmittelbar vor dem Rand des Warmbadebeckens blieb sie stehen und betrachtete in stummem Schweigen das Treiben um sie herum. Mit zusammengekniffenen Augen versuchte ich, durch die Dunstschwaden etwas zu erkennen und zu sehen, ob mir jemand bekannt vorkam.

Schließlich ließ sich Marcella von mir das Tuch abnehmen und glitt ins Wasser. Ihre langen, dunklen Haare umflossen sie wie ein Mantel. In der nebelverhangenen Luft wirkte sie edel wie eine Nymphe, und im Vergleich dazu kam ich mir mit meinen rostroten Locken und der sommersprossigen Nase plötzlich doch sehr gewöhnlich vor.

»Marcella, du hier?« Eine aufgeregte Stimme riss mich aus meinen Überlegungen. »Hin und wieder lassen die Götter doch noch ein Wunder geschehen. Und ich dachte, du verabscheust diese gewöhnlichen Vergnügungen.«

Der Redeschwall entlockte Marcella nichts weiter als ein leichtes Lächeln und ein höfliches Kopfnicken. Es war ihr Geheimnis, dass nicht Standesdünkel der Grund war, der sie davon abhielt, die öffentlichen Badeanlagen zu besuchen. »Ich freue mich sehr, dich zu sehen, Secundina. Dann hat mein Besuch hier zumindest doch etwas Gutes.«

»Das kann man wohl sagen.«

Erst jetzt erkannte ich unter den feuchten, honigfarbenen Haaren Secundina, die Tochter eines wohlhabenden Tuchhändlers, der sich vor nicht allzu langer Zeit ein prächtiges Grabmal hatte errichten lassen, um den Reichtum und Erfolg seiner Familie weithin zur Schau zu stellen. Bisher hatte ich sie selten zu Gesicht bekommen, und ganz sicher würde sie sich an mich nicht mehr erinnern.

In ihrer unmittelbaren Nähe im Becken befand sich eine üppige Schönheit, deren beinahe weißblondes Haar schon auf eine halbe Meile Entfernung als gefärbt zu erkennen war und in der ich Paulla, die Tochter des zweiten amtierenden Duumvir erkannte. Daneben stand eine zierliche Brünette, deren Blick irgendwie vage und abwesend wirkte und die Marcella als Blussa vorgestellt wurde, eine entfernte Verwandte aus Raetien.

»Du kommst doch auch zur morgigen Beisetzung des edlen Baetius Quigo?«, fragte Secundina schließlich, nachdem die allgemeine Begrüßung abgeschlossen war. Dabei stand es außer Zweifel, dass Marcella als Tochter des höchsten Beamten der Provinz geradezu die Verpflichtung hatte, an derartigen gesellschaftlichen Terminen teilzunehmen. Wahrscheinlich sollte das betonte »auch« lediglich auf die Tatsache hinweisen, dass sie, Secundina und ihre Familie, ebenfalls zu der Zeremonie eingeladen waren, obgleich sie nicht zum alten treverischen Adel zählten.

Dennoch nickte Marcella höflich. »Gewiss. Ein solches Verbrechen ist immer ein großer Schmerz für die Angehörigen. Die Anwesenheit von Gästen mag da vielleicht ein kleiner Trost sein.«

Ich wusste nicht, ob Marcella ihren Gesprächspartnerinnen mit diesen Worten eine Reaktion zu entlocken versuchte oder ob sie tatsächlich noch immer Mitleid mit der grässlichen Familie des Ermordeten empfand.

»Ist es wahr, dass die Herrin Julia beschlossen hat, ihre gesamten Sklaven als Strafe für das Verbrechen hinzurichten?« Paulla schien ja bestens unterrichtet zu sein.

Kaum merklich zuckte Marcella bei der Erwähnung dieses unmenschlichen Vorhabens zusammen, hatte sich jedoch gleich wieder in der Gewalt. »Ja.« Sie nickte langsam. »Wenn sich nicht in nächster Zeit ein anderer Schuldiger findet.«

»Aber das ist unfassbar!« Secundinas kunstvoll geschminkter Mund blieb vor Erstaunen offen. »Eine solche Strafe wurde seit Ewigkeiten nicht mehr durchgeführt, schon gar nicht hier in Treveris.« Sie machte eine nachdenkliche Pause. »Ist das überhaupt noch erlaubt? Gibt es nicht Gesetze gegen so etwas? Mein Vater sagt immer, die Sklaven ...«

»Julia ist eine entfernte Verwandte des Kaisers«, unterbrach Marcella ruhig, aber bestimmt den Redefluss der Freundin. »Gewisse Dinge sind in diesen Kreisen eben ...« Sie ließ das Ende des Satzes unausgesprochen, und doch wusste ich, was sie damit sagen wollte. Für Mitglieder der Kaiserfamilie galten andere Maßstäbe. Der Statthalter würde es sich in seiner Position zweimal überlegen, ausgerechnet eine Verwandte des Kaisers wegen grausamer Willkür ihren eigenen Sklaven gegenüber zu belangen.

»Eine üble Geschichte.«

»In der Tat.« Marcella beließ es dabei und schwieg, wohl in der Hoffnung, dadurch Secundina oder ihren Begleiterinnen die Gelegenheit zu geben, ihr Wissen auszuplaudern.

»Die Witwe Julia soll einen Sarkophag in Auftrag gegeben haben, der nicht nur eines Duumvirs, sondern eines Mitglieds der Kaiserfamilie würdig wäre.« Paulla kicherte leise. »Dabei war der alte Baetius eher ein Knauser, im Privaten wie in seinem Amt. Frag meinen Vater. Wenn der Verstorbene wüsste, welch ein Prunk jetzt um seine sterblichen Überreste veranstaltet wird ... Doch war die edle Julia schon immer ein wenig eitel.«

Das war höchst interessant. So unauffällig wie möglich beugte ich mich ein wenig tiefer über das dampfende Becken. Eine trauernde Witwe, die durch den Tod ihres Gatten endlich in den Genuss kam, dem Lebensstandard zu frönen, den sie für angemessen hielt, und ihren Reichtum ungehemmt vor der ganzen Stadt zur Schau zu stellen. Sofern ihr Sohn, als neues Oberhaupt der Familie, sie gewähren ließ.

»Und Publius, der Sohn?«, fragte Marcella, wie auf ein Stichwort.

»Was soll mit ihm sein? Der wird natürlich die Trauerrede halten, seine erste offizielle Handlung als Pater Familias. Warum fragst du?« Secundinas misstrauischer Blick traf Marcella. »Hast du vielleicht irgendwelche Heiratsabsichten?« Um ihre Nasenspitze herum zeichneten sich rote Flecken ab, während sie offensichtlich gespannt auf eine Antwort wartete.

»Nein«, entgegnete diese wahrheitsgemäß. »Der junge Publius etwa?«

»Ich glaube nicht.« In Secundinas Stimme klang etwas wie Erleichterung mit. »Obwohl er als einer der bestaussehenden und wohlhabendsten Männer in der Stadt gilt, ist er doch bislang keiner Frau versprochen. Soweit ich gehört habe …«

Womit sie andeuten wollte, dass ihr selbstverständlich nichts vom Tratsch über die bedeutenden Familien der Stadt entging. Von meinem Platz am Beckenrand aus runzelte ich die Stirn. Wer ausgerechnet ein Scheusal wie Publius als anziehend empfand, musste ein ernsthaftes Problem haben.

»Doch nun, da er der alleinige Erbe und Besitzer eines großen Vermögens ist …« Wieder ließ Secundina ihren Satz in der Luft hängen. »Nun ja, solche Dinge können sich schnell ändern. Zumal er jetzt sein eigener Herr ist.«

Interessiert horchte ich auf. Es war eine Eigentümlichkeit des römischen Rechts, das einzig dem Pater Familias, dem ältesten männlichen Familienmitglied, politische und persönliche Rechte zugestand sowie die Möglichkeit,

Eigentum anzuhäufen. Mochte ein Mann auch noch so erfolgreich als Politiker oder Feldherr sein, solange sein Vater noch auf dieser Welt weilte, war er vollständig von ihm abhängig. Ein Vater hatte sogar das Recht, das Todesurteil über seinen Sohn auszusprechen; allerdings wurde so etwas allenfalls in den Legenden aus der Zeit nach Gründung der Stadt Rom berichtet. Ich hatte nie gehört, dass dieses alte Recht in den letzten Jahren angewandt worden wäre. Wie so manches andere auch. Was mich wieder an die Sklaven des Baetius erinnerte …

»Außerdem kann sein Vater ihn nun nicht mehr hindern, seine ehrgeizigen Pläne endlich zu verwirklichen«, hörte ich Paulla sagen.

»Ehrgeizige Pläne?«, fragte Marcella so arglos wie möglich. »Was meinst du damit?«

Ein beinahe schockierter Ausdruck huschte über die Gesichter der beiden anderen Frauen, als könnten sie sich nicht vorstellen, dass Marcella so viele Wissenslücken aufwies, was Männer im heiratsfähigen Alter betraf.

»Na ja, seine politischen Ambitionen. Sein großer Wunsch, militärische Karriere zu machen, sich als Anführer der städtischen Populares-Einheit im Kampf gegen die plündernden Alemannen auszuzeichnen.«

Bei der Erwähnung der alemannischen Übergriffe zog sich mein Magen einen kurzen Moment zusammen, und ich musste mich zwingen, dem Gespräch weiter zu folgen.

»War das seine Idee?« Marcellas Worten war eindeutig etwas wie Überraschung zu entnehmen.

»Er sprach häufig davon. Sagte, es sei seine patriotische Pflicht, alles in seiner Macht Stehende zu tun, um seine Heimat vor diesen Barbaren zu schützen.«

»Aber was das alles kostet!«, stöhnte Secundina. »Eine solche Miliz zu unterstützen …« Dem bewegten Flattern ihrer Augenwimpern war zu entnehmen, dass sie gerade durchrechnete, um welche enormen Summen sich der wohlhabende Junggeselle auf diese Art brachte, die der zukünftigen Ehefrau dann in der gemeinsamen Haushaltskasse fehlen würden.

»Ganz so schlimm wird es nicht sein«, beruhigte Paulla die Freundin. »Wie jeder, der so etwas plant, hat er ja Gönner und Unterstützer. Ein Freund aus Niedergermanien sowie der Aedil Ambrosius sollen bereit sein, sich an dem Unternehmen finanziell zu beteiligen. Außerdem«, fuhr sie mit einem Blick auf Secundina fort, »gehen Gerüchte um, auch deine Familie hätte Publius Baetius finanzielle Unterstützung zugesagt. Stimmt das, oder stellt dein Vater vielleicht lediglich die Soldatentuniken?«

Oh, oh! Trotz des Ernstes der Lage musste ich mir ein amüsiertes Lächeln verkneifen. War es mit dem Imperium schon so weit gekommen, dass Neureiche wie dieser Tuchhändler ihre Finger in den militärischen Geschicken des Landes haben konnten, selbst wenn sie darüber hinaus keinerlei politischen Einfluss besaßen? Oder war es vielleicht eher eine Investition in die Chancen der einzigen Tochter auf dem Heiratsmarkt? Ein goldenes Schlüsselchen, um das Tor zu einer guten Partie und verwandtschaftlichen Beziehungen zu einer altehrwürdigen Familie zu öffnen?

Secundina lächelte wissend. »Mag sein, dass mein Vater tatsächlich eine Unterstützung für Publius erwägt, denn der Aedil Ambrosius soll nicht einmal annähernd die Mittel haben, derartige Unternehmungen alleine zu finanzieren, oder etwa doch?« Ein interessiertes Aufblitzen bei dem Gedanken an vielleicht von ihr bisher unentdeckt gebliebene Vermögensquellen war plötzlich in ihren Augen zu erkennen. »Hat er nicht vor Kurzem seine Frau verloren und benötigt wie jeder gute Beamte schnellstmöglich eine neue?« Nachdenklich zog sie die Stirn kraus. »Wenn dem natürlich so wäre, dann …«

Das ganze Gerede von Heiratsmarkt und reichen Erbschaften widerte mich an. Ich stand hier inmitten der dampfenden, feuchten Luft, die meine Haut aufweichte, in der Hoffnung, etwas in Erfahrung zu bringen, das Hyacinthus entlastete, und alles, was ich zu hören bekam, war Tratsch über die monetären Verhältnisse möglicher Heiratskandidaten, während ein ganzer Haushalt von Sklaven auf eine grausame Hinrichtung wartete.

Dennoch war das, was ich erfahren hatte, nicht ganz uninteressant. Es hatte also im Hause Baetius Spannungen zwischen Vater und Sohn gegeben. Was ich jedoch nicht verstand, war das offensichtliche Desinteresse Baetius Quigos an einer schlagkräftigen Verteidigung gegen die Barbaren.

Offensichtlich war Marcella dieser Widerspruch ebenfalls aufgefallen, denn sie fragte: »Und Baetius Quigo? Lag es als Duumvir denn nicht in seinem Interesse, alles zu tun, was zum Schutz der Stadt vonnöten war?«

»Ach, der gute Quigo! Er war sicher ein ehrenwerter Mann – man redet ja nicht schlecht über Tote –, aber zu Hause hatte er nicht allzu viel zu sagen, wie ich gehört habe … In den Ratsversammlungen hat er angeblich immer den Schutz des Landes und der Bevölkerung als oberste Priorität verkündet. Nur war er gegen die Aufstellung einer Einheit von Populares, allein schon aus dem Grund, weil er befürchtete, dass eine derartige Aufrüstung die Aufmerksamkeit der Barbaren noch mehr auf uns lenken würde. Er war nicht gerade der Mutigste, musst du wissen. Außerdem hielt er es mit den alten Werten und war der Meinung, eine solche Macht solle man nicht in die Hand eines einzelnen Mannes legen, selbst wenn es sich dabei um seinen eigenen Sohn handelte.«

Da war durchaus etwas dran. Allerdings wunderte es mich, dass Baetius so offensichtlich seinem Sohn zu misstrauen schien. Das alles ergab für mich recht wenig

Sinn, doch war von solchen heiratswütigen Klatschtanten nicht zu erwarten, dass sie über diesen Punkt nähere Antwort geben könnten, selbst wenn Marcella danach gefragt hätte.

»Wie groß ist überhaupt die Gefahr eines Übergriffs der Barbaren?«, warf Marcella schließlich ein. »Vielleicht wird das ja alles stark übertrieben, und Baetius Quigo wollte ganz einfach verhindern, dass die Bevölkerung in Panik gerät.«

»Aber wie kannst du …?« Secundinas Gesicht lief vor Erregung rot an, was ihr durch die neblige Luft hindurch den Anblick einer erzürnten Gewittergöttin gab. »Übertrieben? Na, wenn du das glaubst, dann frag mal hier meine Kusine Blussa. Die musste das nämlich am eigenen Leib miterleben.«

Erst jetzt richteten sich alle Blicke auf die zierliche Dunkelhaarige, die die ganze Zeit schweigend zugehört und sich nicht an dem Gespräch beteiligt hatte.

»Furchtbare Kreaturen, diese Barbaren! Blussas ganze Familie wurde auf einen Schlag ausgelöscht, als eine Horde Alemannen das Gehöft ihrer Eltern verwüstete. Sie konnte als Einzige entkommen und lebt jetzt bei uns!«

Ganz offensichtlich genoss Secundina die Aufmerksamkeit, die sie durch diese grausige Mitteilung erntete, und blickte Beifall heischend in die Runde, während vereinzelte Wassertropfen von ihren nassen Haaren und dem geröteten Gesicht abperlten.

»Wie Tiere sind sie über das Gut hergefallen, haben die Mägde vergewaltigt, die Knechte erschlagen und zuletzt die Familie selbst ermordet. Es muss furchtbar gewesen sein …«, wandte sie sich nun an Blussa, die bei den drastischen Schilderungen ihrer Kusine zurückgewichen war und nur mühsam gegen die Tränen kämpfte. »Na, erzähl es ihnen, was diese Raubtiere mit deinen Eltern gemacht haben! Wie sie …«

»Ich glaube, das genügt!«, unterbrach Marcella ihren Eifer. »Ganz sicher möchte deine Kusine nicht an all das Schreckliche erinnert werden. Es genügt schon, dass sie es mitmachen musste.«

»Ja, aber, ihr müsst doch wissen, wozu diese Wilden fähig sind, damit ihr mir glaubt.« Secundina war nicht aufzuhalten. »Über sie hergefallen wie die Tiere sind sie; nicht genug damit, dass sie vergewaltigten, brandschatzten und mordeten, nein, sie haben auch noch die Köpfe der Toten …«

Schlagartig wurde es mir unerträglich heiß; der warme Dampf, der aus den Becken stieg, drohte mich zu ersticken. Der Drang, den überhitzten Raum zu verlassen und nach draußen an die frische Luft zu kommen, wurde übermächtig. Doch riss ich mich zusammen und zwang mich, mit unbeteiligtem Gesicht am marmornen Beckenrand auszuharren.

Blussas Weinen hatte sich zu einem hysterischen Schluchzen gesteigert und ließ Secundina endlich in ihrer flammenden Rede innehalten. Sofort gingen sie und Paulla zu ihr hin, um sie zu trösten, aber auch unter deren Liebkosungen hörte das arme Mädchen nicht auf zu zittern.

Einen Moment lang fragte ich mich, ob die großmütige Geste der Secundiner, ihre verwaiste Verwandte bei sich aufzunehmen, nicht auch dazu diente, den Bewohnern von Treveris die Gefahr eines Alemannenübergriffs auf die Stadt möglichst deutlich vor Augen zu führen. Ein nicht ungeschickter Spielzug, wenn man wirklich die Verteidigungsanstrengungen fördern und dadurch den Einfluss der eigenen Familie vergrößern wollte.

Eine Weile sah Marcella der weinenden Blussa und den beiden sie tröstenden Mädchen zu und blickte dann zu mir auf. »Danke, Invita, ich brauche dich in der nächsten Stunde nicht.« Das war der Hinweis darauf, dass ich nun endlich die Gelegenheit hatte, meinem eigentlichen Anliegen nachzukommen.

»Ganz wie du möchtest, Herrin«, murmelte ich so unterwürfig wie möglich und hoffte, dass im Nebel der Dunstschwaden der aufgeregte Glanz meiner Augen nicht allzu deutlich sichtbar war. »Ich bin in einer Stunde wieder hier, um dich zu salben.«

Vorsichtig lief ich über den heißen Fußboden.

Noch wusste ich nicht einmal, ob ich es schaffen würde, unbemerkt den Badebereich zu verlassen und zu den Heizräumen zu gelangen. Sicher war es verboten, sich dort herumzutreiben, und wenn ich ehrlich war, hatte ich nicht den Hauch einer Ahnung, wo sie sich befanden und wie man dorthin kam.

Unsicher ging ich durch die großen Räume mit ihren hohen Decken und den wertvollen Marmorinkrustationen. Erst am Ende des letzten Raumes stieß ich auf eine Tür, die nicht so aussah, als würde sie zu einem weiteren Badebereich führen. Hastig blickte ich mir über die Schulter, bevor ich sie öffnete. Sie führte ins Freie.

Suchend blickte ich mich um. Hier war von dem Luxus des Gästebereichs nichts mehr zu spüren. In einfachen, aus Zement gegossenen Gewölbenischen lagerte Stapelholz und Holzkohle, offenbar Brennmaterial für den Heizbetrieb. Die Lagergewölbe flankierten eine weitere Tür von einfacher, aber massiver Art. Nur mit Mühe ließ sie sich öffnen.

Abgestandene Luft schlug mir aus einem halbdunklen Flur entgegen. Das musste der richtige Weg sein. Beinahe erleichtert trat ich ein und schloss die Tür hinter mir. Ich gelangte zu einer Treppe, die nach unten führte.

Einen Moment lang zögerte ich. Auf was war ich im Begriff, mich einzulassen? Was konnte ich durch die Begegnung mit den alemannischen Kriegsgefangenen erreichen?

Eine Bestätigung, dass sie mit Flavus zusammen gefangen genommen wurden? Eine Antwort auf die Frage, was sie über einen gewissen Raben wussten, der sie verraten hatte? Vielleicht gar eine Reaktion, wenn ich sie mit dem Namen Baetius Quigo konfrontierte? Waren diese unsicheren Hinweise es wert, in den Heizräumen meine Haut zu Markte zu tragen? Wieso sollten diese Alemannen überhaupt bereit sein, mit mir zu reden?

Einen Atemzug lang wäre ich am liebsten auf der ersten Treppenstufe umgekehrt und zu Marcella zurückgegangen, aber schließlich gab ich mir einen Ruck und lief weiter.

Nach der letzten Stufe stand ich wieder vor einer schweren Holztür. Gedämpft waren Klappern, Scheppern und laute Stimmen zu vernehmen. Ich unterdrückte meine Furcht und öffnete, ohne zu klopfen.

Heiße, rauchgeschwängerte Luft trieb mir die Tränen in die Augen. Rußverschmierte Kerle in schmutzigen hochgerafften Tuniken oder Hosen mit freiem Oberkörper hackten Holz, stapelten die Scheite oder trugen sie in schweren Ladungen hinüber zu einem Nebenraum.

Mein innerer Widerstand weiterzugehen wuchs, und nur mit äußerster Willenskraft gelang es mir, den überhitzten Raum zu betreten und die Tür hinter mir zu schließen.

»Sieh nur, was uns der gute Sextus heute vorbeigeschickt hat. Wirklich hübsch!« Mit einem breiten Grinsen in seinem rußgeschwärzten Gesicht löste sich der Größte aus der Gruppe und trat auf mich zu. »Noch ein wenig früh am Tag. Aber nun gut!« Genüsslich spuckte er auf den Boden. »Man muss die Geschenke nehmen, wie sie kommen, oder etwa nicht?«

»Von Geschenken weiß ich nichts«, gab ich steif zurück und zwang mich, nicht zurückzuweichen, während mir Hitzeschwaden ins Gesicht wehten.

»So, mein Täubchen.« Noch immer stand der Kerl grinsend da. »Na, dann sag dem guten Stramenticius doch mal, was deine ganz besonderen Spezialitäten sind.« Obgleich das beinahe unmöglich schien, wuchs sein Lächeln noch weiter in die Breite. »Wenn uns Sextus mal was Neues vorbeischickt und dann so etwas Frisches, Junges, hat er sich doch bestimmt etwas Besonderes dabei gedacht.«

Bei allen Göttern! Wie eine Stichflamme aus dem Heizkessel traf mich die Erkenntnis. Sie hielten mich für eine Hure, eins von den Mädchen, die der Betreiber der Badeanlage ganz offensichtlich hin und wieder seinen Heizsklaven zukommen ließ, um sie bei der Stange zu halten. Reflexartig ging mein Blick zur Tür, um abzuschätzen, wie realistisch meine Chancen für eine mögliche Flucht standen.

Nicht gerade gut, wie ich mir eingestehen musste. In wenigen Schritten würde mich der Heizer eingeholt haben, und dann hätte ich zwar jede Menge Ärger am Hals, aber noch immer nichts herausgefunden.

Also blickte ich stur zurück und zwang mich zu einem Lächeln. »Ich bin nicht für dich da!«, gab ich ihm honigsüß, aber unmissverständlich Auskunft.

»Was?« Mein Gegenüber schien von einem Moment auf den anderen nicht mehr des Treverischen mächtig zu sein, in dem wir uns bis vor wenigen Augenblicken noch ausgezeichnet unterhalten hatten. »Was soll das heißen?«

»Was gibt es da nicht zu verstehen?«, gab ich herablassender zurück, als ich empfand. »Du bist heute einfach nicht dran, Junge.«

Allmählich schien ihm zu dämmern, was ich meinte. Ich erkannte es daran, dass sein bulliges Gesicht plötzlich die Farbe von geräuchertem Schinken annahm. »Wer hat das gesagt?«, blaffte er.

Erneut zwang ich mich zu einem herausfordernden Lächeln. »Sextus, wer sonst«, sagte ich kühl und hoffte den Namen richtig verstanden zu haben. »Er hat gedroht, dass ich etwas erleben würde, wenn ich auch nur auf den Gedanken käme, mich mit einem anderen einzulassen als mit denen, für die er mich bezahlt hat.«

»Und wer soll das sein?«, knurrte Stramenticius.

»Äh … ich weiß auch nicht so recht«, begann ich langsam, während ich offensichtlich gelassen meine Fingernägel begutachtete, als benötigten diese gerade meine vollste Aufmerksamkeit. »Er hat lediglich zu mir gesagt: Schaff dich da runter, und kümmere dich um meine Alemannen. Das hat er gesagt, glaube ich.« Immer noch lächelnd blickte ich auf und wartete auf seine Reaktion.

»Alemannen?«, entfuhr es ihm ungläubig. »Alemannen hat er gesagt?« Sein Gesichtsausdruck schien sich nicht so recht zwischen Empörung und Unglaube entscheiden zu können. »Meinte der etwa die drei aus dem Heizraum?«

»Gibt es denn noch andere?«, fragte ich so arglos wie möglich.

»Nicht, wenn es Alemannen sein sollen. Aber dass er die Kerle noch belohnt, will mir nicht in den Kopf. Mal verschwinden sie, mal sind sie wieder da. Man sollte sie besser in Ketten legen!«

»Vielleicht kann ich sie ja ein bisschen zähmen«, gab ich mit honigsüßem Lächeln zurück, das nur mühsam das Hämmern meines Herzens verbarg. »Also kannst du mich zu ihnen führen?«

Einen Moment lang stand Stramenticius reglos da, als sei er unschlüssig darüber, ob er meinen Wünschen nachkommen oder das Risiko eingehen und an Ort und Stelle über mich herfallen sollte. Doch selbst seinem Spatzenhirn schien zu dämmern, dass er sich für die kurze Lust eine recht lange Reue einhandeln würde. Also stieß er ein schnaubendes Knurren aus und zuckte die Achseln. »Also gut«, meinte er, während er sich zum Gehen wandte. »Ich bring dich zu ihnen, auch wenn ich mir nicht vorstellen kann, dass du wirklich zu diesen drei Wilden sollst.«

Mit klopfendem Herzen und geraffter Tunika stolperte ich hinter ihm her.

Die hinteren Heizungsräume waren rußig und dunkel, nur die züngelnden Flammen, die aus dem Heizofen stoben, tauchten die schweißüberströmten Gesichter der dort arbeitenden Männer in flackerndes Licht.

Ich hatte den Eindruck, den glühenden Schlund des Hades zu betreten, und wäre am liebsten gleich wieder umgekehrt, wenn sich Stramenticius mir nicht in den Weg gestellt hätte. »Na?«, sagte er mit einem breiten Grinsen, das seine übergroßen, aber schlecht gepflegten Zähne zeigte. »Gefällt es dir hier nicht? Kuschelig warmes Plätzchen, nicht wahr?«

Ich konnte nur stumm nicken, während er den Männern etwas zurief. Schwerfällig drehten sie sich zu uns um.

»Heute scheint euer Glückstag zu sein«, meinte er so langsam und gedehnt, wie man mit jemandem redete, der der Sprache nicht ganz mächtig war. »Auch wenn ich nicht weiß weshalb, hat Sextus euch das hier geschickt. Also dann, Jungs, geht pfleglich damit um und versucht, nichts zu beschädigen, sonst wird euch der Schaden vom Lohn abgezogen!« Er lachte laut, als hätte er einen besonders guten Witz gemacht, dann drehte er sich um und stapfte hinaus.

Am liebsten wäre ich ihm gefolgt. Doch nun stand ich im flackernden Licht der Brennöfen, deren Hitze mir den Schweiß aus allen Poren trieb, und wartete ab, was als Nächstes geschehen würde.

Langsam wandte sich einer der Männer um. Er war groß, beinahe größer als Flavus, und auch von seinem Gesicht lief der Schweiß. Einen Augenblick lang hatte ich das Gefühl, ihn schon einmal gesehen zu haben, doch fiel mir im Augenblick nicht ein, wo. Dann folgten auch seine beiden Kameraden seinem Beispiel, drehten sich um und sahen mich an.

Langsam, ganz langsam machte ich einen Schritt zurück. Jetzt wusste ich es wieder. Ich hatte mich nicht getäuscht, dieser Alemanne war mir schon einmal begegnet. Nachdem sich meine Augen an den Rauch und das Halbdunkel gewöhnt hatten, erkannte ich auch seine beiden Begleiter, und ich hätte meinen rechten Arm dafür gegeben, in diesem Augenblick möglichst weit weg von ihnen zu sein. Das waren die drei Kerle, die ich vor Kurzem dabei beobachtet hatte, wie sie Flavus das Messer an die Kehle drückten.

Das Blut rauschte mir in den Ohren. Ich wusste nicht mehr, was ich hatte fragen wollen. Von einem Moment auf den anderen fühlte ich nur den Wunsch, von hier zu verschwinden, und konnte nur hoffen, dass meine ungebührliche Neugierde keine allzu großen Folgen haben würde.

Immer noch starrten mich die Alemannen an, als wüssten sie nicht, was sie mit mir anfangen sollten. Anscheinend war noch nie zuvor einer auf die Idee gekommen, ausgerechnet ihnen ein Mädchen runterzuschicken.

Das Schicksal schien mich offensichtlich für die Gesellschaft alemannischer Barbaren auserkoren zu haben.

»Nein, was haben wir denn da?« Eine Stimme hinter mir ließ mich erschrocken herumfahren. »Hat Sextus uns tatsächlich ein neues Püppchen hergeschickt. Wie schön!«

Vor mir stand ein weiterer Heizsklave, dessen dunkle Haare ihm in feuchten Strähnen ins Gesicht hingen, während der Schweiß seinen nackten Oberkörper hinabrann.

Langsam kam er mit grinsendem Gesicht einen Schritt näher. »Na, das ist aber eine nette Überraschung.« Forschend glitten seine stierenden Augen über meinen Körper, und selbst im flackernden Licht des Praefurniums sah es so aus, als wollten sie vor Begierde aus ihren Höhlen quellen. Doch plötzlich blieb sein Blick an meinen Schultern hängen, und sein Gesichtsausdruck veränderte sich. Ungläubig blickte er mich an. »Du kommst aus dem Hause des Statthalters«, meinte er, und das argwöhnische Blitzen in seinen Augen sagte mir, dass diese Erkenntnis dazu ausgereicht hatte, seine Libido schlagartig zu dämpfen.

Aus den Augenwinkeln heraus sah ich, dass einer der drei Alemannen bei diesen Worten erschrocken zusammenfuhr.

Mein Instinkt sagte mir, dass der Boden hier nun wirklich zu heiß wurde, doch wusste ich nicht, wie ich am besten hier wieder rauskommen könnte. Also zwang ich mich zu einem Lächeln. »Was du nicht sagst! Aber keine Angst, ich bin nicht in seinem Auftrag hier.« Angespannt blickte ich zu den drei Alemannen hinüber, zwinkerte ihnen, meine Angst mühsam unterdrückend, zu, worauf einer von ihnen mit leichtem Grinsen nickte.

Der Schwarzhaarige schien inzwischen seinen Argwohn abgelegt zu haben und fragte: »Weiß der Legatus denn, was du hinter seinem Rücken so treibst?«

Mir fiel nichts ein, was ich darauf sagen sollte.

Sein Lächeln wurde breiter. »Kann mir aber auch egal sein. Hauptsache ist, du bist jetzt hier.« Sein warmer Atem strich mir übers Gesicht, sein schwerer Arm legte sich auf meine Schulter. Verzweifelt ballte ich die Hände zur Faust und überlegte panisch, was ich nun tun konnte. »Ich bin nicht für dich gedacht«, sagte ich schwach. »Ich habe strikte Anweisung, mich nur um die Alemannen zu kümmern, sonst …«

»Ach was!«, schnitt er mir schroff das Wort ab. »Sei jetzt still, und zier dich nicht so!« Mit gieriger Kraft drückte er mich näher an sich, ich spürte seinen erhitzten Körper, sein Schweiß drang in meine Tunika.

Ich vergaß, weshalb ich hier war und dass ich eigentlich vorhatte, eine Rolle zu spielen. In Panik schlug ich um mich und trat ihm ans Schienbein. »Lass mich los, was fällt dir ein!« Mein Schreien verhallte zwischen den dicken Wänden, unter dem lauten Geräusch des Feuers.

Ich glaubte vor Angst zu ersticken. »Du sollst mich loslassen, hab ich gesagt. Wenn das dein Herr erfährt, dann …« Ein harter Kuss erstickte den Rest meines Satzes. Hilflos trommelte ich auf seine sehnigen Arme ein und wand mich in seinem Griff.

Rettung kam von unerwarteter Seite. Eine Faust packte den Kerl und riss ihn von mir weg. Es war einer der Alemannen. Doch der Schwarzhaarige ließ sich nicht so einfach von seinem Vorhaben abbringen. Heftig stieß er mich herum, sodass ich beinahe mit dem Kopf auf dem Steinboden aufgeschlagen wäre.

Mit letzter Kraft bekam ich den Ärmel eines der Alemannen zu fassen und krallte mich daran fest. Der Stoff riss, und mit einem harten Aufprall stürzte ich zu Boden. Ein Zipfel meiner Tunika wurde von einer Flamme gepackt und fing Feuer.

Entsetzt schrie ich auf, versuchte, mich aufzurichten und den brennenden Stoff zu löschen. Geistesgegenwärtig schlug der Alemanne mit einer breiten Schaufel die Flammen aus.

Zitternd blickte ich in sein grimmig verzerrtes Gesicht, und dann entdeckte ich es! Direkt oberhalb seiner Brust, neben dem linken Schlüsselbein, war ein Brandzeichen. Zunächst konnte ich nur undeutlich die Einzelheiten erkennen, da mir der Schweiß noch immer in den Augen brannte.

Doch dann ergaben die seltsamen Linien und Kurven auf der geröteten Haut einen Sinn: Das Stigma hatte die Form eines Raben.

Einen Moment lang saß ich nach Atem ringend da und starrte die kerbige Narbe an, als sei ich einem Dämon aus der Unterwelt begegnet. Mein Herz hämmerte schmerzhaft gegen mein geprelltes Brustbein. Dann folgte das Auge des Alemannen meinem Blick, er erkannte, was ich gesehen hatte, und ein Ausdruck äußersten Abscheus durchzog sein Gesicht.

Das genügte, um mich in die Wirklichkeit zurückzuholen. Bevor jemand die Gelegenheit hatte zu reagieren, war ich auf den Beinen. Als wäre ein Rudel Wölfe hinter mir her, rannte ich aus dem Heizraum, stieß einen völlig überrumpelten Sklaven beiseite, der dadurch seinen Eimer mit Holzkohle krachend zu Boden fallen ließ, und stieß die Tür auf. Atemlos stolperte ich die Stufen hinauf, durch den dunklen Flur, erreichte die Tür ins Freie.

Wohin sollte ich mich wenden? In meinem jetzigen Zustand, verrußt und versengt, wie ich war, konnte ich unmöglich zurück zu Marcella. Dann würden die feinen Damen der Gesellschaft erst recht etwas zu tratschen haben! Ich lief über den Innenhof und öffnete vorsichtig die Tür zu den Baderäumen.

Auf einer marmornen Bank sah ich ein großes Tuch ähnlich dem, wie Marcella es getragen hatte. Ich zog mir meine zerrissene und angekokelte Tunika über den Kopf, wickelte mir das Tuch um den Leib und eilte über den feuchten Marmorboden ins Caldarium.

Keine Spur von Marcella und den anderen. Ich suchte die große, dunsterfüllte Halle ab, aber die vier waren nirgendwo zu sehen. Panik stieg in mir auf. Wie sollte ich im Statthalterpalast erklären, dass mir meine Herrin einfach abhandengekommen war? Wie sollte ich überhaupt in diesem Zustand zurück nach Hause finden; schließlich konnte ich nicht so durch die Stadt laufen.

Ich versuchte durchzuatmen und Ruhe zu bewahren. Denk nach, Invita, sagte ich mir. Wenn sie nicht hier sind, dann müssen sie im Tepidarium sein. Vom Heißwasserbecken zog man gewöhnlich weiter in das Warmluftbad.

Rasch eilte ich in die nächste Halle, deren Grundriss einem Kreuz entsprach. Die Luft war hier nur mäßig temperiert. Indirektes Tageslicht fiel durch die Fenster, doch ich hatte keinen Blick für die glitzernden Glasmosaike des Gewölbes. Meine Schritte wurden erst wieder langsamer, als ich Marcella entdeckte, die sich mit den drei Frauen im Becken unterhielt.

Bei meinem Anblick schaute Marcella erschrocken auf.

»Invita, was hast du gemacht?«, fragte sie. Anscheinend sah man meinem Gesicht und meinen Haaren immer noch meine Abenteuer an.

Die erstaunten Blicke der anderen ignorierend, murmelte ich verlegen: »Ich fürchte, ein kleiner Unfall. Es scheint mir, ich habe ein wenig zu sehr mit dem Feuer gespielt.« Wie konnte ich meine Recherchen geheim halten, wenn jeder mir ansehen konnte, dass ich mich unbefugterweise im Heizungsraum herumgetrieben hatte? »Meine Tunika ist nicht mehr zu gebrauchen.«

Doch Marcella behielt die Geistesgegenwart. »So kannst du dich in der Stadt nicht sehen lassen. Das ist ja …« Sie schien einen Moment zu überlegen. »Ich werde noch ein wenig hierbleiben und lasse mich massieren. Geh also zum Umkleideraum, und zieh dir mein Gewand über. Dann lauf rasch nach Hause, und bring mir etwas anderes zum Anziehen.«

Erleichtert nickte ich und ging los, um Marcellas Rat zu befolgen.

»Bei allen Göttern, Marcella, wo hat sich dein Mädchen denn herumgetrieben, das sah ja schrecklich aus! Wie kannst du nur so … ruhig … damit …«

Secundinas aufgeregte Worte wurden leiser, je weiter ich mich vom Beckenrand entfernte. Hastig eilte ich zu einem Labrum, einem hohen marmornen Waschbecken, wo ich notdürftig Gesicht und Arme säuberte. Dann lief ich zum Umkleideraum, wo ich Marcellas Gewand aus dem Regal nahm und der misstrauisch dreinblickenden Thermensklavin nur mit Mühe klarmachen konnte, dass genau das mein Auftrag war: in den Kleidern der Herrin etwas Frisches zum Anziehen aus dem Statthalterpalast zu holen.

Erst nach einigem Zögern gab sie nach und ließ mich gewähren. Doch zeigte mir ihr zweifelnder Blick, dass sie mich wohl eher in Verdacht hatte, meine Herrin im Bade ertränkt zu haben und nun in perfekter Tarnung auf der Flucht zu sein.

Als ich aus dem Apodyterium ins Freie trat, hatte ich den widersinnigen Eindruck, etwas Verbotenes zu tun. Die Palästra, über die ich zum Haupttor hinüberging, kam mir trotz des Menschengewühls leer vor und der offene Himmel bedrohlich. Durch das Portal der Thermenanlage trat ich hinaus auf die Straße. Das ungewohnte Gefühl des teuren Stoffes auf meiner Haut bereitete mir Unbehagen. Ich wusste, dass jeder Mensch einen ihm zugeteilten Platz innerhalb von Staat und Gesellschaft hatte. Sich etwas anzumaßen, was einem nicht zustand, konnte nur Ärger einbringen. So beeilte ich mich und nahm, um mich in dieser unziemlichen Aufmachung nicht allzu sehr den Blicken der Öffentlichkeit auszusetzen, die Abkürzung durch eine Seitengasse.

»Da ist sie!«

Erschrocken zuckte ich zusammen und schaute mich um.

»Wir haben lange gewartet«, hörte ich eine andere Stimme direkt hinter mir, die mich herumfahren ließ. »Was hat dich so lange aufgehalten, da in den Thermen?«

Vor mir standen zwei Männer, von denen einer in Wollhosen und ein gürtelloses Obergewand, der zweite in eine bis zu den Knien reichende dunkelgrüne Tunika gekleidet war, deren Stoff nicht ganz billig gewesen sein konnte. Sie trugen beide kurze, gepflegte Bärte, und ich war mir sicher, dass ich die Kerle noch nie zuvor gesehen hatte. Mit einem beinahe triumphierenden Grinsen auf dem Gesicht versperrten sie mir den Weg.

Einen Moment lang war ich vor Schreck wie gelähmt. Woher konnten sie wissen, dass ich aus den Thermen kam?

»Du willst doch sicher heim, zum Palast des Statthalters? Wieso bist du allein? Auf dem Hinweg hattest du doch ein Mädchen dabei?«

Ihr Götter, sie mussten uns beobachtet haben. Wer weiß, wie lange schon?

»Ich komme nicht aus dem Hause des Statthalters«, log ich, während mein Herz bis zum Halse schlug. »Wie kommst du darauf?« Reflexartig blickte ich an mir herunter, wie um mich zu vergewissern, dass tatsächlich eines von Marcellas hellen Kleidern und nicht das verräterische Taubenblau der Sklaventuniken des Statthalterpalastes unter dem langen Mantel hervorlugte.

Statt einer Antwort war nur ein bösartiges Auflachen zu hören. »Ach nein? Dabei hast du so ein feines Gewand!« Fest packte mich ein Arm und riss mich herum. »Für so was habe ich nämlich einen Blick.« Warmer Atem streifte meine Wange, als der Kerl mich an sich presste. »Wenn du brav bist, geschieht dir nichts. Also, komm schön mit ...«

Einen Moment lang war ich zu überrumpelt, um mich zu wehren.

»Ich wusste, dass du vernünftig bist.« Gehässiger Spott klang in seiner heiseren Stimme mit. »Auf Bildung und gute Erziehung ist immer Verlass.«

Ich verstand gar nichts mehr. Verwirrt blieb ich stehen, was mir einen kräftigen Stoß des Unbekannten einbrachte, der mich weiter vorantrieb.

Der Schmerz brachte mich wieder zur Besinnung, und ehe ich wusste, was ich tat, trat ich dem nächsten zwischen die Beine.

Dieser schrie auf und krümmte sich. Doch schon war der andere bei mir, packte meine Arme von hinten und bog sie mir auf den Rücken, sodass ich vor Schmerz aufstöhnte.

Ich wehrte mich verbissen, wie eine Löwin. Die Angst verlieh mir Kraft. Ein Arm legte sich um meinen Hals, sodass es mir die Luft abschnürte und ich mich kaum rühren konnte. Dann spürte ich, wie einer der Kerle sich mit einem Strick an meinen Handgelenken zu schaffen machte.

Von Panik erfasst, stieß ich nach hinten und trat dem Fremden mit aller Wucht auf die Zehen. Ein Schmerzensschrei gellte an mein Ohr, der Griff lockerte sich ein wenig. Geistesgegenwärtig nutzte ich diese Chance und riss mich los. Doch sofort packte mich eine weitere Hand am Ellbogen und zerrte mich zurück.

Dann traf mich ein Schlag auf den Kopf. Helle Blitze explodierten um mich herum, gefolgt von heftigem Grollen wie von Donner. Schließlich verschwamm die Umgebung, und alles um mich herum wurde schwarz.

KAPITEL VIII

Ich glaubte mich in den Tiefen des Ozeans. Der Boden schwankte unter mir, und heftige Wogen schaukelten mich hin und her.

Ich wusste nicht, wie ich dorthin gelangt war – doch es musste ein harter Seegang herrschen, so hart durchgeschüttelt wurde ich. Übelkeit stieg in Wellen in mir auf, und in meinem Kopf war ein Brausen, als tobte ein Sturm um mich herum.

Wo war ich? Mühsam versuchte ich, die Lider zu öffnen, doch die waren schwer wie Blei. Krampfhaft kämpfte ich darum, mich zu erinnern, wie ich auf hohe See gekommen sein konnte, doch je verzweifelter ich mich bemühte, mit meinen Gedanken in die Vergangenheit zurückzukehren, desto mehr verschloss sie sich vor mir, als bewache der Höllenhund Cerberus persönlich ihren geheiligten Zugang.

Wo konnte ich nur sein?

Es gelang mir nicht, einen einzigen klaren Gedanken zu fassen. Angestrengt versuchte ich, mich aufzusetzen, doch sofort packte mich heftiger Schwindel, und ich sank wieder zurück. Dann umfing mich erneut Dunkelheit.

Irgendwann erwachte ich wieder. Das Rauschen um mich herum war etwas abgeflaut, und endlich gelang es mir, die Augen aufzuschlagen.

Halbdunkel umgab mich, dennoch erkannte ich, dass es kein Boot war, in dem ich mich befand, sondern dass das, was ich zunächst für Wellengang gehalten hatte, nichts anderes war als das Rumpeln von Rädern auf holprigen Wegen.

Befand ich mich außerhalb von Treveris? Dieser Gedanke ließ mich zusammenfahren wie unter einem Schlag.

Erneut machte ich einen Versuch, mich aufzurichten, und bemerkte erst jetzt, dass meine Hände auf dem Rücken zusammengebunden waren.

Mit wiederkehrendem Bewusstsein und der Erkenntnis meiner Lage wuchs auch meine Panik. Man hatte mich gefangen und brachte mich wohl aus der Stadt. Aber wer und weshalb?

Mein Herz hämmerte zum Zerspringen, und das Brausen in meinem Kopf nahm wieder zu, sodass ich glaubte, erneut die Besinnung zu verlieren. Doch zwang ich mich dazu, bei Bewusstsein zu bleiben und mich zu erinnern, was mit mir geschehen war.

Nur langsam fielen mir einzelne Bruchstücke wieder ein. Marcella hatte mich nach Hause geschickt, um frische Kleidung zu holen, und dann …? So sehr ich mich auch bemühte, konnte ich mich an keine Einzelheiten entsinnen. Verschwommen sah ich noch vor mir, wie ich in Marcellas Gewand die Thermen verließ, doch dann verlor sich das Geschehen in schwarzem Nebel …

Vorsichtig kroch ich, so gut dies in meinem Zustand und mit den gefesselten Händen möglich war, über den Boden des rumpelnden Wagens.

Ich presste mein Gesicht gegen die mit Brettern beschlagene Wand des Gefährts und spähte durch eine Spalte der Holzbalken.

Eine hügelige Landschaft, Felder und Wiesen, die steinige Straße gesäumt von Bäumen in frischem Grün, darüber ein fast wolkenloser Maihimmel. Am Rand eine Ansammlung von Meilensteinen, doch sie zogen zu schnell vorbei, als dass ich etwas darauf lesen konnte. Ein wenig vom Weg abgesetzt waren in einiger Entfernung ausladende Gutsanlagen zu erkennen, die von hohen, hellgetünchten Mauern umfriedet waren.

Alles war mir fremd.

Erneut drohte Angst über mir zusammenzuschlagen. Wo brachten sie mich hin?

Kraftlos ließ ich mich wieder zu Boden gleiten, und während mich das eintönige Rattern des Wagens in einen leichten Dämmerzustand versetzte, wusste ich bisweilen selbst nicht, ob ich wachte oder schlief, konnte nicht abschätzen, wie viel Zeit verstrichen war, bis das Gefährt schließlich mit einem harten Ruck zum Stehen gebracht wurde und ich vollständig zu mir kam.

Schritte näherten sich, Schlüsselgeklapper war zu vernehmen, dann wurde die Wagentür geöffnet.

Draußen war es dunkel; ohne dass ich es gemerkt hatte, war die Nacht hereingebrochen. Nur schwach konnte ich in der Düsternis ein bärtiges Gesicht erkennen. Hände griffen nach mir und zerrten mich aus dem Wagen.

Bevor ich Gelegenheit hatte, mich irgendwie zurechtzufinden, wurden mir die Augen mit einem Tuch verbunden.

Auf jeder Seite packten mich kräftige Männer, und ich stolperte zwischen ihnen her, während mir das Blut in den Ohren rauschte.

Ich konnte hören, wie Türen aufgestoßen und leise Worte gewechselt wurden. Schließlich führte man mich eine Treppe hinab in einen Raum hinein. Roh wurde ich auf den Boden gedrückt, der so, wie er sich anfühlte, aus festgestampftem Lehm bestand.

Noch immer hatte niemand ein Wort mit mir gesprochen, und meine Angst machte es mir unmöglich, einen Ton herauszubekommen.

Dann wurden mir Augenbinde und Fesseln abgenommen, doch noch ehe ich Gelegenheit hatte, zu erkennen, wo ich mich befand, entfernten sich die Schritte, eine Tür wurde zugeschlagen und der Riegel vorgeschoben. Ich war wieder allein in der Dunkelheit.

Noch ganz benommen setzte ich mich in der Zelle auf und lehnte mich mit dem Rücken an die Wand.

Kälte und Feuchtigkeit machten sich unangenehm bemerkbar. Allmählich kehrten meine Erinnerungen zurück. Nervös fuhr ich mit meiner Zunge über die spröden Lippen. Die Beule am Kopf und meine von den Fesseln aufgescheuerten Handgelenke schmerzten, die Ungewissheit nagte an mir, und langsam wurde auch das Gefühl von Hunger immer bohrender.

Dieses Gefühl zumindest war mir vertraut. Zwar fehlte es normalerweise den Haussklaven vornehmer Beamter nicht an ausreichender Nahrung. Doch hin und wieder, besonders wenn ich mir etwas hatte zuschulden kommen lassen, war es durchaus vorgekommen, dass ich hungern musste.

Ein Ereignis hatte sich mir in diesem Zusammenhang für immer eingeprägt: Die Tochter meines vorherigen Herrn, Cornelia Felix aus Divodurum, hatte sehr schnell gespürt, dass mit Schlägen bei mir nur wenig auszurichten war und es mehr bedurfte, um meinen Hunger nach Wissen zu dämpfen. So ließ sie mich eines Tages – nachdem ich wieder einmal eine wertvolle Rolle mit einem Text Vergils aus ihrer Truhe entwendet hatte – im Keller des Hauses einsperren. Mehrere Tage saß ich in der feuchten, kalten Dunkelheit und hatte genügend Zeit nachzudenken, während mich in regelmäßigen Abständen Geister heimsuchten, an deren Existenz ich nicht wirklich glaubte, die mich jedoch dessen ungeachtet in der Dunkelheit mit ihren hässlichen Fratzen bedrohten und mir einzureden versuchten, dass ich nichts weiter war als ein billiger Fraß für die Ratten, die quiekend um meine Füße herumrannten.

In all der Zeit hatte mich die Herrin ohne Nahrung gelassen und mir lediglich hin und wieder einen Becher mit schalem Wasser bringen lassen. Ich war damals neun Jahre alt gewesen und glaubte, nie wieder das Tageslicht zu sehen, da ich entweder vor Hunger umkommen oder von den Ratten und Dämonen zerfetzt werden würde, bevor eine barmherzige Seele Mitleid mit mir haben und mich aus ihren Klauen entreißen würde.

Als man mich schließlich nach endlosen Stunden und Tagen rausließ, hatte die alte Köchin, die sich meist um mich kümmerte, einen Schreckensschrei ausgestoßen. Ich musste so ausgezehrt ausgesehen haben, als sei ich selbst einer jener Geister, die mich während meiner Kerkerhaft heimgesucht hatten.

Zwar hatte mich auch diese Erfahrung nicht gelehrt, mir den Genuss von Schriftrollen zu versagen. Doch setzten von diesem Zeitpunkt an die Albträume ein, Träume von meiner mir unbekannten Mutter, die mich als Säugling verstoßen und zum Sterben ausgesetzt hatte.

Außerdem hatte ich mich am gleichen Tag der Philosophie verschrieben, in der Hoffnung, damit die Geister zu vertreiben und mir das Gefühl zu geben, vielleicht doch mehr zu sein als lediglich ein Stück belebtes Inventar.

Meine Gedanken kehrten zur Gegenwart zurück. Im Moment hatte ich nicht die geringste Vorstellung, wo ich war, und die Ungewissheit begann stärker in mir zu nagen als der Hunger.

Wer waren diese Männer? Was hatten sie mit mir vor? Bisher hatten sie mich nicht wirklich schlecht behandelt. Doch wer auch immer mich hier festhielt schien nicht vorzuhaben, mich in absehbarer Zeit laufen zu lassen.

Bei diesem Gedanken durchzuckte mich eine schreckliche Erkenntnis. Solange ich hier festsaß, konnte ich nichts tun, um den wahren Mörder in Erfahrung zu bringen und damit Hyacinthus und die anderen zu entlasten.

Bis Mercurius … hallten die Worte Marcellas in meinem Kopf nach. Ich versuchte, einen klaren Gedanken zu fassen. Wie viele Stunden oder Tage waren seit meiner Entführung wohl verstrichen? Ich hatte jegliches Zeitgefühl verloren.

Wütend schlug ich mit der Faust gegen die raue, feuchte Wand. Selten in meinem Leben hatte ich mich dermaßen hilflos gefühlt.

Zäh wie Honig verrannen die Stunden in der dunklen, kalten Zelle. Immer wieder kämpfte ich gegen das bohrende Gefühl der Angst, das mich zu überwältigen drohte.

Die Beule an meinem Kopf machte sich wieder bemerkbar, und allmählich ließ das stärker werdende Brummen die Welt um mich herum verschwinden. Irgendwann fiel ich in einen schweren, traumlosen Schlaf.

Durch ein Rasseln an der Tür wurde ich geweckt. Erschrocken fuhr ich zusammen und benötigte einen Moment, um mich daran zu erinnern, wo ich mich befand.

Meine Kopfschmerzen waren stärker geworden, und es überfiel mich eine Welle von Übelkeit. Reflexartig griff ich nach der schmerzenden Stelle und ertastete eine heiße, geschwollene Beule, auf der verkrustetes Blut klebte. Durch die Tür, die sich langsam öffnete, fiel ein heller Fleck. Schritte knirschten, zwei Arme ergriffen mich und rissen mich nach oben.

Nur gedämpft konnte sich die aufkeimende Panik ihren Weg durch meine Benommenheit bahnen, und kraftlos humpelte ich zwischen den zwei Männern her, die mich mit sich schleiften.

Während sich der Nebel vor meinem Blick allmählich lichtete, gelang es mir, Einzelheiten meiner Umgebung wahrzunehmen

Wir gingen durch einen hohen Flur, dessen Wände rot getüncht und von schwarzen Bändern in geometrische Felder untergliedert waren.

Das dumpfe Brummen in meinem Schädel ignorierend, versuchte ich, mich zu orientieren.

Warmes Abendlicht flutete durch die zahlreichen milchverglasten Fenster, die den geräumigen Flur säumten. Eines von ihnen war geöffnet und gab den Blick auf einen sorgfältig angelegten Ziergarten frei, dessen Hecken in klaren geometrischen Formen geschnitten waren. Der betörende Duft von Frühlingsblüten strömte herein.

Vor einer großen Tür blieben wir stehen. Einer der beiden Männer trat nach vorne und klopfte kurz an. Auf einen Zuruf von innen stieß er die Tür auf und zerrte mich hinein.

Der Empfangsraum, der sich vor mir öffnete, war einer der prächtigsten, den ich je außerhalb des Statthalterpalastes zu Gesicht bekommen hatte. Hohe Decken gaben dem Saal einen herrschaftlichen Eindruck, und die Wandbemalungen mit der Darstellung von Jagdszenen, einheimischem Rotwild und röhrenden Hirschen zwischen grünen Pflanzenbüscheln wirkten fast lebendig.

Meine Verwirrung wuchs. Was sollte ich hier? Mit einem Stoß hieß man mich, weiterzugehen und auf einem Korbsessel mitten im Raum Platz zu nehmen.

Kraftlos leistete ich diesem Befehl Folge und versank in den weichen Polstern, während sich die Welt immer schneller um mich zu drehen begann. Nur am Rande nahm ich wahr, dass sich die zwei Männer, die mich hierhergebracht hatten, entfernten.

»Kann ich dir etwas bringen?«

Eine kurze, harte Frage, doch offensichtlich war sie an mich gerichtet. Verwirrt hob ich den Kopf.

»Ein wenig … Wasser?«, antwortete ich schließlich matt und fragte mich, ob ich es wagen konnte, in diesem Hause gefahrlos etwas zu mir zu nehmen.

Doch wenn es geplant gewesen wäre, mich zu töten, hätte man das schon längst getan und nicht darauf gewartet, mich wie einen der Cäsaren zu vergiften.

»Hm«, brummte der, welcher mich gefragt hatte, und kam nach einer Weile mit einem Becher zurück, aus dem es angenehm duftete.

»Ich habe dir etwas Wein gebracht. Ich glaube, er wird dir guttun.«

Meine Angst unterdrückend nahm ich einen Schluck. Er war offensichtlich unverdünnt und schmeckte ein wenig herb. Doch weckte er meine benebelten Lebensgeister.

»Ich fürchte, meine Leute haben dich ein wenig grob behandelt«, begann der Fremde schließlich, und seinem Akzent war deutlich anzuhören, dass er Treverer war. »Sicherlich bist du so etwas nicht gewöhnt, aber …« Er machte eine bedeutungsvolle Pause und sah mir direkt ins Gesicht. »Vielleicht hat es dir geholfen, den Ernst der Lage zu verstehen.«

Ich wusste nicht, wovon er sprach. Wer war dieser Mensch? Die sorgfältig drapierte Toga, die seine hochgewachsene Gestalt verhüllte, zeigte mir, dass er ein Mann von Stand sein musste oder zumindest jemand, der über eine stattliche Summe Geldes verfügte. Hellbraune, kurz geschnittene Haare umrahmten ein arrogantes Gesicht, aus dem mich ein Paar grauer Augen aufmerksam beobachtete.

Über meinen Becher hinweg sah ich zu ihm auf.

Seine Stimme klang selbstsicher und ruhig, doch dem Flackern seiner Pupillen war zu entnehmen, dass er bei Weitem nicht die Gelassenheit besaß, die er an den Tag zu legen versuchte.

Ich ging auf seine Worte nicht ein, ließ ihn aber nicht aus den Augen.

»Ich bedauere sehr, dir mitteilen zu müssen«, nahm er nach einer Weile das Wort wieder auf, »dass du unsere Gastfreundschaft noch ein wenig länger in Anspruch nehmen wirst.«

Wieder verbot ich mir jede Reaktion und blickte ihn nur stumm an.

»Doch kann ich dir versichern, dass es dir an nichts mangeln wird. Du musst erschöpft sein, nach der – ähm – langen Reise und hungrig, deshalb …« Mit einer großspurigen Geste klatschte er in die Hände, und eine Tür wurde geöffnet, die direkt in ein Speisezimmer führte. Von meinem Platz aus sah ich, dass dort zwischen gepolsterten Speiseliegen und hohen Korbsesseln kleine Tische aufgebaut waren, auf denen sich in geradezu verschwenderischer Vielfalt Speisen häuften, deren Duft mir verführerisch um die Nase wehte. Ein Knurren meines Magens war die Antwort, und ich spürte, wie mir das Wasser im Mund zusammenlief.

»Wenn ich nun zu Tisch bitten dürfte …« Mit einer auffordernden Armbewegung wies er mir den Weg zur Tür.

Wie von einem Zauber gebannt, folgte ich ihm und starrte auf die Berge von Köstlichkeiten, die sich mir darboten.

Was hatte das zu bedeuten? Beinahe hätte ich mich zurück in den Keller gewünscht. Dunkelheit, Einsamkeit und Kälte waren mir wenigstens vertraut, doch das, was sich hier meinen Augen bot, erschreckte mich umso mehr, als ich es nicht verstand.

»Du musst dich nicht zieren. Komm her und greife zu. Alles wird zu deiner Zufriedenheit sein!« Ein raubtierhaftes Lächeln hatte sich auf dem ebenmäßigen Gesicht meines Gegenübers ausgebreitet. Er schien meine Verwirrung sichtlich zu genießen.

Der Duft der Köstlichkeiten benebelte mich einen Moment lang. Ich wusste nicht, wann ich zuletzt etwas gegessen hatte, und für einen Moment drohten meine Knie nachzugeben.

Mit nach außen hin unbewegtem Gesichtsausdruck ließ ich meine Augen über die in Honig gewälzten Bratenstücke, die mit Pinienkernen gefüllten Eier, über lukanische Würstchen, mit Käse überbackenen Schinken und den frischen Käse schweifen.

»Du hast an nichts gespart, wie ich sehe …« Es waren die ersten Worte, die ich in diesem Hause sprach, und meine Stimme klang rau und ein wenig heiser.

»Ich sehe, du kannst Qualität erkennen.« Wieder glitt ein Lächeln über seine Züge. »Etwas anderes hätte ich von dir auch nicht erwartet. Also bitte, nimm Platz, und erweise mir die Ehre, mit mir zu speisen.«

Nur zögernd folgte ich der Aufforderung und setzte mich in einen Korbsessel, während sich mein Begleiter auf einer Liege niederließ, deren bronzene Füße – wie ich nun aus der Nähe erkennen konnte – die Form von Vogelkrallen aufwiesen.

Noch immer hatte ich keine Ahnung, was hier gespielt wurde und weshalb statt Kerker und Eisenketten plötzlich lukullische Genüsse auf mich warteten.

Die Üppigkeiten auf dem Tisch wurden von einer perfekt dargebotenen Wandbemalung wiederaufgenommen, die überdimensionale Silbertabletts zeigte, auf denen sich in detailgetreuer Abbildung die unterschiedlichsten Speisen türmten, Steinpilze, Lachsschinken und gegrillter Fisch.

»Greif zu!«

Mit vor Hunger und Erschöpfung zitternden Händen kam ich dieser Aufforderung nach und nahm mir ein knuspriges Weinbrötchen. Dieser Geschmack von Gewürzen und frischem Brot! Beinahe gierig verschlang ich es, spülte mit dem Wein nach und musste mich sehr beherrschen, eine kleine Pause einzulegen, um dann zu einem gefüllten Ei zu greifen.

Mit einer gewissen Belustigung sah er mir zu, nahm sich ein Stück Braten und begann dann ebenfalls zu essen.

»Nun denn«, begann er nach einer Weile. »Wie geht es deinem Vater?«

Erschrocken krampfte sich meine Hand um den Becher. *Meinem Vater?* Ich bemühte mich, Verwirrung und Schrecken aus meinem Gesicht zu verbannen, als ich mein Gegenüber anblickte, blieb ihm jedoch eine Antwort schuldig. Von wem sprach er? Ich wusste selbst nicht, wer mein Vater war, an manchen Tagen überlegte ich, ob meine Mutter es überhaupt gewusst hatte, und nun fragte dieser Fremde nach ihm!

Mühsam schluckte ich den letzten Bissen hinunter. Ein ungemütliches Schweigen hatte sich zwischen uns ausgebreitet.

Der Fremde lächelte spöttisch. »Du musst uns nichts vormachen. Ich weiß genau, wer du bist und wer dein Vater ist. Also, sprich nur!«

Ungläubig starrte ich immer noch in sein Gesicht, in welchem der Spott langsam dem Anflug von Verärgerung wich.

Wortlos stellte ich den Becher ab.

»Nur nicht so schüchtern!« Er bemühte sich, freundlich zu bleiben und sich nichts von seiner Ungeduld anmerken zu lassen. »Ich habe mit deinem Vater schon geschäftlich zu tun gehabt, also keine Scheu.«

Geschäfte? Mit meinem Vater? Ein warnendes Pochen breitete sich hinter meiner Stirn aus, und ich richtete mich auf. Von wem, bei allen Göttern, sprach er?

»Wir haben ihm eine Nachricht zukommen lassen.« Ein joviales Lächeln erhellte für den Bruchteil eines Atemzuges sein Gesicht. »Damit er sich nicht unnötig sorgt und weiß, dass du bei uns in sicheren Händen bist. Doch wird er auf deine Anwesenheit verzichten müssen, bis wir einige kleinere …«, er räusperte sich, »Angelegenheiten geklärt haben. Bis dahin wird es dir jedoch an nichts mangeln.«

Ein vager Verdacht keimte in mir auf, doch er war zu absurd, um ihn zu Ende zu denken. Diese zuvorkommende Gastfreundschaft, das herrliche Essen, die Freundlichkeit, obgleich ich ganz offensichtlich eine Gefangene war. Konnte es vielleicht sein, dass …?

»Mach dir also keine Sorgen. Es wird dir nichts geschehen. Ich weiß doch, er war schon immer ein vernünftiger Mann.« Er lächelte immer noch. »Zwar schwer von abweichenden Meinungen zu überzeugen. Doch weiß er als Statthalter sicher, wann es ratsam ist, klein beizugeben …«

Nein!

Hätte ich meinen Becher nicht schon abgestellt, wäre er mir jetzt zu Boden gefallen. Erschrocken zuckte ich zusammen, mein Mund öffnete sich vor Entsetzen, und gerade noch konnte ich verhindern, etwas Unüberlegtes zu sagen.

»Was wirst du plötzlich so blass?« Diesmal war sein Lächeln fast triumphierend. »Hast du mir etwa nicht geglaubt, als ich sagte, ich weiß, wer du bist? Doch da das nun geklärt ist, können wir ja endlich offen reden.«

Ich spürte, wie das Blut wieder in meinen Körper zurückfloss. Langsam, durch den Schock der Erkenntnis wie gelähmt, dämmerte mir die schreckliche Wahrheit. Wer auch immer dieser Kerl war, er hatte seine Männer geschickt, um meine Herrin Marcella zu entführen. Er hatte sie wohl beobachten lassen, und diese Kleidung, die ich mir ausgeborgt hatte, musste die Täuschung bewirkt haben.

Eine Verwechslung! *Bei allen Göttern!* Ich war die Geisel eines Wahnsinnigen, der offensichtlich versuchte, den Statthalter zu erpressen.

Panik schwappte über mir zusammen. Für einen Moment verschwamm mein Blick, mein Magen verkrampfte sich und drohte damit, die üppigen Speisen auf den teuren, mosaikverzierten Boden zu entleeren. Krampfhaft bohrten sich meine Fingernägel in die Handflächen. Was dieser

Fremde auch vorhatte, ich musste einen kühlen Kopf bewahren. Solange er mich für die Tochter des Legatus hielt, würde mir nichts geschehen. Zumindest vorerst nicht, dessen war ich sicher.

Wenn er jedoch erfahren sollte, dass er statt der ersten Dame der Provinz lediglich eine wertlose Sklavin entführt hatte …

Schweißperlen traten mir auf die Stirn bei der Vorstellung, was dann mit mir geschehen würde.

Es blieb mir also keine andere Wahl, als das Theater mitzuspielen – so lange wie irgend möglich.

»Was willst du von meinem Vater?« Mehr fiel mir im Augenblick nicht ein, nachdem das Schweigen allmählich endlos zu währen schien.

»Was ich von ihm will, braucht dich nicht zu interessieren! Was verstehen Frauen schon von Politik?« Sein hochmütiger Gesichtsausdruck schien mir zu sagen, dass nur seinesgleichen die schmutzigen Geschäfte beherrschten, die er als Politik bezeichnete. Und diesmal schien ausgerechnet die Tochter des Statthalters ein wichtiges Faustpfand zu sein.

Er hatte ihrem Vater eine Nachricht geschickt. Dann war es also nur eine Frage der Zeit, bis er herausfinden würde, dass er die Falsche erwischt und das Risiko einer Entführung völlig umsonst auf sich genommen hatte. Ich durfte mir gar nicht vorstellen, wie sich die ganze Wut seiner Enttäuschung über mich ergießen würde.

So oder so saß ich in der Falle. Meine einzige Chance bestand darin, die Scharade so lange wie möglich weiterzuspielen – und gleichzeitig nach einer Möglichkeit zur Flucht Ausschau zu halten.

In glänzender Pracht brach sich das Licht im Relief der Silberbecher und Glaskaraffen. Der Fremde war wohl sehr darauf bedacht, bei der Tochter des höchsten Beamten der Provinz Eindruck zu schinden.

In diesem Moment dankte ich dem Schicksal innerlich auf den Knien dafür, dass ich im Hause meines früheren Herrn ein gewisses Maß an Bildung und guter Erziehung genossen hatte. Dadurch hatte ich womöglich eine Chance, meine Rolle überzeugend spielen zu können. Vielleicht, mit Fortunas Hilfe …

Nach einer mir endlos erscheinenden Weile tupfte der Fremde sich mit einem Tuch den Mund ab und ließ einen Bediensteten mit einem Krug und einer Schüssel kommen, um sich die Hände zu reinigen. Dann wandte er sich wieder an mich.

»Möchtest du noch etwas essen?«

Stumm schüttelte ich den Kopf. Seine Enthüllungen hatten mir den Appetit verdorben.

Mit einem Fingerschnipsen hieß er einige Sklaven, die Speisen abzutragen.

»Für diese Nacht habe ich dir ein Zimmer einrichten lassen, wie es dir zukommt. Niemand soll sagen, ich wisse nicht, wie man einen vornehmen Gast beherbergt. – Livius!«

Wie auf ein Stichwort kam ein etwa dreißigjähriger Mann in kurzer Leinentunika und Kniehosen herein.

»Livius, geleite die Dame auf ihr Zimmer! Sie muss von den Entbehrungen der Reise erschöpft sein, und es soll ihr an nichts fehlen.« Der Fremde erhob sich. »Und wie schon gesagt, dein Vater ist ein kluger Mann. Es wird dir also nichts geschehen. Gute Nacht.«

Ohne ein weiteres Wort zu verlieren, wandte er sich um und verließ den Raum.

Mir blieb im Augenblick nichts anderes übrig, als ebenfalls aufzustehen und dem Livius genannten Mann zu folgen, während von schweigsamen Bediensteten die Speisen aus dem Triclinium getragen wurden.

Das Zimmer, das mir zugewiesen wurde, ließ mich für einen Moment vor Staunen in der Tür stehen bleiben. Der

Fremde hatte nicht übertrieben; er hatte alles getan, um der vermeintlichen Tochter des Statthalters den Aufenthalt so angenehm wie möglich zu machen. Nachdem er ihr zuvor den Kerker gezeigt hatte! Eine Warnung für mich, in seiner Freundlichkeit etwas anderes als reine Taktik zu sehen.

Im Vergleich zum Ergastulum hatte dieser Raum freilich unbestreitbare Vorzüge. Schon auf den ersten Blick wirkte er geräumig und lichtdurchflutet, mit sauberem, hellem Estrichboden. Die Einrichtung bestand aus einem Bett, einer Truhe, einem zierlich gearbeiteten Tisch sowie zwei weich ausgepolsterten Korbsesseln. Ein Krug mit Wein, dazu ein Becher standen auf dem Tisch, über dem Bett lag ein sorgfältig gearbeitetes Gewand aus dunkelgrünem Stoff und eine einfache Tunika, die ich offensichtlich zum Schlafen tragen konnte.

Selbst als Gefangene wird die Tochter eines Adeligen noch gut behandelt, schoss es mir durch den Kopf.

»Kann ich dir noch etwas bringen?«, fragte mein Begleiter.

»Nein, ich möchte – ich möchte nur allein sein, danke.«

Zwar wusste ich nicht, welches Verhalten man von der Tochter des Statthalters in dieser Situation erwartete, doch hielt ich es für klüger, so wenig wie möglich zu reden, um meine Tarnung nicht unnötig zu gefährden.

Livius nickte kurz. »Gut. Dann werde ich später noch jemanden vorbeischicken, der sich um deine Verletzungen kümmert. Es war nicht beabsichtigt, dir etwas anzutun.«

»Danke.« Noch immer hielt ich seinem Blick stand und sah ihm zu, als er sich schließlich umwandte, aus dem Raum ging und die schwere Tür hinter sich schloss. Ein Rasseln sagte mir, dass er sie verriegelt hatte. Ich war wieder eingesperrt.

Müde ließ ich mich aufs Bett gleiten und überdachte meine Lage, die, selbst wenn meine Tarnung nicht auffliegen würde, äußerst gefährlich war. Zwar wusste ich nicht, was der Fremde mit der Entführung der Tochter des Statthalters eigentlich erreichen wollte. Doch war nicht zu erwarten, dass der Legatus ein politisches Risiko eingehen würde, nur um das Leben seiner Sklavin zu retten.

Mein Schicksal war damit besiegelt. Langsam und schmerzhaft sickerte diese Erkenntnis in mir ein, während die untergehende Sonne den prächtigen Raum in schwaches Dämmerlicht tauchte, das nur vom flackernden Schein der Öllampe erhellt wurde.

Im Augenblick gab es nichts, was ich tun konnte. So gut es ging, wusch ich mich mit dem bereitgestellten Wasser, zog die saubere Nachttunika über und wartete darauf, dass die angekündigte Bedienstete mit der Salbe kam, während sich in meiner Seele eine dumpfe Resignation ausbreitete.

Letztlich war ich jetzt in keiner besseren Lage als die Sklaven des Baetius, deren Los ich so bedauert hatte. Auch das Ende meines Lebens war, wie es schien, nur eine Frage der Zeit.

Morgenlicht drang durch meine geschlossenen Lider, und erschrocken fuhr ich auf, doch der stechende Schmerz in meinem Kopf ließ mich stöhnend zurücksinken. Gleichzeitig öffnete ich die Augen und erkannte die fremdartige Umgebung des vornehm eingerichteten Raums. Von einem Augenblick auf den anderen fiel mir wieder alles ein: die Entführung, das Gespräch mit dem Fremden, die tiefe Hoffungslosigkeit und Resignation, die darauf gefolgt war …

Als hätte man draußen meine Bewegung wahrgenommen, öffnete sich die Tür, und eine ältere Frau mit geflochtenen aschfarbenen Haaren, die am Hinterkopf streng aufgesteckt waren, stellte ein Tablett mit Speisen auf dem kleinen dreifüßigen Tisch neben meinem Bett ab. Ohne ein Wort zu sprechen, richtete sie einen Teller mit Käse und Brot, einen Becher Wasser und einige Datteln an und zog sich dann in eine Ecke des Raumes zurück, um mich ungestört frühstücken zu lassen.

Mein Magen rebellierte beim Anblick der Speisen, doch mein Mund war trocken und sandig. Mit zitternden Fingern griff ich nach dem Becher und nahm vorsichtig einen Schluck. Das Wasser schmeckte kühl und frisch.

Von den anderen Speisen wollte ich nichts nehmen, und so schob ich schließlich das Tablett beiseite.

»Wenn du fertig mit Essen bist, sollst du dich ankleiden. Es steht dir frei, dich im Haus zu bewegen. Livius wird dir alles zeigen, was du zu sehen wünschst.« Die Stimme der Frau klang kühl und distanziert. Ihre Augen blickten an mir vorbei und mieden jeden Kontakt.

Ich entschloss mich, doch etwas zu essen. Es war wichtig, bei Kräften zu bleiben, trotz des Damoklesschwertes, das über mir hing. Solange ich lebte, gab es Hoffnung. Außerdem würde ich früher oder später wahnsinnig werden, wenn ich hier alleine im Zimmer eingesperrt bliebe.

»Welchen Tag haben wir heute?«, fragte ich, während ich das Tablett wirder heranzog. »Wie viele Tage sind es noch bis zum Fest des Mercurius?«

»Sieben, wieso?«

Sieben Tage nur noch? Sieben Tage bis zur Hinrichtung des Hyacinthus und der anderen Sklaven! Und ich saß hier fest in einer Villa irgendwo südlich von Treveris, ohne jede Aussicht, von hier zu entkommen, geschweige denn, den Weg zurück in die Stadt zu finden. Und selbst wenn, was hätte ich dort erreichen können? Was hatte ich überhaupt bislang gefunden? Nichts. Nur ein paar Mosaiksteine, die in kein Muster passen wollten.

Ohne großen Appetit schlang ich das Frühstück hinunter, spülte mit dem Wasser nach und kleidete mich schließlich an.

»Ich wäre dann so weit, mich ein bisschen umzusehen«, sagte ich, ganz die feine junge Dame, zu meiner noch immer schweigsamen Dienerin und stand auf.

Die warme Maisonne zerriss gerade den morgendlichen Nebel und ergoss sich über die großzügige Anlage, als wir durch einen leuchtend weißen Säulengang nach draußen traten.

Einen kurzen Moment blieb ich auf der Schwelle stehen und erschauerte bei dem Anblick der Pracht und des Reichtums.

Grünflächen wurden von sorgfältig angelegten, hellen Wegen durchzogen. In einen marmornen Brunnen ergoss sich sprudelnd klares Wasser. Das ganze Anwesen war von einer hohen Mauer umschlossen.

Beinahe stumm vor Staunen machte ich einige Schritte und wandte mich schließlich um, um das Haupthaus zu betrachten. Es war von beeindruckender Größe und erstreckte sich über zwei Etagen. Das von einem Porticus gerahmte Eingangsportal lag in der Mitte des Haupttraktes, der symmetrisch rechts und links von je einem hervorstehenden Seitenflügel gesäumt war, sodass die Gesamtheit des Hauses den Ziergarten beinahe wie ein U umschloss und in seiner Größe wie ein Palast wirkte. Die hintere Wand des Säulengangs war vollständig mit lebensecht dargestellten Gladiatoren bemalt, die vor einem düsteren Hintergrund gegeneinander und gegen wilde, zum Sprung bereite Raubtiere kämpften.

Ein Schauer lief mir bei dem Anblick über die Schulter. Wer lebte inmitten dieses Luxus, dieser ungehemmten Darbietung von Macht und Einfluss und fühlte sich gleichzeitig genötigt, seine Hände durch dunkle Geschäfte zu beschmutzen? Was hatte er mit dem Statthalter zu schaffen, dass er dessen einzige Tochter entführte und inmitten dieser beeindruckenden Pracht gefangen hielt? Es musste ein reicher und mächtiger Mann sein. Woher immer auch sein Wohlstand kommen mochte.

Kiesbelag knirschte unter unseren Füßen, als wir vom Haupthaus durch den sorgfältig angelegten Garten gingen. Der Duft der Blüten war betörend, und die morgendlichen Sonnenstrahlen kribbelten auf meiner Haut. Doch das Gefühl der unmittelbaren Gefahr ließ sich dadurch nicht vertreiben.

»Möchtest du die Pferde sehen?« Es war das erste Wort, das meine Begleiterin an mich richtete, seit wir das Haus verlassen hatten.

Betont gleichgültig zuckte ich mit den Achseln. »Es würde mich überraschen, wenn die Tiere es mit denen meines Vaters, des Statthalters, aufnehmen könnten«, gab ich zurück, in dem Versuch, sie durch diese kleine Provokation dazu zu verleiten, etwas über den Herrn des Anwesens zu verraten. Doch sie bedachte mich nur mit einem kühlen Blick und ging auf die Stallungen zu, sodass mir nichts anderes übrig blieb, als ihr zu folgen.

Die Holztür knirschte leise, und der scharfe, aber nicht unangenehme Geruch von Pferden und Heu schlug mir entgegen.

Zu meinem Erstaunen stand Livius bei den Tieren, als hätte er auf mich gewartet. Die Frau brachte mich zu ihm und ließ uns dann allein.

Der Stall war groß und, soweit ich es mit meinen geringen Kenntnissen beurteilen konnte, mit edlen Exemplaren bestückt.

Livius stand noch immer wortlos neben mir. Erwartete er von mir eine Reaktion?

»Dein Herr hat sehr schöne Pferde«, begann ich vorsichtig und hoffte, dass ich mit meiner Einschätzung richtiglag. »Besonders die beiden schwarzen Hengste scheinen ziemlich wertvoll zu sein.«

»Wie's dem Raben gebührt.« Fast beiläufig klopfte er einem der Rappen den Hals. »Darauf ist der Herr auch besonders stolz. Er hofft, sie einmal im Circus Maximus an den Rennen teilnehmen zu lassen.«

Überrascht horchte ich auf. In Rom? Mein »Gastgeber« schien ehrgeizige Pläne zu haben. Sollten seine Ambitionen etwa darin bestehen, sich politisch in der alten Hauptstadt des Reiches zu profilieren? War es sogar denkbar, dass die Entführung vielleicht mit derartigen Plänen zusammenhing?

Aber wie? Immerhin hatte der Kaiser seinen Enkel Saloninus nach Niedergermanien, in die Colonia Agrippina, geschickt. Und ich wusste, dass es Rivalitäten zwischen meinem Herrn, dem Statthalter der Belgica, und seinem Amtskollegen am Rhein gab. Aber ich verstand wirklich zu wenig von Politik. Die ganze Sache wuchs mir allmählich über den Kopf.

In Gedanken versunken, strich ich einem Apfelschimmel über den Hals, der bei meiner Berührung zufrieden schnaubte.

Das Eintreten eines Sklaven unterbrach meine Überlegungen. »Du sollst sofort zum Herrn kommen«, sagte er, an Livius gewandt.

Unwillig verzog dieser das Gesicht, nickte jedoch. »In Ordnung. Aber du passt zwischenzeitlich auf unseren Gast hier auf. Es wäre sehr bedauerlich, wenn die edle Dame uns hier … verloren gehen würde. Am besten bringst du sie gleich wieder ins Haus zurück, sobald sie sich ein wenig umgesehen hat.«

»Ja, Herr!« Der Sklave nickte und blickte Livius nach, der den Stall verließ und die Tür hinter sich schloss.

Ein Gefühl der Erleichterung, nicht mehr unter seiner direkten Aufsicht zu stehen, durchströmte mich. Vielleicht würde ich ja von dem Stallburschen mehr erfahren.

»Kann ich mir auch den Rest der Anlage ansehen?«, fragte ich so ruhig wie möglich.

Mein Gegenüber nickte, ein wenig unsicher. Wortlos ging er vor mir her, öffnete die Stalltür und ließ mich nach draußen treten.

Er führte mich auf dem Gelände herum, vorbei an den sorgfältig angelegten Gemüsebeeten, dem Pferch mit Perlhühnern und Gänsen, dem Wirtschaftshof. Dieser war von einer hohen Mauer und kleineren Häusern gesäumt, die als Unterkunft für die Sklaven und Arbeiter dienten. Schließlich kehrten wir zurück zum Herrenhaus. Vor dem Eingangsbereich stand eine riesige Säule. Auf deren Spitze thronte ein hoch zu Ross sitzender Jupiter, der aufgrund seiner Höhe von unten aus kaum zu erkennen war.

»Eine wirklich schöne Villa hat dein Herr hier«, bemerkte ich in dem Versuch, etwas mehr über den Ort und dessen Besitzer herauszufinden. »Beinahe schade, dass er sie nicht mehr so häufig aufsuchen kann, wenn er erst einmal in Rom residiert.«

Es war ein Schuss ins Blaue gewesen, mehr nicht, doch sah ich, wie der Stallbursche zusammenzuckte und mich dann ungläubig anstarrte, als könne er nicht fassen, dass ich über derartige Pläne informiert war.

»Davon weiß ich nichts, Herrin«, meinte er schließlich, und sein Blick wich dem meinen aus.

Ein kleines Triumphgefühl kribbelte in meinem Bauch, ich war also auf der richtigen Fährte. »Verbringt dein Herr eigentlich viel Zeit hier, ich meine, so abseits der großen Städte? Wie ist es ihm von hier aus möglich, seinen Geschäften nachzugehen?« Ich hoffte, auf diese Art vielleicht herauszufinden, wo ungefähr man mich hingebracht hatte.

Offensichtlich wurde meinem Gesprächspartner der Boden nun doch zu heiß. »Ich glaube, ich bringe dich nun besser zurück ins Haus. Ganz sicher möchte der Herr noch mit dir sprechen.« Bei dieser Vorstellung wirkte er erleichtert. »Dann kannst du ihm selbst all diese Fragen stellen.«

Ohne ein weiteres Wort stapfte er durch den Haupteingang zurück ins Haus und wandte sich an der Schwelle nur einmal kurz um, um sich zu vergewissern, dass ich ihm auch folgte.

Schon von weitem waren Stimmen zu vernehmen, die lauter wurden, je näher wir der Bibliothek des Hauses kamen. Vor der halb geöffneten, zweiflügeligen Tür blieb mein Begleiter stehen, machte sich jedoch nicht bemerkbar, als scheue er davor zurück, das Gespräch zu stören.

Ich konnte sehen, wie Livius und der Hausherr – oder wer immer es auch war, der mir seine großzügige Gastfreundschaft aufgedrängt hatte – gestenreich miteinander diskutierten, wobei sie sich, anders als noch zuvor im Gespräch mit mir, des Treverischen bedienten.

»Und ich sage dir, es war der einzige Weg! Das Risiko mussten wir eingehen. Vertrau dem Raben. Nur so war es möglich, den Statthalter in Bedrängnis zu bringen, damit er unsere Kreise nicht stört.«

Der Rabe, immer wieder der Rabe! Dieses Tier schien mich zu verfolgen.

»Und weshalb hat er sich dann bisher nicht gemeldet?«, gab Livius zurück.

Die Augen des Herrn wurden eng. »Du vergisst, mein Freund, der Weg von Treveris bis hierher ist weit. Ich bezweifle, dass er überhaupt schon unsere Botschaft erhalten hat, und wenn, braucht er bestimmt eine gewisse Zeit, sich seine Antwort zu überlegen.«

Also war ich wirklich ein ganzes Stück weit von Treveris weggebracht worden. Jedoch wohin genau? Wahrscheinlich weit genug, dass man die Tochter des Statthalters nicht so einfach finden konnte.

Schließlich trat ich ein. Der Stallbursche machte nicht den Versuch, mich daran zu hindern. Noch immer beobachtete ich schweigend die beiden Streitenden, die so sehr in ihre Diskussion vertieft waren, dass sie meine Anwesenheit nicht bemerkten.

»Und wenn der Plan misslingt?«, nahm Livius das Wort wieder auf. »Hast du dir schon einmal darüber Gedanken gemacht? Und außerdem, weißt du, ob wir uns auf seinen Verbündeten in der Stadt verlassen können?« Livius hatte die Hände zur Faust geballt und blickte den anderen an. »Was tun wir dann?« Fragend hob er den Arm.

Und dann sprang es mir beinahe ins Auge: Auf dem rechten Oberarm hatte Livius eine schwarze Tätowierung. Ich stand nicht nahe genug, um alle Details zu erkennen, doch auch von meiner Position aus sah ich, dass es sich um einen schwarzen Raben handelte, ähnlich dem Brandzeichen auf der Brust des alemannischen Sklaven in den Thermen.

»*Verfluchter Mist!*«, entfuhr es mir, bevor ich meine Worte zurückhalten konnte.

Erschrocken über meine plötzliche Anwesenheit fuhren die beiden herum und starrten mich an. Sichtlich aus der Fassung gebracht trat mein »Gastgeber« auf mich zu.

»Wieso spricht die wohlerzogene Tochter unseres allerhöchsten Beamten …«, er machte eine Pause, und sein erregter Atem streifte mein Gesicht, »im Dialekt mediomatrischer Schweinehirten?«

Es war wie ein Schlag. In meiner Bewegung eingefroren stand ich da und starrte ihn an. Seine Augen wirkten wie brennende schwarze Seen, gefährlich pochte eine Ader an seiner Stirn, von seinem Hals ausgehend zog eine tiefe Röte über sein Gesicht.

»Ich … na ja«, stammelte ich schließlich und bemühte mich um ein Latein, das eines Cato würdig gewesen wäre. »Ich halte es für wichtig, sich den Gegebenheiten anzupassen, in denen man lebt.« Meine Gedanken rasten bei dem Versuch, einen Ausweg aus dieser selbst verursachten Misere zu finden. »Und die untergebenen Stämme zu kennen. Außerdem hatte ich eine Amme, die …«

»Unsinn!«, schnitt er mir das Wort ab und packte mich am Arm. »Ganz gleich wie lange die Tochter des Statthalters auch in dieser entlegenen Provinz des Reiches lebt, sie würde niemals im Tonfall eines Holzfällers sprechen.«

Die Angst schnürte mir die Kehle zu, und ich wusste, dass es jetzt besser war, zu schweigen, statt mich immer weiter in Widersprüche zu verwickeln.

»Wer bist du?«, sagte er gedehnt und seine harte, befehlsgewohnte Stimme klang wie ein Bannspruch, der absoluten Gehorsam forderte.

Verbissen presste ich die Lippen zusammen. Panik kroch meine Wirbelsäule hinauf und lähmte mich vollends. Ein verräterisches Zittern breitete sich in meinem Körper aus, doch zwang ich mich dazu, es mir nicht anmerken zu lassen.

»Eine kleine Schlampe, die in die Kleider der Herrin geschlüpft ist und alle an der Nase herumführt?« Langsam schlossen sich seine Finger um meinen Hals. »Los, rede schon!«, fuhr er mich an, und verschwunden war die gönnerhafte Aufmerksamkeit, die er zuvor an den Tag gelegt hatte.

Ich war keiner Antwort fähig. Tränen brannten in meinen Augen, doch bei einem Wahnsinnigen wie diesem durfte ich keine Schwäche zeigen.

»Du willst also nicht reden? Na schön.« Seine Worte waren nicht mehr als ein Knurren. Mit der linken Hand riss er mich herum, mit der anderen packte er meine Tunika und zog sie über meine Schultern hinab.

Lautstark ließ er Luft aus den Lungen entweichen, als er die fast abgeheilten Striemen erblickte, die ich dem Aufseher Celsus verdankte und die mich sofort als Sklavin kenntlich machten.

»Verdammt!« Es klang beinahe wie ein Ausruf des Entsetzens, die Vorahnung einer Lawine von Enttäuschungen. »Habe ich es nicht geahnt ...«

Schwer atmend blieb er einen Moment lang so stehen, dann packte er mich und stieß mich vor sich auf den Mosaikboden. Die Härte des Aufpralls schürfte mir Hände und Unterarme auf. Ein heftiger Schmerz ließ mich nach Luft ringen.

»Eine Sklavin!« Noch immer hob und senkte sich seine Brust in unverhohlener Erregung. Sein Gesicht hatte mittlerweile die Farbe von südgallischem Wein angenommen. »Nichts weiter als eine dreckige kleine Sklavin.«

Ich wagte nicht, ihn anzusehen, glaubte mich in einem schrecklichen Albtraum gefangen und betete darum, endlich aufzuwachen. Doch nichts dergleichen geschah.

Er beugte sich zu mir herunter, sein Gesicht schob sich in mein Blickfeld.

»Wer bist du? Die Sklavin des Statthalters, seine Göttin der Lust und Süße, die ihm nachts das Bettchen wärmt? Trägst du deshalb diese vornehmen Kleider und nicht das übliche Gewand der Sklaven, ist es das, ja …?« Die Heftigkeit seiner Worte ließ mich zusammenzucken.

Eine Ohrfeige traf mich. »Los, sprich endlich!«

»Ich diene der … der Tochter des Legatus«, brachte ich schließlich hervor, nachdem der Schmerz ein wenig nachließ und ich mich wieder orientieren konnte. »Ich arbeite für sie … in …«

»Ah!« Mit einem Wutschrei richtete er sich wieder auf. »Die Dienerin der Tochter!« Schwer atmend schritt er in der Bibliothek auf und ab. »Nichts weiter als eine Leibsklavin, und deswegen all das hier … Diese Stümper, ich sagte ihnen doch …«

Beinahe ruckartig hielt er in seiner Bewegung inne, als sei ihm ein Gedanke gekommen. »Andererseits …« Langsam machte er einige Schritte auf mich zu. »Wer so vertraut ist mit der Tochter des Hauses, kann uns ganz sicher einiges sagen. Dinge, die für uns von Wichtigkeit sein könnten.« Er sprach die Worte langsam aus, als ob er dadurch ihre Bedeutung unterstreichen könnte. »Ihr Sklaven wisst doch meist mehr über das, was im Hause vorgeht, als der Hausherr selbst. Insbesondere wenn man wie du eine solch hervorgehobene Stellung innehat. Also, du wirst mir jetzt einiges erzählen!«

Wie festgewachsen kauerte ich noch immer auf dem Boden. Das Herz pochte mir bis zum Hals. Was wollte er von mir hören? Es gab nur wenig, was ich über die Angelegenheiten des Statthalters wusste, und das, worüber ich informiert war, würde ich niemals einem Verbrecher wie ihm verraten.

»Ganz sicher hast du das eine oder andere in Erfahrung gebracht. Wer ist in der letzten Zeit öfter in den Statthalterpalast gekommen? Worüber wurde dann gesprochen? Nun sag schon! Ich kenne euch Sklaven, ihr habt eure neugierigen Ohren doch überall. Also, mach mir nichts vor!«

Ich schwieg weiterhin und wäre wohl auch nicht in der Lage gewesen, etwas zu sagen, selbst wenn ich es gewollt hätte. Meine Umgebung erschien mir unwirklich und verschwommen, meine Angst wirkte auf mich wie ein berauschender Trank, der mich den Sinn für Gefahr verlieren ließ.

Schließlich verlor er die Geduld. »Was soll ich mich weiter mit dir herumärgern?«, entfuhr es ihm schließlich. »Ich habe keine Lust, mir an dir die Finger schmutzig zu machen. Da weiß ich etwas viel Besseres. – Livius!«

Der Angesprochene wandte seinen Blick von mir ab und seinem Herrn zu.

»An der da ist unsere Gastfreundschaft verschwendet. Doch denke ich, dass du über gewisse … Mittel verfügst, die ihr helfen könnten, sich zu erinnern.« Er machte eine bedeutungsvolle Pause. »Sie gehört dir. Tu dir keinen Zwang an.«

Ohne ein weiteres Wort zu verlieren, drehte er sich auf dem Absatz um und verließ den Raum. Die Sohlen seiner Stiefel klangen auf dem Boden nach, während ich immer noch zwischen den Regalen und Tischen auf dem Boden kauerte und mir wünschte, die Erde würde sich auftun und mich verschlingen.

KAPITEL IX

Der Keller war düster, feucht und stickig.

Nach dem Luxus und Prunk des Herrenhauses war der Schock so groß, als hätte man mich geradewegs in den Hades verbannt. Noch immer glaubte ich den Duft der Frühlingsblüten in meinen Kleidern zu spüren. Doch das, was nun auf mich zukam, machte mir mehr Angst, als ich glaubte ertragen zu können.

Mit auf dem Rücken gefesselten Händen kauerte ich auf dem feuchten Lehmboden, an die kalte Steinmauer gepresst. Ich zitterte vor Verzweiflung, Kälte und der immer weiter in meine Kleidung eindringenden Nässe. Fackellicht stach mir in die Augen, und mein Mund war so trocken, dass ich hätte töten können, nur um einen Schluck Wasser zu bekommen.

»Also noch einmal, mit wem hat sich der Statthalter in der letzten Zeit getroffen?«

Mein Kopf rauschte, meine Augen brannten. Ich konnte mich nicht erinnern, wie lange diese Befragung nun schon andauerte. Raum und Zeit schienen keine Bedeutung mehr zu haben, nichts um mich herum existierte mehr als nur dieser feuchte kalte Keller, die harte Stimme des Mannes und das lodernd heiße Licht der Fackel, das meinem Gesicht bedrohlich nahe kam.

»Ich hab's dir … doch … gesagt …« Jedes Wort bereitete mir Schmerzen. »Ich weiß es nicht. Ich arbeite für Marcella, die Tochter des Hauses. Die Belange des Statthalters gehen mich nichts …«

Eine Ohrfeige traf mich, noch ehe ich den Satz zu Ende gesprochen hatte. Heftig schlug mein Hinterkopf gegen die unverputzte Mauer, und ein heißer Schmerz schoss mir durch den Kopf. Meine Wunde war wieder aufgeplatzt, Blut lief mir in den Nacken.

»Allmählich reicht es mir, du kleines Biest.« Hart griff eine Hand in meine Haare und riss meinen Kopf nach oben. Vor Schmerzen schrie ich auf und glaubte, mein Schädel müsse explodieren. »Ich habe mir deine verstockten Lügen lange genug angehört. Du kannst mir nichts vormachen. Ich weiß, dass du uns mehr erzählen kannst, als du bereit bist zuzugeben.«

Mit einem Ruck hatte er mich unter dem Arm gepackt und auf die Beine gezerrt. »Bisher habe ich es noch im Guten versucht, da du mich jedoch dazu zwingst …«

Die Klinge eines Messers blitzte auf; ich gefror, als das kalte Metall die Haut meines Handgelenks berührte. Was hatte er mit mir vor? Die Schneide durchtrennte die Stricke, mit denen ich gefesselt war. Hilflos bewegte ich die Arme, die von der Fesselung taub waren.

»… dann werde ich dir zeigen, wie man einer widerspenstigen Sklavin Gehorsam beibringt.«

Mit diesen Worten stieß er mich nach vorne, drückte meinen Körper gegen die Wand und riss meine Arme nach oben, um die dort im Mauerwerk eingelassenen Eisenschellen um meine Handgelenke zu schließen.

Mit dem Gesicht zur Wand war ich nicht mehr in der Lage, meinen Peiniger anzusehen. Das Gefühl der Hilflosigkeit schlug so heftig über mir zusammen, dass meine Knie nachgaben und ich nur von den Ketten auf den Beinen gehalten wurde.

»Du verstocktes kleines Biest.« Sein Mund war direkt an meinem Ohr, sein heißer Atem strich über meinen Nacken. Alle Muskeln in meinem Körper waren zum Zerreißen gespannt, ich wollte schreien, doch selbst dazu fehlte mir die Kraft.

Mit einem Ruck packte er meine Tunika und zerriss sie vom Nacken bis zur Taille. Kälte überfiel mich, und Angst umfing mich wie eine Eisenklammer.

»Oh, oh«, raunte er mit leisem Spott. »Da war ja schon jemand kräftig zugange.« Beeindruckt pfiff er durch die Zähne. »Doch wer auch immer für diese Striemen verantwortlich ist, du wirst dich in seine Arme zurücksehnen, noch bevor ich mit dir fertig bin, das verspreche ich dir.« Sein Mund kam noch ein wenig näher. »Es sei denn, du entschließt dich vorher, zu sagen, was du weißt.« Brutal griff er erneut in mein Haar und riss meinen Kopf zurück.

Ich war nicht fähig, mich zu widersetzen oder etwas zu antworten. Stumm verharrte er einen Moment, in dem das Blut in meinen Ohren rauschte, während Kälte und Angst alles zu verschlingen drohten.

»Also gut. Du hast es nicht anders gewollt.«

Ohne Vorwarnung ließ er mich los.

»Wir werden ja sehen, wie lange du noch die Heldin spielen willst.« Ich hörte, wie sich Schritte von mir entfernten. »Ich gehe jetzt und bereite alles vor, doch wenn ich zurückkomme …«

Mit einem Krachen wurde die Tür zugeschlagen, und ich war allein.

Ich verbot mir, zu weinen. Es hätte nichts gebracht und mir zudem nur die Kraft geraubt, die ich benötigte, um einen klaren Gedanken zu fassen und nicht den Verstand zu verlieren.

Solange sie mich für die Tochter des Statthalters gehalten hatten, war ich vergleichsweise sicher gewesen. Was auch immer sie sich von dieser Entführung erhofft hatten, Marcella wäre das Unterpfand für ihre Pläne gewesen.

Ich hingegen … Nichts als ein Fehlgriff, unnötiger Ballast, dazu eine gefährliche Mitwisserin. Gerade gut, um ihr so viel an Informationen zu entreißen wie möglich und sich ihrer dann zu entledigen.

Vielleicht würden sie vorher noch ihren Spaß mit mir haben wollen, doch spätestens dann – da machte ich mir nichts vor – gab es keine Verwendung mehr für mich.

Die Wunde an meinem Hinterkopf brannte wie Feuer. Mein ganzer Kopf fühlte sich an, als hätte jemand eine Glocke zum Schwingen gebracht. Die feuchte Kälte des Gesteins drang in meinen Körper und laugte meine letzten Reserven aus. Die zerrissene Tunika hing in Fetzen an meinem Rücken herunter, und ich wusste, dass ich verloren war.

Es war zweifellos Absicht, mich zunächst in der Ungewissheit über das, was als Nächstes geschehen würde, allein zu lassen. Wer auch immer diese Kerle waren, sie verstanden es, Leute zum Reden zu bringen. Nur, dass es bei mir wirklich nichts gab, was ich ihnen hätte mitteilen können, da ich keine Ahnung von den Plänen meines Herrn hatte.

In blinder Angst riss ich an den Ketten, stemmte mich gegen die Wand, doch das Einzige, was ich dadurch erreichte, war, dass ich mir die Handgelenke blutig scheuerte und nach einer Weile vor Schmerzen und Erschöpfung aufhören musste.

Ich wollte schreien, doch fehlte mir die Kraft dazu. Eine Lähmung hatte meinen Körper gepackt. Wie ein Lamm auf den Schlachter wartete ich in der Dunkelheit auf das, was mit mir geschehen würde, und fragte mich, wie ich am besten mit meinem wertlos gewordenen Leben abschloss.

Ein quietschendes Geräusch riss mich aus meinem Dämmerzustand.

Sofort war ich hellwach, und wie eine Woge kalter Gischt schlug die Wirklichkeit wieder über mir zusammen. Ich wollte mich umdrehen, doch die Ketten an der Wand ließen es nicht zu.

Hilflos verharrte ich und wartete, bis sich langsam Schritte näherten. Diesmal waren es zwei Männer. Ich hörte, wie etwas Schweres scheppernd auf dem Boden abgestellt wurde, dann spürte ich, wie jemand direkt hinter mich trat.

»So, du hattest genug Zeit zum Nachdenken und hast dich dazu entschlossen, zu sagen, was du weißt.« Ein warmer Atem strich über meine nackten Schultern. »Zu deinem eigenen Besten.«

Ich war nicht in der Lage zu sprechen, mein Mund war wie gelähmt, meine Stimme versagte, und auch wenn ich wirklich etwas gewusst hätte, wie könnte ich meinen Herrn an diese Dreckskerle hier verraten – oder Marcella? Für den Bruchteil eines Atemzuges stieg ihr Bild vor meinem inneren Auge auf, und ein Schluchzen bahnte sich den Weg durch meine Brust

»Also, zum letzten Mal, du kleine Schlampe. Mit wem hat sich der Statthalter in letzter Zeit getroffen? Hat er Kontakte zum Kaiserhof aufgenommen?«

Zum Kaiserhof? Durch die Wand meiner Angst hindurch traf mich diese Frage wie ein völlig unerwarteter Schlag. Natürlich unterhielt der Legatus Kontakte zum Kaiser. Als sein offizieller Vertreter in der Provinz war er ihm allein Rechenschaft schuldig. Von ihm erhielt er Befehle und Anweisungen. Das konnte also nicht gemeint sein. Wovon sprach dieser Wahnsinnige also?

Da ich nicht wusste, was ich antworten sollte, schwieg ich.

»Du hast es nicht anders gewollt.« Bevor ich den Sinn dieser Worte verstehen konnte, spürte ich die Berührung von kaltem Metall an meinem rechten Schulterblatt. Ein brennender Schmerz durchzuckte mich, als er mir langsam mit einer Klinge ins Fleisch schnitt. Übelkeit stieg in mir auf, die Umgebung um mich verschwamm. Keuchend rang ich nach Atem, während ich mit aller Gewalt versuchte, den Schmerz aus dem Zentrum meines Bewusstseins zu verbannen.

»Glaubst du jetzt, dass wir es ernst meinen?« Livius' Stimme war dicht an meinem Ohr. Mein Körper zitterte in hoffnungsloser Anspannung, und ich war nicht fähig zu nicken.

»Waren in letzter Zeit irgendwelche Boten aus Rom im Hause des Legatus? Eilkuriere mit wichtigen Nachrichten?«

Boten aus Rom? In meinem Kopf schwirrte es, während ich versuchte, diesen Worten den Hauch eines Sinns zu entlocken. Boten? Um ehrlich zu sein, ich konnte mich nicht erinnern. Ein- und ausgehende Gäste zu beobachten gehörte nicht zu meinen Obliegenheiten. Auch bei meiner Arbeit im Büro des Statthalters konnte ich mich an keine Korrespondenz erinnern, die mir irgendwie bemerkenswert erschienen wäre.

Nichts als die üblichen Verwaltungsangelegenheiten innerhalb der Provinz, Gerichtsurteile und Begnadigungsersuche. Doch selbst wenn es wichtige Nachrichten aus der Hauptstadt des Reiches gegeben hätte, wäre ich bestimmt nicht davon in Kenntnis gesetzt worden.

Hart ergriff er meine Haare und riss meinen Kopf zurück. »Hast du meine Frage nicht verstanden, oder wo ist das Problem?«

Mit schmerzverzerrtem Gesicht biss ich die Zähne zusammen. »Ich weiß doch wirklich nichts!«

»Also gut!« Ruckartig ließ er mich los, sodass mein Kopf gegen die Wand schlug. Schwarze Schatten hüllten mich ein und enthoben mich einige Herzschläge lang der Realität.

Dann spürte ich erneut das kalte Metall auf der Haut, und wieder stach der Schmerz zu, brannte wie Feuer. Ich schrie auf, doch meine Stimme war heiser und schien von den dicken Wänden des Kerkers geschluckt zu werden.

»Ja, schrei nur! Doch es wird dir nichts helfen. Wenn du willst, dass wir aufhören, mach lieber den Mund auf, und sag uns, was wir wissen wollen. Du wirst sehen, dann können wir auch anders.«

Tränen rannen über mein Gesicht. Ich glaubte ihm kein Wort! Es war gleichgültig, ob ich redete oder schwieg. Sie würden mich ohnehin töten, früher oder später. Der einzige Unterschied bestand nur darin, dass ich, wenn sie glaubten, alles von mir erfahren zu haben, was ich wusste, einen schnellen Tod sterben würde und diese Qual hier ein Ende hätte.

Schritte knirschten, als Livius langsam hinter mir auf und ab zu gehen begann. »Du brauchst nur zu reden, und schon fühlst du dich besser.« Unangenehm berührten seine Lippen mein Ohr. »Doch wenn du dich schon nicht an Besucher aus Rom erinnern kannst: Welche Kontakte hatte dein Herr zum Hause Baetius?«

Baetius? Der Name drang durch den Nebel meiner Benommenheit. Baetius Quigo … das Gastmahl … der Rabe … Hing meine … das heißt, *Marcellas* Entführung – ihre geplante Entführung, wie auch immer – mit der Ermordung des Baetius Quigo zusammen? Aber wie? Welche Beziehungen unterhielt Baetius zu diesen Verbrechern? Glaubten sie etwa, der Statthalter hätte beim Tod des Baetius seine Hand im Spiel? Das alles ergab für mich keinen Sinn.

»Wenn Baetius Quigo bei euch zu Gast war, was hatte er dann mit dem Statthalter zu besprechen?« Ein Rabe hockte auf meiner Schulter und stach mit seinem glühenden Schnabel in meinen Rücken. »Ihr Sklaven habt doch eure Augen und Ohren überall, also mach mir nichts vor!«

Erneut packte mich der Schmerz, als der Rabe tiefer zustach. »Ich weiß es nicht!«, keuchte ich schließlich. Todesangst bemächtigte sich meiner. »I-ich kann mich nicht erinnern, dass Baetius außer bei dem letzten Gastmahl überhaupt im Hause des Legatus war. Ehrlich nicht! Und selbst wenn …«, ich rang nach Atem, um weitersprechen zu können, »ich bin nicht für die Gemächer meines Herrn zuständig, ich hätte keinerlei Möglichkeit, anzuhören, über was sie sich beredeten. Ich – *nein!*«

Wieder bohrte sich die scharfe Spitze in meine Haut und unterbrach so schlagartig meine verzweifelten Beteuerungen.

Von einem Moment auf den anderen ließ er mich los. Mein ganzer Körper zitterte, meine Haut war mit Schweiß bedeckt, und nur noch die Eisenfesseln, in denen ich hing, verhinderten, dass ich auf dem Boden zusammensackte.

»Ich weiß, dass du lügst. Du verschweigst uns etwas«, knurrte er leise, aber nicht weniger gefährlich. »Ich dachte, wir könnten das auf die freundliche Art klären, doch wenn du uns dazu zwingst … Piso!«

Weitere Schritte wurden hinter mir laut, doch konnte ich mich nicht umwenden.

»Piso, die Dame weigert sich, sich mit uns zu unterhalten, ganz gleichgültig, wie sehr ich sie auch darum bitte. Doch ich weiß, dass du bisher noch immer in der Lage warst, ein gutes Gespräch in Gang zu bringen, eine Unterhaltung so richtig – na ja, sagen wir – anzufachen.«

Erst jetzt bemerkte ich den leicht brenzligen Geruch, den ich zuvor nicht wahrgenommen hatte. Wie auf ein Stichwort entfernten sich die Schritte ein wenig, um kurz darauf wieder zurückzukommen.

»Dann sag mir«, die Stimme hinter mir war jetzt ein gefährliches Raunen, »welche Vorkehrungen trifft die Stadt gegen die Alemannen?«

Trotz meiner Fesseln fuhr ich zusammen. Die Alemannen? Was hatten Alemannen mit der ganzen Geschichte zu tun? Die Alemannen … der Tod des Baetius …

»Oh, ich sehe, du weißt, wovon ich rede.« Meine Reaktion schien ihm nicht entgangen zu sein.

Erschrocken rang ich nach Luft. »Ich ... ich weiß nichts von Alemannen. Mein Herr hat nie etwas darüber gesagt. Alles, was ich gehört habe, ist ... dass sie Städte und Dörfer verwüsten. Flüchtlinge von diesen Überfällen kommen bis nach Treveris, das ist alles, was ich weiß – *ah!*«

Der Schmerz, der mich überkam, übertraf alles bisher Bekannte. Es stank nach versengtem Fleisch. Hitze breitete sich aus. Bunte Lichter flackerten vor meinen Augen, barmherziger Nebel umfloss mich und entriss mich für einen Moment der Wirklichkeit. Dann kam ich schwer atmend wieder zu mir, und das brennende Feuer hatte mich erneut in seinem Griff.

Tränen rannen mir über das Gesicht. Wie eine Blitzentladung schoss mir die Gewissheit durch den Kopf, dass ich diesen Ort nicht lebend verlassen würde.

Hilflos wie eine gefangene Mücke flackerte mein Blick an der kahlen Wand entlang. Ich befand mich in meinem eigenen Grab.

»Hör endlich auf, uns etwas vorzumachen. Nun sag schon, welche Vorkehrungen hat dein Herr gegen die Alemanneneinfälle getroffen?« Jedes Wort traf mich wie ein Peitschenhieb. »Ich warne dich, lange währt unsere Geduld nicht mehr. Also rede, solange du noch dazu in der Lage bist. Hörst du?« Einen Moment lang herrschte eine eisige Stille, und nichts war zu hören als das Knistern der Glut und das Herabtropfen von Kondenswasser auf den festen Lehmboden. »Also gut«, raunzte es in mein Ohr, »du hast es nicht anders gewollt!«

Wieder der brennende Schmerz, als er mir das Eisen in die Haut drückte. Doch diesmal hielt ich ihm nicht stand. Bevor der Schmerz die Gelegenheit hatte, vollständig von mir Besitz zu ergreifen, umfing mich Dunkelheit, und ich verlor das Bewusstsein.

War dies das Jenseits? Eine bodenlose Dunkelheit, erfüllt von dumpfen Schmerzen, ein Dröhnen, das mich umfing, ein endloser Fall in eine endlose Leere. Wo waren die Wasser des Styx, wo Charon, der Fährmann, der mich auf seinem Nachen in das Reich der Schatten hinübersetzen würde? Aber ich hatte keinen Obolus, keine Münze, die ich ihm als Fährlohn geben konnte. Bei dem Gedanken wollte ich kichern, doch ich hatte keinen Körper mehr, keine Stimme, mit der ich lachen konnte. Das war doch absurd. Oder war dies das Leben nach dem Tode, von dem die Christen angeblich reden? Wenn es so aussah, dann konnte es mir gestohlen bleiben! Wut packte mich. Nicht nur, dass die Götter, wenn es sie denn gab, mir im Leben schon keine Chance gegeben hatten, jetzt betrogen sie mich auch noch im Tode. *Das lasse ich mir nicht bieten*, dachte ich zornig – und wachte auf.

Alles drehte sich um mich. Mein Hinterkopf brannte wie Feuer, und die Wunden an der Schulter pochten wie flüssige Lava. Mühsam versuchte ich, mich zu bewegen und die Augen zu öffnen, doch ein Strick hielt meine Hände auf den Rücken gefesselt. Meine Augenlider waren schwer und geschwollen, und ich benötigte eine Weile, bis ich in der Lage war, sie zu öffnen. Nur langsam klärte sich mein verschwommener Blick.

Wie ein unerwünschtes, noch immer verschnürtes Geschenk lag ich auf einer Liege inmitten eines Raumes. Die Luft war klar und nicht mehr so stickig wie bisher, und ich wusste, dass ich nicht mehr im Keller war.

Doch wo befand ich mich? Wer hatte mich von da unten hochgebracht, und vor allem, wieso hatten sie mit der Befragung aufgehört? Hatten sie etwa geglaubt, bessere Wege zu finden, mich zum Sprechen zu bringen?

Ich musste es herausfinden. Ganz gleich, was ich auch tat, es war kaum möglich, meine Lage noch zu verschlimmern. Den einzigen Vorteil, den ich mir vielleicht verschaffen konnte, war es, im Voraus zu wissen, was man mit mir vorhatte.

Ich nahm alle Kraft zusammen und versuchte, mich trotz meiner Fesseln halbwegs aufzurichten. Mühsam glitt ich von der Liege zu Boden, und ein heftiger Schmerz durchzuckte mich vom Kopf bis zu meinen gefesselten Händen. Meine Wunden schienen in Flammen zu stehen, und bunte Sterne tanzten vor meinen Augen.

Auf den Knien arbeitete ich mich vorwärts und versuchte dabei, möglichst wenig Geräusche zu machen.

Aus dem Nebenzimmer drangen Worte, ganz deutlich waren Stimmen zu hören. Der bohrende Schmerz drohte mir den Verstand zu benebeln, doch zwang ich mich dazu, weiterhin bei Bewusstsein zu bleiben.

Vorsichtig presste ich mein Ohr an die zweiflügelige Tür. Die Stimmen wurden nun deutlicher, doch noch immer konnte ich keine Einzelheiten erkennen.

Was wurde da geredet?

Auch auf die Gefahr hin, gesehen zu werden, drückte ich, die Schmerzen ignorierend und so gut es mir trotz der gefesselten Händen möglich war, mit den Schultern einen Flügel der Tür nach vorne, sodass ich sehen konnte, was sich dort abspielte.

Das dämmrige Triclinium war von flackernden Öllampen erleuchtet. Auf gepolsterten Liegen ruhten Livius und Piso, die noch vor kurzer Zeit damit beschäftigt waren, Wissen aus mir herauszupressen, das ich nicht besaß, und ein dritter Mann. Ich benötigte einen Moment, um zu kapieren, dass mir meine Augen keinen Streich spielten.

Es war Flavus.

Flavus?

Erneut drohten meine Sinne zu schwinden. Schwer atmend lehnte ich mich zurück an den geschlossenen der beiden Türflügel.

Aber nur kurz. Dann zwang ich mich, wieder durch den Spalt zu blicken.

Zwischen schweren Silberbechern rollten klackend Würfel über den Tisch. Hin und wieder nahm einer der weinseligen Spieler einen langen Schluck.

Schon zu beobachten, wie meine beiden Peiniger sich hier amüsierten, tat beinahe körperlich weh. Schlimmer war es jedoch, Flavus unter ihnen zu sehen, dessen entspannte Körperhaltung darauf hindeutete, dass er sich in vertrauter Gesellschaft befand.

Satzfetzen drangen an mein Ohr, aber sie ergaben keinen Sinn.

»... wenn der edle Cornix wüsste ...«

»... ist Verlass ... Laicho ...«

»... keine Namen! Ihr habt doch gehört, keine ...«

Aber ich war mir nicht sicher, ob ich das wirklich richtig verstanden hatte. Das Rauschen in meinen Ohren war einfach zu laut.

Hart knallten die Würfel auf den Tisch.

»Du scheinst heute kein Glück zu haben, Livius.«

»Das waren meine letzten Denare.«

»Dann spielen wir doch um ...«

Um was? Wieder versuchte ich, etwas von dem Gespräch zu erhaschen, doch ein Wind, den ich mir vielleicht nur einbildete, wehte die Worte weg.

»... na, wenn du auf ein so mageres kleines Biest stehst!«

Bei allen Göttern, sie würfelten um mich!

Um ein Haar hätte mich diese Erkenntnis vollständig umgeworfen, doch wäre ich lieber an die Löwen der Arena verfüttert worden, als dieser Bande von Menschenschindern wie ein geschnürtes Paket vor die Füße zu kippen.

War das also der Grund, weshalb man mich aus dem Kerker gebracht und nicht weiter befragt hatte? Versuchten die drei, noch ihren Spaß mit mir zu haben, bevor sie sich meiner endgültig entledigten wie eines Paars ausgedienter Sandalen?

Entführung und Folter waren grausam gewesen, und die Spuren davon brannten auf meiner geschundenen Haut wie Feuer. Doch der Anblick dieser feuchtfröhlichen, saufenden und grölenden Gesellschaft – und Flavus mitten unter ihnen, während er um mich würfelte –, das versetzte mir den letzten Stoß.

Wie kam Flavus überhaupt hierher? War er auch in die Entführung verwickelt? Ja, nicht anders konnte es gewesen sein: Er hatte sie auf Marcellas Spur gesetzt, und das bedeutete, dass letztlich er mich diesen Verbrechern in die Hände gespielt hatte. Ich hatte also recht behalten, ihm nicht zu vertrauen. Wer weiß denn schon, was in so einem Barbaren vor sich geht? Einmal Alemanne, immer Alemanne.

Wie ein geprügelter Hund schleppte ich mich zu meiner Pritsche zurück.

Tiefe Hoffnungslosigkeit breitete sich in mir aus. Gedämpft, wie ein fernes Murmeln, drangen die Stimmen aus dem Nebenraum herüber. Irgendwann forderten Erschöpfung und Verletzungen ihren Tribut, und ich fiel in einen unruhigen Schlaf.

Eine Bewegung ließ mich aufschrecken. Im Dämmerzustand zuckte mein Körper zusammen, in der Erwartung glühender Eisen und schmerzhafter Klingen.

Die Erinnerung an die Traumbilder verblasste, und mir wurde vage bewusst, wo ich mich befand.

»Du hast schon immer wichtige Dinge verschlafen!«

Zwischen Wahn und Wirklichkeit schwebend hob ich den Kopf.

Vor mir stand Flavus.

Sein Spott war mit Bitterkeit gemischt. Er wirkte wie ein Raubtier, das bereit war, jeden Moment zuzuschlagen.

»Doch ist dies nicht der richtige Moment, um dich deinen Träumen hinzugeben. Los, steh auf … !«

Hart packte er mich an den Schultern und versuchte mich hochzuzerren. Ich schrie vor Schmerz auf, als sich seine kräftigen Finger um meine Verletzungen schlossen, und versuchte verzweifelt, mich aus seinem Griff zu befreien.

So fest drückte er mir die Hand auf den Mund, dass es mir den Atem raubte und mich die Panik eines gefangenen Tieres überkam.

»Sei leise, verdammt, oder willst du unbedingt das ganze Haus aufwecken?«

Verzweifelt rang ich nach Luft. Alles drehte sich vor meinen Augen, mein Hinterkopf pochte zum Zerspringen.

»Los, steh auf! Eine bessere Gelegenheit wird sich kaum finden. Also komm!«, flüsterte Flavus ungeduldig. »Ich hab dich ehrlich beim Würfeln gewonnen, also lerne am besten gleich, dich in dein Schicksal zu fügen!«

Dann hob er mich von der Liege auf, als sei ich leicht wie ein Sack Federn. Lautlos durchquerte er den Raum und öffnete die Tür. Er vergewisserte sich, dass niemand zu sehen war, und eilte schließlich durch den Flur bis zu einer kleinen Pforte.

Er öffnete sie und trat mit mir in die Nacht.

Die Fackeln, die in den Boden eingelassen waren, um den Weg zum Eingangstor zu erhellen, waren erloschen. Nur vereinzelt glommen noch einige schwach nach.

Flavus hatte mich abgesetzt. Mit einem Messer durchtrennte er meine Fesseln, doch er ließ mir keine Zeit zu warten, bis das Blut in meine abgestorbenen Glieder zurückströmte. Meine Arme und Hände kribbelten wie von tausend Ameisen. Ich stöhnte auf, als er mich am Arm packte.

»Still!«, zischte er und zerrte mich hinter sich her.

Leise knirschte der Kiesweg unter unseren Füßen. Die Kälte einer frühen Mainacht umgab uns, der Duft von aufgebrochener Erde und frischen Blüten lag in der Luft. Blasses Mondlicht überflutete den Garten, während ich, Schmerz und Angst ignorierend, vor mich hin stolperte.

»Wir können nicht durch das Haupttor, das wird sicher bewacht sein.« Flavus' Stimme war so leise wie seine Schritte. »Es gibt nur einen Weg, die Mauer da hinten.«

Mit zusammengekniffenen Augen folgte ich seiner Hand, die auf die mehr als mannshohe, weißgetünchte Umfriedung zeigte, die das Landgut umgab. Zwar war ich drahtig, doch fühlte ich mich in meinem derzeitigen Zustand zu schwach, um ein solches Hindernis zu überwinden.

»Uns bleibt nur wenig Zeit, bis sie unser Verschwinden bemerken, also komm!« Unerbittlich zog er mich mit sich. »Halte dich an meiner Schulter fest, ich helfe dir.«

Mit einem Schwung hob Flavus mich hoch. Reflexartig umklammerte ich seine Schultern, griff dann nach dem oberen Rand der Mauer, und schließlich gelang es mir, ganz hinaufzuklettern. Zitternd hielt ich mich fest, bis Flavus, behände wie ein Raubtier, mir folgte.

»Du bist ja doch zu etwas zu gebrauchen!« Der feine Spott in seiner Stimme ließ Hitze in mein Gesicht schießen, ich wusste nicht, ob aus Verärgerung oder einem anderen Grund. »Wir müssen weiter!«

Trotz meiner Schmerzen ließ ich mir von ihm herunterhelfen und taumelte dann weiter. Immer wieder blickte er über die Schulter zurück, wie um zu sehen, ob uns jemand folgte.

»Noch haben sie nichts bemerkt«, sagte er leise. »Sie schlafen selig und träumen von ihrem Triumph. Wie vermessen …!«

Die letzten Worte brachte er mit einer solchen Verachtung hervor, dass ich unwillkürlich zusammenzuckte. Noch immer wusste ich nicht, um was es hier ging oder welche Rolle er in der ganzen Sache spielte. Offensichtlich kannte er diese Kerle, und sie schienen ihm zu vertrauen. Weshalb hatte er mich dann von hier fortgebracht, und was hatte er nun mit mir vor?

»Es wird bestimmt nicht mehr allzu lange dauern, bis jemand von ihnen aus dem Suff erwacht und nach dir sehen will. Wir müssen die Straße verlassen und uns in die Wälder schlagen. Das ist unsere einzige Chance.«

Einen Moment blieb er stehen, blickte mit zusammengekniffenen Augen zum Himmel, als wolle er sich orientieren, sah sich kurz um und wies dann mit der Hand in eine Richtung: »Da entlang, das scheint mir der kürzeste Weg zu sein.«

Etwas ließ mich zögern. Ich hatte keine Lust, mit ihm die befestigten Straßen, die Adern der Zivilisation, zu verlassen, um zu irgendeinem Ziel zu gelangen, das ich nicht einmal kannte. Ich wollte ihm überhaupt nirgendwohin folgen. Schwäche und Müdigkeit schlugen über mir zusammen, das Pochen in meinem Kopf steigerte sich zu einem unerträglichen Schmerz, und meine Beine drohten nachzugeben. Ich konnte es unmöglich weit schaffen. Irgendwann würde ich umfallen, inmitten der Wildnis, verfolgt von mordgierigen Häschern und nur begleitet von einem Barbaren, dessen Absichten ich nicht kannte und vielleicht lieber nicht kennen wollte.

»Wo willst du überhaupt hin?«, flüsterte ich.

Flavus blickte mich an, blieb mir jedoch eine Antwort schuldig. »An der Straße entlang sind überall Gehöfte und Villen«, sagte er stattdessen. »Die Stadtprominenz verbringt hier gerne ihre Sommer. Dort ist es zu gefährlich, also komm!«

Er packte mich am Arm, und ich hatte keine Wahl, als ihm zu folgen. Schweigend stapfte ich neben ihm her. Das Gras raschelte unter meinen Füßen, der Boden war weich, aber trocken. Im Mondlicht erkannte ich vor mir ein breites Tal, und der letzte Mut verließ mich: Ich hatte keine Ahnung, wo wir uns befanden.

Hier war das Ende der Zivilisation, das Ende all dessen, was ich kannte. Mochte meine Stellung im Leben auch noch so bescheiden sein, ich hatte immer nur in Städten gelebt, in den befestigten Schmuckstücken römischer Kultur mit ihren Zerstreuungen und Annehmlichkeiten. Kaum ein Tag, an dem ich nicht ein Dach über dem Kopf gehabt hätte. Zwar standen entlang der Mosel und der befestigten Straßen die großen Güter und Prachtvillen reicher treverischer Beamter, aber je weiter wir uns davon entfernten, desto mehr würden wir in eine Welt vorstoßen, die mir so fremd erschien, als sei sie nie von der Zivilisation berührt worden.

Mein Blick verschwamm, und ich kippte vornüber. Geistesgegenwärtig packte mich Flavus und hinderte mich so daran, zu Boden zu stürzen.

»Doch nicht die harte Kämpferseele, wie ich dachte«, raunte er in mein Ohr, während er mich näher zu sich heranzog. »Ich hätte dich für tapferer gehalten, als schon auf halbem Weg die Waffen zu strecken.«

Die in mir aufsteigende Wut war nicht stark genug, um Schmerzen und Übelkeit zu übertönen, doch gab sie mir zumindest genügend Kraft, mich aus Flavus' Griff zu befreien.

»Ich weiß nicht, was du hier spielst«, gab ich nach Atem ringend zurück, »doch ich gehe nur mit, da ich keinerlei Lust verspüre, wieder Bekanntschaft mit Rabenschnäbeln zu machen.«

Flavus' Blick zeigte mir, dass er keine Ahnung hatte, wovon ich sprach.

»Was faselst du da? Jetzt ist nicht der geeignete Zeitpunkt zum Reden. Komm, wir müssen weiter!«

Ich war entführt, geschlagen und gefoltert worden und nur um Haaresbreite dem sicher geglaubten Tod entronnen. Mein Kopf dröhnte, mir war speiübel, und mein Rücken brannte wie Feuer. Am liebsten hätte ich mich hingelegt, um nur noch zu schlafen und alles zu vergessen. Für einen Moment schloss ich die Augen und sah Marcellas sanftes, trauriges Gesicht vor mir, als ich ihr sagte, alle Sklaven seien dem sicheren Tod geweiht. Wie viel Zeit war seither vergangen?

Die Angst, dass es vielleicht zu spät sein könnte, packte mich. Nein, ich musste irgendwie weitermachen und jede sich mir bietende Chance nutzen, wieder nach Treveris zurückzukehren, und versuchen, noch das Schlimmste zu verhindern, auch wenn ich noch immer nicht wusste, wie mir das gelingen sollte.

Ohne Flavus ins Gesicht zu sehen, ohne wirklich zu wissen, wohin der Weg uns führte, setzte ich mich in Bewegung.

KAPITEL X

Ich wusste, du würdest mein Tod sein«, presste ich mühsam zwischen den Zähnen hervor, während ich versuchte, einen Fuß vor den anderen zu setzen.

Die Sonne stand bereits im Zenit. Es war ein heißer Tag, und ich spürte, wie meine Haut in der Hitze verbrannte, während sich unter meinen Fußsohlen Blasen bildeten.

»Ich hatte den Eindruck, dass es eher dein Tod gewesen wäre, wenn ich *nicht* gekommen wäre.« Fest packte er meinen Arm und bot mir so eine gewisse Stütze, die ich widerwillig annahm.

»Und was hat mir das alles eingebracht?«, fauchte ich zurück, doch fehlte meiner Stimme die nötige Heftigkeit. Ich war einfach zu erschöpft, um mich mit ihm zu streiten.

Wortlos und verbissen stapfte ich weiter. Schier unendlich breitete sich die hügelige Landschaft vor uns aus, über die von einem fast wolkenlosen Himmel das Licht der Maisonne strahlte.

Nach einigen Stunden stupiden Fußmarsches war ich beinahe davon überzeugt, das Ende der Welt erreicht zu haben und irgendwann von deren Rand zu kippen. Doch Flavus versicherte mir, wir befänden uns noch nicht einmal außerhalb der Grenzen des Imperiums, geschweige denn am Rande der Welt.

Barbar! Dass er nicht wusste, dass beides das Gleiche bedeutete! Als ob es ein lebenswertes Leben außerhalb der Grenzen des Römischen Weltreiches gäbe, in einer Welt der Dunkelheit, Kälte und Barbarei.

Ich wischte mir den Schweiß von der Stirn. Die Verletzungen auf meinen Schultern brannten fast unerträglich. Eine Berührung mit den Fingerspitzen zeigte mir, dass sie heiß und geschwollen waren. Mein Kopf schien überhaupt nicht mehr zu mir zu gehören, und wenn ich ihn drehte, verschwamm alles vor meinen Augen.

Kraftlos ließ ich mich auf einen Stein sinken.

»Du gibst also schon auf?« Mit verschränkten Armen stand Flavus vor mir. Wie ein dunkler Fels stach seine Silhouette gegen das Sonnenlicht ab.

»Wer behauptet das?« Nach Luft ringend kniff ich mir in den Daumen und bemühte mich, so gelassen wie möglich zu wirken, während mir die Schmerzen beinahe den Verstand raubten und die Umgebung in waberndem Nebel zu verschwinden drohte.

»Ich hatte nur so den Eindruck …« Sanfter Spott schwang in seiner Stimme mit, und in einem Anflug der Fürsorge legte er mir die Hand auf die Schulter.

»Ah!« Eine Salve rasender Schmerzen ließ mich zusammenzucken. Ich spürte, wie mir alle Farbe aus dem Gesicht wich.

»Was ist los?« Flavus sah mich an. »Hast du Schmerzen?«

»Es ist – nichts!«, presste ich angestrengt hervor und grub die Fingernägel in meine Handballen.

»Lass mich mal sehen!« Es war ein Befehl, keine Bitte.

Wütend schlug ich die Hand beiseite, die sich meiner Schulter näherte.

»Halt jetzt still und lass mich sehen!« Bevor ich mich erneut zur Wehr setzen konnte, hatte er mich gepackt und hielt mich mit einer Hand fest, während er mit der anderen vorsichtig den Stoff meiner Tunika nach unten zog.

»Dieses Schwein!«, entfuhr es ihm, gefolgt von einem Fluch in seiner Sprache. »Wie konnte er dir so …« Er unterbrach sich mitten im Satz und wurde wieder sachlich. »Das muss behandelt werden, damit es nicht brandig wird.«

Wütend riss ich mich los. »Lass deine Finger von mir! Du kannst ja doch nichts tun!« *Du hast bei der Sache doch auch deine Hände im Spiel*, wollte ich eigentlich sagen, wagte es jedoch nicht.

Flavus blieb von meinem Ausbruch unbeeindruckt. »Es wird brandig werden, und dann gehst du schneller zu deinen Ahnen, als es dir lieb ist.«

Ich verbiss mir die Bemerkung, dass ich nicht einmal sicher war, ob ich überhaupt Ahnen hatte und diese, wenn ja, in einem späteren Leben kennen lernen wollte. »Und wie willst du das verhindern?«

Statt einer Antwort riss Flavus ein Stück seines Obergewandes heraus, zog eine Feldflasche mit Wein, den er wohl als Vorrat mitgenommen hatte, aus dem Beutel und tränkte damit den Lappen.

Vorsichtig tupfte er über die frischen Verletzungen. Ich zuckte zusammen, als sich ein brennender Schmerz zwischen meinen Schultern ausbreitete, und war mir sicher, meine Kiefergelenke knirschen zu hören, so fest presste ich diese zusammen.

»Ich glaube nicht, dass das genügt«, meinte er schließlich, nachdem er seine zweifelhafte Behandlung beendet hatte. »Das sollte sich jemand ansehen, der sich mit so etwas besser auskennt, und …«

»Ach ja?«, fiel ich ihm ins Wort. »Und wer sollte das sein? Glaubst du etwa, hier in dieser von allen Göttern verlassenen Einöde hätte irgendwo ein Medicus seine Wohnung, wo ich einfach anklopfen und hineinspazieren könnte?« Das Wissen, dass Flavus recht hatte, ließ mich nur noch mehr in Rage geraten. »Und dieser hat dann auch nichts anderes zu tun, als mich zu behandeln, ausgerechnet mich, eine scheinbar entlaufene Sklavin, ja?«

Flavus blickte mich nur wortlos an.

Wütend zog ich meine Tunika zurecht und stand auf. »Wo in aller Welt befinden wir uns überhaupt? Wie weit ist es noch bis Treveris?«

Nachdenklich blickte sich Flavus um, als versuchte er, sich zu orientieren.

»Wenn ich es richtig in Erinnerung habe, sind wir etwa zwanzig Leugen südlich von Treveris.«

»Zwanzig Leugen!«, rief ich heiser vor ungläubigem Erstaunen, und erneut drohte mich meine Schwäche zu übermannen.

Mit festem Griff packte mich Flavus und hinderte mich daran zu stürzen. »Weshalb so erschrocken?« Sein Blick war spöttisch. »Ist es nicht der Traum eines jeden römischen Sklaven, möglichst weit weg von der nächsten größeren Stadt zu sein und die Freiheit zu suchen?«

Normalerweise hätte ich jetzt gesagt, so etwas könne auch nur ein unzivilisierter Wilder von sich geben, der nicht begriff, dass selbst die Sklaverei in römischer Zivilisation der Freiheit in Barbarei noch vorzuziehen ist. Doch entwand ich mich nur ärgerlich seinem Griff und stapfte weiter.

Aber, auch wenn ich es nie zugegeben hätte, seine Worte hatten mich irritiert. Noch nie zuvor hatte ich die Angelegenheit aus dieser Perspektive gesehen.

In meiner Welt bedeutete die Teilhabe an den Errungenschaften der römischen Welt, deren Kunst, Kultur und Rechtssystem, eine der größten Segnungen des Lebens. So unterschied sich die Lebensweise der Einheimischen hier in der Gegend kaum noch von derjenigen der anderen Reichsbewohner, beispielsweise in Italien oder Hispanien.

Die blutigen Eroberungsfeldzüge, die schon viele Jahrhunderte zurücklagen, waren längst vergessen. Entlang der Mosel erstreckten sich die Landvillen und Paläste der gesamten Nobilität von Divodurum und Treveris. Dazwischen durchzogen Straßen, Gehöfte und Etappenstädte das Land. Und natürlich galten auch dort überall römisches Recht, römisches Gesetz und die Errungenschaften römischer Zivilisation. Jeder Duumvir und Decurio hierzulande, egal ob treverischer oder mediomatrischer Herkunft, hätte denjenigen geohrfeigt, der es wagen würde, ihn als etwas anderes als einen römischen Bürger zu bezeichnen.

Eine Einstellung, die ich aus tiefster Seele teilte.

Plötzlich kam mir ein schrecklicher Gedanke. Wollte Flavus etwa andeuten, dass er selbst zu fliehen gedachte? War das sein Plan, die günstige Gelegenheit beim Schopf zu packen, um sich aus der verhassten Knechtschaft zu befreien? Jemandem wie ihm würde es nicht schwer fallen, sich in der Wildnis zurechtzufinden. Ich hingegen … Entsetzen packte mich bei der Vorstellung, hier von ihm zurückgelassen zu werden.

Und was würde dann mit den Sklaven des Baetius geschehen?

»Keine Angst!« Wieder schien Flavus mir meine Gedanken vom Gesicht ablesen zu können. »Ich habe nicht vor, dich hier sitzen zu lassen.«

Gegen meinen Willen erleichtert atmete ich auf. Vielleicht hatte ich mich ja doch in ihm geirrt, und er war wirklich den ganzen Weg von Treveris gekommen, um mich zu retten, ungeachtet der möglichen Folgen für ihn selbst und seine Familie. Ich versuchte, mir die plötzlich aufsteigenden Glücksgefühle nicht anmerken zu lassen.

»Warum wirst du denn so rot?«

Diesem Mistkerl entging aber auch nichts!

»Die Frühlingshitze!«, gab ich zurück und ließ ihn einfach stehen.

Flavus folgte mir, und eine Weile gingen wir stumm nebeneinander her.

»Was wird hier eigentlich gespielt?«, brach es schließlich aus mir heraus.

Die Anstrengungen der letzten Tage hatten mich derart zermürbt, dass ich mich nicht mehr in der Lage fühlte, meine Anspannung im Zaum zu halten. Ich wollte endlich wissen, wie das alles miteinander zusammenhing und was Flavus mit der ganzen Geschichte zu tun hatte.

»Jemand hat dich entführt, ich habe dich befreit. Das sollte dir genügen.«

Ich hasste es, wenn er versuchte, etwas vor mir zu verbergen.

»Du weißt genau, was ich meine«, wies ich ihn zurecht. »Irgendwelche Fremden, mit denen ich noch nie etwas zu tun hatte, lauern mir auf und verschleppen mich. Dann sehe ich dich mit den Entführern in trauter Eintracht Würfel spielen, und als du mich mitnimmst, scheint keiner etwas dagegen zu haben, also erzähle mir nicht, du hättest diese Kerle noch nie zuvor gesehen.«

Stumm ging Flavus neben mir her. Sein kantiges Gesicht, von der Frühlingssonne erleuchtet, gab jedoch nichts preis.

»Sag mir ehrlich. Hast du mit diesen Männern da hinten«, mit der Hand wies ich in die Richtung, aus der wir gekommen waren, »wirklich nichts zu schaffen?«

Flavus verlangsamte seinen Schritt, blieb schließlich stehen und wandte sich zu mir um.

»Du hast dich nicht geändert.« Über sein Gesicht glitt der Anflug eines traurigen Lächelns.

Ich spürte, wie sich meine Muskeln verspannten.

»Wie meinst du das?«

»Du bist schnell dabei, ein Urteil zu fällen«, lautete Flavus' kalte Antwort. »Dafür lässt du dich umso schwerer vom Gegenteil überzeugen!«

Hitze stieg in mir hoch. »Dann versuch es doch, Flavus«, flüsterte ich heiser. »Überzeug mich einfach. Sag mir, dass du nichts mit diesen Kerlen da oder dem Mord an Baetius Quigo zu tun hast.«

Sein Blick flackerte auf, gleichzeitig versteinerte sich sein Gesicht. »Es ist besser, wenn du nichts davon weißt.«

Hilflose Wut schäumte in mir auf. »Wie kannst du so etwas sagen?«, fauchte ich ihn an. »Oder versuchst du, mich vor etwas zu schützen? Sieh mich doch an! Um ein Haar wäre ich getötet worden. Wenn du ehrlich bist, weißt du, dass es für meine Sicherheit keinen Unterschied macht, ob du redest oder schweigst.« Um Fassung kämpfend rang ich nach Luft und fügte dann leise hinzu: »Und du hast nichts zu verlieren, außer deinen Verwandten das Kreuz zu ersparen. Kannst du dir überhaupt vorstellen, wie grausam es ist, auf diese Art zu sterben?«

»Und wie könnte ich das verhindern?« Flavus' Gesicht war von einem Moment auf den anderen blass geworden.

Ein Hauch von Hoffnung keimte in mir auf. Jetzt musste ich gut überlegen, was ich ihm sagen durfte. »Seit ich von der geplanten Hinrichtung hörte, habe ich Nachforschungen angestellt. Bisher konnte ich nicht allzu viel in Erfahrung bringen. Du aber scheinst über Informationen zu verfügen, die uns vielleicht weiterbringen könnten.« Ich behielt Flavus' Mimik genau im Auge, während ich vorsichtig fortfuhr: »Da wir beide also dasselbe Ziel haben, nämlich den Tod deiner Verwandten und all der anderen Unschuldigen zu verhindern, scheint es mir doch geraten, dass du mir sagst, was du weißt.« Ich ließ meine Worte auf ihn wirken. »Oder schweig weiterhin und sieh der Frau und dem Sohn deines Bruders beim Sterben zu!«

Schweißperlen hatten sich auf Flavus' von der Hitze geröteten Stirn gebildet, seine Kiefermuskeln waren angespannt. »Was möchtest du wissen?«, stieß er schließlich heiser hervor.

Ich wagte es noch nicht, Erleichterung zu empfinden, und hielt es für besser, mich schrittweise vorzutasten.

»Was kannst du mir über die Familie des Baetius Quigo sagen? Du warst doch in seinem Hause des Öfteren … äh … zu Gast.«

»Nicht allzu oft«, antwortete Flavus. »Meine …«, er zögerte, »Besuche im Hause der Baetier waren meist sehr kurz, gerade nur so lange, um nach der Frau meines Bruders zu sehen und mich zu vergewissern, dass es ihr und ihrem Sohn gut ging.«

»Aber über was habt ihr denn gesprochen? Hat sie nichts erzählt? Über das, was im Hause vor sich geht, oder wie man sie dort behandelt?«

Flavus überlegte eine Weile, bevor er mir antwortete. »Im Allgemeinen konnten sie nicht klagen. Es war kein Haushalt, der mit roher Gewalt beherrscht wurde, und dennoch …« Seine Stimme stockte. »Es gab Rivalitäten im Hause, unter der Herrschaft. Vater gegen Sohn, Mutter gegen Vater, Sohn gegen Mutter. Da wundert es nicht, dass jemand von ihnen versuchte, an den Sklaven sein Mütchen zu kühlen. Oder sie für gewisse Dienste heranzuziehen, in der Dunkelheit der Nacht …« Die letzten Worte brachte er unter zusammengebissenen Zähnen hervor.

Er sprach nicht weiter, dennoch wusste ich, was er meinte. Es war verbrieftes und unbestrittenes Recht des Hausherrn, sich aus der Schar der Sklaven nach Belieben jemanden auszuwählen, der ihm nachts zu Willen sein musste.

Mir fiel die Geschichte ein, welche die alte Köchin mir im Baetischen Hause erzählt hatte, über die Vergewaltigung und den Selbstmord von Hyacinthus' Schwester, und ich fragte mich, ob sich vielleicht jemand auch an der Frau von Flavus' Bruder vergangen oder es zumindest versucht hatte. Vielleicht sogar Baetius Quigo selbst? Eine Tat, die natürlich danach schrie, die Rache eines Mannes wie Flavus herauszufordern, dem Schutz und Ehre der Familie das Wichtigste zu sein schienen.

Der Ausdruck von Abscheu und Hass auf Flavus' Gesicht verbot mir, ihn danach zu fragen, und gleichzeitig verfluchte ich mich für meine eigene Feigheit.

»Was weißt du über Baetius Quigos Sohn?«, sagte ich stattdessen.

»Publius!« Flavus spuckte den Namen aus, als handele es sich um widerliches Gift. »Dieser Kerl konnte es kaum ertragen, nicht der Herr im Haus zu sein.« Seine Hände ballten sich zu Fäusten. »Und da er, solange sein Vater noch lebte, schon nicht das Familienoberhaupt sein und seiner Mutter, Julia, nicht die Stirn bieten konnte, dann wollte er doch wenigstens jemand sein, vor dem die Sklaven zitterten. Das waren die Einzigen, vor denen Publius wirklich auftrumpfen konnte, denn von ihnen wagte es keiner, ihm zu widersprechen. Sklaven waren für ihn nicht mehr als lebendes Inventar, mit dem man nach Belieben verfahren konnte.«

Wieder kam mir die Szene in Erinnerung, als Publius so großspurig dem Statthalter die Stirn geboten und sich als neuer Pater Familias aufgespielt hatte.

Ein gewagtes Verhalten dem höchsten Vertreter des Kaisers gegenüber. Was hatte Publius nur dazu bewogen? Lediglich der Wunsch, seine neue Rolle auszukosten, oder steckte etwas anderes dahinter? Vielleicht gar der Versuch, den Legatus aus den Ermittlungen herauszuhalten, eine allzu genaue Untersuchung im eigenen Hause abzuwenden, weil man sonst auf Dinge gestoßen wäre, die im Verborgenen bleiben sollten?

Tatsächlich profitierte Publius als einziger Sohn und Erbe am meisten vom Tod seines Vaters, da er durch dessen Ableben die vollkommene persönliche Freiheit und Verfügungsgewalt erlangt hatte. Hatte Baetius Quigo sich nicht zudem dagegen gesträubt, dass sein Sohn den Befehl über eine Einheit von Populares erhielt? Wahrscheinlich hatte er viel besser gewusst, als manche glaubten, was für einen Schwächling er sich da herangezogen hatte.

Für eine Tochter brachte der Tod weitaus weniger Vorteile. Seltsam, dass ich diese Tochter noch nie bewusst zu Gesicht bekommen hatte, gerade so, als würde sie gar nicht existieren. Aber weshalb? Es war üblich, dass eine vornehme Familie sich nicht nur mit den Wachsmasken ihrer Ahnen schmückte, um eine lange Tradition zur Schau zu stellen. Sie demonstrierte ihre Größe und ihr Ansehen auch dadurch in der Öffentlichkeit, dass sie sich mit allen ihren Mitgliedern bei den Spielen, Opfern oder Gastmählern, am besten im Gefolge möglichst vieler Klienten und Sklaven, zeigte.

Weshalb also wurde diese Tochter vor den Augen der Öffentlichkeit verborgen? Dafür musste es einen Grund geben, und ich fragte mich, ob es da einen Zusammenhang gab, den zu ergründen vielleicht helfen könnte, Licht in die ganze Angelegenheit zu bringen.

»Und was kannst du mir über die Tochter sagen?«, hakte ich vorsichtig nach.

»Baetia Minor?« Flavus hatte sich wieder gefasst und blickte mich an. »Sie lebt sehr zurückgezogen. Aus gutem Grund, denn sie ist niemand, auf den die Familie allzu stolz sein kann.«

Interessiert horchte ich auf. »Wieso das? Sind Töchter nicht immer ein gutes Kapital, eine willkommene Investition in der Hinterhand, die sich als nützlich erweisen kann, wenn es darum geht, sie mit jemandem zu verheiraten, dessen Einfluss und Loyalität man sich auf diese Art sichern kann?«

Ein wenig bitter lachte Flavus auf. »Normalerweise schon. Doch genau da liegt das Problem. Sie zu verheiraten.«

Überrascht sah ich ihn an.

»Zumindest unter dem Gesinde«, fuhr er fort, »ist es ein offenes Geheimnis, dass sie ein Verhältnis mit einem der Sklaven hat.« Er machte eine kurze Pause. »Mit dem Pedisequus ihres Vaters.«

Hyacinthus? Mir war, als hätte ich einen Schlag in die Magengegend bekommen, als mir bewusst wurde, dass ich gerade etwas erfahren hatte, das den gesamten Tatbestand in einem neuen Licht erscheinen ließ.

»Und das sagst du mir erst jetzt?«, fauchte ich Flavus an. »Weißt du überhaupt, was das bedeutet?«

»Dass in der zivilisierten römischen Gesellschaft auch Frauen mit ihren Sklaven das Lager teilen.« Seine Stimme klang hart.

»Nein!« Verstand er denn überhaupt nichts? »Denk doch mal nach! Wenn der Herr oder der Sohn des Hauses eine Sklavin zwingt, ihm zu Willen zu sein, dann billigt jeder ihm dieses Recht zu. Wenn jedoch die Tochter des Hauses eine Beziehung zu einem Sklaven eingeht, vielleicht sogar noch eine dauerhafte, stellt das einen gesellschaftlichen Skandal dar, der viele Möglichkeiten auf dem lukrativen Heiratsmarkt ruiniert.«

Langsam schienen Flavus die Zusammenhänge zu dämmern. »Ihr Römer seid seltsam«, meinte er, doch konnte ich spüren, wie erregt er war.

»Wenn Hyacinthus tatsächlich eine Beziehung zur Tochter des Hauses unterhielt«, fuhr ich fort, »und ihr Bruder davon Wind bekommen hat, dann wäre das ein Grund für Publius gewesen, gegen ihn vorzugehen. Zudem wäre es ihm nicht so ohne Weiteres möglich gewesen, Hyacinthus einfach zu töten oder verkaufen zu lassen, zumindest nicht ohne sich seine Schwester zum Feind zu machen, auf deren Fügsamkeit er vielleicht noch einmal angewiesen sein könnte, sollte irgendwann eine vorteilhafte Heirat geplant sein. Also hätte er Anlass genug gehabt, Hyacinthus als Mörder zu denunzieren.«

»Aber was beweist das im Hinblick auf den Mord an Baetius Quigo?«

Resigniert hob ich die Schultern und zuckte gleich vor Schmerzen zusammen. »Ich weiß es nicht«, musste ich eingestehen. Auch ich konnte keinen Zusammenhang erkennen.

Es sei denn …

»Flavus?« Endlich fasste ich mir ein Herz. »Wo warst du zum Zeitpunkt des Mordes?«

Ich sah, wie sich sein Gesichtsausdruck verfinsterte und sein Blick verschloss, redete jedoch weiter: »Hyacinthus sagte, er habe während des Überfalls alemannische Stimmen gehört. Alemannisch! Flavus, wenn es noch irgendetwas gibt, was du weißt …«

»Du lässt dich einfach nicht davon abbringen!« Wütend brachte er mich zum Schweigen. »Welchen Sinn hat es, mit dir zu reden, wenn du nicht in der Lage bist, mir zu vertrauen?« Sein Atem ging heftig, und noch nie hatte in seiner Stimme so viel Bitterkeit mitgeschwungen. »Ich habe dir gesagt, was ich über die Familie weiß, habe dich aus der Hand dieser Folterknechte befreit, und das genügt noch immer nicht?«

Stumm schüttelte ich den Kopf. »Ich will die ganze Wahrheit.«

»Die kennt niemand!«, flüsterte er. Wortlos wandte er sich von mir ab und setzte seinen Weg fort.

Ich musste schneller ausschreiten, um ihn nicht zu verlieren. Erschöpft stolperte ich hinter ihm her. Noch so vieles hätte ich ihn fragen wollen, zum Beispiel, wie er überhaupt von meiner Entführung erfahren und weshalb er seine Verwandten ihrem Schicksal überlassen hatte, um meinen Peinigern aus der Stadt hinaus zu folgen. Aber die Gelegenheit war vorbei. Als ich, meine Augen von der hellen Sonne abschirmend, kurz nach oben blickte, sah ich am fast wolkenlosen Himmel einen schwarzen Vogel kreisen und fragte mich, ob der Rabe mir hierzu etwas sagen könnte.

Die Sonne war hinter den Hügeln versunken, und nur noch direkt über den Kuppen zeigte sich ein schwacher grauer Lichtstreifen. Noch immer waren wir unterwegs.

Meine Wunden brannten wie Feuer, mein Mund war trocken wie Staub, und ich glaubte, nicht mehr die Kraft zu besitzen, auch nur noch einen Schritt weitergehen zu können.

Flavus, der noch keine Ermüdungserscheinungen zeigte, schien meine Erschöpfung zu spüren und sah sich nach mir um.

Mit zusammengepressten Zähnen erwiderte ich seinen Blick und unterdrückte den Impuls, mir mit dem Ärmel der Tunika den Schweiß von der Stirn zu wischen. Mein Atem ging schwer und heftig.

»Hier sollten wir rasten!«, meinte er, ohne auf meinen erbärmlichen Zustand einzugehen. »Einige Stunden können wir uns erlauben, solange wir nur vor dem Morgengrauen wieder aufbrechen.«

Gegen meinen Willen dankbar, atmete ich auf.

Die ganze Zeit über waren wir in gebührendem Abstand dem Lauf eines Flusses gefolgt, bei dem es sich nur um die Saar handeln konnte. In einem breiten Bett schlängelte er sich Richtung Nordwesten und hatte uns als annähernder Wegweiser nach Treveris gedient. Nun machte er eine Schleife in einem Winkel von hundertachtzig Grad, und weder Flavus noch ich konnten sagen, wohin genau er uns führen würde und ob es günstig war, ihm weiter zu folgen.

»Morgen werden wir Richtung Westen aufbrechen«, meinte Flavus, als ob er meine Gedanken gelesen hätte. »Wenn ich mich nicht täusche, müssten wir dann irgendwo auf die Mosel stoßen, die uns dann zurück nach Treveris bringen wird. Vielleicht nicht der schnellste Weg, aber eine Möglichkeit, unsere Verfolger abzuschütteln.«

Ich konnte nur hoffen, dass er recht hatte. Erschöpft blickte ich den steilen, bewaldeten Hügel hinab zum Flusslauf, dessen malerisch geschwungene Schleife wie ein geheimnisvolles Band im Licht der Dämmerung und des aufgehenden Mondes glitzerte. Ein wundervoller Anblick, der mir Trost spendete und den ich bei anderer Gelegenheit gerne ausgiebiger genossen hätte. Doch jeder Muskel in meinem geschundenen Körper schrie nach Schlaf.

Mit einer geschmeidigen Bewegung ließ Flavus seinen Umhang vom Körper gleiten und breitete ihn auf der Erde aus.

Seiner einladenden Handbewegung folgend, ließ ich mich darauf nieder. Der unebene Boden drückte sich durch den Stoff, und die raue Wolle kratzte unter meiner Haut.

»Wir können nicht riskieren, ein Feuer zu entzünden«, erklärte Flavus. »Es wäre von weitem zu sehen und könnte die anderen auf unsere Spur bringen!«

Ich biss mir auf die Lippen, um nicht wieder zu fragen, wer diese anderen waren und was er mit ihnen zu schaffen hatte. Flavus – das hatte er mir vorhin wieder deutlich gemacht – erzählte mir nur, was er mir erzählen wollte, nicht mehr und nicht weniger.

Einige Schritte von mir entfernt hatte er sich mit untergeschlagenen Beinen niedergelassen und hielt den Blick in die Dunkelheit gerichtet.

»Möchtest du dich nicht auch ausruhen?«, fragte ich vorsichtig.

Langsam wandte er den Kopf nach mir um. »Zumindest die nächsten Stunden sollte ich wach bleiben, um zu sehen, ob sie uns gefolgt sind …« Seine Stimme verklang. Wieder blickte er in die Ferne.

Der Schatten seines kräftig gebauten Körpers zeichnete sich schwarz vom Nachthimmel ab, der grau über den Hügeln lag.

Fröstelnd wickelte ich mich fester in den Umhang, was jedoch nicht verhindern konnte, dass die Feuchtigkeit des Bodens durch meine Kleidung drang.

Der Geruch der noch warmen Erde, des Grases und der Bäume umgab mich mit einer fremdartigen Intensität. Als Haussklavin in vornehmen Stadtvillen kannte ich das wilde Land außerhalb der großen Städte wie Divodurum und Treveris nur vom Hörensagen, von den alten Liedern und Gedichten der Köchin oder den Erzählungen der Händler, die uns in der Küche bisweilen mit Neuigkeiten und Geschichten von Heldentaten, wilden Tieren und außergewöhnlichen Menschen versorgten.

Mich schauderte bei dem Gedanken. Seltsam, dass ich gerade jetzt daran denken musste.

Hitze bahnte sich einen Weg durch meinen Körper, gleichzeitig begann ich, vor Kälte zu zittern. *Wundfieber*, dachte ich erschrocken. Und ich saß hier mitten in dieser Wildnis.

Schmerzhaft und bedrohlich wie Fieberfantasien stiegen in mir Erinnerungen an die letzten Tage auf. Wieder und wieder ließ ich alles, was ich bisher erfahren hatte, vor meinem inneren Auge vorbeiziehen, ohne jedoch eine Antwort auf meine vielen Fragen zu finden. Ich wusste, dass ich von Flavus nicht mehr erfahren würde. Doch er war trotz allem der Einzige, an den ich mich halten konnte. Immerhin hatte er mich davor bewahrt, von meinen Entführern zu Tode gefoltert zu werden.

Nur dass er sich mit diesen Fremden prächtig verstanden hatte, als er mit ihnen zu Becher und Würfel griff. Oder zumindest den Eindruck erweckte, was auf das Gleiche hinauslief.

In meine verworrenen Gedankengänge drängte sich plötzlich ein Detail, das ich bisher nicht beachtet hatte. »Baetia Minor« hatte Marcella gesagt, und auch Flavus schien die Tochter lediglich unter diesem Namen zu kennen. Da es in vielen Familien noch immer üblich war, die Töchter nach alter römischer Sitte lediglich mit der weiblichen Form des Gentilnamens zu benennen, wurden die einzelnen Töchter einer Familie häufig einfach dadurch unterschieden, dass man an den Namen jeweils einen Zusatz wie »die Ältere« oder »die Jüngere« anhängte. Wenn es jedoch eine Baetia Minor gab, musste es beinahe zwangsläufig eine Baetia Maior, also eine ältere Schwester, geben – oder gegeben haben.

Aber wo war diese nie zuvor erwähnte ältere Schwester?

»Flavus«, fragte ich in die Stille, »weißt du etwas von einer anderen, einer älteren Tochter des Baetius Quigo?«

»Einer älteren Tochter?« Flavus schüttelte nachdenklich den Kopf. »Nein, davon ist im Hause nie gesprochen worden.«

Doch es musste noch eine andere geben, denn die älteste Tochter hätte unmöglich »Minor« genannt werden können. Seltsam genug, dass ich die jüngere nie zu Gesicht bekommen hatte, aber eine ältere ebenso wenig? Das alles war äußerst merkwürdig.

Nun gut, zumindest konnte festgehalten werden, dass es in der Familie des Baetius Quigo drei Nachkommen gab, zwei Töchter und ein Sohn. Aber das würde ja bedeuten …

Hitze überzog mich bei dieser Erkenntnis. »Flavus, weißt du, was das heißt?« Mein Herz klopfte laut, als ich den Gedanken zu Ende spann: Die ganze Zeit über hatte ich Julia nicht wirklich des Mordes verdächtigt, da sie durch den Tod ihres Gatten wenig Vorteile zu haben schien. Ein Großteil des Erbes würde an ihren Sohn gehen, und als Frau würde sie nach wie vor einem Vormund unterstehen, sodass sie auch nicht freiere Hand hätte als zuvor bei ihrem Mann. »Wenn Julia jedoch drei Kinder geboren hat und nicht nur zwei, wie ich bisher angenommen habe«, fuhr ich fort, »dann ist sie Frau ihres eigenen Rechtes, frei, ihr Vermögen zu verwalten und Geschäften nachzugehen.«

Immer noch fassungslos starrte ich Flavus an. »Somit würde ihr die Witwenschaft beträchtliche Vorteile bringen, zumal sie mit den politischen Ansichten und Ambitionen ihres Mannes nie wirklich einverstanden war.«

Diese Erkenntnis war ungeheuerlich und änderte schlagartig die Konstellation der möglichen Verdächtigen. Gleichzeitig ließ sie die Rolle Julias plötzlich in einem ganz neuen Licht erscheinen.

»Wäre es nicht möglich, dass Julia Ambitionen hatte, ihren wenig ehrgeizigen Ehemann loszuwerden, um ihre eigenen Pläne zu verfolgen? Vielleicht sogar an der Seite eines anderen Mannes?«

»Wäre nicht auszuschließen«, gab Flavus zur Antwort, doch etwas in seiner Stimme war abweisend, und ich spürte, dass er nicht bereit war, das Gespräch heute Nacht zu vertiefen.

»Aber das könnte ein Hinweis darauf sein, dass Julia vielleicht bei dem Tod ihres Gatten die Hand im Spiel hatte«, drängte ich, nicht gewillt, klein beizugeben. »Siehst du das nicht auch?«

»Ich weiß es nicht«, sagte Flavus leise, und sein Blick glitt nachdenklich über den geschwungenen Flusslauf. »Und heute Nacht wirst du es auch nicht mehr herausfinden. Also schlaf jetzt«, flüsterte er und strich mir mit der Hand über die erhitzte Stirn und die wirren Locken, während er leise einige Worte in seiner Sprache murmelte, die ich nicht verstand.

Gerne hätte ich mich ihm widersetzt, ihn dazu gezwungen, weiter mit mir zu reden, mir alles mitzuteilen, was er wusste, doch einer inneren Sehnsucht folgend, hielt ich still und überließ mich seinen rauen Worten und den zarten Berührungen seiner Hände.

Bald forderte die Erschöpfung ihren Tribut, und trotz meiner wirren Gedanken schlief ich ein.

Am nächsten Tag erwachte ich mit dem Gefühl, die ganze Nacht mit wilden Tieren gekämpft zu haben. Alle Knochen im Leib taten mir weh, und ein fiebriges Glühen hatte sich in meinem Körper ausgebreitet.

Nicht gewillt, irgendeine Schwäche einzugestehen, setzte ich mich auf, was zur Folge hatte, dass sich die ganze Welt um mich drehte und der Himmel auf mich herabzustürzen drohte.

Flavus war schon auf den Beinen und reichte mir ein wenig trockenes Brot und mit Wasser gemischten Wein.

Ich hatte keinerlei Appetit, zwang mich jedoch, einige Bissen zu essen, um nicht nach zwei Schritten vor Entkräftung umzukippen, obgleich es wahrscheinlich Schlimmeres gab als die Vorstellung, in Flavus' Arme zu sinken.

Doch musste ich mir eingestehen, dass ich im Moment wahrscheinlich selbst für einen Barbaren wie Flavus kein besonders anziehendes Bild bot. Mein Leinengewand war verdreckt und zerrissen. Getrockneter Schweiß klebte an meinem Körper, und der Versuch, mit den Fingern die wirr ineinander verhakten Locken zu ordnen, war von vornherein zum Scheitern verurteilt.

Jeder, der uns unterwegs begegnen würde, musste auf den Gedanken kommen, dass wir keinen ehrlichen Geschäften nachgingen. Nur flüchtige Sklaven und entkommene Verbrecher würden dermaßen verdreckt und zerlumpt durch die Gegend laufen.

»Wir müssen weiter!« Flavus' Stimme riss mich aus meinen Überlegungen. Als ich zu ihm aufblickte, sah ich, dass sein Gesicht angespannt wirkte, und unwillkürlich schlug mein Herz schneller.

Meine Fragen blieben mir in der Kehle stecken. Mühsam rappelte ich mich auf und schüttelte den Schmutz von der Tunika, während ich versuchte, mich auf den zitternden Beinen zu halten.

Durch das Flimmern vor meinen Augen nahm ich wahr, wie Flavus die wenigen Habseligkeiten zusammenpackte, kurz nach oben blickte, als wolle er sich am Stand der Sonne orientieren, und dann mit der Hand in eine bestimmte Richtung zeigte. »Wir müssen hier entlang.«

Sturköpfig, mit zusammengebissenen Zähnen, ging ich weiter.

Während die Sonne höher stieg, spürte ich, wie meine Kräfte immer mehr abnahmen und ich mich kaum noch aufrecht halten konnte. Der Weg schien kein Ende zu nehmen. Wir mieden das offene Feld, umzäunte Weiden und alle Stellen, von denen irgendwie Rauch aufstieg, mochte es sich nun um Siedlungen, Kohlenmeiler oder Lagerstätten von Hirten oder Waldarbeitern handeln. Stattdessen hielten wir uns an den Waldrand, wo die meist jungen Bäume, die man hier zur Forstwirtschaft austreiben ließ, lichten Schatten spendeten.

Gegen Mittag – oder war es schon Nachmittag; die Stunden flogen, und Zeit schien ihre Bedeutung schon lange verloren zu haben – konnte ich nicht mehr weiter. Mir war alles gleichgültig geworden. Ich wollte mich nur hinlegen, am besten hier, irgendwo am Wegrand, selbst wenn das bedeutete, niemals wieder aufzustehen.

Flavus' Gesicht nahm einen besorgten Ausdruck an. »Da vorne scheint ein weiterer Gutshof zu sein. Vielleicht sollten wir da um Unterkunft bitten.«

Mit der letzten mir zur Verfügung stehenden Kraft warf ich ihm einen abschätzigen Blick zu. »Wir sind Sklaven auf der Flucht. Ganz sicher sind die Leute da vorne ganz begierig darauf, uns bei sich aufzunehmen.« Ich lachte bitter.

Unbeeindruckt zuckte Flavus die Schultern. »Ich wollte nur verhindern, dass du hier tot umfällst. Doch wenn du glaubst, es geht noch eine Weile …«

»Die Vorsehung hat mich nicht aus der Hand der Entführer gerettet, damit ich jetzt hier auf halber Strecke sterbe.« Unter großer Überwindung beschleunigte ich die Schritte. Doch war mein Kopf schwer, und alle Knochen taten mir weh. Ich verdrängte den Gedanken an das, was noch kommen mochte. Stur setzte ich einen Fuß vor den anderen und quälte mich weiter. Die ungewöhnliche Frühjahrshitze und das Fieber ließen meinen Mund austrocknen, meine Lippen rissig werden.

Ohne Vorwarnung wurde mir schwarz vor Augen. Ich stolperte über eine Wurzel und hatte nicht mehr die Kraft, mich abzustützen.

Mit einer geschickten Bewegung fing Flavus mich auf und hielt mich einen Moment lang fest an sich gedrückt. Durch den Stoff seiner Tunika spürte ich seinen erhitzten Körper, sein Atem strich warm über meine Haare, und ein Schauer überrieselte mich.

»Lass deine Finger von mir!«, murmelte ich schwach. Die schwarzen Schatten vor meinen Augen verdichteten sich.

Mühsam machte ich ein paar Schritte vorwärts, doch erneut verschwamm alles um mich herum. Das Hämmern in meinem Kopf schwoll zu einem dröhnenden Trommelwirbel an.

»Jetzt sei vernünftig, und ruh dich eine Weile aus!«

Durch den Nebel vor meinen Augen sah ich, wie jemand aus dem Tor des nahen Gutshofes trat und in unsere Richtung kam.

Der Fluchtinstinkt gab mir für einen kurzen Moment neue Kraft, und ich richtete mich vollständig auf. Nach alledem, was ich durchgestanden hatte, verspürte ich keine Lust, von dem Türsteher eines vornehmen treverischen Beamten – oder wer auch immer der Besitzer dieser Villa war – als entlaufene Sklavin dingfest gemacht zu werden.

Ich vernahm Flavus' Atem. Noch immer hielt er mich gestützt, schien jedoch nicht mehr darauf zu bestehen, dass wir auf dem Gut Unterschlupf suchten.

Wir waren an der Mauer angelangt, welche die Villenanlage umschloss, und es war zu erkennen, dass sein Besitzer wohlhabend und von altem Adel sein musste.

Nur wenige Schritte, bevor der Fremde unseren Weg kreuzte, knickten plötzlich meine Knie ein, Schwärze umfing mich und verdunkelte die Sonne.

Im Nebel der Benommenheit spürte ich, wie Flavus' Griff fester wurde und hörte, wie er mir etwas zumurmelte, das ich jedoch nicht verstand.

Durch den dichten Schleier vor meinen Augen sah ich, wie der Fremde erschrocken innehielt und auf uns zukam.

Irgendein Genius, ein persönlicher Schutzgeist, wie ich ihn als Frau eigentlich gar nicht besitzen durfte, musste mir etwas eingeflüstert haben. Denn noch bevor sich mein Verstand geklärt hatte, hörte ich wie aus weiter Ferne meine Stimme sagen:

»Ich bin Cornelia Felix aus Divodurum. Mein Vater ist Decurio der Stadt. Ich war mit meinen Begleitern auf einer Wallfahrt zum Heiligtum der Sirona. Unterwegs ... wurden wir ... überfallen.«

Nur noch mühsam brachte ich die letzten Worte hervor. Dann verließen mich die letzten Kräfte, und alles wurde schwarz um mich.

KAPITEL XI

»Domina!« Eine Stimme wie leises Wasserrauschen drang an mein Ohr.

»Ich glaube, sie kommt zu sich …«

Etwas Kühles berührte meine Stirn.

»Domina, kannst du mich hören?«

Das Rauschen schwoll an, als wolle es meinen Kopf zum Platzen bringen. Ich wollte schreien, doch schließlich ebbte das Getöse ab, und die Stimmen um mich herum wurden klarer.

»Wie geht es dir, Herrin? Hast du Schmerzen?« Vorsichtig berührte eine Hand meinen Arm.

Ich schlug die Augen auf.

Zunächst sah ich nur farbigen Nebel, durch den sich ein viel zu heller Lichtstrahl drängte. Schmerzhaft blinzelte ich, dann klärte sich mein Blick langsam, und ich konnte erkennen, wo ich mich befand.

Ich lag in einem von der Abendsonne hell erleuchteten, kostbar ausgestatteten Raum. Hochmütig starrten mich einige muskelgestählte Kentauren von den Wänden an, und das Kohlebecken, das trotz der frühlingshaften Temperaturen neben meiner Liege aufgestellt worden war, verströmte angenehmen Duft und mollige Wärme.

Vorsichtig versuchte ich den Kopf zu heben, ließ mich jedoch gleich wieder zurück in die Kissen sinken und begnügte mich damit, meinen Blick durch den Raum gleiten zu lassen.

Neben meiner Liege standen eine junge Frau von etwa zwanzig Jahren, mit glatten, kastanienbraunen Haaren, die am Hinterkopf zu einem Knoten geschlungen waren, und ein schwarzgelocktes, etwa zehnjähriges Mädchen, das mich mit großen fragenden Augen anblickte, auf meine Reaktion hin jedoch einen Schritt zurücktrat und hastig den Blick senkte. Beide trugen einfache, hellbraune Gewänder, die mit einem Gürtel in der Taille zusammengehalten wurden.

Ich wusste nicht, wo ich mich befand. Ein Pochen hämmerte in meinem Kopf, und der erneute Versuch, mich aufzusetzen, scheiterte genauso erbärmlich wie der erste.

»Du musst liegen bleiben, Herrin«, sagte die Ältere der beiden schnell. »Du warst lange bewusstlos. Sicherlich hast du noch Schmerzen.«

Mit dieser Einschätzung lag sie richtig, was mich auch davon abhielt, zustimmend mit dem Kopf zu nicken.

»Kann ich dich kurz allein lassen?« Ihr zögernder Blick zeigte mir, dass sie eine Bestätigung von mir erwartete. »Der Vilicus möchte informiert werden, wenn du aufgewacht bist.«

Einen Moment schien sie zu warten, ob ich etwas zu erwidern hatte. Als ich jedoch stumm blieb, wandte sie sich um und eilte aus dem Raum.

Mit panisch hämmerndem Herzen blieb ich zurück. Der *Vilicus?* Allein dieser Begriff genügte, um mich hellwach werden und das Blut durch meinen Körper schießen zu lassen. Ich war lange genug Sklavin, um zu wissen, dass es nichts Gutes bedeuten konnte, wenn ausgerechnet der Hausverwalter darauf bestand, einen zu sehen. Die Sachlage wurde noch dadurch erschwert, dass ich nicht einmal wusste, wer der Herr des Hauses war.

»Geht es dir nicht gut, Herrin?«, ergriff das Mädchen, das immer noch in respektvollem Abstand vor meiner Liege stand, das Wort.

Ich benötigte einen Moment, bis ich begriff, dass sie tatsächlich mich zu meinen schien.

»Möchtest du einen Becher Wein?«, fragte sie schließlich, unsicher ob sie mich anblicken sollte.

Reflexartig fasste ich mit der Hand an meine glühende Stirn, die geschwollen war und schmerzte.

»Ja – bitte«, antwortete ich schließlich. Es waren die ersten Worte, die ich sprach, und meine Stimme klang rau und heiser.

Dankbar nahm ich das Gefäß aus der zierlichen Hand des Mädchens, hob vorsichtig den Kopf und führte es an die Lippen. Der Wein war süß und unverdünnt. Köstlich und erfrischend rann er mir die Kehle hinab. Ich konnte mich nicht erinnern, jemals in meinem Leben etwas derart Gutes getrunken zu haben. Dann erst nahm ich den kostbaren silberverzierten Becher wahr, den ich in der Hand hielt.

Ein Silberbecher und dazu Wein, der ein Vermögen gekostet haben musste! Wieso ...

»Wir haben für dich etwas zu essen vorbereitet. Du musst sehr hungrig sein, Domina Cornelia!«

Mit einem Krachen schlug der Silberbecher auf dem hellen Estrich auf, und sein dunkelroter Inhalt ergoss sich zwischen die wertvoll verschnörkelten Beine des Bettes, auf dem ich lag. Wie ein Wild, das in der Falle saß, fuhr ich herum, während meine Augen krampfhaft den Raum absuchten, um nach meiner früheren Herrin zu fahnden, an deren wechselnde Launen und schmerzhafte Weidenrute ich mich nur allzu gut erinnerte.

»Domina, was hast du?« Erschrocken kam das Mädchen herbeigeeilt. Ich zitterte noch immer, während es schnell nach einem Lappen griff und sich anschickte, die Spuren des Weines, den ich verschüttet hatte, zu beseitigen.

Verwirrt blickte sie mich an. »Dir geht es nicht gut. Du bist krank, ich werde schnell nach der Vilica rufen, ich ...«

»Nein!« Ehe sie auch nur einen Schritt machen konnte, hatte ich sie am Arm gepackt und hielt sie zurück. Noch immer war ich zu keinem klaren Gedanken fähig, doch der Überlebensinstinkt, den ich mir in all den Jahren als Sklavin angeeignet hatte, sagte mir, dass es besser war, möglichst wenig Aufsehen zu erregen, ganz gleich, was hier auch gespielt wurde. »Alles ist gut. Mach dir keine Mühe. Ich war – nur ein wenig ungeschickt. Es ... es tut mir leid.«

Die Kleine hatte den Mund vor Erstaunen leicht geöffnet. »Aber, ich wollte nur ... ich sollte doch.« Dem flackernden Blick ihrer Augen war zu entnehmen, dass sie nicht wusste, *was* sie nun eigentlich tun sollte. Unsicher starrte sie auf den mit Weinflecken rot verschmierten Lappen in ihrer Hand.

»Cornelia Felix!«, stöhnte ich leise und spürte, wie mir alle Farbe aus dem Gesicht wich, während ich wieder in die Kissen zurücksank.

Das Hämmern in meinem Kopf stieg zu einem Crescendo an, während mir langsam klar wurde, was hier los war. Ganz offensichtlich war meinem benebelten Geist, in dem Wahn, meine Haut zu retten, nichts Besseres eingefallen, als mich ausgerechnet für die Tochter meines früheren Herrn auszugeben, deren bloßer Name mir auch heute noch eine Gänsehaut über den Rücken jagte.

Bei allen Göttern, ich musste kränker sein, als ich dachte! Als hätten mir nicht erst die jüngsten Ereignisse gezeigt, welche Folgen ein derartiges Theaterspiel haben konnte!

»Alles ist in Ordnung.« Ich zwang mich dazu, meinen Atem zu beruhigen, während ich langsam den Arm des Mädchens losließ. »Es geht mir schon wieder besser.« Glücklicherweise war es der Kleinen in ihrer Position nicht gestattet, das Verhalten der Herrschaft zu hinterfragen, mochte es auch noch so exzentrisch erscheinen. »Und wie heißt du?«

»Man nennt mich Pusilla.« Noch immer hielt sie einen respektvollen Abstand von meinem Bett, doch in ihren Augen glomm ein wacher Funke, und ich konnte ihr die sorgsam unterdrückte Neugierde an der Nasenspitze ansehen. »Ich sollte nach dir sehen, während du ... während du krank warst.«

Verhaltener Stolz klang in ihrer Stimme mit. Wahrscheinlich sah sie es als besondere Ehre an, in ihrem Alter mit der Sorge um einen ganz offensichtlich wohlgeborenen Gast beauftragt worden zu sein.

»Pusilla, also.« Ich lächelte und setzte mich vorsichtig wieder auf. »War ich lange bewusstlos, Pusilla?«

»Irene sagt, du ...«

Das Öffnen der Tür unterbrach sie. Hastig machte sie einen Schritt beiseite, als ein hochgewachsener Mann mit dunkelblonden, kurz geschnittenen Haaren, vollen Augenbrauen, einer gefurchten Stirn und einem energischen Zug um die Mundpartie eintrat. Im Vorbeigehen warf er einen kurzen Blick auf Pusilla, dann stand er vor meinem Bett.

»Man hat mir gesagt, dass es dir wieder besser ginge. Davon wollte ich mich selbst überzeugen.« Seine kühlen Augen musterten mich forschend. »Ich bin Jatros, der Verwalter des Gutes. Willkommen in unserem Hause.«

»Danke für die Gastfreundschaft.« Ich räusperte mich und zwang mich dazu, unter seinem Blick nicht tiefer in die Decke zu kriechen. »Doch was ist überhaupt geschehen? Ich weiß nicht einmal, wie ich zu euch gekommen bin. Ich ...« Reflexartig fuhr ich mit den Fingerspitzen zur Stirn, hinter der es immer noch verdächtig pochte. »Ich kann mich an nichts mehr entsinnen.«

Für den Bruchteil eines Atemzugs glitt ein misstrauischer Ausdruck über Jatros' befehlsgewohntes Gesicht. »Du sagtest, ihr wurdet überfallen. Auf eurem Weg zum Heiligtum der Sirona. Niemand außer dir scheint den Überfall überlebt zu haben. Niemand, bis auf deinen Diener, der die Geschichte so bestätigt hat.«

»Mein … Diener?« Beinahe hätte mein verwirrter Gesichtsausdruck mich verraten, bis ich verstand, wen er damit meinte.

Wieder flammte Misstrauen in seinem Blick auf. »Dein Diener, dieser Germane.« Einen Moment lang schien er forschend in meinem Gesicht zu lesen. »Ein kräftiger Bursche, dieser Wilde. Jemand wie ihn könnten wir hier gut für unsere Weinberge gebrauchen oder für die Stallungen.«

»Er ist nicht zu verkaufen«, sagte ich schnell und spürte, wie mir im selben Moment die Hitze ins Gesicht schoss, als mir bewusst wurde, wie töricht ich mich gab.

Nur allzu gut erinnerte ich mich an Cornelias herrisches Gebaren, und ich würde mich anstrengen müssen, diesem Verhalten gerecht zu werden.

»Das dachte ich mir.« Endlich entließ mich Jatros aus seinem Blick und wandte sich Pusilla zu. »Bring den Lappen weg, und sag dem Balnearius, er solle alles vorbereiten. Ich bin sicher, die Herrin möchte nun ein Bad nehmen.«

Noch immer brannten meine Wangen wie Feuer. »Gerne«, antwortete ich mechanisch. »Das wäre jetzt genau das Richtige.«

Ohne ein weiteres Wort zu verlieren, verließ er den Raum. Hastig lief Pusilla ihm hinterher.

»Ah, das tut gut.«

Wohlig ließ ich mich tiefer in das Becken mit warmem Wasser gleiten, dem wohlriechende Dampfschwaden entströmten, welche den prachtvollen Raum, dessen Wände mit grüngrundiger Wandmalerei geschmückt waren, in leichten Nebel hüllten.

Noch immer brummte mein Kopf, und ich konnte nicht gerade behaupten, dass ich mich als Herrin der

Lage fühlte, doch in diesem Moment zählte nichts weiter als die Wärme und das Wohlgefühl, das mich umgab und mich in das trügerische Gefühl von Sicherheit hüllte.

»Ich wusste, es würde dir gefallen, Herrin.« Direkt neben mir kniete Pusilla am marmornen Beckenrand. »Der Dominus ist besonders stolz auf seine Bäder und ...« Sie unterbrach sich, da es ihr offensichtlich auffiel, dass sie mehr redete, als ihr zustand.

Es war mein ausdrücklicher Wunsch gewesen, dass sie mir im Bad zur Hand ging. Bisher hatte ich keine Gelegenheit gehabt, im Hause weitere Bekanntschaften zu schließen, und so war es mir am sichersten erschienen, jemanden in meiner Nähe zu haben, der keine misstrauischen Fragen stellen oder allzu leicht bemerken würde, wenn ich mich nicht so benahm, wie man es von einer vornehmen Beamtentochter erwarten würde.

Zwar war mir mitgeteilt worden, dass Pusilla keineswegs die Ausbildung hatte, um als Badesklavin oder Unctrix von großem Nutzen zu sein, doch schließlich hatte man mir den Wunsch erfüllt.

»Es ist wirklich ein sehr schönes Bad, Pusilla ...«, beeilte ich mich schließlich zu sagen. »Euer Herr ist sicherlich sehr wohlhabend.«

Erst in diesem Augenblick wurde mir bewusst, dass ich noch gar nicht danach gefragt hatte, wessen Luxus ich gerade so in vollen Zügen genoss, und dass man es versäumt hatte, mir den Namen meines Gastgebers mitzuteilen. Das war seltsam ...

Langsam kehrten im warmen Wasser meine Lebensgeister zurück, und die Abstrusität meiner Situation erschien mir deutlich vor Augen.

»Aber natürlich!« Pusilla lachte leise, während ihre Finger behutsam über meine verspannten Schultern glitten. »Ist das gut so?«

»Au!«, entfuhr es mir, als Pusillas Hand eine der kaum verkrusteten Verletzungen streifte, die meine Entführer mir zugefügt hatten. Erschrocken wich das Mädchen zurück.
»Es ist nichts, schon gut«, beschwichtigte ich sie. »Nur die Spuren des … des Überfalls.«

Das Ganze war doch grotesk! Eine Entführte und ein entlaufener Sklave geben sich als Tochter eines einflussreichen mediomatrischen Beamten und deren Diener aus. Na, großartig! Wenn das Schicksal nicht auch einen gewissen Sinn für Humor besaß, war es ganz eindeutig, dass diese Scharade nicht lange gut gehen konnte.

Doch im Moment blieb mir nichts anderes übrig, als das einmal begonnene Spiel weiterzuspielen und mich nach Kräften zu bemühen, die Rolle meiner verhassten ehemaligen Herrin beizubehalten. Zum Glück war es ausgerechnet mein mediomatrischer Akzent, welcher mich vor wenigen Tagen noch verraten hatte, der mir diesmal bei meinem Betrug half.

Vorsichtig ließ ich mich tiefer in das Becken gleiten, und nur kurz brannte das warme Wasser in den Wunden.

Trügerische Geborgenheit und warme Dunstschwaden hüllten mich ein. Meine Lider wurden schwer, und gerne hätte ich mich dem Gefühl vollkommener Wonne hingegeben.

Doch dazu blieb mir keine Zeit. Ich brauchte einen Plan, und zwar schnell. Es war abzusehen, dass ich meine Rolle nicht allzu lange würde aufrechterhalten können. Zudem würden meine Entführer sicher nach uns suchen. Dass Livius und Piso die Geisel ihres Herrn als Spieleinsatz verschleudert hatten, war sicher nur dem Suff zu verdanken, durch den sie nicht mehr bei klarem Verstand gewesen waren. Ich mochte nicht wissen, was sie am nächsten Morgen zu hören bekommen hatten, als ich verschwunden war und Flavus ebenfalls. Gewiss würden sie jetzt alles daransetzen, diese Scharte auszuwetzen und uns wieder in ihre Hände zu bekommen. Wenn sie also die umliegende Gegend nach uns absuchten, würden sie sicher auch in den Gutshöfen und Villen nach uns forschen. Sie brauchten uns nur als entlaufene Sklaven auszugeben, nach denen sie suchten ... Ich hätte keinerlei Möglichkeit, das Gegenteil zu beweisen.

Wir wären hoffnungslos verloren – und mit uns die Sklaven des Baetius.

»Herrin, willst du jetzt gesalbt werden?« Pusillas helle Stimme riss mich aus meinen Überlegungen.

Nur widerwillig schlug ich die Augen auf und fand in das Hier und Jetzt zurück. Pusilla stand am Beckenrand und wartete mit einem großen sauberen Tuch auf mich. Immer noch etwas benommen, stieg ich aus dem Wasser und ließ mich von ihr abtrocknen, bevor ich ihr in den Ruheraum folgte, wo ich bäuchlings auf einer weich gepolsterten Liege Platz nahm.

»Du wirst sehen, Domina, danach wirst du dich gleich besser fühlen.«

Daran hegte ich keinen Zweifel, hatte ich meine Herrin in Divodurum doch selbst oft genug einölen müssen. Nur von der anderen Seite kannte ich dieses Vergnügen noch nicht.

So ließ ich all das auf mich wirken: die Wärme des Raumes, die Weichheit der Unterlage, den Duft des Öls, das Pusilla auf meine Schultern zu träufeln begann, und den nebligen Dunst, der vom Fußboden aufstieg.

»Hier habe ich noch ein wenig Salbe«, plapperte Pusilla in aufgeregter Diensteifrigkeit. »Wenn ich mit der Massage fertig bin, mache ich dir ein wenig davon, auf die Verletzungen, und dann ... was ist das?«

Ein leiser Aufschrei ließ sie in ihrer Rede innehalten.

Alarmiert fuhr ich zusammen. »Was ist los?«

Vor Fassungslosigkeit schien es ihr die Sprache verschlagen zu haben.

»Was hast du?« Beunruhigt hob ich den Kopf.

»Herrin, du hast ja ... Striemen, da ... am Rücken ...« Ihre letzten Worte waren nur ein Flüstern.

Ich spürte, wie eine verdächtige Röte in mir aufstieg, und vergrub mein Gesicht in der Armbeuge, um mir die plötzlich aufkeimende Verlegenheit nicht anmerken zu lassen.

Verdammt! Im Rausch körperlicher Wonnen hatte ich gar nicht daran gedacht, dass die immer noch nicht vollständig verheilten Spuren von Celsus' Rutenstreichen, die mich schon einmal verraten hatten, auch diesmal neugierige Fragen geradezu herausforderten.

Verärgert biss ich mir auf die Lippen. Es würde schwierig sein, glaubhaft zu erklären, wie eine Patriziertochter zu einem solchen »Andenken« kommen konnte.

»Ach das«, begann ich halbherzig, immer noch nach einer Erklärung suchend. »Weißt du ...« Meine Gedanken rasten. »... Das sind die ... äh ... Folgen einer sehr inbrünstigen religiösen Feier.«

»Einer religiösen Feier?«, brach es aus Pusilla hervor, und ihrem Tonfall war anzumerken, dass sie wusste, es wäre besser für sie, nun zu schweigen.

Als ich ihr mein Gesicht zudrehte, sah ich, wie sie mich mit offenem Mund anstarrte und kurz davor war, den Tontiegel mit der Salbe aus der Hand gleiten zu lassen.

»Doch über derart geheime Dinge darf nicht gesprochen werden. – Pass auf die Salbe auf!«, schloss ich und kniff mir in den Daumen, um das ungute Gefühl zu unterdrücken, das mich bei der dreisten Lüge überkommen hatte. »Hörst du, die Göttin straft jeden, der etwas darüber verrät!« Not macht wirklich erfinderisch, und ich bat in Gedanken alle mir bekannten Gottheiten um Vergebung, sollte ich sie mit dieser Behauptung beleidigt haben.

Dem Gesichtsausdruck der Kleinen war anzumerken, dass sie noch nie etwas von den ekstatischen religiösen

Feierlichkeiten mancher Kulte gehört hatte, die ihre Intensität nicht zuletzt auch durch den Genuss körperlichen Schmerzes erhielten. Doch nickte sie nur mit vor Unglauben geweiteten Augen und verschloss ihr Gefäß wieder.

»Wo ist übrigens mein Begl … – äh … mein Diener?«, fragte ich beiläufig. Da ich mich an nichts mehr erinnern konnte, was sich unmittelbar vor meinem Zusammenbruch ereignet hatte, wusste ich weder, wo sich Flavus gerade befand, noch wie es ihm erging.

»Er ist bei den anderen Haussklaven untergebracht, Herrin!« Die Stimme der Kleinen wirkte plötzlich aufgeregt. »Er wird dort gut verpflegt, scheint sich jedoch Sorgen um dich zu machen!«

Ich wandte mich ihr wieder zu und bemerkte, dass ihr blasses Gesichtchen plötzlich rote Flecken aufwies. »Stimmt es, dass er bei dem Überfall tatsächlich zwei Männer in die Flucht geschlagen hat, bevor ihr überwältigt wurdet?«

Ihre großen Augen flackerten aufgeregt. »Ich glaube, er ist sehr stark.«

Also wirklich! Hatte dieser großspurige Barbar denn nichts anderes zu tun, als mit imaginären Heldentaten zu prahlen und unschuldige Mädchen zu betören, die von durchtriebenen Typen wie ihm noch keine Ahnung hatten?

Verfluchter Kerl!

Doch es hatte keinen Zweck, sich zu ärgern. Wenn unsere Scharade nicht auffliegen sollte, musste ich wohl oder übel mitspielen.

»Ich kann mich an den Überfall nicht mehr richtig erinnern. Es ging alles so schnell … ich wurde verletzt«, sagte ich schließlich ausweichend. »Aber schicke ihn nachher einmal zu mir. Ich möchte mich selbst vergewissern, dass es ihm gut geht.«

»Noch heute Abend, Herrin?« Pusillas Stimme klang erstaunt.

»Natürlich, sobald ich wieder in meinem Zimmer bin.« Wieso stellte sich die Kleine denn so an? Es war überlebenswichtig, mit Flavus zu sprechen und herauszufinden, was wir als Nächstes tun sollten.

»Ich soll dir deinen Sklaven heute Nacht auf dein Schlafzimmer schicken, Herrin?«

Es war mir nicht möglich festzustellen, ob Schock oder Enttäuschung in Pusillas Stimme mitschwang, und ich spürte, dass Röte in mir aufstieg, als mir langsam dämmerte, wie sie die Situation missverstehen musste.

»Oh«, antwortete ich hastig. »Ist es schon so spät? Dann natürlich nicht.« In meinem derzeitigen Zustand konnte ich ohnehin nichts weiter unternehmen, als abzuwarten, bis ich mich wieder besser fühlte. »Aber gleich morgen früh, sobald ich ausgeschlafen habe.«

Bei allen Göttern, war das schwierig, die Rolle einer Herrin zu spielen. Besonders von einer, die ich aus ganzem Herzen verachtete, und deren Launenhaftigkeit ich die meisten Schläge meines Lebens verdankte.

»Du kannst mich jetzt wieder anziehen!«, befahl ich so harsch, wie es mir möglich war. »Ich bin jetzt genug eingeölt und wünsche zu schlafen.«

Ein leichtes Bedauern stieg in mir auf, als ich sah, wie Pusilla zusammenzuckte und nach meinem Gewand eilte. Das Lächeln auf ihrem Gesicht war verschwunden.

»Und pass auf meine Haare auf, ich möchte nicht, dass sie mit Öl verschmiert werden, hörst du?«

Bisweilen konnte das Leben einer Herrin äußerst lästig sein.

Sanft hereinfallendes Morgenlicht weckte mich.

Als ich die Augen aufschlug, wartete Pusilla bereits neben meinem Bett. Ein Tablett mit Speisen stand auf einem kleinen dreifüßigen Tisch. Ihr Gesichtchen leuchtete auf, als ich mich aufsetzte und ihr zulächelte.

»Guten Morgen, Domina!« Diensteifrig schob sie den Tisch näher an mein Bett. »Ich habe dir ein Frühstück gebracht. Hoffentlich ist es nach deinem Geschmack.« Vorsichtig nahm sie das kleine Tuch vom Becher, mit dem er zum Schutz vor Verunreinigungen abgedeckt war. »Ich wusste nicht, was du gerne magst, da habe ich dir Verschiedenes zurechtgemacht«

Immer noch strahlend wies sie mit den Fingern auf die ausgewählten Köstlichkeiten, die sich auf dem Tisch häuften: eine Schale mit honiggesüßtem Getreidebrei, Käse, ein wenig Moretum, dazu Brot, ein Mostbrötchen, Oliven. Den Inhalt des Bechers konnte ich nicht erkennen, doch dem Duft, der ihm entströmte, nach zu urteilen musste es angewärmter Würzwein sein.

Ob ich es mochte? Beinahe hätte ich vor Verlegenheit aufgelacht. In meinem ganzen Leben waren noch nie so viele Speisen nur für mich alleine aufgetragen worden. Zwar hatte ich in den vornehmen Häusern, in denen ich bisher gedient hatte, kaum Hunger leiden müssen, doch fiel das Essen für das Gesinde bei weitem einfacher aus. Besondere Delikatessen kannte ich nur von den Resten der Gastmähler, über die wir Haussklaven uns in den Nächten nach einer Feier heißhungrig hermachten.

Ich kann nicht sagen, wer von uns beiden begeisterter war, als ich mich über das Tischchen beugte und zugriff. Das frische Brot war knusprig, der Käse cremig und der Wein genau richtig gewürzt. Warm glitt er mir durch die vom Fieber ausgetrocknete Kehle, weckte meine Lebensgeister und prickelte angenehm auf der Zunge nach.

»Schmeckt es dir?«, fragte Pusilla vorsichtig.

»Wundervoll!« Ich bemühte mich, meine Begeisterung ein wenig zu verbergen, um auch weiterhin als diejenige durchzugehen, für die ich mich ausgegeben hatte. Unvorstellbar, eine vornehme Beamtentochter, die gleich über einem einfachen Bauernfrühstück in Verzückung geriet! Doch genügte meine Antwort, um Pusillas Gesicht erneut aufleuchten zu lassen.

»Das dachte ich mir schon. Irene hat alles ganz frisch für dich zubereitet«, plapperte sie aufgeregt weiter. »Ich dachte, nach alledem, was hinter dir liegt, hast du sicherlich riesigen Hunger.«

Begehrlich blickte sie auf die neben mir stehenden Teller, deren Inhalt langsam Bissen für Bissen in meinem Mund verschwand.

Ich widerstand dem Impuls, Pusilla ebenfalls davon anzubieten. Nicht im Traum wäre es Cornelia Felix eingefallen, ein Sklavenmädchen an ihrem Bett zu bewirten.

»Irene wird später kommen und sich deine Wunden ansehen. Geht es dir schon besser?«

Ich nickte zustimmend, während ich in kürzester Zeit das gesamte Tablett leer aß. Gerade noch konnte ich mich zurückhalten, mir nicht auch noch die Finger abzulecken, und lehnte mich dann zurück.

Ich hatte endlich einmal ausreichend geschlafen und gut gegessen. Nun war es dringend an der Zeit, mit Flavus zu sprechen!

»Wo ist mein Diener?«, fragte ich also.

»In der Küche, beim Frühstück. Er hat schon nach dir gefragt. Wenn du ihn jetzt zu sehen wünschst, werde ich ihn rufen.«

Bei der Erwähnung von Flavus hatten Pusillas volle Wangen einen rosigen Ton angenommen. Erneut ignorierte ich das verdächtig stechende Gefühl, das ich schon am Abend zuvor verspürt hatte, und bemühte mich, sachlich zu bleiben.

»Ja, ich möchte ihn sehen. Schicke ihn zu mir.«

»Gerne, Herrin!«

Kaum hatte ich den Satz zu Ende gesprochen, als sie sich auch schon auf dem Absatz umgedreht hatte und aus der Tür eilte. Der Stoff ihres hellbraunen Gewandes flatterte ihr um die kindlichen Beine.

Eilig strich ich mir die Haare zurecht, während mein Blick durch den Raum glitt, den man mir zugewiesen hatte.

So war das also, wenn man zu den Töchtern reicher Beamten gehörte. Ein weiches Bett, hervorragendes Essen und eine ständige Begleitung, die einem wie ein Schatten folgte und jeden noch so kleinen Wunsch von den Augen ablas.

Es klopfte, leise und vorsichtig.

Ich musste mich räuspern. »Ja, bitte.«

Die Tür öffnete sich einen Spalt, und es erschien Pusillas Gesicht, das nun wie eine rote Flamme leuchtete.

»Dein Diener, Herrin!«

Noch einmal strich ich mir hastig über die Haare und schob meine verrutschte Tunika zurück über die Schultern.

»Er soll hereinkommen!«, antwortete ich schnell. Noch ehe ich die Worte zu Ende gesprochen hatte, war Pusilla beiseitegetreten, und Flavus stand nur wenige Schritte vor meinem Bett.

Angestrengt vermied ich es, ihm in die Augen zu sehen.

»Domina«, begann er. In seiner Stimme lag Spott, doch seine Haltung war so makellos, als stände er tatsächlich vor seiner Gebieterin, die die Macht hatte, ihn für ein falsches Wort den Löwen zum Fraß vorzuwerfen.

Ich spürte, wie mir die Röte ins Gesicht stieg und ich die blütenweiße Bettdecke anstarrte. Eine Herrin, die ihrem Sklaven nicht in die Augen zu schauen vermochte. Bei allen Göttern!

»Lass uns bitte allein!«, sagte ich, an Pusilla gewandt.

Mit einem Gesichtsausdruck, auf dem die Enttäuschung deutlich sichtbar war, kam sie dem Befehl nach und schloss leise die Tür hinter sich.

Kaum waren wir allein, gab Flavus seine unterwürfige Rolle auf und trat an mein Bett. »Wie geht es dir?« Seine Stimme war angespannt.

Ich vermied es, die Schultern zu heben. »Man hat mich gut versorgt, ich wurde gesalbt, habe ausreichend gegessen und geschlafen ... Es ... wird schon wieder.« Stumm betete ich darum, dass dem tatsächlich so war.

Flavus nickte, Unruhe stand in seinem Gesicht geschrieben.

»Wo sind wir hier eigentlich?«, fragte ich schließlich und bemühte mich darum, meiner Stimme einen festen Klang zu geben.

»Einige Leugen südwestlich von Treveris, nicht weit von der Mosel entfernt.«

Also waren wir zumindest in der richtigen Richtung unterwegs gewesen.

»Hat man dir gesagt, wie der Herr des Anwesens heißt?«

»Ja, Lucius Verecundus. Seine Familie hat schon seit Generationen einen Sitz im Decurionenrat von Treveris inne, wie ich erfahren habe.«

Verecundus. Ich erinnerte mich nicht, den Namen schon einmal gehört zu haben.

»Wo hält sich der Herr zur Zeit auf?«

»Bis zum Beginn des Sommers weilt er meist in seinem Stadthaus, um seine politischen Amtsgeschäfte zu erledigen. In der Zwischenzeit hat er das Landgut in die Hände seines Verwalters Jatros gelegt. Hin und wieder kommen jedoch seine Frau und Töchter vorbei, um sich vom Stadtleben zu erholen und nach dem Rechten zu sehen.«

Das war üblich. Viele der städtischen Beamten stammten aus angesehenen treverischen Familien, die schon lange vor der römischen Herrschaft politischen Einfluss besessen hatten und diesen bis zum jetzigen Zeitpunkt innebehielten. In Magistrat und Stadtrat lenkten sie die Geschicke der Civitas, ihre alten Familienanwesen blieben jedoch als Quelle des Reichtums nach wie vor im Besitz.

»Wann kannst du reisen?« Flavus' Worte kamen unvermittelt.

»Reisen?« Ich erschrak! Die ganze Zeit über hatte ich den Gedanken an Aufbruch verdrängt, obgleich ich gespürt hatte, wie mir die Zeit zwischen den Händen zerrann, und wusste, dass das Leben der Sklaven nur noch an einem seidenen Faden hing, während ich tatenlos hier herumsaß. Dabei erschien es mir fast unmöglich, noch weiter durch diese endlose Wildnis zu laufen, zumindest solange ich zu schwach war, um mich länger als eine Stunde auf den Beinen zu halten.

Doch ich nickte. »Wann sollen wir aufbrechen?«

»So schnell es geht!«

»Noch heute?«

Flavus schien mit sich zu ringen. »Du siehst noch sehr schwach aus.« Sein Blick tastete mich ab, als wolle er feststellen, ob er mir die Strapazen der Flucht schon wieder zumuten könnte. »Und der Weg nach Treveris ist weit … Aber …«

»Aber was?« Beunruhigt hatte ich mich aufgesetzt und versuchte, in seinem Gesicht zu lesen. »Flavus, was gibt es?«

Einen Moment zögerte er und sah mich so unentschlossen an, als sei er nicht sicher, ob er mich in meinen Zustand mit einer derartigen Nachricht belasten könne.

»Flavus, rede!«

Schließlich schien er sich einen Stoß zu geben. »Der Verwalter Jatros scheint ein tüchtiger Mann zu sein, der genau weiß, was es zu tun gibt. Ich habe gehört, wie er heute Morgen Anweisungen gegeben hat, einen Boten nach Divodurum zu schicken. Zu deinem angeblichen Vater, dem Decurio Cornelius Felix.«

Vor Schreck blieb mir die Luft weg. »Er hat *was?«* Meine Worte klangen wie ein Aufschrei.

»In nicht allzu langer Zeit wird deine Tarnung also auffliegen, und dann …« Flavus ließ den Satz unvollendet.

Das hatte mir noch gefehlt! Dabei war es abzusehen gewesen, dass mein kleiner Betrug nicht lange hätte unentdeckt bleiben können.

»Außerdem«, Flavus' Worte rissen mich aus meinen Überlegungen, »bleiben uns nur noch drei Tage bis Mercurius. Nur drei Tage … und wir sind noch nicht einmal zurück in der Stadt …«

Der Schreck durchfuhr mich wie ein plötzlicher Blitzschlag. Schon so viel Zeit war verstrichen, und so wenig hatte ich bisher herausgefunden!

»Dann sollten wir sofort aufbrechen!«, brachte ich hervor. Hastig wollte ich aufstehen, um nach meinen Kleidern zu suchen, doch ein schneidender Schmerz im Rücken ließ mich stöhnend wieder zurücksinken.

»Mach keinen Unsinn, und bleib liegen. Es ist niemandem geholfen, wenn du unterwegs wegstirbst. Dadurch kommen wir auch nicht schneller an.« Sein Tonfall zeigte mir, wie schwer ihm dieser Satz fiel. »Außerdem wäre es zu auffällig, am hellen Tag einfach aus dem Haus zu stolzieren. Jeder hier weiß, dass du verletzt bist, noch Pflege brauchst und unmöglich in der Lage sein kannst, deine Reise fortzusetzen. Sie würden Fragen stellen …«

»Gut, dann eben heute Nacht!«

Mit einem Ausdruck zwischen Besorgnis und Bewunderung sah Flavus mich an. »Glaubst du, bis dahin geht es dir wieder etwas besser?«

Er war besorgt um mein Wohlergehen, und das obgleich seine Familie und all die anderen einem furchtbaren Tod geweiht waren. Ein Gefühl, das mir bisher fremd gewesen war, wollte mir die Tränen in die Augen treiben.

»Es wird schon gehen …« Ich gab mich zuversichtlicher, als ich mich fühlte. *Es musste einfach gehen!*

»Also gut!« Flavus nickte. »Halte dich heute Nacht in deinem Zimmer bereit. Ich werde kommen, um dich zu holen.«

Ein gespanntes Schweigen entstand, eine Frage lag in der Luft.

»Flavus, ich …«

Das Klopfen an der Tür unterbrach mich. Zögernd sah ich zu Flavus, dann hieß ich die Wartenden eintreten.

Die junge Frau mit dem kastanienbraunen Haar, die mich schon am Tag zuvor gepflegt hatte, kam herein und räumte das Frühstücksgeschirr zusammen. Hinter ihr folgte Pusilla, die über ihrem Arm eine kostbare Tunika trug. Offensichtlich sollte sie mir beim Ankleiden behilflich sein. Doch während sie das Gewand sorgfältig über dem geflochtenen Korbsessel drapierte, ging ihr Blick immer wieder zu Flavus hinüber, der in unbewegter Haltung vor meinem Bett stand, die Hände wieder auf dem Rücken verschränkt, das vollkommene Bild des unterwürfigen Dieners.

Welche Farce!

Doch es war klar, dass ich im Augenblick keine Gelegenheit mehr haben würde, mich ungestört mit Flavus zu unterhalten.

»Du kannst jetzt gehen. Ich brauche dich nicht mehr.«

Meine Augen suchten ihn. Sein Blick sprach eine deutliche Botschaft: *Halt dich bereit. Heute Nacht.*

Er verbeugte sich kurz und verschwand dann durch die Tür.

Pusilla starrte ihm hinterher, den kindlichen Mund leicht geöffnet, das Gesicht von einer verräterischen Röte überzogen. Dann seufzte sie leise und trat an mein Bett.

Ich zwang mich zu einem aufmunternden Lächeln, während sie mir vorsichtig aus meinem mit Salbe verschmierten Gewand half.

Es war gut, sie in der Nähe zu haben, denn bis zum Abend würde ich sonst vor Angst verrückt geworden sein.

Der Duft von Frühlingswiesen und Blüten umwehte mich, als ich nach dem Mittagsmahl nach draußen in den Garten trat.

Noch immer war ich ein wenig schwach auf den Beinen, doch hatten die Salbe, der Schlaf und die kräftigen Speisen ihren Teil dazu getan, dass ich mich schon wesentlich besser fühlte.

Das hier musste das Elysium sein! Beeindruckt blieb ich auf der Schwelle stehen. Kein Wunder, dass man die Schönheiten des Landlebens besang. Der Garten, der sich vor mir erstreckte, war überwältigend in seiner geometrischen Anordnung. Zwischen den sorgfältig zurechtgestutzten Sträuchern fanden sich marmorne Bänke, die zum Verweilen einluden. Es musste wundervoll sein, hier seine Mußestunden zu verbringen, im Schatten zu sitzen und hin und wieder ein Glas Wein zu genießen.

Doch leider waren Zeit und Muße das Einzige, was mir im Augenblick fehlte. Nur noch drei Tage, bis die Sklaven sterben mussten, und ich war meilenweit von Treveris entfernt, ohne dass ich dem Ziel, Hyacinthus' Unschuld zu beweisen, auch nur einen Schritt näher gekommen war.

Unruhe hatte sich meiner bemächtigt. Ich sehnte mir den Abend herbei, hatte aber gleichzeitig Angst davor, und so fiel es mir schwer, die Schönheit, die mich umgab, wirklich zu genießen.

Das Haupthaus der Gutsanlage war größer und prächtiger, als ich es so fernab der Stadt erwartet hätte. Es umfasste zwei Stockwerke, deren Vorderseite von einem überdachten Säulengang gesäumt wurde. In der Mitte des Gartens, gegenüber dem Hauptportal, prunkte ein in Sandstein gefasstes Wasserbecken, in das zarte, aus weißem Kalkstein gehauene Nymphen plätschernde Wasserstrahlen gossen.

»Gefällt es dir hier?« Pusilla schien mein Erstaunen bemerkt zu haben und blickte mich mit erwartungsvollen Augen an.

»Es ist …«, ich räusperte mich. »Es ist wirklich sehr schön. Dein Herr scheint einen guten Blick und hervorragende Gärtner zu besitzen.«

»Das ist wahr!« Pusillas Gesicht wurde rot vor Stolz, als ob die ganze Pracht ihres Herrn ganz allein ihr zu verdanken sei.

Langsam schritten wir über die gepflegten Kieswege und ließen uns dann auf einer der Bänke nieder. Der Boden war von der Maisonne angewärmt, die Luft klar und mild.

»Das ist etwas ganz anderes als in der Stadt«, sagte ich schließlich, um ein Gespräch in Gang zu bringen. »Kein Gestank, keine überfüllten Straßen, kein Lärm …«

»Ist Divodurum denn eine schöne Stadt?«

»O ja, es ist …« Ich zögerte einen Moment. Divodurum war ganz sicherlich schön zu nennen, schön und prächtig. Eine Stadt erbaut aus hellem Gestein. Ich war dort aufgewachsen, weshalb dieser Ort dem am nächsten kam, was man mit Heimat bezeichnen konnte. Und doch hatte ich an die Stadt nicht viel mehr Erinnerungen, als dass ich dort auf den Knien Marmorböden geschrubbt und scharfe Ohrfeigen erhalten hatte, bisweilen auch die schmerzhaften Hiebe der Rute, wenn die Herrin mit meiner Arbeit allzu unzufrieden war. »Es ist eine schöne Stadt, wenn auch nicht so groß wie Treveris.«

»Du kennst Treveris?« Pusilla wirkte erstaunt.

»Ich bin öfter dort gewesen, um Sirona um Heilung zu bitten oder um mit meinem Vater Besuche abzustatten«, antwortete ich so ruhig wie möglich, obgleich ich es hasste, die Kleine zu belügen. »Dem edlen Baetius Quigo zum Beispiel …«

»Baetius Quigo?« Das Gesicht des Mädchens wurde blass.

Beunruhigt sah ich sie an. »Was ist los?«

Ohne zu antworten, blickte mich Pusilla nur weiterhin entsetzt an. Ihre Lippen zitterten, und ihre großen Augen füllten sich mit Tränen.

Einem Impuls folgend nahm ich ihr Kinn in meine Hand und drehte ihr Gesicht mir zu. »Sag schon, was ist mit dir?«

Einen Moment lang presste sie die Lippen fest aufeinander, als sei sie entschlossen, keinen Ton verlauten zu lassen, doch schließlich stieß sie hervor: »Da war dieser schreckliche Mann.«

»Wie bitte?« Ich hatte Probleme, zu verstehen, was sie sagte, so leise sprach sie.

»Dieser … schreckliche Mann.«

Ich überlegte. Wen konnte sie meinen? »Baetius Quigo?«

Immer noch schniefend, schüttelte sie den Kopf. »Nein, der andere. Der mit ihm hier war.«

»Baetius war hier?« Ungläubig runzelte ich die Stirn. »Hier bei euch? Wann?«

Noch immer kam jeder von Pusillas Sätzen sehr zögernd. »Letztes Jahr zum Geburtstag des Dominus … Es gab hier im Hause eine Feier. Viele Beamte waren zu Gast, und da war dieser Mann …« Die Erinnerung schien Pusilla noch immer zu erschüttern.

Doch was sie sagte, konnte stimmen. Es war üblich, in den großen Landvillen Gastmähler zu veranstalten, zu denen sich die treverischen Decurionen und Magistrate untereinander einluden. Aber von welchem Mann sprach sie?

»Wen hatte Baetius denn zu der Feier hier bei euch mitgebracht? Wie sah er aus?«

Pusillas Tränen versiegten, als sie ihre Stirn krauszog und nachzudenken schien. »Er war ziemlich groß, hatte schwarze Haare, und er trug eine purpurne Tunika.«

Eine purpurne Tunika? Vielleicht ein Feldherr? Wer könnte das sein? In der Belgica waren keine regulären Truppen stationiert, selbst der Statthalter verfügte über keine eigene Legion.

»Seine Nase war krumm, und seine Augen …« Bei der Erinnerung begann Pusilla wieder zu zittern. »Er sagte, er würde mich mitnehmen. Er wolle meinem Herrn Verecundus einen guten Preis für mich bieten. Jemand wie mich könnte er gebrauchen, wenn er erst einmal mit der Tochter des Baetius Quigo verheiratet sei. Und dann hat er versucht, mich anzufassen, und …« Wieder schluchzte Pusilla leise auf.

Mit der Tochter des Baetius? Diese mir bisher verborgen gebliebene Tochter war also ganz offensichtlich verlobt. Wie es aussah, sogar mit einem hohen Offizier. Das war ja interessant!

Während ich der immer noch weinenden Pusilla über den Kopf strich, versuchte ich mir den Kerl vorzustellen: tiefschwarze Haare, eine gebogene Nase, große Statur … Vor meinem inneren Auge entstand das Bild eines Mannes, den ich vor nicht allzu langer Zeit gesehen hatte und auf den diese Beschreibung genau passte.

Ja richtig, auf dem Gastmahl des Statthalters! Der Fremde, der am Ende des Tisches saß, einer der wenigen, die ich nicht gekannt hatte. War das der Verlobte der Baetia Minor? Weshalb hatte sie dann ihn und ihren Vater nicht zum Fest des Statthalters begleitet?

»Pusilla«, fragte ich, »dieser Mann, von dem du gesprochen hast, der dich hatte kaufen wollen. Weißt du, wie er hieß?«

Mit großen, immer noch tränenfeuchten Augen starrte sie mich an, als hätte ich etwas Ungeheuerliches gefragt. Er musste sich ihr gegenüber ja schrecklich verhalten haben, dass sie allein bei der Erinnerung an ihn dermaßen erschüttert war.

Mitleidig, gleichzeitig jedoch vor Aufregung zitternd strich ich ihr einige Haare aus der Stirn. »Ich kann verstehen, dass dein Herr gesagt hat, du sollst Fremden gegenüber nicht erzählen, was im Hause vor sich geht.« Das war für Sklaven eine allgemeingültige Regel. »Doch will ich ja nur seinen Namen wissen, hörst du?«

Eine Weile schien Pusilla noch einen inneren Kampf mit sich auszutragen.

»Na?«, ermutigte ich sie hoffnungsvoll.

»Cornix«, murmelte sie so leise, dass ich mich weiter zu ihr hinbeugen musste. »Spurius Cornix.«

Wo hatte ich diesen Namen schon einmal gehört? Im ersten Augenblick fiel es mir nicht ein. Doch dann drangen Gesprächsfetzen aus meiner Erinnerung:

»… der edle Cornix …«

Aber das war eine Erinnerung aus einem Fiebertraum, oder etwa nicht?

»… der Präfekt Spurius Cornix …«

Das war schon greifbarer, wenn auch gleichfalls von Nebelfetzen verhüllt. Genauer, von Wasserdämpfen. Die Szene: das Caldarium in den Thermen, Marcella und drei Damen der gehobenen Gesellschaft von Treveris, die über Politik und Familiengeschichten tratschten. Aber nein, ich täuschte mich: Marcella hatte das gesagt, bevor wir zu den Thermen aufgebrochen waren. Jetzt erinnerte ich mich genau:

»… der Präfekt Spurius Cornix hat auf dem Gastmahl davon berichtet, dass er einen Teil seiner Kriegsbeute nicht nur in Niedergermanien, sondern auch hier hat verkaufen lassen …«

Spurius Cornix, Präfekt und Sieger in der letzten Schlacht gegen die Alemannen. Der unbekannte Gast auf dem Empfang des Statthalters, ein erfolgreichen Feldherr und Vertrauter des Statthalters Postumus von Niedergermanien. Wenn Baetia Minor tatsächlich mit solch einem Mann verlobt worden war, bedeutete dies einen enormen Zuwachs an Einfluss für ihre Familie, der sich weit über die Belgica hinaus erstrecken würde.

Umso schlimmer, wenn die Tochter es trotz einer derart lukrativen Chance vorzieht, eine unstandesgemäße Bindung mit einem Sklaven aufrechtzuerhalten, und damit diese hoffnungsvolle Verlobung aufs Spiel setzt.

Die einflussreiche Heirat war also keine Zukunftshoffnung, sondern eine konkrete Aussicht. Ich erinnerte mich an die Worte von Flavus' Schwägerin damals im Hause, die Herrin habe gesagt, Hyacinthus zerstöre die Macht der Familie. Kein Wunder, dass Julia und Publius, was Hyacinthus betraf, an einem Strang zogen, die Mutter aus kühler Berechnung, der Sohn aus ungezügelter Wut.

Doch wie hing das mit dem Mord an Baetius Quigo zusammen? Sollte Publius auf die bevorzugte Behandlung, die Hyacinthus durch den Vater erfahren hatte, eifersüchtig gewesen sein? Aber würde ein reiches Muttersöhnchen wie Publius so weit gehen, deswegen den eigenen Vater aus dem Weg zu räumen?

Ich versuchte, mir die Szenerie vorzustellen: Publius, der seinem Vater auf dem Heimweg auflauert und ihn erschlägt. Doch es gelang mir nicht. Stattdessen dachte ich wieder daran, was Hyacinthus damals unter der Folter ausgesagt hatte: Es waren alemannische Worte, die er gehört hatte. Vielleicht war der einäugige Mann, von dem er gefaselt hatte, doch kein Mythos, sondern eine wirkliche Person.

Das brachte mich auf einen anderen ungeheuerlichen Gedanken. Wäre es nicht möglich, dass ursprünglich gar nicht Baetius Quigo als Mordopfer geplant gewesen war, sondern dass der Anschlag eigentlich Hyacinthus gegolten hatte, den Publius – oder dessen Mutter – auf diese Art aus dem Weg schaffen wollte. Hatten vielleicht die angeheuerten alemannischen Mörder den Falschen erwischt und getötet, eine schicksalhafte Verwechslung in der Dunkelheit der Nacht?

Und nun sollte Hyacinthus am Kreuz sterben, nicht nur, um dadurch dessen skandalöse Beziehung mit der Tochter des Hauses ein Ende zu setzen, sondern auch, um den einzigen Zeugen der Tat auszuschalten.

Sollte nämlich wirklich Publius – absichtlich oder irrtümlich – seinen Vater auf dem Gewissen haben, würde ihn die volle Härte des römischen Gesetzes treffen. Vatermord galt als eines der unverzeihlichsten Verbrechen und wurde mit grausamen Strafen geahndet; besonders, da dieser aufgrund der Rechtslage, die einem Pater Familias die absolute Macht über seine Söhne einräumte, durchaus keine Seltenheit darstellte.

Doch vielleicht waren das alles nur meine Hirngespinste, und die Sachlage verhielt sich ganz anders. Ich benötigte einfach mehr Informationen und hätte Pusilla gerne ein wenig weiter ausgefragt, doch die Kleine weinte noch immer leise vor sich hin, sodass ich es als grausam empfunden hätte, sie noch einmal darauf anzusprechen.

Unklar blieb auch noch, was mit Baetia Maior, der älteren Schwester, war, von der niemand etwas zu wissen schien. Aber auch danach wollte ich in diesem Moment lieber nicht fragen.

Vorsichtig legte ich der schniefenden Pusilla die Hand auf den Kopf und beugte mich zu ihr hinunter. »Ist ja gut. Du musst nicht weinen, niemand wird dir etwas tun.«

»Oh, die Herrin tröstet die Magd, wie rührend!«

Eine bekannte Stimme ließ mich herumfahren. Nur wenige Schritte von mir entfernt stand Jatros. Ich hatte ihn nicht kommen hören.

Die Hände vors Gesicht geschlagen, stob Pusilla davon, das personifizierte schlechte Gewissen.

Ohne mir meinen eigenen Schrecken anmerken zu lassen, erhob ich mich von der Bank und hielt seinem Blick stand.

»Ich mag es nicht sehen, wenn ein Kind traurig ist und Angst hat«, sagte ich mit mehr Gelassenheit, als ich tatsächlich empfand. »Solange sie nichts verbrochen hat, sehe ich keinen Grund, sie leiden zu lassen.«

In der unverkennbaren Geste spöttischer Missachtung zog Jatros eine Augenbraue nach oben. »Die Tochter des edlen Cornelius Felix pflegt also die christliche Nächstenliebe. Wie schön!«

Ich benötigte all meine Selbstbeherrschung, um bei diesen Worten nicht zusammenzuzucken. Nicht nur Jatros' Stimme war der blanke Hohn, allein schon die Vorstellung, meiner ehemaligen Herrin irgendwelche mildtätigen Attribute zuzuschreiben, erschien mir derart grotesk, dass es mich innerlich erschaudern ließ.

»Hat dich dein Vater gelehrt, so freundlich mit dem Gesinde umzugehen?« In seinem Blick lag etwas Lauerndes, als warte er darauf, dass ich etwas Falsches sagte.

Er misstraut mir!, schoss es mir durch den Kopf. *Er weiß, dass ich eine Hochstaplerin bin, und möchte mich dazu bringen, mich selbst zu entlarven.*

Angst keimte in mir auf. Was hatte ich getan, dass er mir das Theaterspiel nicht abnahm? Wo hatte ich mich falsch verhalten, dass sich mein niedriger Stand so deutlich zeigte?

»Das würde mich wundern, beim edlen Cornelius Felix«, fuhr der Verwalter fort. »Er benutzt doch selbst im Haus die Peitsche!«

Meine Fingernägel bohrten sich in die Handfläche, nur teilweise wegen der Erinnerung, vor allem jedoch aus einer erschreckenden Erkenntnis heraus: Jatros kannte meinen früheren Herrn! Ich konnte nicht verhindern, dass mir flammende Röte ins Gesicht schoss. Kein Wunder, dass er mir nicht glaubte! Er war ihm also früher schon einmal begegnet – womöglich auch seiner Tochter. Er konnte sich an ihr Aussehen erinnern, und ich … *Oh, bei allen Göttern!* Ein Schwindel schien mich zu überwältigen. Für einen Moment verschwamm mein Blick, und der Boden schien unter mir nachgeben zu wollen.

Doch nur kurz, dann hatte ich mich wieder in der Gewalt.

»Nicht mein Vater, sondern mein Verstand hat mir gesagt, dass es besser sei, mit Sklaven mild zu verfahren«, zwang ich mich zu sagen. »Schrieb nicht schon Seneca, es gäbe keinen König, der nicht von Sklaven, und keinen Sklaven, der nicht von Königen abstammt?«

Zufrieden bemerkte ich, dass Jatros darauf nichts zu erwidern wusste. Zumindest der Bildung nach konnte ich also als Beamtentochter durchgehen.

»Sag mir, edle Herrin«, begann er schließlich und trat einige Schritte näher, so nah, dass ich eine pochende Ader an seiner linken Schläfe sehen konnte. »Was würdest du tun mit jemandem, der sich als die Tochter und Erbin eines Decurios ausgibt, womöglich als dich selbst – vielleicht«, er machte eine nicht enden wollende Pause und trat noch einen Schritt näher an mich heran. »vielleicht gar einer … Verbrecherin?«

Unwillkürlich trat ich einen Schritt zurück. Jatros' stechender Blick schien mich zu durchbohren, bis auf den Grund meiner Seele zu sehen und jede Lüge, die sich dort verbarg, aufspüren und hervorzerren zu wollen.

»Das wäre …« Mir versagte die Stimme, und ich musste mich räuspern. »Das wäre eine bodenlose Dreistigkeit!« Ohne darüber nachzudenken, ging ich in die Offensive, nutzte die Wucht meiner Panik, um Empörung und Verachtung auszudrücken. »Wer auch immer etwas Derartiges versuchen würde, hätte nichts anderes verdient als den Tod. In einem solchen Falle würde auch ich keine Gnade kennen!«

Ich schwieg. Hatte ich das Richtige geantwortet? Was konnte ich noch sagen, dass er mir glaubte? Dann kam mir eine Idee, vielleicht der rettende Einfall. Es gab eine Möglichkeit, Jatros zu überzeugen, dass ich wirklich Cornelia Felix war. Ich müsste ihm etwas erzählen, was nur ein Familienmitglied, oder eine neugierige Sklavin wie ich, wissen konnte.

»Mein Vater wird deinem Herrn sicher ein wertvolles Geschenk zukommen lassen, als Dank dafür, dass man sich mir gegenüber so hilfsbereit erwiesen hat«, sagte ich und ließ dabei ganz bewusst den mediomatrischen Akzent durchklingen. Früher hatte mich meine Sprache verraten, jetzt konnte sie mir nur nützen. »Seine Sammlung wertvoller Bronzefiguren ist weithin bekannt, wie du sicher weißt.« Mehr als einmal hatte ich diese auf Hochglanz polieren dürfen. »Ich könnte mir vorstellen, dass eine davon sich sehr gut im Empfangszimmer dieses prächtigen Herrenhauses machen könnte.«

Die ganze Zeit über hatte mich Jatros unverwandt angesehen, als erwartete er, ich müsse endlich gestehen, dass ich eine Hochstaplerin und Lügnerin sei. Doch ich hielt seinem Blick stand, und schließlich senkte er die Augen.

»Ja, davon habe ich gehört.« Seine angespannte Haltung lockerte sich. »Die Herrin hat es einmal erwähnt.« Er verneigte sich kurz. »Wir sehen uns heute Abend beim Essen.«

Erleichterung explodierte in mir, und ich schickte ein stummes Dankgebet an den Unbekannten Gott, dass er mich für diesmal hatte davonkommen lassen.

Ohne ein weiteres Wort zu verlieren, drehte Jatros sich um und ging von dannen.

Während ich ihm nachsah, spürte ich, wie meine Knie nachträglich weich wurden, in dem Bewusstsein, eine tödliche Gefahr so knapp überstanden zu haben.

Ich blickte mich um. Pusilla blieb verschwunden.

Müdigkeit und Erschöpfung forderten ihren Tribut. Mein ganzer Körper zitterte. Wenn ich wirklich in der Lage sein wollte, heute Nacht mit Flavus zu fliehen, sollte ich mich bis dahin lieber ein wenig hinlegen.

Noch immer in Gedanken, machte ich mich auf den Rückweg zum Haupthaus, als ich am Küchengebäude vorbeikam, das sich unweit des südlichen Flügels befand.

Der vertraute Duft nach frisch gebackenem Brot ließ beinahe etwas wie Heimweh in mir aufkeimen. Ein Schauer überlief mich.

Heimweh! Was bedeutete das für jemanden wie mich, der nicht einmal wusste, wo er herkam, der keine richtige Heimat hatte? Noch immer kannte ich meine Herkunft nicht, doch wenn es stimmte, dass ich in oder bei Treveris gefunden worden war, mussten meine Wurzeln irgendwo hier liegen, zwischen den sanften Hügeln und dem geschwungenen Moseltal. Seltsam, wie fremd mir dennoch alles erschien! Diese raue Landschaft, die Einsamkeit und Weite.

Geräusche geschäftigen Hantierens aus dem Küchenhaus ließen mich aufhorchen. Ohne zu wissen weshalb, ging ich darauf zu und lehnte mich ans offene Fenster.

Das Gefühl der Vertrautheit legte sich über mich wie lindernder Balsam: das Geklapper von Tongeschirr, das Scheppern schwerer Kessel und Pfannen, der durchdringende Geruch von Ruß, Feuer und Rauch.

Eine ältere Frau, deren bereits dünn gewordenen Haare am Hinterkopf von einem Knoten zusammengehalten wurden, aus dem sich einzelne weiße Strähnen gelöst hatten, schob gerade einen Kessel von der Feuerstelle, als ihr Blick mich traf.

Von einem Moment zum anderen hielt sie in der Bewegung inne. Ein Ausdruck ungläubigen Erstaunens huschte über ihr von tiefen Falten durchzogenes Gesicht, dessen Haut sich wie altes Pergament über ihre stark ausgeprägten Wangenknochen spannte.

Ohne den Blick von mir zu lassen, stellte sie den Kessel ab und kam langsam auf mich zu. Ihre Schritte waren vom Alter schwerfällig, doch hielt sie sich noch immer gerade.

Ein seltsames Kribbeln rieselte meine Wirbelsäule hinab. Ich mochte es nicht, wenn ich so angestarrt wurde, besonders nicht, wenn ich mich gerade für jemanden ausgab, der ich nicht war. Jatros' Drohungen klangen mir noch in den Ohren.

Wenige Schritte von mir entfernt blieb sie stehen; nur der Fensterrahmen trennte uns. Ich zwang mich dazu, nicht zurückzuweichen.

Starr vor Überraschung sah ich, wie sie ihre faltige Hand hob und mir entgegenstreckte. Kurz bevor ihre Fingerspitzen meine Wange berührten, hielt sie inne. Ihre Augen glitten über mein Gesicht, als suchten sie etwas, dann huschte ein Anflug der Enttäuschung über ihre Züge, und sie ließ die Hand wieder sinken.

»Bitte verzeih«, murmelte sie leise. »Ich habe mich wohl geirrt. Für einen Moment glaubte ich schon …« Sie unterbrach sich und schüttelte den Kopf. »Eine solche Ähnlichkeit!«

Gänsehaut überzog mich, mein Herz klopfte in der Brust. Eine Ähnlichkeit? Mit mir, die keine Familie hatte, die zu niemandem gehörte? Wem in aller Welt konnte ich denn ähnlich sehen?

Ein Gedanke formte sich in meinem Kopf, eine irrsinnige, wahnwitzige Idee. Der Funke einer Hoffnung keimte in mir auf. Konnte es denn möglich sein, dass …?

»An wen habe ich dich erinnert?«, brachte ich atemlos hervor, bevor die Alte sich zum Gehen wenden konnte.

Sie blieb stehen und blickte mich wieder an. »Dieselben Gesichtszüge, derselbe zierliche Körperbau. Die rötlichen Haare, wie sie sich um dein Gesicht kräuseln. Der fragende, neugierige Ausdruck.« Nachdenklich hielt sie inne. »Nur die Augen, die sind anders. Du hast dunkle Augen, fast schwarze. Seltsam, ihre waren grün.«

Grüne Augen.

Ich musste mich beherrschen, um sie nicht zu packen, zu drängen, sie möge doch weitersprechen.

»Ich habe sie eine Endlosigkeit nicht mehr gesehen.« Sie überlegte kurz. »Könnte sechzehn oder achtzehn Jahre her sein. Wer weiß, ob sie noch lebt?«

Der Ausdruck von tiefer Trauer überschattete das Gesicht der Alten.

»Die Frauen hier nannten sie die Tochter des Mondes, weil sie nachts stundenlang den Himmel betrachtete, sich über Dinge wie Werden und Vergehen Gedanken machte, Fragen stellte wie sonst niemand hier. Die Leute waren froh, arbeiten und für ihren Lebensunterhalt sorgen zu können. Da blickte *sie* zum Mond und dachte nach.«

Mein Herz schlug schneller. *O ja,* das Gefühl, diese drängende Begierde war mir nicht unbekannt.

»Vielleicht nannten sie sie jedoch auch so wegen des silbernen Amulettes, das sie trug. Es war eine schöne Arbeit, kostbar und schwer. Sie trug es stets unter ihrem Gewand und legte es nie ab. Die jungen Männer pflegten sie deswegen gerne zu verspotten, doch ihr war es gleichgültig.«

Unverständnis und Spott. Es war nicht leicht, dem mit Gleichmut zu begegnen.

»Sie war sehr schön und wurde von den Leuten geachtet, da sie sich mit Heilkräutern und -tränken auskannte. Es hieß sogar, sie habe heilende Hände und könne im Mondlicht bisweilen die Zukunft sehen.«

Vollständig in Gedanken versunken ging ihr Blick durch mich hindurch, zurück in die Vergangenheit, zu einer Frau, die ähnlich aussah wie ich, aber grüne Augen hatte.

»So schön wie sie war, hatte so mancher der jungen Männer ein Auge auf sie geworfen. Sie jedoch interessierte sich nur für ihre Heilpflanzen und die alten Geschichten. Bis *er* kam.« Die Alte machte eine kurze Pause und zog ihre faltige Stirn in noch tiefere Falten, als versuchte sie, sich genauer zu erinnern. »Er kam irgendwo aus dem Süden des Landes, von heute auf morgen, ich weiß nicht mehr woher. Und er war sehr still, zärtlich und leise.« Sie lächelte. »Die beiden waren wie Sonne und Mond. So ähnlich und doch grundverschieden. Ich erinnere mich noch gut. Es entstand eine Liebe, wie man sie selten trifft. Für die Ewigkeit, wie jeder hier glaubte.«

Die Umgebung hatte für mich aufgehört zu existieren. Die Frühlingssonne auf meiner Haut, der rußige Geruch aus dem Küchengebäude, nichts davon nahm ich mehr wahr. All meine Sinne waren nur noch auf die Worte der alten Frau gerichtet. Konnten sie vielleicht der Schlüssel zu einer Antwort auf die Frage sein, die mich zeitlebens umgetrieben hatte?

»Was geschah weiter?«, fragte ich schließlich, als sie immer noch schwieg und nur gedankenverloren vor sich hin blickte.

Langsam sah sie zu mir auf. »Die Sonne versank, und der Mond verdunkelte sich. Kurze Zeit später verließ sie die Heimat. Ich habe nie wieder von ihr gehört.«

Erneut glitt ihr Blick über meinen Körper, mein Gesicht und blieb dann an meinen Augen hängen. »Wirklich seltsam, diese Ähnlichkeit.« Sie lächelte leise, als hätte sie einen verloren geglaubten Freund wiedergesehen. »Ich wusste nicht, dass es dergleichen gibt.«

Noch immer das leise Lächeln auf dem Gesicht, wandte sie sich von mir ab und ging zurück zu ihrer Arbeit.

Ich war zu erschüttert, um ihr nachzurufen, und da ich meine Rolle als Cornelia Felix aufrechterhalten wollte, durfte ich es auch nicht. Unwillkürlich ertasteten meine Hände die Züge meines Gesichts, doch meine Gedanken weigerten sich, das Gesagte vollständig zu begreifen.

Es war sinnlos, sich solchen Hoffnungen hinzugeben. Schon einmal hatte ich gehofft, und schon einmal war ich enttäuscht worden. Letztendlich war dadurch alles nur noch schlimmer geworden.

Überhaupt, dieses Gerede von Sonne und Mond. Wer konnte sie schon verstehen, diese alten Geschichten? Erst ein Rabe und jetzt noch eine Mondtochter. Auf dem Land schienen die Leute an die seltsamsten Dinge zu glauben.

Unwirsch versuchte ich das Unbehagen abzuschütteln. In solchen Momenten wusste ich, weshalb ich die klare Sprache der Stoiker bevorzugte. Kein wirres Gerede, sondern verständliche Aussagen, für jeden nachvollziehbar, der über ein klein wenig Verstand und Bildung verfügte.

Das hier war nicht meine Welt.

Doch es half nichts, grübelnd herumzustehen. Wenn ich wirklich noch ein wenig schlafen wollte, tat ich nun besser daran, endlich zum Herrenhaus zurückzukehren.

Nur widerwillig lösten sich meine Füße von diesem Ort, der mir einen kurzen Blick in die Vergangenheit gewährt hatte, und bei jedem Schritt auf dem sorgfältig gepflegten Kiesweg hämmerte es in meinem Kopf:

Du weißt genau, von wem sie spricht. Du weißt, wer mit der Geschichte gemeint ist.

Doch wie ich es in den Jahren meines Lebens gelernt hatte, wusste ich, dass es besser war, dieser Stimme keine Beachtung zu schenken.

Nervös trommelte ich mit den Fingerspitzen, während ich in der Dunkelheit meines Schlafraumes auf Flavus wartete. Wie in einem Traum lag ich auf dem kostbaren Bett. Durch das geöffnete Fenster strömte der Duft der Frühlingsnacht, fahles Mondlicht beschien die wertvolle Einrichtung. Die Kissen unter mir waren weich, meine Haut sauber und wohlriechend von einmassiertem Öl.

Auf einem kleinen dreifüßigen Tisch, in Reichweite des Bettes, stand ein Krug mit Wein, ein schwerer, verzierter Silberbecher, daneben ein Teller mit Brot und Käse. Auf einer Matte vor meinem Zimmer schlief Pusilla, bereit, mir auf ein kurzes Rufen jeden Wunsch sofort zu erfüllen.

Fast zwei Tage lang hatte ich das Leben einer Herrin geführt, die andere Seite des Daseins kennengelernt, und ein Gefühl sagte mir, dass nun nichts mehr so sein würde wie bisher.

Noch immer spürte ich die Spuren der Folterung zwischen meinen Schultern, doch die vorbildliche Behandlung und die Schonung, die mir hier zuteilgeworden waren, ließen den Schmerz erträglich bleiben. Irgendwie würde ich den Weg nach Treveris schaffen.

Wo Flavus nur so lange blieb? Was, wenn er keine Möglichkeit gefunden hatte, sich heimlich davonzumachen? Wenn ihn jemand in ein Gespräch verwickelte und einfach nicht gehen ließ?

Ruhelos ließ ich meinen Blick durch den Raum gleiten und stand schließlich auf.

Der weiche Stoff des Gewandes streifte meine Knöchel, als ich auf bloßen Füßen zum Fenster ging. Verträumt lag der Garten im blassen Mondlicht. Sterne funkelten am schwarzen Nachthimmel.

Warum konnte es nicht so bleiben, warum konnte ich dieses Leben nicht einfach eine Weile weiterführen? Es ging mir gut, alle behandelten zuvorkommend, und bei meiner Bildung und Wortgewandtheit würde ich mich in dieser Welt gut zurechtfinden.

Einen Moment lang nahm dieser Gedanke vor meinem inneren Auge Gestalt an und steigerte sich zu einer leidenschaftlichen, brennenden Begierde.

Doch erneut schob sich ein anderes Bild dazwischen: Hyacinthus, im Ergastulum angekettet, mit bläulichen Lippen, halb bewusstlos gepeitscht, mit blutigem Rücken am Pfahl hängend; die hoffnungslosen Augen des alemannischen Jungen und seiner Mutter, ihren sicheren Tod vor Augen.

Nein, ich konnte sie nicht einfach ihrem Schicksal überlassen. Außerdem, wie lange würde es dauern, bis der Bote aus Divodurum zurückkäme? Dann wäre ohnehin alles vorbei.

Und bei Lichte betrachtet musste ich mir eingestehen, dass ich nicht einmal wusste, wo ich denn eigentlich hingehen sollte. Zwar konnte ich lesen und schreiben, doch waren das wohl kaum Fähigkeiten, mit denen eine Frau in den Siedlungen des Hinterlandes, womöglich gar außerhalb der Grenzen des Imperiums, ihren Lebensunterhalt zu bestreiten vermochte. Ich war das Leben in großen Städten gewöhnt und hatte noch nie für mich selbst sorgen müssen.

Außerdem, als Entlaufene würde ich mich in keiner Stadt, noch nicht einmal in einem Dorf oder einem Weiler innerhalb der belgischen Provinz blicken lassen dürfen. Der Arm des Statthalters reichte weit, und sicher würde er nach mir suchen lassen.

Ein leises Geräusch riss mich aus meinen Überlegungen.

Ich horchte auf. Aus der Dunkelheit des Gartens drang ein schwaches Rascheln zu mir ins Zimmer.

»Invita!« Es war kaum mehr als ein Flüstern.

Vor meinem Fenster stand Flavus. Das fahle Mondlicht erhellte sein Gesicht, in dem ich die Anspannung deutlich lesen konnte.

Beinahe erleichtert atmete ich auf.

»Zieh dir schnell einen Mantel über und komm!« Seine Stimme klang gehetzt.

Einen Moment lang zögerte ich, wollte die Sicherheit des prachtvollen Herrenhauses nicht aufgeben. Doch natürlich war der Gedanke töricht!

»Ich komme! Warte einen Moment.«

Ganz leise, um Pusilla vor der Tür nicht zu wecken, packte ich schnell das Brot und den Käse in ein kleines Tuch. Dann schlüpfte ich in die neben dem Bett stehenden Sandalen und legte mir den Umhang, den man inzwischen gewaschen und getrocknet hatte, über die Schultern.

Ich reichte mein Bündel durch das Fenster hinaus. Vorsichtig kletterte ich mit Flavus' Hilfe hinterher. Zwar fühlte ich mich noch immer schwach, und ein leichter Schmerz zwischen meinen Schulterblättern sagte mir, dass ich längst nicht vollständig wiederhergestellt war, doch damit musste ich zurechtkommen. Besser, als erneut den Verfolgern in die Hände zu fallen. Viel besser als das, was die Sklaven des Baetius zu erwarten hatten …

Fast lautlos eilten wir durch den Garten. Niemand war zu sehen.

Flavus half mir über die Mauer, und wieder standen wir auf der Straße, die im Mondlicht kaum zu erkennen war. Zwei Sklaven auf der Flucht.

Einen Moment lang dachte ich an Pusilla, ihre kindliche Zuneigung, und verspürte beinahe einen Stich, sie hier zurücklassen zu müssen.

Ich schickte ein Bittgebet an den Unbekannten Gott, dass das Mädchen wegen meines plötzlichen Verschwindens keine Probleme bekam. Dann verbot ich mir, noch einmal zurückzuschauen, und folgte Flavus.

KAPITEL XII

Unsere Flucht stand unter keinem guten Stern.

Die halbe Nacht und beinahe einen ganzen Tag waren wir erst in Dunkelheit und danach in brütender Hitze unterwegs gewesen. Vorbei an frisch bebauten Feldern, aus denen es schon zu sprießen begonnen hatte, Obstwiesen, deren Bäume in voller Blüte standen, und Weideflächen, auf denen Schafe, Ziegen und manchmal auch Kühe friedlich grasten und von in der Sonne dösenden Hirten bewacht wurden. In regelmäßigen Abständen wurde die Landschaft von kleinen Fußwegen durchzogen. Immer wieder boten uns große Waldflächen Schatten und Schutz. Flavus war darauf bedacht, einen sicheren Abstand zu den befestigten Hauptstraßen, den Pacht- und Gutshöfen zu halten, die sich im fruchtbaren Hügelland zwischen Saar und Mosel entlang den Straßen und Flussläufen aufreihten wie Perlen an einer Schnur.

Aufgrund meines geschwächten Zustands waren wir nur langsam vorangekommen und mussten häufiger kleine Pausen einlegen, bei denen Flavus nervös wie ein im Käfig gefangenes Raubtier auf und ab marschierte. Mehrere Male mussten wir uns vor Menschen verbergen, die uns zu Fuß oder im Wagen entgegenkamen. Und jetzt am Abend verdunkelten schwarze Wolken die sich langsam rot färbende Sonne. Nebel stieg zwischen den Bäumen empor, und ein Gewitter lag in der Luft.

Seit unserem Aufbruch hatte ich kaum ein Wort mit Flavus gewechselt, sondern hing meinen eigenen Gedanken und Überlegungen nach. Nur noch zwei Tage bis

Mercurius, und selbst wenn wir es rechtzeitig zurück nach Treveris schaffen sollten, hätten wir noch immer keinen Schuldigen zu präsentieren.

Während ich vor Erschöpfung mechanisch einen Fuß vor den anderen setzte, suchten meine Gedanken unentwegt nach einer Lösung. Immer wieder ging ich die einzelnen Informationen der letzten Tage durch, in der Hoffnung, etwas zu entdecken, was ich bisher vielleicht übersehen hatte.

Falls es sich nicht um eine Verwechslung handelte, wer würde dann am meisten vom Tod des Baetius Quigo profitieren? Ein politischer Gegner, oder doch jemand aus der Familie?

»Flavus?«, begann ich schließlich.

Er verlangsamte seine Schritte und blickte zurück.

»Wenn es wahr ist, dass Julia drei Kinder geboren hat und somit Frau ihres eigenen Rechtes ist …«

»Ja?« Flavus' Stimme klang hart. Sein sonnenverbranntes Gesicht hatte einen rötlichen Bronzeton angenommen und wirkte im schwachen Licht der Dämmerung verschlossen und abweisend.

»Wäre es da denkbar, dass sie ihren Gatten beiseitegeschafft hat, um sich eine bessere Partie zu ergattern?«

Flavus blieb stehen. »Wer sollte das sein?«

Müde strich ich mir den Schweiß aus der Stirn. »Das frage ich dich. Weißt du vielleicht von der Frau deines Bruders, ob Julia Besuche erhielt, vorzugsweise, wenn ihr Gatte nicht zu Hause war?«

Flavus zog die Stirn in Falten. »Im Haus eines amtierenden Duumvirs gehen immer viele Leute ein und aus.«

»Wer, zum Beispiel?«, hakte ich nach.

Gleichgültig zuckte er mit den Achseln. »So genau weiß ich das nicht. Das Übliche eben, viele der Decurionen, einmal sogar der Procurator, und auch der Aedil Ambrosius war häufiger im Haus. Er schien sich besonders des jungen Publius anzunehmen, als Förderer.«

»Und Spurius Cornix?«, unterbrach ich ihn.

Ich sah, wie er zusammenzuckte. »Was weißt du von Cornix?« Eine Ader pochte an seinem sehnigen Hals, und der Blick flackerte, ein untrügliches Zeichen dafür, wie angespannt er war.

Ich schien den richtigen Nerv getroffen zu haben. »Eine Magd in der Villa des Lucius Verecundus erzählte mir, er sei der Verlobte der Baetia Minor!«

»Nein!« Wütend krachte Flavus' Hand gegen einen Baumstamm, dass das Holz leise knirschte. »Das glaube ich nicht!«

Erschrocken wich ich zurück und sah in seine hellen, vor Zorn verengten Augen.

»Aber das passt genau zu ihm! Dieser Verräter, natürlich!«

Und plötzlich, als würden mir Schuppen von den Augen fallen, wurde mir alles klar. Jetzt wusste ich, weshalb mir der Name gleich so bekannt vorgekommen war und weshalb ich die ganze Zeit über geglaubt hatte, etwas Wichtiges zu übersehen.

Cornix, natürlich!

Cornix war ein Cognomen, ein Beiname, wie er in der römischen Gesellschaft üblich war und häufig ein charakteristisches Merkmal beschrieb. Aber was das Wichtigste war: Cornix bedeutete in etwa so viel wie Krähe … oder auch Rabe!

Einen Augenblick lang schwindelte es mir, als ich die Zusammenhänge erkannte: Spurius Cornix war der Rabe, von dem Flavus im Schlaf gesprochen, und den auch der alte Christ beim Sklavenhändler erwähnt hatte. Ganz deutlich erinnerte ich mich an das Brandzeichen auf der Brust des Alemannen in den Thermen und die dunkle Tätowierung auf dem Arm von Livius, im Hause des

Entführers. Und auch an die Wortfetzen beim Würfelspiel:

»... wenn der edle Cornix wüsste ...«

»... Ihr habt doch gehört, keine Namen ...«

Cornix, der Rabe!

Ich musste blind gewesen sein, dass ich es nicht früher bemerkt hatte.

»Der Rabe«, sagte ich mehr zu mir selbst, »das ist er also.«

Erneut fuhr Flavus zusammen. »Was weißt *du* von dem Raben?«

»Nicht so viel wie du!« Verbissen hielt ich seinem Blick stand. »Nur, dass er allem Anschein nach nicht nur in Niedergermanien, sondern auch hier in der Belgica gerade überall seine Hände im Spiel hat.« *Und dass du nicht bereit bist, mir mehr über ihn zu sagen,* fügte ich in Gedanken hinzu.

»Von einer Verlobung habe ich nichts gewusst.« Es war offensichtlich, dass Flavus versuchte, das Thema zu wechseln. »Ich wusste nur, dass Cornix Beziehungen zu Postumus, dem Statthalter von Niedergermanien, und zum Aedil Ambrosius aufrechterhielt. Doch zum Hause des Baetius Quigo, noch dazu als Verlobter der Tochter, das ist mir neu.« Die Anspannung wollte nicht aus Flavus' Gesicht weichen. »Die politischen Ambitionen von Baetius Quigo und Spurius Cornix«, er spuckte aus, als er den Namen aussprach, »könnten unterschiedlicher kaum sein.«

»In welcher Hinsicht?«, warf ich ein.

Flavus' Augen verengten sich erneut. »In keiner, die dich irgendwie zu kümmern hätte.«

Ich war nicht bereit, klein beizugeben, diesmal nicht. Die Zeit lief uns davon, ich musste die Wahrheit erfahren, und Flavus war der Einzige, der mir dabei behilflich sein konnte.

»Was hast *du* mit Cornix zu schaffen?«, fragte ich langsam.

»Ich?« Wieder begann eine Ader an Flavus' Hals zu pochen, das Blut stieg ihm ins Gesicht. »Wie kommst du darauf?«

Es war das Beste, bei der Wahrheit zu bleiben. »Du hast den Namen einmal im Schlaf gerufen. Du sagtest etwas wie ›Der Rabe hat uns verraten‹. Und ich habe gehört, wie der Name gefallen ist, als ihr ... als ihr um mich gewürfelt habt.«

Widerwillig nickte Flavus, schwieg jedoch weiterhin.

Meine Hände waren zu Fäusten geballt, mein ganzer Körper zitterte vor hilfloser Wut, und am liebsten hätte ich mich auf ihn gestürzt.

»Warum kannst du, um alles in der Welt, nicht endlich offen zu mir sein?«

»Du verstehst es nicht!« Mit beinahe brutaler Gewalt hatte er mich bei den Handgelenken gepackt. »Du lebst in der Welt deiner weisen Philosophen und gelehrten Schriften, einer Wirklichkeit aus Tinte und Papyrus.« Einen Moment hielt er inne und lockerte dann seinen Griff. »Wenn du auch nur ahnen würdest, was da draußen wirklich vorgeht, dann ...«

»Dann?« Herausfordernd blickte ich ihm in die Augen. Sein Griff schmerzte, und das Herz hämmerte in meiner Brust.

»Lass die Vergangenheit ruhen, Invita.« Ruckartig ließ er mich los und wandte sich von mir ab. »Glaub mir, es ist besser so.«

Das Gleiche hatte mir schon einmal Selena gesagt und mich dann meinem Schicksal überlassen. Ich war es leid, mit Halbwahrheiten und Andeutungen abgespeist zu werden. Ich musste endlich die Wahrheit wissen!

»Entweder du sagst mir jetzt, was du über diesen Cornix weißt«, meine Stimme klang heiser, »oder ich gehe keinen Schritt weiter!«

»Du weißt nicht, was du da verlangst!«, zischte Flavus. Sein Blick flackerte. »Wer bist du, dass du glaubst, dich in alles einmischen zu können?«

Noch nie hatte ich ihn so voller Zorn erlebt, und einen Augenblick überkam mich beinahe etwas wie Angst vor ihm.

Es kostete mich alle Überwindung, nicht zurückzuweichen und seinem Blick standzuhalten. »Ich dachte, wir hätten das gleiche Ziel: den wirklichen Mörder zu finden und deine Verwandten vor dem Tod zu bewahren. Doch wie es aussieht, bist du zu stolz, um mir dabei zu helfen!«

Eine Ewigkeit lang schienen mich seine Augen zu durchbohren, sein Brustkorb hob und senkte sich vor Erregung, seine Haltung zeigte mir, dass er einen inneren Kampf mit sich ausfocht. Schließlich senkte er den Blick.

»Wenn du es unbedingt wissen musst.« Seine Stimme klang rau, und ich hatte Mühe, ihn zu verstehen. »Cornix hat meinen Vater getötet, meine ganze Familie ausgelöscht. Nur die Frau und der Sohn meines Bruders sind mit dem Leben davongekommen – und ich. Niemand sonst.« Seine Augen waren hart, doch sie hatten einen feuchten Glanz.

Das war es also!

Ich stand da wie gelähmt durch das, was ich gerade erfahren hatte. Das Blut rauschte in meinen Ohren.

Cornix, der Rabe, war der Mörder seines Vaters und seiner Familie. Daher also der Hass, der Flavus bis in den Schlaf verfolgte.

Im ersten Moment konnte ich keinen klaren Gedanken fassen. Alles wirbelte in meinem Kopf durcheinander.

»Aber … warum?«

Flammend durchzuckte ein Blitz den Himmel und tauchte die Dämmerung in ein gleißendes Licht.

Der Schreck brachte mich wieder zur Besinnung. Ich durfte nicht die Nerven verlieren, nicht jetzt, wo ich zum ersten Mal begann, einige Zusammenhänge zu begreifen.

Wir waren also dem Mörder von Flavus' Familie auf der Spur, oder er auf unserer, je nachdem. Ich spürte, wie sich mein Herzschlag wieder beruhigte, während ich versuchte, diesen Mosaikstein in das Gesamtbild einzufügen.

Cornix war also der Verlobte von Baetia Minor. Allerdings hatte Flavus davon anscheinend nichts gewusst.

Doch wo lag der Zusammenhang zwischen Flavus' Wunsch nach Rache an Cornix und Baetius Quigos Tod?

Wieder fielen mir die Alemannen mit dem Brandzeichen des Raben ein, die Flavus mit einem Messer bedroht hatten. Auch sie hatten von Rache gesprochen. Aber wer waren diese drei? Stammesbrüder von Flavus, die mit ihm gemeinsam in Gefangenschaft geratet waren und deren Durst nach Vergeltung so übermächtig war, dass sie ihn mit allen Mitteln dazu bewegen wollten, sich ihnen anzuschließen? Oder war es Flavus selbst, an dem sie sich rächen wollten? Aber weshalb? Stand er ihren Plänen im Weg?

Es könnte aber auch ganz anders sein: Vielleicht waren diese Alemannen Verbündete von Cornix? Es wäre nicht das erste Mal, dass ein römischer Feldherr sich feindlicher Volksstämme bediente, um zu seinem Ziel zu gelangen. Weshalb sonst trugen sie das Zeichen des Raben auf ihrer Haut?

Und wenn es wirklich stimmte, was Hyacinthus damals unter Folter ausgesagt hatte, dass die Mörder in teure Stoffe gekleidete Alemannen waren, war es dann nicht denkbar, dass Cornix den Mord in Auftrag gegeben hatte, den Mord an seinem zukünftigen Schwiegervater?

Aber aus welchem Grund?

Weil dieser so wenig Bereitschaft zeigte, sich und die Stadt dem Schutz von Postumus' Truppen zu unterstellen? Hier konnte ich nur vage Vermutungen anstellen.

Ein schwerer Regentropfen fiel auf mein Gesicht und riss mich aus meinen Überlegungen. Erneut durchzuckte ein Blitz die Nacht.

»Wir müssen weiter und irgendeinen Unterschlupf finden.« Flavus packte mich am Arm und zog mich mit sich.

Der prasselnde Regen wurde stärker, benetzte mein Gesicht, drang in meine Kleider und durchweichte mich bis zur Haut. Mein Kopf schmerzte, und als ein Donner krachend über mir zusammenschlug, glaubte ich, das Ende der Welt bräche herein. Oder doch zumindest das Ende meines Lebens, auch wenn das im Augenblick keinen Pfifferling wert zu sein schien.

Schritt für Schritt versanken meine Füße tiefer in dem vom Regen aufgeweichten Boden. Ein Käuzchen schrie, die Stimmen der Nacht brachen über mich herein und machten mir Angst.

Ein neuer Blitz flammte auf und tauchte die gespenstische Gegend in grelles Licht. Die Umrisse der Bäume stachen wie schwarze Schatten heraus, die knorrigen Äste reckten sich nach oben, als wollten sie uns packen.

Wie eine Schlafwandlerin schritt ich weiter. Zweige schlugen mir ins nasse Gesicht, der Regen schien mich aufzulösen, und ein erneuter Donnerschlag ließ mich erschrocken zusammenzucken. Irgendwo vor mir wusste ich Flavus, der sich nicht scheute, diese Wildnis zu durchqueren, über die in diesem Augenblick nicht einmal mehr die Götter zu wachen schienen.

Zumindest keine, die ich kannte. Keine von denen, die im Hause meines Herrn in marmornen Schreinen mit teurem Weihrauch verehrt wurden, um Wohlstand und Segen zu bringen. Wenn es hier in diesem Chaos wirklich Götter gab, dann waren es zornige Götter, Götter der Art, wie sie vielleicht Flavus verehrte, in seinen germanischen Wäldern, und die nur durch das Blut gefallener Feinde in ihrem Zorn zu besänftigen waren.

Mein Fuß verfing sich in einer Wurzel. Ich strauchelte und fiel. Feuchter Schlamm drang in meine Kleider, kroch schmatzend um meine Finger, und einen Moment lang hatte ich das Bedürfnis, hier liegen zu bleiben und nie wieder aufzustehen.

Zwei Arme packten mich und rissen mich nach oben. Ein warmer Körper presste sich gegen meinen und rüttelte mich dann so, dass mein Kopf hin und her schlug. »Reiß dich zusammen, wir müssen weiter!« Flavus' Stimme zerschnitt meine Benommenheit wie ein scharfes Messer. »Sonst finden dich diese Kerle, oder du holst dir den Tod, was auch immer zuerst eintritt. Also komm!«

Gegen meinen Willen zerrte er mich weiter. Die Umgebung verschwamm zu einem undefinierbaren Nebel. Ich glaubte auf dem durchweichten Boden zu schwimmen, und irgendwann waren es nur noch Flavus' Arme, die mich voranzogen.

Ich hasste ihn, ich hasste mich, ich hasste diese ganze verfluchte Welt, die über mir zusammenzubrechen schien und keinerlei Gnade kannte. Mein Mund war geschwollen und trocken.

»Da vorne, siehst du?« Flavus' Stimme riss mich aus meinen Gedanken und zwang mich, aufzusehen.

Zunächst konnte ich nichts erkennen, doch plötzlich, bei einem grellen Blitzschlag, erspähte ich etwas, das sich schwach gegen die Dunkelheit und den unablässig fallenden Regen abzeichnete. Angestrengt kniff ich die Augen zusammen und versuchte, Einzelheiten zu erfassen.

»Glaubst du, da ist vielleicht ein Haus?«

»Könnte sein.« Flavus nickte grimmig.

Einen Moment machte sich etwas wie neue Hoffnung in mir breit, um dann gleich wieder erstickt zu werden.

»Da sind wir auch nicht sicher«, sagte ich bitter, doch so leise, dass Flavus es nicht hören konnte.

Ich spürte, wie sein Blick auf mir ruhte. »Wir müssen versuchen, dort Unterschlupf zu finden. In deinem Zustand kommen wir nicht mehr weit.«

»Aber ...«, wollte ich protestieren, doch mit einer Handbewegung schnitt Flavus mir das Wort ab.

»Durch das Unwetter werden auch unsere Verfolger heute Nacht nicht weit kommen. Vielleicht wohnt hier jemand, der keine Fragen stellt und uns aufnimmt, also komm!«

Ohne einen Widerspruch zuzulassen, packte er mich fester und zog mich hinter sich her. Er hatte recht, es blieb uns wirklich keine Wahl.

Wir näherten uns der Stelle, und es zeigte sich, dass wir uns nicht geirrt hatten. Da vorne stand tatsächlich ein Haus, genauer gesagt eine schäbige kleine Hütte. Ich konnte mir nicht vorstellen, wer freiwillig allein in dieser Einöde leben wollte.

Das Fachwerk war mit Lehm verputzt, das Dach mit Stroh gedeckt. Unter normalen Umständen nicht gerade einladend, doch erschien sie mir in dieser Situation wie die Eingangspforte ins Elysium, auch wenn ich nicht wusste, ob wir es wagen sollten, diese zu durchschreiten.

Mit einer Geste deutete mir Flavus an, mich nicht von der Stelle zu bewegen. Vorsichtig näherte er sich dem Haus, schob das Fell beiseite, mit dem das Fenster verhängt war, und spähte hinein.

»Ich kann niemanden sehen«, raunte er mir zu. »Es brennt ein Feuer, doch scheint keiner da zu sein.«

Mein Körper bebte vor Kälte und Nässe. Wasser perlte über mein Gesicht und tropfte mir von der Nasenspitze.

Langsam kam Flavus auf mich zu und streckte mir die Hand entgegen. »Hab keine Angst.«

Mein Herz pochte, die Wunden an meinen Schultern brannten, als seien sie unterwegs wieder aufgerissen.

Einen Moment lang zögerte ich, dann ergriff ich Flavus' Hand.

Meine Kraft reichte gerade noch aus, um ein leises Gebet zu murmeln, dass irgendein Gott sich unserer annahm und uns davor bewahrte, hier ins offene Messer zu laufen – oder in die Hände unserer Verfolger.

KAPITEL XIII

Die Wärme und Trockenheit des einfachen Raumes empfingen mich wie ein vertrauter Willkommensgruß. Nur am Rande nahm ich wahr, wie Flavus die Tür hinter uns schloss, um Kälte, Wind und Unwetter draußen zu lassen.

Während von meinen Kleidern und Haaren Wasser auf den festgestampften Lehmboden tropfte, sah ich auf den ersten Blick, dass sich wirklich niemand im Hause befand.

Ein Feuer prasselte leise unter einem bronzenen Topf, dem ein durchdringender Geruch entströmte. Das Licht des Feuers warf gespenstische Schatten über die einfachen, weißgetünchten Wände und tauchte den Raum in ein unruhiges Dämmerlicht.

Seltsam. Bis vor Kurzem musste hier noch jemand gewesen sein, doch wer würde bei diesem Unwetter sein Haus verlassen?

Zögernd machte ich schließlich einen Schritt nach vorne und schüttelte die triefend nassen Sachen aus. Erst jetzt bemerkte ich, dass meine Fingerspitzen vor Kälte steif geworden waren.

Einem Impuls folgend ging ich zum Feuer und streckte meine Hände der Wärme entgegen. Meine Zähne schlugen zitternd aufeinander.

Flavus stand noch einige Schritte neben mir und schien sorgfältig den Raum zu inspizieren, als hätte er Angst, ein Verfolger könnte plötzlich hinter einem der wackeligen Stühle oder dem schäbigen Bett, das am anderen Ende des Raumes stand, hervorgesprungen kommen.

Ein Bild stieg in mir auf, blass und verschwommen. Eine Ahnung, nicht mehr als der vage Anflug einer Erinnerung.

Aber woran? Ich schloss die Augen. Ein bekannter Geruch ließ das unbestimmte Gefühl von Vertrautheit in mir aufsteigen, und einen Moment lang gab ich mich ihm hin.

Langsam öffnete ich wieder die Lider. Der Raum war unverändert: ein Bett, zwei wackelige Stühle, ein grobgezimmerter Tisch, ein paar Krüge und Gefäße in der Ecke, einige Becher auf einem kleinen Regal; von der Decke hingen Kräuter und andere Pflanzen zum Trocknen. Nichts Ungewöhnliches, nichts, was mich in irgendeiner Weise beunruhigen sollte.

Doch das Unbehagen blieb. An was in aller Welt erinnerte mich dieser schäbige Raum nur?

Ich löste mich vom Feuer und ging auf Flavus zu.

»Wir werden die Nacht hier verbringen müssen«, meinte er knapp. »Bete zu deinen Göttern, dass der Besitzer kein Interesse an römischer Politik hat.«

Ein beunruhigender Gedanke. Doch hätte es nur der Höllenhund Cerberus vermocht, mich wieder in das Unwetter hinauszujagen, wo mir gedungene Mörder auf den Fersen waren.

Zitternd schälte ich mich aus den tropfnassen Kleidern und ging, nur mit der Untertunika bekleidet, zurück zum Feuer.

Flavus warf einen skeptischen Blick in den Topf. »Ich bezweifle, dass das hier essbar ist«, meinte er mit zusammengekniffenen Augen. »Dieses Gebräu stinkt wie die Lauge, welche die Frauen bei uns zu Hause verwenden, um Stoffe blau zu färben.«

Ich hatte ohnehin keinen Hunger. Essen war mir gleichgültig. Ich spürte, wie eine dumpfe Müdigkeit von mir Besitz ergriffen hatte und ich mich anstrengen musste, die

Augen offen zu halten. Plötzlich stieg eine Fieberwelle in mir auf, und das Pochen zwischen meinen Schultern steigerte sich zu einem unerträglichen Schmerz.

Von irgendwoher hatte Flavus eine trockene Decke genommen und mir vorsichtig über die Schultern gelegt. »Damit du dir nicht wirklich noch den Tod holst.«

Das Material war kratzig und rau, doch der Duft, der ihm entströmte, ließ mich erneut innehalten. Da war es wieder, das Gefühl aufkeimender Erinnerung, der Eindruck, ein Bild vor Augen zu haben, das, immer, wenn ich glaubte, es greifen zu können, wieder vor mir zerfloss.

Der Lehmboden knirschte unter meinen Füßen, als ich mich fester in die Decke wickelte und einige Schritte durch den Raum machte, um mich genauer umzusehen.

Wer mochte hier in dieser Einsamkeit leben?

»Willst du dich nicht ein wenig hinlegen?« Unbemerkt war Flavus hinter mich getreten und legte mir die Hand auf den Rücken. Schmerzhaft zuckte ich zusammen, als er versehentlich meine Verletzungen berührte.

»Du hast immer noch Schmerzen?« Vorsichtig schob er die Decke zurück und zog meine Untertunika ein wenig über den Rücken nach unten. Ich fühlte mich zu schwach, mich ihm zu widersetzen »Das sind tiefe Schnitte«, meinte er schließlich. »Und ich dachte, man hätte dich als Tochter aus vornehmem mediomatrischem Hause gut versorgt«, fügte er nicht ganz ohne Spott hinzu.

»Lass gut sein«, murmelte ich halbherzig. Mein Mund war trocken, meine Zunge glühte. Ich durfte jetzt nicht schwach werden. Nicht, bevor ich wusste, wer da gleich hereinkommen und zwei ungebetene Gäste bei sich entdecken würde.

Behutsam tasteten sich meine Finger über die zum Trocknen aufgehängten Kräuter. Bei meiner Berührung entströmte ihnen ein intensiver Duft, der sich sofort im ganzen Raum ausbreitete.

Das Gefühl der Vertrautheit verstärkte sich, doch zwang ich mich dazu, es zu ignorieren.

Es waren nicht die Kräuter, die normalerweise in der Küche zum Würzen und Verfeinern von Speisen verwendet werden.

Vielleicht Heilkräuter, die der Besitzer dieser Hütte in den Wäldern sammelte und an die Ärzte in der Stadt verkaufte.

Plötzlich glaubte ich, meinen Augen nicht trauen zu können oder das Fieber hätte mich genarrt, indem es mir Wunschbilder vorgaukelte. Doch nein, sorgfältig unter dem Bett verstaut steckten tatsächlich Schriftrollen.

Einen Moment war ich wie erstarrt. Schriftrollen hier? Konnte jemand, der in diesem Loch hier hauste, so gebildet sein, dass er des Lesens mächtig war? Doch so oft ich auch blinzelte, die Schriftrollen lagen nach wie vor da und begannen, je länger ich sie betrachtete, immer stärker ihren Zauber auf mich auszuüben.

Ich zwang mich, die Augen zu schließen, und wies mich selbst zurecht. Es wäre doch Wahnsinn, eine bodenlose Dummheit! Draußen tobte ein Unwetter, Verfolger waren uns dicht auf den Fersen, und ich musste dagegen ankämpfen, mich nicht von meiner Leidenschaft für geheimnisvolle Schriften hinreißen zu lassen.

Doch schließlich gab ich nach, bückte mich und griff nach einer der Rollen.

Mein Herz schlug schneller, als meine Fingerspitzen über die vertraute raue Oberfläche von Papyrus glitten.

Kurz warf ich einen Blick auf Flavus, der jedoch aus dem Fenster blickte und mich nicht beachtete.

Mit bebenden Händen löste ich die Schnur und rollte das Papyrus auseinander.

Er küsse mich mit Küssen seines Mundes, denn seine Liebe ist köstlicher als Wein.

Es war auf Griechisch geschrieben! Überrascht hielt ich im Lesen inne. Nicht nur, dass der Bewohner dieser Hütte des Lesens mächtig war, ganz offensichtlich beherrschte er auch noch Fremdsprachen!

Verwundert las ich weiter.

Was dir entsprosst, ist ein Lustgarten von Granatapfelbäumen samt köstlichen Früchten.

Was war das? Ein Liebesgedicht? Ein Brief? Eine Ode an die Freude der körperlichen Genüsse? Und das an diesem Ort? Allerdings kamen mir Sprache und Melodie des Textes unbekannt und fremdartig vor. Etwas Ähnliches war mir bislang nicht unter die Augen gekommen. So völlig anders als Ovid oder Catull mit ihren frivolen Liebesgedichten.

Lass duften meinen Garten, lass strömen seine Balsamöle! Mein Geliebter komme in seinen Garten und esse seine köstlichen Früchte!

Ungewollt schoss mir die Röte ins Gesicht, ich hatte das Bedürfnis, den Blick abzuwenden, und dennoch konnte ich meine Augen nicht von den Worten lösen, die mich auf seltsame Art in ihren Bann zogen.

Esst, Freunde, trinkt und berauscht euch an der Liebe!

Das Gefühl, mich an etwas erinnern zu müssen, verstärkte sich. Es kribbelte in meinem Bauch, pochte an meiner Stirn. Ich glaubte, die Schriftrolle hätte Feuer gefangen und begänne zwischen meinen Fingern zu glühen.

Wie schön bist du, und wie lieblich bist du, o Liebe voller Wonnen!

Langsam ließ ich die Rolle sinken und versuchte, meine Gedanken zu ordnen, meinen Herzschlag wieder zu beruhigen. Es war wohl kaum der geeignete Zeitpunkt, sich vom Zauber dichterischer Worte einfangen zu lassen, und dennoch hatten diese in mir eine Saite angeschlagen, die mir bisher selbst fremd gewesen war.

Wieder schaute ich hinüber zu Flavus. Zwischenzeitlich hatte er sich ebenfalls dazu durchgerungen, die nassen

Sachen auszuziehen. Nur mit einer Leinenhose bekleidet hockte er am Feuer, und aus den Augenwinkeln heraus sah ich, wie die Muskeln seines Oberkörpers im dämmrigen Licht deutlich hervortraten.

Noch nie zuvor hatte ich ihn unbekleidet gesehen, nicht einmal in der erzwungenen Gemeinsamkeit unserer Kammer im Statthalterpalast. Erneut stieg eine Hitzewelle in mir auf, doch es gelang mir nicht, meinen Blick abzuwenden.

Meine Wangen brannten, während ich meinen Blick über seine Schultern und seinen Rücken gleiten ließ, und ich verstand plötzlich, warum man sich allenthalben im Imperium vor der Kraft und Gewalt dieser Barbaren fürchtete.

Eine längliche Narbe, wahrscheinlich von einem Schwerthieb, zog sich von seinem rechten Schulterblatt quer über den Rücken bis hinab zum Kreuz, eine weitere über seine linke Hüfte. Sie war breit, an den Rändern ein wenig ausgefranst und musste von einer schwerwiegenden Verletzung herrühren.

Wieder erkannte ich, wie wenig ich eigentlich von ihm wusste.

Wer *war* Flavus? Wie viele Kämpfe lagen schon hinter ihm, und wie viele unserer Landsleute hatte er dabei schon getötet?

Als hätte er meinen Blick gespürte, wandte er sich um. Ein Wassertropfen löste sich von seinem noch immer feuchten Haar, fiel auf sein Gesicht und rann den Hals hinab zu seiner Brust.

Mein Herz setzte einen Schlag lang aus.

Auf seiner linken Brust hatte er blutverkrustete Spuren von tiefen Messerschnitten. Kreuz und quer zogen sie sich über die Wölbung des Muskels, als hätte jemand in blinder Wut seinen ganzen Hass daran ausgelassen.

Wie gebannt starrte ich auf die schmalen, dunkelroten Streifen, und mir wurde plötzlich klar, dass diese Wunden erst einige Tage alt sein konnten.

Waren sie die Ursache der verdächtigen Blutspuren, die ich in der Nacht des Mordes an Flavus' Gewand gesehen hatte? War er in dieser Nacht in einen Kampf verwickelt gewesen, hatte er womöglich – die Sinne drohten mir zu schwinden – doch mit dem Mord an Baetius Quigo zu tun?

Wieder kam mir Hyacinthus' Aussage in den Sinn: *Es waren alemannische Worte.*

Der Zauber des Augenblicks war wieder dem Anflug von Angst gewichen. Mit zitternden Fingern legte ich die Schriftrolle beiseite und trat auf Flavus zu.

Sein Körper war angespannt, unruhig spiegelte sich das flackernde Feuer in seinen Augen.

Unwillkürlich streckte ich meine Hand zu seiner verkrusteten Wunde aus. »Was hast du da?«, flüsterte ich.

»Fass mich nicht an!« Mit einer Geste ungebändigten Zorns hatte Flavus meine Hand beiseitegeschlagen. »Lass mich in Frieden!«

Nie zuvor hatte ich ihn so zornig gesehen, so unberechenbar in plötzlich aufkeimender Aggression.

Schockiert starrte ich ihn an, während ich mein Handgelenk hielt, das von seinem Schlag schmerzte.

»Warum kannst du nicht endlich begreifen, dass dich meine Angelegenheiten nicht zu kümmern haben, verflucht?« Sein Atem ging heftig. »Hast du noch immer nicht verstanden, dass du aufhören sollst, dich ständig in alles einzumischen?«

Trotz meines Entsetzens hielt ich seinem Blick stand. Dann brach die ganze Wut, Angst und Verzweiflung der letzten Tage aus mir heraus, wie eine Flut, die sich zu lange angestaut hatte: »Wie kannst du so vermessen sein, so blind und arrogant?« Meine Stimme überschlug sich. »Nach alldem, was ich durchmachen musste, behauptest du immer noch, das alles sei nur deine Angelegenheit?«

Ich zitterte, äußerlich wie innerlich, während mein Blick wieder auf die Verletzungen seiner Brust fiel, die, vom flackernden Schein des Feuers beleuchtet, nun deutlich zu erkennen waren.

Unter den frischeren Spuren willkürlicher Gewalt entdeckte ich ein schon verblasstes Muster: ein Stigma, ein Brandzeichen. Das gleiche, das ich auch bei dem Alemannen im Praefurnium der Thermen gesehen hatte.

Das Zeichen des Raben.

Wie gebannt hielt ich in der Bewegung inne und starrte auf das fast unkenntlich gemachte Mal, das weißlich auf der schweißbedeckten Haut hervortrat. Kraftlos ließ ich meine Arme sinken, als ich endlich – nach all den Tagen des Suchens und Fragens – begriff.

Der Rabe hatte ihm sein Zeichen aufgedrückt, es mit glühendem Eisen in sein Fleisch gebrannt. Flavus hatte mit ansehen müssen, wie Cornix seine Familie abschlachtete, bevor er selbst und die anderen Überlebenden gebrandmarkt und in die Sklaverei verschleppt wurden.

Der Boden schien unter meinen Füßen zu schwanken. Entsetzen und Mitleid wechselten einander ab. Doch gleich darauf überflutete mich ein Gefühl der Panik, als ich erkannte, was das zu bedeuten hatte.

Jemand, der so etwas Grausames erlebt hatte, wurde sicher nur noch vom Verlangen nach Vergeltung getrieben! Er würde alles versuchen, um das, was ihm und seiner Familie angetan wurde, zu rächen.

Ich wagte nicht, den Gedanken zu Ende zu führen. Cornix hat seine Familie getötet, und Baetius sollte dessen Schwiegervater werden … Meine Überlegungen überschlugen sich, ergaben aber kein klares Bild.

»Aber weshalb?«, flüsterte ich leise und versuchte, mir meine Angst nicht offen anmerken zu lassen. »Welchen Grund hatte er gehabt, dich derart zu zeichnen? Als besiegten Gegner, als unterlegenen Feind?«

Flavus' Augen glitzerten vor Hass, Trauer oder Zorn. Er atmete heftig, blieb aber stumm.

»Was hattest du und deine Familie mit ihm zu schaffen, dass er dir sein Siegel aufdrückte?«

Ein Geräusch an der Tür wurde laut.

»Es kommt jemand!« Flavus' Worte rissen mich in die Wirklichkeit zurück und enthoben ihn einer Antwort. Doch er trat noch näher an mich heran, als wolle er mich schützen, seine Augen unverwandt zur Tür gerichtet.

Der Geruch der Kräuter schien sich zu verstärken, vor meinem inneren Auge formte sich ein Bild.

»Es wird dir nichts geschehen«, hörte ich Flavus mir zuraunen. »Lass mich nur reden.«

Langsam öffnete sich die Tür. Die alten Scharniere quietschten. Eine vermummte Gestalt trat ein und kam näher.

Bei unserem Anblick blieb sie stehen, ließ den Blick langsam von mir zu Flavus und von Flavus zu mir gleiten. Dann erst schloss sie die Tür hinter sich.

Nur am Rande nahm ich wahr, wie Flavus auf die Eintretende zuging.

Diese ließ den Blick nicht von uns, schüttelte sich den Regen von den Kleidern und ließ die Kapuze von Gesicht und Kopf gleiten.

Der Ausdruck kühlen Spottes in den Augen bestätigte mir, dass ich mich nicht getäuscht hatte.

»Oh, sehe ich das richtig? Zwei Sklaven auf der Flucht!« Eine raue, heisere Stimme.

An der Tür, in tropfnassen Kleidern, doch mit dem üblichen unnahbaren Ausdruck auf dem ebenmäßigen Gesicht, stand Selena.

KAPITEL XIV

Da bin ich ja gerade recht gekommen.«

Ihr Blick war erst auf mich, dann auf Flavus gerichtet, jedoch vermied sie es, mir in die Augen zu schauen.

Ich bemerkte, dass Flavus' Muskeln sich anspannten. Seine Augen suchten den Raum ab, nach einem Ausweg oder einer Waffe.

»Ihr braucht keine Angst zu haben.« Langsam legte Selena Mantel und Korb auf einen kleinen Stuhl neben der Tür und schüttelte dann die feuchten, zu einem schweren Zopf geflochtenen Haare aus. »Ich habe kein Interesse daran, euch den Fugitivarii auszuliefern. Macht euch also keine Sorgen.«

Sie trat zwei Schritte auf uns zu und sah Flavus dann direkt ins Gesicht. »Ich glaube nicht, dass wir uns schon einmal begegnet sind.«

Einen Moment schien er zu überlegen, dann schüttelte er den Kopf. »Nein.«

Selenas Blick ruhte noch eine Weile auf Flavus, dann nickte sie.

»Ich will nicht wissen, was ihr beiden außerhalb von Treveris macht und wie ihr hierhergekommen seid!« Einen Augenblick lang hatte ich den Eindruck, ihr Blick würde bis zum Grund meiner Seele reichen und meine Gedanken lesen. Unwillkürlich senkte ich die Augen, doch Selena sprach weiter: »Ihr seid sicher halbverhungert und durchgefroren. Kein geeigneter Zeitpunkt, um euch vor die Tür zu setzen.«

Flavus rührte sich nicht. Mit zusammengekniffenen Augen beobachtete er Selena, als wollte er abschätzen, ob er ihr wirklich trauen könnte.

»Du bist eine weise Frau«, stellte er schließlich fest, während sein fragender Blick zu den zum Trocknen aufgehängten Kräutern und dem brodelnden Topf über dem Feuer ging.

Ein Anflug feiner Ironie glitt über Selenas Gesicht. »Ob ich weise bin, vermag ich nicht zu beurteilen. Doch kann ich manche Leiden lindern und kenne mich mit Heilpflanzen aus. Hin und wieder kommen auch Leute zu mir, die etwas über ihre Zukunft erfahren möchten.«

»In meinem Stamm gibt es auch Frauen wie dich. Seherinnen, die die Zukunft voraussagen und Krankheiten heilen. Du wirst uns nicht verraten.«

Ich wusste nicht, ob Flavus dies als Frage oder als Feststellung gemeint hatte, doch wie zur Bestätigung senkte Selena den Blick, und er schien sich zu entspannen.

»Das Mädchen ist verletzt und braucht Hilfe.« Langsam trat er hinter mich und legte die Hand auf meinen Oberarm. »Könntest du dich um ihre Wunden kümmern?«

Ein Schatten glitt über Selenas Gesicht, als sie mich anblickte; ich wusste nicht, ob es Überraschung oder Besorgnis war. Vielleicht etwas ganz anderes? Der Anflug von Schuld?

»Lass mich sehen«, meinte sie leise und trat auf mich zu. »Wie geht es dir?« Ihre Stimme war kaum mehr als ein Flüstern.

Es waren die ersten Worte, die sie an mich richtete seit jenem Abend, als sie tatenlos mit angesehen hatte, wie Celsus und die Stadtwachen mich fortschleiften – nachdem sie meine einfache Frage, ob sie meine Mutter sei, unbeantwortet gelassen hatte.

Was erwartete sie von mir?

Vorsichtig hob ich die Schultern. »Man hat versucht, Wissen über den Statthalter aus mir herauszupressen, doch ich konnte entkommen und bin seither auf der Flucht. Was glaubst du, wie es mir geht?«

Selena erwiderte nichts, ihr Blick war weiterhin auf mich gerichtet, als suche sie in meinem Gesicht etwas. Dann wandte sie sich Flavus zu: »Könntest du dich darum kümmern, dass das Feuer nicht ausgeht? Draußen unter der Dachtraufe liegt Holz. Im hinteren Teil des Raums in einem Korb befinden sich Brot und etwas Käse, dazu eine Amphore mit Wein. Wenn ihr Hunger habt, kannst du es holen ...«

Flavus nickte, wandte sich um und warf sich den noch feuchten Mantel über. Als er die Tür öffnete, fuhr eine kalte Windbö herein, und Regentropfen platschten auf den Lehmfußboden. Schnell schloss er sie hinter sich.

»Wo bist du verletzt?«, fragte Selena, als wir allein waren.

Mit der Hand wies ich auf Nacken und Schultern. »Messer und ein Brandeisen«, meinte ich knapp und versuchte die Erinnerung zu verdrängen, die mich in diesem Moment erneut zu übermannen drohte.

»Leg dich hier hin.« Selena deutete auf eine kleine Holzbank. »Ich werde es mir einmal ansehen.«

Wortlos kam ich dem Befehl nach. Vorsichtig zog Selena den Stoff meiner Tunika herunter. Ich hörte sie scharf einatmen, als sie meine Verletzungen entdeckte. »Was haben sie ...?« Sie unterbrach sich. »Das sieht schlimm aus!«, meinte sie nach einer Weile. »Doch wie ich sehe, hat sich schon einmal jemand darum gekümmert. Es wird heilen.«

Vorsichtig strich sie mit der Hand meine Wirbelsäule hinab und zuckte dann zusammen, als wäre sie geschlagen worden. Eine durchdringende Stille entstand, nichts war zu hören als das Knistern des Feuers.

»Wann ist das geschehen?«, fragte sie leise, und ihre Stimme war kaum hörbar, während ihre Fingerspitzen auf den Spuren meiner Rutenstriemen ruhten.

»An dem Tag, als ich zum Statthalterpalast zurückkehren musste, nachdem du mich von dem Überfall gerettet und bei dir aufgenommen hattest. Es hieß, ich sei ...«

Meine Stimme brach, ich konnte nicht weitersprechen. Die Erinnerung an jenen Tag schlug über mir zusammen. Das Gefühl, hilflos und ausgeliefert zu sein, das sich mir mit jedem Hieb tiefer eingegraben hatte, das Bewusstsein, vollkommen allein zu sein. Und dieses Gefühl war noch schlimmer als die Rutenstreiche, da es nie abklingen würde und mit keiner Salbe zu heilen war.

Langsam wandte ich den Kopf zu Selena hin, und sah im flackernden Licht ihre Augen schimmern. Gerne hätte ich gesagt, dass ein anderer Tag ungleich schlimmer für mich gewesen war. Der Tag, an dem sie mich weggeschickt, als sie mich Celsus und der Stadtwache überlassen hatte, ohne auch nur zu versuchen, mir zu helfen. Ohne mir die Wahrheit zu sagen … Doch ich wusste, dass es sinnlos war.

»Ich werde die Wunden reinigen und dir eine Salbe geben.« Ohne auf das Thema weiter einzugehen, stand Selena auf. »Danach musst du dich in zwei Decken einpacken und schlafen. Nur so kannst du verhindern, dass du dich auch noch erkältest und Fieber bekommst.«

Stumm ließ ich zu, dass sie meine Verletzungen versorgte und mir eine weitere Decke um die Schultern legte.

»Du kannst mein Lager haben.«

Widerstandslos ließ ich mich zu dem grob gezimmerten Bett führen, auf dem ein Strohsack lag. Meine Untertunika war zwischenzeitlich wieder getrocknet, meine Haut kribbelte von der angenehmen Wärme.

»Leg dich hin, und versuche zu schlafen«, meinte sie leise. »Mehr kannst du jetzt nicht tun.«

Einen Moment dachte ich an Hyacinthus, Flavus' Verwandte und die anderen Sklaven und dass ich noch immer nicht das Geringste in der Hand hatte, um ihren Tod zu verhindern.

Doch es gab nichts, was ich in diesem Moment tun konnte. Außer vielleicht beten. Doch während ich es mir auf der kratzigen Matte bequem machte und das Prasseln des Regens auf das mit Stroh gedeckte Dach vernahm, wusste ich nicht mehr, an welchen Gott ich dieses Gebet richten könnte.

Noch immer stand Selena da und sah auf mich herab.

»Dein Begleiter«, sagte sie leise, »wer ist das?«

Was erwidert man auf eine Frage, deren Antwort man selbst nicht kennt?

»Ein alemannischer Kriegsgefangener.« Das war so ziemlich alles, was ich über Flavus sagen konnte. »Er dient ebenfalls im Hause des Statthalters.«

Selena erwiderte nichts, doch ihr stummer Blick formulierte eine unausgesprochene Frage.

»Flavus ist ... man hat ihn ... ich bin ...«, etwas in meinem Inneren machte es mir unmöglich, Selena zu sagen, dass der Hausverwalter mich zu einer körperlichen Beziehung zu Flavus gezwungen hatte, ich jedoch weder seinen richtigen Namen kannte noch wusste, ob ihm zu trauen war. »Wir teilen uns ein Lager.« Mehr brachte ich nicht hervor.

Einen Augenblick lang sah es so aus, als wollte Selena etwas erwidern, doch dann schüttelte sie nur stumm den Kopf. Ihre schlanken Finger näherten sich meinem Gesicht, hielten in der Bewegung kurz inne, dann zog sie die Hand hastig zurück.

»Schlaf jetzt, das wird dir gut tun!« Ihre Stimme war belegt, als sie sich umdrehte.

Müdigkeit überfiel mich wie eine schwere Decke, die Augen fielen mir zu.

Wie von weither hörte ich noch, dass Flavus die Tür öffnete und wieder den Raum betrat, dann versank ich endgültig in Morpheus' Armen.

Irgendwann in der Nacht erwachte ich.

Einen Moment lang wusste ich nicht, wo ich mich befand.

Als ich mich umdrehte, sah ich, dass Flavus neben mir lag. Sein gleichmäßiges Atmen zeigte mir, dass er fest schlief.

Ein schwach flackerndes Licht erhellte den kleinen Raum, und die Erinnerung kehrte zurück.

Zunächst wartete ich einen Moment, dann schob ich vorsichtig die Decke zurück und schlüpfte aus dem Bett.

Leise knisterte das Feuer, aus den züngelnden Flammen flogen von Zeit zu Zeit Funken zum strohgedeckten Dach, wo sie rasch erloschen. Davor saß eine einsame Gestalt.

»Selena, ich ...« Es gelang mir nicht, weiterzusprechen. Wie gelähmt blieb ich zwei Schritte von ihr entfernt stehen, als hätte sie mit Hilfe eines uralten Zaubers einen magischen Bannkreis um sich gezogen, in den ich nicht eintreten konnte.

»Selena?«

Reglos starrte sie in die Glut. Sie hatte sich eine schwere wollene Decke über die Schultern gelegt, ihr schlanker Oberkörper war etwas nach vorne gebeugt. Ich wusste nicht, ob sie wachte oder schlief.

»Selena!« Erst beim dritten Mal reagierte sie. Wortlos wandte sie den Kopf und sah mich eine Weile schweigend an. Der Schein des Feuers spiegelte sich in ihren grünen Augen wider, die eine Aura von Traurigkeit ausstrahlten.

Stumm gab sie mir mit der Hand ein Zeichen, mich zu ihr zu setzen.

Leise tat ich, wie mir geheißen. So nah am Feuer war der Lehmboden angenehm warm. Gemeinsam blickten wir in die hellen Flammen, ohne uns anzusehen.

»Manche Menschen sagen, in den Flammen des Feuers könne man seine Zukunft erkennen.«

Es war der erste Satz, den Selena an mich richtete. Meine Stimme klang belegt, als ich erwiderte: »Und was sagen dir die Flammen – über deine Zukunft?«

Das Knistern schien lauter zu werden, hell flackerte das Feuer auf, als Selena es heftig mit einem Stab schürte.

»Dass sie immer in Bewegung ist.« Noch immer sah sie mich nicht an. »Dass es Licht und Schatten geben wird. Hitze und Kälte. Alles zu seiner vorgegebenen Zeit.«

»Das ist alles, was dir die Flammen sagen?«

»Reicht dir das nicht? Ist dir das Wissen über Werden und Vergehen, Tag und Nacht nicht genug? Zu wissen, dass auf jeden Tag eine Nacht folgt, in der man ruhen kann, auf jede Nacht ein heller Morgen, der Licht und Wärme bringt?« Sie machte eine Pause und wandte dann langsam ihren Blick zu mir herüber. »Was möchtest du wissen, Invita?«

Mein ganzes Leben hatte ich auf diese Frage gewartet. All die Wochen, die vergangen waren, seit mich Celsus in Fesseln von Selena weggeschleppt hatte, hatte ich in schlaflosen Nächten und inbrünstigen Gebeten darum gefleht, diese Frage stellen zu dürfen. Doch jetzt, im Schein der lodernden Flammen, schien mir meine Zunge nicht gehorchen zu wollen.

»Mich interessiert mehr die Vergangenheit als die Zukunft.« Meine Worte klangen heiser, als hätte jemand anders sie gesprochen, jemand von weit her, den ich einmal kannte und dann wieder verloren hatte.

Selena nickte. »Ich weiß. Du warst schon immer mehr an den Schatten des Verflossenen interessiert als am Licht der Gegenwart. So bleibst du stets im Dunkeln.«

Ich spürte, wie sich etwas in meiner Brust verkrampfte. Wieso nahm ausgerechnet sie sich das Recht heraus, mir Derartiges zu sagen? Sie war es doch gewesen, die …

Doch verbot ich mir, weiter darüber nachzudenken, mich der erneut aufkeimenden, ohnmächtigen Wut hinzugeben, um nicht die Gelegenheit des Augenblickes verstreichen zu lassen.

»Ich habe eine Geschichte gehört«, begann ich schließlich. »Auf dem Weg entlang der Saar, durch die endlosen Hügel.«

Einen Moment hielt ich inne und spürte, wie Selenas Blick auf mir ruhte. »Die Geschichte einer jungen Frau, gesegnet mit besonderen Fähigkeiten und außergewöhnlicher Schönheit. Die die Gabe hatte, sich um Kranke zu kümmern und Wunden zu heilen, und die bisweilen die Macht besaß, einen Blick in die Seele der Menschen zu werfen – und in die Zukunft.«

Wieder hielt ich inne, erwartete jedoch keine Reaktion.

»Von vielen, denen sie hatte helfen können, wurde sie nur die Mondtochter genannt.«

Diesmal spürte ich, wie Selena zusammenzuckte, ihre Hand sich um das Schürholz krampfte und ein Schatten schmerzhaften Erkennens in ihren Augen aufflackerte, aber nur kurz, dann war ihr Gesicht wieder ausdruckslos, ihre gesamte Aufmerksamkeit auf mich gerichtet.

»Die Menschen liebten sie wegen ihrer Gabe, und die jungen Männer verzehrten sich nach ihr ob ihrer Schönheit. Sie aber hatte nur Augen für einen einzigen.«

Ich schwieg und blickte zu Selena hinüber, doch deren Blick blieb stumm auf das flackernde Feuer gerichtet.

»Dieser kam von weit her, irgendwo aus dem Süden, doch es war eine Liebe, die alle Grenzen zu überwinden schien, den Gegensatz von Sommer und Winter, von Nacht und Tag, von …«

»… Sonne und Mond«, vollendete Selena den Satz und hielt dann inne, als müsse sie sich erst selbst klar darüber werden, was sie gerade gesagt hatte. »Das sind die alten Geschichten, die man sich hier erzählt, von Generation zu Generation, bis zurück in die Altvorderenzeit, doch enden sie alle gleich.« Das Feuer knackte, und ein Stück Holz schlug tanzende Funken. »Es gibt keinen Weg, Sonne und Mond zusammenzubringen, hast du das nicht gewusst?«

Der Anflug von Spott zerbröckelte in der Heftigkeit der letzten Worte.

Erstaunt sah ich sie an.

»Die Sonne lebt am Tag, der Mond in der Nacht.« Sie unterbrach sich kurz. »In der Finsternis.« Ihr Blick traf mich. »Ist es das, was du von mir hören willst, Invita? Alte Geschichten? Märchen und Mythen einer untergegangenen Zeit?«

Ich erschauerte, als sie meinen Namen aussprach. Es gelang mir nicht, ihrem Blick standzuhalten, und mir fehlte die Kraft, ihr eine weitere Frage zu stellen.

Stumm schüttelte ich schließlich den Kopf. »Wahrscheinlich sind es wirklich nur alte Geschichten«, sagte ich leise. »Mären, wie sie sich alte Frauen am Webstuhl erzählen – nichts weiter.«

Einen Moment lang fragte ich mich, welche Geschichte die Schriftrolle unter Selenas Bett erzählte, wusste jedoch, dass es nicht der geeignete Zeitpunkt war, sie danach zu fragen.

Das Feuer flackerte noch immer, doch schien es an Leuchtkraft und Wärme verloren zu haben.

Heute Nacht würde sich meine Vergangenheit nicht erhellen, noch weniger meine Zukunft.

Leise ging ich zurück zu meinem Lager und legte mich neben Flavus nieder. Seine Körperwärme wirkte tröstend auf mich. Wenn es mir nur möglich wäre, ihm zu vertrauen, dann gäbe es in dieser irrsinnig verrückten Welt vielleicht einen Menschen, der mir etwas wie Geborgenheit geben könnte.

Doch verbot ich mir, den Gedanken weiterzuführen. Ich war immer allein gewesen, wieso sollte sich dies nun plötzlich ändern?

Ein letzter Blick zum Feuer zeigte mir Selena, die noch immer wortlos in die schwächer werdenden Flammen blickte, den Rücken gerade, als sei sie zu Stein erstarrt.

Weshalb war jemand wie sie allein? Weshalb hatte eine mit Heilkräften gesegnete Frau nicht ihr Kind behalten können?

Ich schloss die Augen und lauschte in die Nacht.

Doch die Nacht gab keine Antwort.

KAPITEL XV

Diesmal wusste ich, vor wem ich davonlief.

Kehlige Stimmen, jaulendes Gegröle und der durchdringende Lärm von Kampfgetümmel jagten mich über den lehmigen Boden.

Mein Atem ging heftig, Schmerzen stachen mir in der Brust, doch es blieb mir keine Zeit zu verschnaufen, zu dicht waren sie mir auf den Fersen.

Aus den Augenwinkeln heraus nahm ich den mit verstümmelten Leichen überhäuften Kiesweg wahr, Flammen schlugen aus dem Herrenhaus und färbten den Himmel blutrot. Über all dem grinste das scharf geschnittene Gesicht von Cornix, dem Raben, der über das Feld der Verwüstung stolzierte, zufrieden wie ein Aasgeier beim Anblick fetter Beute.

Mein Fuß strauchelte, ich glitt auf dem feuchten Boden aus und stürzte. Sofort packten mich harte Hände und hielten mich umklammert.

Schon spürte ich die Kälte einer Klinge an meinem Hals und wusste, dass es vorbei war. Hilflos, ausgeliefert der Gewalt alemannischer Barbaren. Der Geruch der verbrannten Gehöfte drang mir beißend in Mund und Nase.

Mühsam zwang ich mich die Augen zu öffnen und blickte in das lauernde Gesicht von Flavus. »Ich wusste, ich würde dich eines Tages kriegen.« Sein Gesicht kam bedrohlich näher. »Ich wusste, eines Tages bist du mein.«

Mit einem Schrei erwachte ich. Nach Atem ringend schlug ich die Augen auf, und mein Blick tastete sich durch zähen Nebel, der sich langsam lichtete.

Über mich gebeugt stand Selena, einen hellen Tonbecher in der Hand, die offenen Haare fielen ihr schwer über die Schultern.

»Die Ärzte in Griechenland sagen, Träume reinigen die Seelen der Menschen und heilen somit auch den Körper.« Nachdenklich sah sie zu mir herab. »Dazu haben sie dem Äskulap große Tempel gebaut, in denen die Patienten träumen und sich auf diese Art heilen lassen.« Etwas spöttisch glitt ihr Blick durch den Raum. »Ich kann dir leider keine lichtdurchströmten Marmortempel bieten. Du musst also mit einer rußigen Hütte vorliebnehmen, über der die Raben kreisen.«

Sie reichte mir den Becher. Noch immer zitterte ich, zwischen der Welt des Traumes und der Realität schwebend. Dann griff ich danach und nahm einen vorsichtigen Schluck. Es schmeckte bitter und brannte auf meiner Zunge, doch schlagartig breitete sich Wärme in meinem Körper aus, und die Traumbilder, die mit ihren langen Fangarmen nach mir gegriffen hatten, verblassten.

»Was ist das?«, fragte ich matt und richtete mich auf.

»Du hast lange geschlafen«, meinte Selena statt einer Antwort. »Immer wieder hast du geschrien und um dich geschlagen, als würdest du gegen deine ureigensten Dämonen zu Felde ziehen …« Gegen meinen Willen nickte ich schwach mit dem Kopf, sagte aber sonst nichts dazu.

»Wo ist Flavus?«, fragte ich nach einer Weile des Schweigens.

Wieder huschte der Ausdruck feinen Spotts über Selenas ebenmäßiges Gesicht. »Ist es mit dir schon so weit, dass du keinen Augenblick ohne ihn sein kannst?«

Röte, wie aufsteigende Hitze, breitete sich in mir aus. Ich wusste nicht, was ich antworten sollte, und schaute schließlich zu Boden.

»Also doch«, bemerkte Selena knapp.

Wut keimte in mir auf. Gerne hätte ich ihr gesagt, dass ich nicht genau wusste, woran ich bei Flavus war, dass ich sogar Angst hatte, er könnte in ein furchtbares Verbrechen verwickelt sein. Aber ich schwieg.

»Er ist schon früh aufgestanden«, beantwortete Selena schließlich meine Frage, »und ging nach draußen, um Brennholz zu holen. In den Nächten wird es noch immer kalt, und du musst gesund werden.«

»Dazu bleibt mir keine Zeit!« Kurz entschlossen schlug ich meine Decke zurück und setzte mich auf. »Sobald Flavus zurück ist, brechen wir auf. Danke für deine Gastfreundschaft.«

Selena machte keine Anstalten, mich aufzuhalten, sah jedoch skeptisch zu mir herunter. »Der Weg nach Treveris ist weit, und du weißt nicht, was unterwegs auf dich wartet.«

»Nein, das weiß ich nicht«, entgegnete ich, während ich aufstand und meine Tunika zurechtzog. »Doch dafür weiß ich umso besser, was auf mich und andere wartet, wenn es mir *nicht* gelingt, rechtzeitig in die Stadt zurückzukehren.« *Auch wenn uns nur noch ein Wunder retten kann*, fügte ich in Gedanken hinzu. Denn was konnte ich ohne Beweise schon ausrichten?

»Wovor bist du auf der Flucht?«

Selenas Worte rissen mich aus meinen Gedanken. »Ich denke nicht, dass dich das etwas angeht«, gab ich schroff zurück.

Ein Anflug von Bedauern glitt über ihr Gesicht. »Was treibt dich so sehr?«

Zornestränen schossen mir in die Augen. Als ob sie das wirklich interessieren würde! Sie war es doch gewesen, die mir nicht hatte helfen wollen, als die Wachen des Statthalters mich suchten, als Celsus' Häscher mir auf den Fersen waren und mir der sichere Tod drohte. Und hatte sie mich nicht als Kind einfach zum Sterben ausgesetzt, weil sie mich nicht haben wollte?

Besonders diese letzte Frage quälte mich schon mein ganzes Leben lang.

»Lass mich einfach nur in Frieden«, presste ich atemlos hervor, während ich mir verbot, den Tränen freien Lauf zu lassen. »Ich denke nicht, dass du irgendein Recht hast …«

Ein Krachen an der Tür unterbrach mich. Erschrocken fuhr ich herum und sah, dass Flavus hereinkam, ein Bündel Holz über der Schulter. Bei unserem Anblick blieb er stehen und blickte uns befremdet an.

»Wie ich sehe, geht es dir wieder besser«, bemerkte er kurz, während er das Bündel in der Nähe der Tür abstellte.

»Ich denke, wir sollten gleich aufbrechen«, wandte ich mich gleich an ihn und ignorierte den Blick Selenas, die sich noch immer nicht von der Stelle gerührt hatte.

Überrascht sah Flavus zu mir herüber. »Wirst du es auch schaffen?«, fragte er und ging zur Feuerstelle, um sich seine Hände zu wärmen.

Ohne zu wissen woher, spürte ich plötzlich neue Kraft in mir aufkeimen, den Mut der Verzweiflung. »Bisher habe ich es ja auch geschafft«, meinte ich kurz. »Bete zu deinen Göttern, dass wir noch rechtzeitig ankommen!« *Und dass wir noch auf irgendetwas stoßen, das uns hilft, die Sache aufzuklaren,* fügte ich in Gedanken hinzu.

Wenn meine Rechnung stimmte, blieb uns nur noch ein Tag; schon am nächsten Morgen würden die Sklaven sterben!

»Dann lass uns aufbrechen!«, sagte Flavus und wandte sich um.

Die Würfel waren gefallen. Hastig nahmen wir noch ein wenig Brot, Käse und verdünnten Wein zu uns, die Selena für uns bereitgestellt hatte.

Flavus bedankte sich, als sie noch einige Nahrungsmittel in ein kleines Stofftuch einschlug und uns als Wegzehrung mitgab.

Ohne Selena zu beachten, stand ich ebenfalls auf und kleidete mich an. Mein Gewand und der Umhang waren über Nacht vollständig getrocknet, ein Geruch von Rauch und Erde haftete an ihnen.

Zum ersten Mal, seit wir den Händen der Entführer entkommen waren, ging es mir wieder etwas besser. Die Schmerzen waren abgeklungen, die Wunden heilten, und ich hatte kein Fieber mehr. Zwar hatte mich Selena auch diesmal wieder durch ihre Kühle und Unnahbarkeit verletzt, doch dass sie mit Heilmitteln umzugehen wusste, stand außer Zweifel.

Also, zurück nach Treveris! Ein leichter Schauer überkam mich, als ich daran dachte, was uns dort erwarten würde.

»Ich bin bereit!« Fertig angekleidet stand Flavus in der Tür.

»Gut, ich auch!«, antwortete ich, als ich eine leichte Berührung an der Schulter spürte.

Unbemerkt war Selena neben mich getreten. »Nimm das mit dir!« Sie ergriff meine Hand, und ich spürte, wie etwas Warmes, Kantiges in meine Handfläche glitt. »Es soll dir …« Sie unterbrach sich. »Das Licht des Mondes begleite dich auf deinem Weg.«

»Wir müssen los!« Flavus öffnete die Tür und sah sich noch einmal zu Selena um. »Danke für deine Gastfreundschaft. Ich stehe in deiner Schuld.«

Diese nickte: »Achte gut auf sie.« Ihr Blick fiel auf mich, und ihre Stimme war nicht mehr als ein Flüstern.

Dann ergriff Flavus meine Hand und zog mich mit sich nach draußen.

Vor mir lag die hügelige Mosellandschaft im aufgehenden Licht des Maimorgens. Ein leichter Nebel stieg von der noch regenfeuchten Erde auf.

Ich blickte nicht zurück.

Während sich die Nebel im Laufe des Morgens in der hellen Maisonne, die sich über die Hügel und Weinberge ergoss, auflösten, musste ich an Odysseus denken und fragte mich, ob ihn das gleiche stürmische Gefühl, das gleiche Herzklopfen überkommen hatte, als er sich nach langer Reise seiner Heimat Ithaka näherte, voller Vorfreude, aber mit der nagenden Ungewissheit, was ihn nach der langen Abwesenheit dort erwarten würde.

Während ich hinter Flavus herging, versuchte ich mich daran zu erinnern, wie die Geschichte letztendlich ausgegangen war und was Odysseus bei seiner Rückkehr in seinem vormals so trauten Heim vorgefunden hatte.

Er war, wenn ich mich richtig erinnerte, von seinen ehemaligen Freunden verraten und betrogen worden. Sie hatten versucht, sich während seiner langen Abwesenheit seines Besitzes und seiner Frau Penelope zu bemächtigen. Doch konnte er sie überlisten und sie am Ende für ihren Frevel mit dem Tod bestrafen.

Trotz gewisser Parallelen wusste ich nicht, ob ich diese Geschichte als tröstlich oder eher als beunruhigend empfinden sollte. Immerhin war Odysseus der König seiner Insel gewesen, und dass Sklaven wie Flavus und ich als rächender Furien in die Stadt einfallen und diese von Verbrechern und Verschwörern reinigen könnten, war äußerst unwahrscheinlich.

Noch immer hielt ich Selenas Geschenk in meiner geschlossenen Hand. Die Kanten des Metalls rieben sich an meinen Fingerkuppen. Bisher hatte ich es noch nicht angesehen, doch glaubte ich zu wissen, was es war.

Schließlich gab ich meinem Herzen einen Stoß und öffnete die Finger. Ich sah ein Amulett aus mattem Silber in Form eines Mondes. Doch im Gegensatz als die mir bekannten römischen Anhänger, die meist aus dünnem glänzend poliertem Metall waren, lag dieses massiv und schwer in meiner Hand. Am Rand der Mondsichel erkannte ich kleine punktförmige Einstanzungen, wie ich sie noch nie zuvor gesehen hatte. Es musste aus einer früheren Zeit stammen, womöglich aus den Jahrhunderten vor der römischen Eroberung. In seiner schlichten Eindringlichkeit wirkte es auf mich fremdartig und archaisch.

Einen Moment lang blieb ich stehen und starrte auf den Anhänger. Was hatte die alte Frau auf dem Landgut gesagt? Ein Mondamulett, vererbt von der Mutter auf die Tochter?

Ich spürte, wie meine Beine unter mir nachzugeben drohten. Konnte das alles Zufall sein? Zuerst die Ähnlichkeit, von der die Alte gesprochen hatte, und nun das Amulett. War das der endgültige Beweis?

Mit zitternden Fingern nestelte ich das Lederband auf und hängte es mir um den Hals, den Anhänger verbarg ich unter dem Gewand, wo ich beinahe beruhigend das warme Metall auf meiner Haut spürte.

Im Augenblick wollte ich nicht weiter darüber nachdenken, denn ich brauchte all meine Kraft, um nach vorne zu blicken und das Nächstliegende zu tun. Ich würde das Amulett erst wieder hervorholen, wenn wir in Treveris und – so das Schicksal es wollte – in Sicherheit waren.

Unvermittelt blieb auch Flavus, der schon einige Schritte vorausgegangen war, stehen und riss mich aus meinen Überlegungen. Einen Moment lang versuchte er sich zu orientieren, dann wandte er sich nach rechts und begann den Weg hügelaufwärts zu nehmen.

Stirnrunzelnd blickte ich nach oben. Die Gegend hier war mir fremd, schon lange hatte ich nur noch eine vage Vorstellung, wo wir uns befanden. Doch glaubte ich relativ sicher zu wissen, dass diese Richtung nicht geradewegs zur Stadt führte.

»Das ist nicht der Weg nach Treveris!«, rief ich ihm hinterher.

Flavus blieb stehen und wandte sich mir zu. »Das habe ich auch nie behauptet.«

Verblüffung verschlug mir die Sprache. »Aber ich dachte, wir wollten …« Bunt wirbelten die Gedanken in meinem Kopf durcheinander. Was hatte Flavus vor? War es vielleicht gar nicht seine Absicht gewesen, uns sicher nach Hause zurückzubringen, um zu versuchen, die Hinrichtung doch noch zu verhindern?

Hatte ich mich doch in ihm getäuscht?

»Was ist los?« Ungeduldig blickte er mich an. »Willst du hier stehen bleiben oder mitkommen?«

Wütend ballte ich die Hand zur Faust. Er wusste, dass ich keine Wahl hatte. Allein würde ich den den Weg nie finden, wahrscheinlich aber von meinen Verfolgern entdeckt und getötet werden.

»Was hast du vor?« Ich entschied mich, ihn geradeheraus zu fragen.

»Bevor wir dem Statthalter gegenübertreten, habe ich noch eine kleine Besorgung zu machen. Ein Treffen, das von großer Wichtigkeit sein kann.« Sein entschlossener Blick zeigte mir, dass er sich davon nicht würde abbringen lassen.

Mein Herz schlug bis zum Hals. Ein Treffen? Bei allen Göttern, mit wem wollte er sich denn treffen? Wieder sah ich Flavus mit den Verschwörern am Würfeltisch, und für einen Moment fragte ich mich, ob es nicht doch das geringere Übel wäre, einfach umzukehren und zu versuchen, auf eigene Faust zurück nach Treveris zu gelangen.

Etwa hielt mich davon ab. Ich hatte keine Ahnung, was mich dazu verleitete, mich endgültig in Flavus' Gewalt zu begeben, doch nachdem ich seinem Blick einige Atemzüge lang standgehalten hatte, senkte ich den Kopf, gab mir einen Ruck und ging auf ihn zu.

Ich konnte nicht erkennen, ob etwas wie Triumph in seinen Augen zu lesen war, als er sich umdrehte und seinen Weg fortsetzte. Es fiel mir schwer, mit ihm Schritt zu halten.

»Flavus?«

»Ja?«

»Sagst du mir, wohin wir gehen?«

»Vertraust du mir noch immer nicht?«

Verflucht, wie konnte ich auch? Bei seiner ständigen Geheimniskrämerei und den undurchsichtigen Bekanntschaften.

»Wen willst du treffen?«

Noch immer schwieg er.

»Dann sag mir zumindest, wohin wir gehen!«, beharrte ich.

Flavus blieb nicht stehen. »Zum großen Tempelbezirk bei Tabernae, nicht weit von Treveris. Es soll dort ein wichtiges Treffen geben.«

Zum Tempelbezirk? Einen Moment lang glaubte ich, mich verhört zu haben. Als beliebter Anziehungspunkt für Reisende und Händler, die geschäftlich in der Stadt zu tun hatten und himmlischen Beistand für ihr Unternehmen erflehten, musste dieser Ort jetzt, so kurz vor Mercurius, überlaufen von Menschen sein. Stets nahmen viele Schaulustige und Pilger, die die Feiertage mit all ihren Veranstaltungen in der Provinzhauptstadt verbringen wollten, die Gelegenheit wahr, auch die umliegenden Heiligtümer zu besuchen.

Flavus musste komplett wahnsinnig sein, sich dorthin zu begeben. *Bei allen Mächten des Olymps!*

Und doch hatte ich keine Wahl. Da mir der Schreck nun endgültig die Sprache verschlagen hatte, stapfte ich wortlos hinter ihm her.

Hieß es nicht, die Götter schützen Kinder und Narren? Es würde sich sehr bald schon zeigen, ob an dieser alten Volksweisheit etwas Wahres dran war.

Der Tempelbezirk glich einem Taubenschlag.

Wo immer man auch hinblickte, tummelten sich Menschen. Vornehme Adelige in Togen oder kostbaren Umhängen, ihre Frauen in schwere Seide gehüllt, mit wertvollem Schmuck behängt, aber auch einfache Leute wie Bauern, Handwerker und Händler, meist in einheimische Tracht gekleidet: dunkle Kniehosen, gürtellose Überwürfe, grobe Schuhe. Dazwischen immer wieder Tiere, die nicht wissen konnten, dass sie bald als Opfer dienen würden, um das Wohlwollen der Götter zu erkaufen, es aber irgendwie doch zu ahnen schienen, während sie durch die Menschenmenge getrieben wurden.

Der Geruch von Weihrauch und Brandopfern lag in der Luft, überall ertönten laute Stimmen: Händler, die Devotionalien anpriesen, Bauern aus dem Umfeld, die ihre Erträge feilboten, Wirte, die den Pilgern eine schmackhafte Stärkung versprachen.

Mein Blick ging zu Flavus, der das ganze Treiben mit zusammengekniffenen Augen beobachtete, als hielte er nach etwas Bestimmtem Ausschau, während wir versuchten, uns auf den befestigten Wegen unauffällig zwischen die Gläubigen zu mischen.

Obgleich ich es eher mit dem Gott der Philosophen hielt, glaubte ich, die Anwesenheit und die Macht der hier verehrten Gottheiten fast körperlich zu spüren.

So nahe der wirtschaftlich einflussreichen Stadt Treveris erfuhr an diesem Ort natürlich der Gott Merkur eine besondere Verehrung. Viele Händler und Kaufleute brachten ihm in einem farbenprächtig bemalten Tempel ihre Opfer dar und beteten um gute Geschäfte und reiche Profite. Weitere Heiligtümer, die auf drei Seiten mit einem überdachten Säulengang versehen waren, gaben dem Ort gleichzeitig einen erhabenen und vertrauten Eindruck und zeigten, dass hier unterschiedliche Götter angebetet wurden.

Ein seltsamer Schauer hatte sich meiner bemächtigt, und ich war mir nicht sicher, ob er wirklich nur von meiner Angst herrührte.

Vor einem etwas abseits gelegenen Gebäude blieb Flavus stehen und blickte sich dann suchend um.

»Ist dies das Gasthaus des Idiomarus?«, fragte er einen Passanten, der gerade aus dem Eingang kam.

»Ja.« Er nickte und verschwand dann irgendwo in der Menschenmenge. Seine Stimme hatte einen fremdländischen Akzent gehabt.

Einen Moment schien Flavus zu zögern. Eine Ader pochte an seinem sehnigen Hals, seine Nackenmuskeln verspannten sich. Dann gab er sich einen Ruck und trat ein.

Wortlos folgte ich.

Wir betraten einen düsteren Schankraum, in den durch die kleinen Fenster nur wenig Licht hereinfiel. Trotz der frühen Tageszeit lungerten schon einige Gäste an den schweren Tischen herum, auf denen mehr oder weniger gefüllte Tonbecher standen. In den Augen der meisten schimmerte schon der verdächtige Glanz eines sich anbahnenden Rausches. Es roch nach saurem Wein und schalem Bier.

Ich hatte keine Ahnung, was Flavus an diesem Ort zu suchen hatte, und in diesem Augenblick hätte ich es lieber mit Celsus aufgenommen, als mich zwischen den gierig stierenden Blicken dieser Fremden durchzuwinden, ohne zu wissen, was nun als Nächstes geschehen würde.

Kurz wechselte Flavus mit dem Wirt einige Worte, die ich nicht verstand. Ein knappes Nicken, dann griff Flavus meinen Arm und zog mich durch eine hintere Tür hinaus. Ein dunkler Flur führte zu weiteren Räumen.

Nach dem ersten Schritt blieb ich stehen. »Sag mir endlich, was hier los ist!«, zischte ich.

Langsam wandte sich Flavus mir zu. In seinen Augen flackerte ein gehetzter Blick. »Es ist vielleicht besser, du wartest hier.« Beinahe ruckartig ließ er mich los.

Schnell packte ich sein Handgelenk und hielt ihn zurück. »Hör auf, so zu tun, als sei ich taub und blind. Ich stecke schon zu tief in der Sache drin!« Wut kämpfte mit der langsam in mir aufsteigenden Panik.

Unter meinen Fingern, mit denen ich ihn umklammert hielt, spürte ich die wachsende Anspannung, als sei er im Begriff, sich loszureißen. Schließlich gab er nach und blickte mich an.

»In einem dieser Räume«, seine Stimme war leise, doch seine Erregung deutlich hörbar, »wartet der Rabe.«

Cornix? Etwas wie eine Wolke von rotem Licht explodierte vor meinem inneren Auge. *Hier?*

Einen Moment war ich total verwirrt. Was hatte er hier zu suchen? Wollte er hier, nahe den Göttern, die Feiertage verbringen, womöglich um ihnen für seine erfolgreichen Feldzüge zu danken?

Noch ehe ich meinen Gedankengang zu Ende gebracht hatte, sprach Flavus weiter: »Beim Würfeln habe ich zufällig in Erfahrung gebracht, dass sich Cornix hier mit jemandem treffen will. Jemand, der ihm wichtige Informationen zukommen lassen soll – im Austausch gegen eine Karte.«

Verständnislos blickte ich Flavus an. »Eine Karte? Was für eine Karte?«

»Eine Karte von Treveris. Mehr weiß ich auch nicht.«

Ungeduldig spähte Flavus nach allen Seiten.

Es gab vier Türen. Welche davon mochte die richtige sein?

Starr vor Anspannung blieb ich stehen, als sich Flavus einer der Türen näherte und das Ohr gegen das dicke Holz presste. Offensichtlich war nichts zu hören. Eine Weile verharrte er, dann schlich er lautlos zur nächsten.

Was plante er wirklich?

Mir war noch immer nicht klar, was genau sich Flavus davon versprach, hierherzukommen? Wollte er die Vereinbarung der Verschwörer lediglich belauschen, oder hatte er gar vor, Cornix zur Rede zu stellen?

Die Stille hinter den Holztüren schien Flavus zu enttäuschen. Unschlüssig, aber mit zornigen Augen blieb er stehen. »Ich weiß genau, dass ich mich nicht irre!« Es war mir nicht klar, ob diese Worte mir oder ihm selbst galten. »Es ist der richtige Ort, die richtige Zeit.«

Der Schreck fuhr mir in die Glieder. Sollte dies etwa der Moment der lang ersehnten Rache sein? Sollte ich mit ansehen müssen, wie Flavus am Mörder seiner Familie blutige Vergeltung übte?

Wie aus weiter Ferne drangen Flavus' Worte an mein Ohr: »Der Rabe muss hier sein, so war es vereinbart …«

Noch bevor er den Satz zu Ende gesprochen hatte, hörten wir ein lautes Krachen, gefolgt von einem Aufschrei, dann ein Geräusch wie von einem schweren Schlag.

Flavus wirbelte herum. Unsere Blicke flogen zur Tür, von der der Lärm kam.

Angst schlug über mir zusammen, und ich hatte das drängende Bedürfnis, mich auf dem Absatz umzudrehen und wegzulaufen, mich irgendwo unter die Menschenmenge zu mischen.

Doch Flavus schien meine Besorgnis nicht zu teilen. Jede Vorsicht über Bord werfend, stürzte er auf die Tür zu.

Sie war verschlossen.

Wütend warf er sich mit dem Gewicht seines Körpers dagegen, doch das Holz hielt stand.

Der Lärm des Kampfes aus dem Inneren schwoll an. Möbel wurden umgestoßen, erneut wurde ein Schrei laut.

»Flavus, wir…«, begann ich.

Mit einer Handbewegung schnitt er mir das Wort ab.

Wieder drang ein Schrei durch die geschlossene Tür, gefolgt vom Aufprall eines Körpers auf den Boden. Flavus schien seine Kräfte zu sammeln, dann trat er erneut mit voller Wucht gegen das Schloss.

Holz splitterte, das Schloss brach. Erschrocken fuhr ich zusammen, als Flavus noch einmal ausholte und die Tür ganz eintrat.

Mit schnellen Schritten war er im Raum.

Ich war wie in einem Albtraum gefangen. Meine Füße schienen mit dem Boden verschmolzen zu sein, und ich konnte sie nicht davon lösen. Es dauerte einen Moment, bis ich meine Starre abschütteln konnte, dann fasste ich mir ein Herz und folgte ihm nach.

Ein schlicht eingerichteter Raum. Ein Tisch, eine Truhe, zwei Regale. Zwei Stühle lagen umgestoßen auf dem Boden. Zwischen ihnen ein Mann, reglos, mit dem Gesicht nach unten.

Das Fenster stand sperrangelweit offen. Flavus war bereits dort. Als ich zu ihm eilte, sah ich gerade noch, wie zwei Männer direkt unter uns von der Erde aufstanden. Das mussten die Angreifer sein, die, während Flavus die Tür aufgebrochen hatte, aus dem Fenster geflüchtet waren!

Ich stieß einen erschreckten Schrei aus, der durch Flavus' Hand, die er mir geistesgegenwärtig auf den Mund legte, gedämpft wurde.

Verzweifelt rang ich nach Luft. Einer der beiden Fliehenden eilte einfach weiter, doch der andere blieb einen Moment stehen und blickte zu uns zurück.

Er hatte nur ein Auge…

An der Stelle des anderen gab es nur eine vernarbte Höhle, was ihm das Aussehen einer Gestalt aus den alten Sagen gab, wie sie die Köchin in Divodurum am Herdfeuer erzählt hatte, als ich noch klein war.

Die Wucht der Erkenntnis traf mich wie ein Schlag. War das der Mann, von dem Hyacinthus gesprochen hatte? Damals, als er im Hof des Hauses in Gegenwart der Sklaven ausgepeitscht wurde.

Wie gebannt starrte der Einäugige uns an, als wolle er sich unsere Gesichter einprägen. Dann wandte er sich um und war mit wenigen Schritten aus dem Blickfeld verschwunden.

Ruckartig riss ich mich von Flavus' Griff los.

»Das ist er!« Noch immer rang ich nach Atem. »Der Mörder von Baetius Quigo.« Meine Stimme überschlug sich. »Hyacinthus hat ihn erkannt. Er hat von ihm gesprochen. Wir müssen …«

»Dafür ist keine Zeit!« Flavus' harte Stimme unterbrach mich. »Er ist schon längst auf und davon. Aber vielleicht …«

Mit schnellem Schritt hatte er sich dem auf der Erde liegenden Mann zugewandt. Beherzt trat er auf den leblosen Körper zu, bückte sich und rollte ihn so herum, dass er mit dem Gesicht nach oben zu liegen kam.

»Nein!« In Flavus' Schrei mischte sich Wut mit Enttäuschung

Ich erkannte ihn sofort! Das war der Mann, den ich an jenem Schicksalsabend beim Gastmahl des Statthalters gesehen hatte. Der Fremde in der purpurfarbenen Tunika, der ein wenig abseits gesessen hatte. Sein Gesicht war unverkennbar, der schwarze Haarschopf, die vorgeschobene, leicht gebogene Nase, die herrischen, befehlsgewohnten Züge.

Ich hatte den Eindruck, in ein tiefes Loch zu stürzen, immer weiter zu fallen und zu fallen, um irgendwann unten aufzuschlagen.

Cornix, der Rabe, war tot.

Irgendwie war ich mir sicher gewesen, dass *er* alle Fäden in der Hand hielt und wenn es gelänge, ihn zu fassen, sei der ganze Spuk vorbei.

Langsam, wie aufsteigende Luftblasen, die sich an die Wasseroberfläche drängten, stieg die ungeheuerliche Erkenntnis in mir auf: Ich hatte mich geirrt! Cornix war gar nicht der Drahtzieher, höchstens ein Handlanger eines weitaus mächtigeren Hintermannes. Aber wer konnte das sein?

Es musste jemand sein, der aus dem Tod des Raben seinen Nutzen zog, jemand, der ihn die ganze Zeit über benutzt und ihn nun, aus welchen Gründen auch immer, aus dem Weg geschafft hatte.

Wie in einem Traum sah ich, dass Flavus den Leichnam untersuchte. Es war unschwer zu erkennen, woran er gestorben war. Auf der Vorderseite der purpurfarbenen Tunika klaffte ein breiter Riss, der eine tiefe, blutige Wunde freilegte. Das Oberteil des Gewandes war ebenfalls mit Blut besudelt, das auf dem dunklen Stoff eine schwärzliche Färbung angenommen hatte. Auch sein Kopf lag in einer Blutlache, als hätte er ihn sich bei dem Sturz aufgeschlagen.

Mit geübten Bewegungen tastete Flavus am Hals nach einem Puls, dann ging sein Blick wieder zu mir.

»Er ist tot.«

Ich konnte nur stumm nicken. Ein warnendes Kribbeln begann sich meines ganzen Körpers zu bemächtigen. Nur mit äußerster Selbstbeherrschung widerstand ich dem Drang, mich einfach umzudrehen und wegzulaufen.

»Ich bin zu spät gekommen!« Wie einen Fluch stieß Flavus diese Worte aus, krallte dann seine Hände in Cornix' Haare und schien sich nur mit Mühe davon zurückhalten zu können, dem Toten noch Gewalt anzutun.

»Nie werde ich dieses Gesicht vergessen, diese hämische Fratze!« Sein Atem ging stoßweise, während er diese Worte hervorbrachte. »Er hat meine Familie verraten und verkauft, aus reiner Geldgier und um seinen Machthunger zu befriedigen!«

Wie erstarrt stand ich daneben.

»Der Ausdruck in seinen Augen, als er meinen Vater tötete, meinen Bruder. Ich ...« Abrupt hielt er in seiner Rede inne. In seinen geröteten Augen funkelte heiliger Zorn. »Auf diese Art zu entkommen. Der Feigling!«

»Wer waren diese Männer?«, flüsterte ich, noch immer um Fassung bemüht. »Oder besser gesagt: Von wem wurden sie beauftragt?«

»Ich weiß es nicht!« Seine Stimme klang gepresst

Unvermittelt löste er seine Hände von den Haaren des Toten und begann, dessen Kleider zu durchsuchen.

Was hatte er jetzt vor? Wollte er ihn bestehlen? Wenigstens finanzielle Genugtuung zu fordern von dem Mann, der seine Familie verraten hatte? Oder zelebrierte er da eine Art barbarisches Ritual am offenen Grab eines toten Feindes?

Ein beinahe triumphierendes Knurren entrang sich Flavus' Kehle, als er ganz offensichtlich etwas gefunden hatte.

Aus irgendeinem Versteck unter Cornix' Gewand hatte er etwas Längliches herausgezogen, das er vor sich hinhielt, als wäre es der Schatz aus einem heiligen Tempel.

Selbst von meiner Position an der Tür aus konnte ich erkennen, dass es sich um eine Papyrusrolle handelte. Ohne sich die Zeit zu lassen, den Knoten des Lederbandes zu öffnen, mit dem sie verschnürt war, riss er es einfach ab und rollte das Material auseinander.

Es war eineKarte.

Vor Aufregung schluckte ich schwer. Sollte das die Karte sein, von der Flavus zuvor gesprochen hatte? Hatte unser Eindringen die Mörder also daran gehindert, nach der Karte zu suchen?

Zögernd kam ich einige Schritte näher. Es war tatsächlich ein Plan von Treveris. In blasser schwarzer Tinte waren sorgfältig die wichtigsten Straßenzüge der Stadt abgebildet. Zusätzlich waren manche Stellen mit einem Kreuz markiert, Wörter in winzigen Buchstaben waren daruntergekritzelt. Ich hätte näher kommen müssen, um es wirklich lesen zu können.

»Flavus, was ist das?«, brach es aus mir hervor.

Statt einer Antwort durchwühlte er weiter die Kleidung. Schließlich zog er ein Stück Papyrus hervor, ein unscheinbares, gefaltetes Blatt.

Schritte vom Flur her ließen uns zusammenfahren.

Verflucht! Und das Türschloss war zerbrochen. Bei allen Göttern, wie musste es aussehen, wie wir hier standen, über den Toten gebeugt, Flavus' linke Hand noch immer in dessen Kleidern vergraben!

Nur am Rande bekam ich mit, wie Flavus hastig Karte und Papyrus in den Falten seines Gewandes verschwinden ließ. Die Schritte kamen näher, Flavus stand auf, die Muskeln gespannt, bereit, sich auf alles und jeden zu stürzen, der durch diese Tür kommen wollte.

Blieb uns noch Zeit zu fliehen?

Ich beugte mich vor, spähte in den Flur. Eine harte Hand packte meinen Arm und riss mich herum.

»Wen haben wir denn da?«

Mein entsetzter Blick fiel auf das Gesicht eines Fremden. Ein leichter Bartansatz bedeckte Kinn und Wangenpartie, dunkle Haare fielen bis knapp über die Ohren und kräuselten sich an den unregelmäßig gewachsenen Spitzen.

Reflexartig versuchte ich mich loszureißen, doch der Griff war zu fest. Ich fuhr herum und sah, dass sich zwischenzeitlich zwei weitere Männer genähert hatten. Sofort erkannte ich sie wieder. Es waren Livius und Piso, die mich in der Villa gefoltert hatten.

Panik schlug über mir zusammen. Der Ausgang zum Flur war uns nun vollständig versperrt.

Mit der Langsamkeit eines zum Sprung bereiten Raubtiers kam Flavus auf die Gruppe zu. Sein Blick fiel auf mich, im eisernen Griff des Fremden.

»Lass sie los!«, sagte Flavus nur, gefährlich leise.

Der Fremde tat, als hätte er nichts gehört.

»Hast du mich nicht verstanden? Du sollst sie loslassen!«

Beim Versuch, einen Ausweg aus dieser Situation zu finden, irrten meine Augen verzweifelt durch den kleinen Raum, über Flavus' angespannte Gestalt, zum Fenster.

»Versuch es erst gar nicht,« warnte der Fremde, der meinem Blick gefolgt war, und ich spürte, wie er mich noch fester packte, während die anderen beiden noch immer die Tür versperrt hielten wie Cerberus die Unterwelt.

Mit Bestürzung sahen sie zu dem Toten hin.

»Mörder!«, sieß Piso schließlich hervor, und dieser Satz traf mich wie ein Schlag ins Gesicht.

Ich sah, wie Flavus' Wangen flammend rot wurden. Er war klug genug, sich zurückzuhalten, doch seine Kiefermuskeln spannten sich vor mühsam unterdrücktem Zorn.

Livius trat an mir vorbei in den Raum, warf einen kurzen Blick auf den Toten, blieb dann vor Flavus stehen und betrachtete ihn eine Weile genau.

»So sieht man sich also wieder!«, begann er, und eine leise Drohung schwang in seinen Worten mit. »Ist das bei euch Barbaren so üblich, einfach zu verschwinden und Sachen mitzunehmen, die einem nicht gehören?« Er unterbrach sich und machte einen Schritt auf mich zu. Ich wollte zurückweichen, doch der Bärtige hielt mich noch immer so fest, dass ich mich nicht bewegen konnte.

»Was redest du da?« Flavus ging in die Offensive. »Wie du dich vielleicht erinnerst, habe ich sie ehrlich beim Würfeln gewonnen, und mit meinem Eigentum darf ich schließlich machen, was mir beliebt!«

»Ehrlich?« Kalt lachte Livius auf. »Ich muss schon sagen, ihr Alemannen habt eine recht eigenwillige Vorstellung von Ehrlichkeit. Ein Verräter bist du – und ein Mörder obendrein.«

Ich spürte, wie Flavus zusammenzuckte, sich jedoch beherrschte.

»Aber glaub mir, dafür wirst du bezahlen!«

Plötzlich kam Leben in Flavus. Ehe ich es mich versah, war er mit zwei Schritten zur Tür gesprungen und verpasste dem Mann, der mich festhielt, einen heftigen Faustschlag, entriss mich seinem Griff und wollte mich zur Tür zerren.

Doch schon war Piso, der sich noch im Flur befunden hatte, zur Stelle und versperrte uns den Weg. Geistesgegenwärtig hatte Livius einen Stuhl ergriffen und schlug ihn Flavus ins Genick. Stöhnend ließ er meine Hand los, sackte in die Knie und kippte nach vorne.

Der Kampf war zu Ende, bevor er begonnen hatte. Harte Hände packten mich und drehten mir die Arme auf den Rücken. Ich war zu erstarrt, um mich zu wehren. Mein Blick hing an Flavus.

Was war mit ihm? War er verletzt? Mit einem Ruck riss Piso seinen Kopf nach oben. Ich sah, dass Flavus die Augen nicht ganz geschlossen hielt.

Bevor er die Gelegenheit hatte, wieder vollständig zu sich zu kommen, hatte Livius von irgendwoher einen Strick genommen und Flavus die Hände auf dem Rücken zusammengebunden. Ich kam als Nächstes dran, machte jedoch erst gar nicht den Versuch, mich zu wehren. Was konnte ich gegen drei kräftige Männer schon ausrichten?

»So, ihr beiden, und nun kommt ihr ganz friedlich mit uns.« Der Mund des Fremden war gefährlich nah an meinem Ohr, mit dem Arm presste er mich an seinen Körper. »Und keinen Widerstand, sonst …« Er lächelte kurz. »Wir wollen die frommen Pilger doch nicht erschrecken.«

Statt zu antworten, blickte ich zu Flavus hinüber. Dieser schien langsam wieder zu sich zu kommen und wurde brutal auf die Beine gerissen. Er schwankte kurz, dann hatte er sich wieder in der Gewalt.

Livius hielt ihm das Messer an die Kehle.

Auch ein Barbar weiß, wann er sich geschlagen geben muss. Fast unmerklich nickte Flavus. Ich sollte also das tun, was sie mir sagten. Mir blieb ohnehin keine andere Wahl.

Meine Beine zitterten, als man mich mit einem Stoß zum Gehen trieb. Durch den Stoff meines Gewandes spürte ich die kalte Spitze einer Klinge an meine Wirbelsäule gepresst. Ich traute mich kaum zu atmen. Steifbeinig ging ich den dämmrigen Flur entlang, dann durch einen Nebenausgang ins Freie.

Der Anblick der vielen Menschen an dieser heiligen Stätte ließ heiß die Hoffnung in mir aufflammen. Wenn ich mich jetzt losriss …

Unwillkürlich wandte ich den Kopf, um zu sehen, ob Flavus hinter mir war, doch ein erneuter Stoß hieß mich weitergehen. Ich hatte nicht den Mut oder den Leichtsinn, mich zu widersetzen.

Aber wenn irgendjemand Verdacht schöpfte, dass hier etwas nicht mit rechten Dingen zuging, dann wollte sich offenbar keiner mit drei so gefährlich aussehenden Burschen anlegen. Unbehelligt kamen wir an einem bereitstehenden Wagen an, der mit einer schweren Stoffplane bedeckt war.

Irrsinnige, ohnmächtige Wut schlug über mir zusammen. Das durfte nicht sein, nach alldem, was ich riskiert, nach alldem, was ich herausgefunden hatte. So kurz vor dem Ziel!

Und schon morgen war Mercurius, der Tag der Hinrichtung!

Ich spürte, wie meine Muskeln sich verkrampften, meine Beine sich weigerten weiterzugehen. Der verstärkte Druck der Klinge in meinem Rücken belehrte mich eines Besseren.

Wie in einem Traum sah ich, dass Livius die Plane zurückschlug und die Tür zum Wagen öffnete.

Wie zum Hohn oder um meine Verzweiflung noch zu steigern, fiel mein Blick auf die Ausläufer des Schiefergebirges, und ich erkannte am Horizont die Tore, Mauern und Gebäude einer Stadt.

Treveris! Wut vermischte sich mit Hoffnungslosigkeit. Ich hätte aufheulen mögen. Der vertraute Anblick der Stadt, die Schutz verheißenden Mauern, nach der langen Irrfahrt.

So dicht davor, dass man sie fast mit Händen greifen konnte, und nun doch so unerreichbar für mich.

Die im Licht der Maisonne glänzenden Umrisse von Treveris waren das Letzte, was ich sah, bevor wir in den Wagen gestoßen und eingeschlossen wurden.

Wie ein schwarzer Schatten legte sich die Plane darüber. Wir saßen in der Dunkelheit – und in der Falle.

KAPITEL XVI

»Es ist alles meine Schuld!«

Der Wagen holperte über die mit Steinen beschlagenen Straßen, und immer wieder wurde ich durch die Stöße hin und her geworfen, sodass die Fesseln tiefer in mein Fleisch einschnitten.

»Was hast du gesagt?«, fragte ich schließlich. Flavus' Worte, im Tonfall völliger Resignation hervorgestoßen, waren so leise und undeutlich gewesen, dass ich glaubte, nicht richtig gehört zu haben.

»Ich hätte wachsamer sein müssen!« Selbst im Halbdunkel sah ich, wie seine Arme sich anspannten und die Sehnen deutlich hervortraten, als würde er versuchen, die ihm angelegten Fesseln aus eigener Kraft zu sprengen.

»Was hättest du dadurch verhindern können?« Dass er ausgerechnet jetzt von sich aus zu reden anfing, zeigte mir, für wie aussichtslos er unsere Lage hielt.

Langsam hob er den Kopf und sah mich direkt an. Seine Lippe war vom Kampf aufgeplatzt. »Einiges, was in der letzten Zeit geschehen ist, zumindest aber deine Entführung.«

Er unterbrach sich, und ich spürte, wie mein Herz schneller zu schlagen begann.

»Die Frau und der Sohn meines Bruders werden sterben, weil ich ihnen nicht helfen konnte. Noch nicht einmal Rache zu nehmen war mir vergönnt. Wie sollen mein Vater und mein Bruder jetzt Ruhe finden? Ich hätte …«

»Hast du beim Mord an Baetius Quigo deine Hände im Spiel gehabt?«, unterbrach ich ihn, und mein Herz raste vor Angst, als ich auf die Antwort wartete.

Bewegungslos war sein Blick auf mich gerichtet, jeglicher Spott aus seinen Augen verschwunden. »Nein«, sagte er schließlich. »Das habe ich nicht. Dafür hätte es keinen Grund gegeben. Baetius hat niemandem aus meiner Familie etwas getan.«

Ich spürte, dass er die Wahrheit sprach.

»Wieso hat Spurius Cornix deiner Familie so etwas angetan?«, fragte ich leise.

»Natürlich war er es nicht allein. Ohne Hilfe wäre es ihm nicht gelungen, womöglich hätte er nicht einmal Interesse daran gehabt. Der eigentliche Schuldige war Laicho.«

Laicho! Wie durch dichten Nebel hindurch glaubte ich mich an diesen Namen zu erinnern.

Ja, beim Würfelspiel in der Villa. Dunkel entsann ich mich, dass dort dieser Name gefallen war. Doch wer sollte das sein? Laicho? Der Name klang ungewohnt und fremdartig. »Ein Alemanne?«

Flavus nickte, während ich angestrengt versuchte, die Zusammenhänge zu begreifen. Ein Alemanne und ein römischer Reiterpräfekt, die gemeinsame Sache gemacht hatten? Es klang unwahrscheinlich, aber nicht unmöglich.

Einen Moment lang schwieg Flavus, als würde er einen inneren Kampf mit sich ausfechten. Wer konnte schon sagen, ob irgendein barbarischer Ehrenkodex es ihm verbot, mit Außenstehenden über Leben und Sterben seiner Sippe zu sprechen.

»Zwei Ratten, die sich gesucht und gefunden haben, Cornix und Laicho!«, presste er schließlich hervor. »Ich weiß nicht, woher Laicho den Römer kannte und was er mit ihm zu schaffen hatte, doch hatte er schon lange eine Gelegenheit gesucht, meinem Vater seinen Rang streitig zu machen. Nur sehr widerwillig haben sich er und die Seinen dem Befehl meines Vaters untergeordnet. Es war absehbar, dass er sich früher oder später dagegen auflehnen würde, dieser Verräter. Aber dermaßen ehrlos und schändlich! Sich an den Feind zu verkaufen …«

Mein vor Angst benebelter Geist hatte Mühe, Flavus' Worten zu folgen. Da ich kaum etwas über die Stämme der Alemannen wusste, fiel es mir schwer, die Informationen sinnvoll zu ordnen.

Anscheinend gab es also einen Widersacher, der sich mit Flavus' Sippe angelegt und ihr die Führungsposition geneidet hatte. Bei allen Göttern, ich wusste gar nicht, dass Flavus aus einer derart einflussreichen Familie stammte! Diesem Laicho schien jedes Mittel recht gewesen zu sein, an die Macht zu kommen, und er hatte dafür sogar eigene Stammesmitglieder, die ihm im Wege waren, an die Römer verraten.

»Wie konnte ihm das gelingen?«, hörte ich mich selbst fragen, und als ich den abgrundtiefen Hass in Flavus' Augen sah, hätte ich ihm gerne die Hand auf die Schulter gelegt, wenn meine Fesseln das zugelassen hätten.

»Es war im Herbst des vergangenen Jahres, vor Beginn des Winters. Mein Vater war der Meinung, es sei klüger, sich nicht an dem von Laicho geplanten Plünderungszug ins Römische Reich zu beteiligen. Allen Anzeichen nach würde der Winter mild werden und die Familien hätten genügend Vorräte, um bis zum Frühling damit auszukommen. Doch Laicho verhöhnte meinen Vater, nannte ihn einen Feigling, dem es am Mut fehle, gegen die Römer vorzugehen.« Flavus' Stimme war heiser, sein Gesicht angespannt, sein Blick abwesend. »Mein Vater hatte gleich seine Absicht durchschaut, seinen Versuch, sich bei den Stammesältesten als fähigen Anführer ins rechte Licht zu setzen. Deshalb weigerte er sich, diesem unnötigen und riskanten Abenteuer zuzustimmen. Das war sein Todesurteil.« Flavus' Atem ging nun heftig; das Weitersprechen fiel ihm schwer. »Kurz darauf wurden wir überfallen. Ein Angriff römischer Truppen, wie eine Strafexpedition, und der Anführer war Cornix – doch es war Verrat im Spiel. Jemand muss ihm dabei geholfen haben, jemand, der über Einzelheiten unserer Bewaffnung Bescheid wusste, über die Anzahl unserer Krieger, die Stellungen, die Vorräte … Kurz bevor ich mit der Frau und dem Sohn meines Bruders sowie unzähligen anderen meiner Sippe gefangen genommen und in die Sklaverei verschleppt wurde, sah ich ihn, Laicho, den Verräter, wie er mit einem Becher Wein bei Cornix stand und über unser Geschick verhandelte. Ein Mann, der eigene Stammesbrüder opfert, nur um selbst Einfluss und Macht zu erlangen! Ich weiß nicht welche Lügen er den anderen erzählt hat. Sicher haben sie ihm geglaubt und ihn womöglich gar zum neuen Anführer gemacht.«

Flavus' Kiefermuskeln traten hervor, als er weitersprach. »Und Cornix kehrte ins Imperium zurück als gefeierter Kriegsheld, als Sieger in einer Schlacht gegen die Barbaren, mit einer Horde von Kriegsgefangenen im Schlepptau, die er in die Sklaverei verschacherte. Gebrandmarkt mit dem Zeichen des Raben.« Die letzten Worte hatte Flavus ausgespuckt wie ein tödliches Gift.

»Die drei Alemannen!«, entfuhr es mir, als ich plötzlich die Zusammenhänge begriff. »Die drei aus der Therme. Sie trugen auch dieses Stigma…« Ich benötigte einen Moment, um meine Gedanken zu sammeln. »Dann waren diese also Stammesbrüder von dir, die dasselbe Schicksal erlitten haben wie du …«

Also keine Verräter, keine Handlanger des Raben oder des unbekannten Hintermanns. Wieder fand ein Mosaikstein seinen Platz.

»Aber was wollten sie dann von dir, als sie dir vor dem Palast des Statthalters auflauerten?«

Überrascht sah Flavus auf, dann verzog er das Gesicht. »Du hast deine neugierigen Augen auch überall …« Langsam hob er die Schultern. »Zufällig hatten sie erfahren, wohin ich verkauft worden war, und als Cornix in der Stadt auftauchte, versuchten sie, mich zu überreden, mit ihnen zusammen für das gemeinsam erlittene Schicksal Rache an ihm zu nehmen …«

»Und?«, fragte ich beinahe flüsternd.

»Ich habe ihnen erklärt, dass es zu riskant sei. Alles, was wir erreichen konnten, war, ebenfalls den Tod zu finden und Laichos Triumph endgültig zu besiegeln. Nein, wir hätten keine Chance gehabt, zu eng waren die Verbindungen zwischen Laicho und Cornix. Einige seiner Krieger hat Laicho sogar in die Stadt eingeschleust, getarnt als Leibwächter und Gladiatoren. Aber mehr weiß ich nicht, nicht einmal, welches Ziel Cornix bei der Sache letztendlich verfolgte …«

»Das heißt also«, erst jetzt wurde mir die ganze Tragweite seiner Worte bewusst, »dass Cornix mit plündernden Alemannenhorden gemeinsame Sache gemacht hat – mit solchen, wie sie seit Monaten im ganzen Imperium wüten. Dass er sie benutzt hat, um seinen eigenen Vorteil zu wahren.«

Ich sah, wie Flavus sich aufrichtete, grimmig, beinahe trotzig. »Nicht mit *den* Alemannen, nur mit einigen Sippen, Verrätern aus unseren Reihen.«

Verräter auf beiden Seiten hatten sich also zusammengetan, zum beiderseitigen Vorteil.

Jedoch beantwortete das alles nicht meine dringendste Frage: »Was ist mit dem Mord an Baetius? Aus welchem Grund sollte Cornix Baetius Quigo getötet haben? Und weshalb wurde er selbst ermordet?« Wieder sah ich vor meinem inneren Auge die im eigenen Blut liegende Leiche des Raben. »Es muss noch jemand anders hinter der Sache stehen. Jemand, der Cornix so lange für seine eigenen Zwecke benutzt hatte, wie es ihm dienlich schien, und ihn dann aus dem Weg räumte. Aber wer und – warum?«

»Das spielt nun auch keine Rolle mehr.« Flavus' blaue Augen blickten stumpf. »Und so wie es aussieht, werden wir auch keine Gelegenheit mehr haben, es herauszufinden.«

Ein inneres Gefühl sagte mir, dass er recht hatte, doch noch war ich nicht bereit, mich so einfach geschlagen zu geben.

»Ich habe versagt!« Diesmal richtete sich der Zorn in seiner Stimme gegen sich selbst. »In jeder nur denkbaren Hinsicht … Es ist mir nicht gelungen, das Leben meines Vaters zu retten, den anderen das Schicksal der Sklaverei zu ersparen.« In sinnlosem Aufbegehren riss er an seinen Fesseln. »Und nun ist es mir noch nicht einmal gelungen, ihren Tod zu sühnen – oder dich zu schützen.«

Bei diesen Worten sah er auf, und zum ersten Mal trafen sich unsere Blicke.

Der Drang, mich ihm zu nähern, ihm tröstend die Hand auf die Schultern zu legen, wurde so übermächtig, dass ich innerlich vor ohnmächtiger Wut aufheulte und mich verzweifelt in den Fesseln wand.

»Da war Blut auf deiner Tunika«, presste ich schließlich hervor. »In der Nacht des Mordes. Während des Gastmahls war es noch nicht da. Ich sah es erst später, als Celsus die Sklaven zusammenrief.« Obgleich ich glaubte, die Antwort zu kennen, wartete ich herzklopfend ab.

Flavus vermied meinen Blick, seine Stimme wurde plötzlich sehr leise. »Nach all den Monaten in Gefangenschaft, nach Tod und Verschleppung …« Er unterbrach sich, und diesmal drängte ich ihn nicht, weiterzusprechen. »Als ich dann Cornix wiedersah, an jenem Abend auf dem Gastmahl … Er hat mich nicht erkannt. Für ihn war ich nichts gewesen als ein unbedeutendes Staubkorn auf dem Weg zu seinem Triumph … Es kam einfach über mich; ich wusste nicht, was ich tat.« Wieder ein Schweigen, das nur vom Rattern des Wagens durchbrochen wurde. »Nach dem

Festmahl musste ich dann noch einen der Gäste nach Hause geleiten, den Aedil Ambrosius. Und als ich dann zurückkam, zum Statthalterpalast … Allein in der Küche, da … Ich glaubte mich dadurch befreien zu können. Wenn ich mich schon nicht an ihm rächen konnte, dann …«

»… hast du sein Zeichen zerstört«, vollendete ich seinen Satz.

Ich konnte die Verzweiflung nur ahnen, die Flavus dazu getrieben hatte, so etwas zu tun.

»Woher wusstest du eigentlich«, versuchte ich vorsichtig das Thema zu wechseln, »dass ich entführt worden war?«

Mit angehaltenem Atem sah ich Flavus an und wartete auf eine Antwort.

»Ich wusste, du würdest dich in Schwierigkeiten bringen.« Der Anflug eines Lächelns huschte über sein Gesicht, traurig und verletzlich. »Und ich hatte mir vorgenommen, ein Auge auf dich zu haben.«

Die Worte verklangen und nahmen nur langsam in meinem Bewusstsein Gestalt an. Das Gefühl der Aussichtslosigkeit unserer Lage vermischte sich mit einer absurden Erleichterung, die mein Herz höherschlagen ließ.

»Nach unserem Streit, nachts in der Küche, war ich sicher, dass du die Sache nicht auf sich beruhen lassen, sondern dich wieder einmal in Gefahr bringen würdest. Also bin ich dir gefolgt.«

Wieder entstand Schweigen.

»Als du mit anderen Kleidern aus den Thermen kamst, habe ich dich zu spät erkannt und konnte den Überfall nicht mehr verhindern. Doch ich habe gehört, dass sie davon sprachen, dich auf das Landgut von Cornix zu bringen. Da war mir klar, dass ich ebenfalls dorthin musste, irgendwie.« Er lächelte schief. »Der Statthalter hat an diesem Tag wohl auf sein heißes Wasser verzichten müssen. Eine Weile bin ich der Fährte zu Fuß gefolgt, bis etwa hinter Contionacum. Dann konnte ich einen Tuchhändler, der die Landvillen belieferte, überzeugen, mich ein Stück auf dem Wagen mitzunehmen und meine feine Tunika gegen einfache Hosen und einen Umhang einzutauschen. Und ein paar Münzen.«

Der Einsatz für Flavus' Würfelspiel!

»Aber wieso«, fragte ich leise, »ist es dir gelungen, dich, ohne Verdacht zu erwecken, unter meine Entführer zu mischen? Wieso haben sie dir so blindlings vertraut?«

Ein beinahe bitteres Auflachen entrang sich Flavus' Kehle. »Das verdanke ich nun wieder römischer Arroganz. Ich hatte darauf gehofft, dass die Entführer uns Alemannen nicht voneinander unterscheiden könnten, und wirklich, sie haben mich für einen von Laichos Männern gehalten.«

Das war es also. Trotz der vollkommenen Hoffnungslosigkeit spürte ich, wie tiefe aufrichtige Erleichterung meinen Körper durchströmte. Flavus war wirklich unschuldig.

»Nachdem ihr Herr sich schlafen gelegt und Livius und Piso«, mit einer Kopfbewegung wies er zum vorderen Teil des Wagens, »ein wenig mehr getrunken hatten, als ihnen gut tat, wurden sie recht schnell vertrauensselig.« Ein grimmiges Lächeln stahl sich auf seine Züge. »Ich nehme an, dass sie ihren Leichtsinn verfluchten, als ihr Herr am nächsten Morgen entdeckte, dass ihre Geisel verschwunden war, und der Alemanne gleich mit ... Ich möchte nicht in ihrer Haut gesteckt haben. Umso begieriger mussten sie sein, uns wieder in ihre Finger zu bekommen.«

»Du hast versucht, mich zu retten«, sagte ich leise und zwang mich dazu, meine Tränen hinunterzuschlucken. »Wieso?«

Ich erhielt keine Antwort. Das Rattern des Wagens war das einzige Geräusch in der bedrückenden Stille.

»Warum bist du nicht in Treveris geblieben und hast nicht versucht, dort etwas für deine Verwandten zu tun oder zumindest in ihrer Nähe zu sein?«

»Was hätte ich denn tun sollen?«, presste Flavus hervor. »Das Urteil stand fest. Der Statthalter würde nichts dagegen unternehmen, und solange es keine andere Spur gab...« Seine Stimme verklang. »Ich hätte es nicht ertragen, dich auch noch zu verlieren.«

Das Herz hämmerte in meiner Brust und trieb Hitze durch meinen ganzen Körper, als mir die Bedeutung seiner Worte bewusst wurde. *Mich nicht zu verlieren ...*

Er hatte seine Familie zurückgelassen, womöglich sein Leben riskiert. Für mich, um mich in Sicherheit zu bringen. Schweigend starrte ich ihn an und zwang mich dazu, regelmäßig zu atmen.

Er schluckte hart. »Doch auch hier habe ich versagt. Es ist mir nicht einmal gelungen, dich sicher zurück nach Treveris zu bringen.«

Meine Hände wanden sich in ihren Fesseln und ballten sich zu Fäusten. Ich verfluchte das Schicksal dafür, gerade mir jetzt vor Augen zu führen, wie töricht mein Verdacht Flavus gegenüber gewesen war, wie unbegründet meine Furcht. Erst jetzt, da es für uns keine Zukunft mehr gab, genauso wenig wie für die Sklaven des Baetius ...

Mit meinem Blick suchte ich seine Augen. »Flavus«, flüsterte ich. »Flavus, ich ...«

Das ruckhafte Anhalten des Wagens zerriss meine Worte und ließ mich nach vorne kippen. Meine Stirn schlug hart gegen die hölzerne Wand des Gefährts.

Flavus riss den Kopf nach oben, als er instinktiv versuchte, meinen Sturz abzufangen, von seinen Fesseln jedoch daran gehindert wurde. Wütend knurrte er einen Fluch in seiner Muttersprache.

»Was ist los, warum halten wir an?«, fragte ich leise, unfähig, mir die schmerzende Stirn zu halten.

Die Plane wurde zurückgeschlagen, mit rasselnden Schlüsseln wurde die Tür geöffnet. Einer der Männer schob sich herein. Ein bösartiges Lächeln zuckte in seinen Mundwinkeln, ein Messer blitzte in seiner rechten Faust.

»Los, raus mit euch, die Fahrt ist vorbei!«

Unwillkürlich wich ich zurück. Was hatten sie mit uns vor?

»Habt ihr nicht gehört? Ihr sollt aufstehen und rauskommen!« Die Stimme des Fremden hatte einen bedrohlichen Tonfall angenommen. »Oder muss ich erst nachhelfen?«

Die Holzbretter des Wagens knarrten, als Flavus sich aufrichtete und an dem Fremden vorbei nach draußen trat. Mit steifen Gliedern folgte ich ihm. Angst schlug über mir zusammen. Was hatten sie mit uns vor?

Ich blinzelte in die helle Abendsonne; eine kühle Brise ließ mich frösteln.

Ein kurzer Blick zeigte mir, dass wir uns auf einer Lichtung befanden, umgeben von hohen Bäumen: Eichen, Rotbuchen, mehr erkannte ich nicht. Nirgendwo war eine befestigte Straße zu sehen, nur ein Trampelpfad, über den wir gekommen waren. Auch Livius und Piso standen draußen vor dem Wagen. Der eine hielt ein Messer, der andere einen groben Strick in der Hand.

Panik bemächtigte sich meiner, und ich sah, dass sich auch Flavus' Schultermuskeln vor Anspannung wölbten. Kalter Schweiß lief mir die Wirbelsäule hinab.

»Los, hier rüber mit euch!« Livius wies mit dem Kopf auf eine nahe stehende Eiche, deren Äste weit herausragten.

Nackte Angst ließ jeden einzelnen Muskel in meinem Körper erfrieren. Alle Farbe wich mir aus dem Gesicht, und ich wusste, ich hätte noch nicht einmal die Kraft zu schreien.

»Ein Fressen für die Raben. Cornix hätte sich bestimmt darüber gefreut, auch wenn er jetzt nichts mehr davon hat.« Das Gesicht des Sprechers verschwamm vor meinen Augen, als mir die furchtbare Bedeutung dieser Worte klar wurde.

Sie würden uns beide töten! Jetzt, hier auf dieser Lichtung. Ob aus Rache für Cornix' Tod oder einfach nur, um ein paar unliebsame Zeugen zu beseitigen, war dabei unerheblich. Es gab kein Entkommen!

Bei allen Göttern! Unwillkürlich wich ich einen Schritt zurück, wurde jedoch gleich von einer harten Hand gepackt und nach vorne gestoßen.

Wellen wie von Fieber stiegen in mir auf. Das war also das Ende meiner Bemühungen. Bei dem Versuch, die Sklaven des Baetius zu retten, musste ich nun mein eigenes Leben lassen und Flavus mit in den Tod reißen!

Wie durch einen Nebel sah ich, wie Livius den gefesselten Flavus in Richtung des Baumes trieb, die Spitze des Messers gefährlich nah an seinem Körper, während der andere das eine Ende des Seils über einen Ast warf, es herunterzog und sich daran machte, eine Schlinge zu knüpfen.

»Zeit, Abschied zu nehmen, ihr Turteltäubchen!« Der Hohn in seiner Stimme brachte mich wieder zu Bewusstsein.

»Nein!« Wütend schrie ich auf und wollte mich auf den Handlanger stürzen, doch zwei Hände packten mich und hielten mich fest. »Ihr Schweine, lasst ihn los, was hat er euch getan?« Piso verdrehte mir die Arme in den Gelenken. Tränen von Schmerz und Wut stiegen in meinen Augen auf und rannen über mein schmutziges Gesicht.

Unfähig, mich unter dem Griff zu wehren, musste ich mit ansehen, wie einer der Kerle Flavus gepackt hielt, während Livius ihm die Schlinge um den Hals legte.

»Nein!«, schrie ich wieder und wand mich verzweifelt in dem brutalen Griff. »Nein …« Meine Stimme brach.

Schon manches hatte mir das Schicksal in meinem Leben zugemutet, doch noch nie so etwas Grausames wie hier, auf dieser Lichtung zu stehen und dem Mann, den ich liebte, beim Sterben zusehen zu müssen.

Was dachte ich da gerade? *Den Mann, den ich liebte?*

Bebend schlugen meine Zähne aufeinander, als ich hilflos mit ansehen musste, wie Livius den Strick festzog und noch einmal prüfte, ob er halten würde.

Flavus' Blick traf mich, als ich in ohnmächtiger Wut an meinen Fesseln riss. Stumm schüttelte er den Kopf, dann verschwamm meine Sicht. Ihr Götter, das konnte, das durfte doch nicht sein!

Das flammende Abendlicht überflutete die Lichtung und drang durch meinen Schleier aus Tränen. In meinen philosophischen Studien hatte ich mich zwar viel mit dem Sterben befasst, es wäre mir jedoch nie in den Sinn gekommen, dass mich der Tod an einem wunderschönen Maiabend nur wenige Stunden Fußmarsch von Treveris entfernt ereilen würde.

Blut rauschte in meinen Ohren, das Hämmern meines Herzens verstärkte sich, schien lauter und lauter zu werden, wie eine Schar von Reitern, die sich im Galopp näherten. Undeutlich nahm ich Flavus' Gestalt wahr, die sich dunkel gegen den rötlichen Abendhimmel abhob.

Das Hämmern wurde lauter, schien näher zu kommen. Meine Angst musste mir den Verstand geraubt und Wahnvorstellungen erzeugt haben. Nun glaubte ich schon wirklich, Hufgetrappel zu vernehmen.

Pisos Griff wurde fester, als ginge er in die Defensive. Ganz langsam machte er einen Schritt zurück und wandte sich dann um.

Durch tränenverklebte Wimpern blinzelte ich. Tatsächlich, da waren Reiter!

Ein kleiner Hoffnungsschimmer keimte in mir auf. Da kamen Fremde – direkt auf uns zu.

Unsere drei Entführer schienen in ihren Bewegungen zu erstarren. Unter dem festen Griff spürte ich, wie sich Pisos Muskeln anspannten, sich sein Atem beschleunigte.

Von meiner Position aus konnte ich zwei Männer sehen, die sich zu Pferde näherten. Ihre teure Kleidung zeigte, dass sie aus gutem Hause oder zumindest gut betucht waren.

Nur wenige Schritte von uns entfernt hielten sie ihre Pferde an und blieben stehen. Schweigend warfen sie einen Blick in die Runde. Niemand schien sich zu rühren.

»Haben wir euch doch gefunden!« Die Stimme des Neuankömmlings klang schneidend und hatte einen starken Akzent. Ein Alemanne?

Langsam lenkte er sein Pferd direkt auf die beiden Kerle zu, die Flavus immer noch gepackt hielten, und jetzt, aus der Nähe, konnte ich sein Gesicht erkennen.

Es war der Einäugige. Der Mann, den ich aus dem Fenster gesehen hatte.

»Nun gut, sagt es am besten gleich: Wo ist die Karte?«

Ich verspürte einen Stich in meiner Brust, als ich an die Schriftrolle dachte, die Flavus dem Toten abgenommen und in seiner Kleidung hatte verschwinden lassen. War es das, was die Fremden wollten?

Livius, der gerade die Schlinge um Flavus' Hals gelegt hatte, wirkte aufrichtig erstaunt. »Was für eine Karte?« Sein Gesicht nahm einen unwirschen Ausdruck an, doch schwang in seiner Stimme Unsicherheit mit. »Ich weiß nicht, wovon du sprichst.«

»Ach ja?« Betont langsam glitt der Einäugige vom Pferd und trat direkt vor die beiden Henkersknechte hin. »Tatsächlich?«

Er umrundete die Gruppe und maß Flavus, der, die Schlinge um den Hals, noch immer unbeweglich dastand, mit einem abschätzigen Blick.

»Mein Freund und ich«, er wies mit den Fingern auf seinen Begleiter, der nun ebenfalls abgestiegen war und mit seinem Pferd näher kam, »hatten eine kleine Verabredung mit Spurius Cornix, da hinten an eurer heiligen Stätte.« Er spuckte aus. »Dort wollte er mir etwas geben, das er mir schon vor langer Zeit versprochen hatte. Leider fanden wir nur noch seinen Leichnam, und als wir ihn durchsuchten, waren seine Taschen leer.«

Er log. Wir hatten den Lärm des Kampfes gehört. Den Toten hatte er gar nicht mehr durchsuchen können, da er und sein Kumpan von Flavus und mir dabei gestört worden waren.

»Was soll das?«, brummte Livius. »Du glaubst doch nicht etwa, *wir* hätten Cornix umgebracht?«

Die Augenbrauen des Alemannen gingen für einen kurzen, abschätzigen Moment nach oben. »Zuzutrauen wäre es euch durchaus, aber …« Er machte eine bedeutsame Pause. »Aber sicher habt ihr dafür gesorgt, dass euer toter Freund nichts Wichtiges an seinem Körper zurücklässt. Nichts, was ihn verraten könnte. Ihn oder unseren Herrn.«

Ich war zu verwirrt, um zu verstehen, von was sie sprachen. Ich wusste nur eines: Dieser Mann musste einer der Mörder des Baetius Quigo sein, der von Hyacinthus erwähnte Einäugige. Hilflos wand ich mich in meinen Fesseln. Doch Piso packte mich nur noch fester.

»Du kannst uns durchsuchen, wenn du uns nicht traust«, nahm Livius, an den Alemannen gerichtet, das Wort wieder auf. »Wir haben nur noch seine Leiche gefunden, und diese beiden da, wie sie sich über ihn beugten.« Er wies mit dem Kopf erst auf Flavus, dann auf mich. »Sie waren es, die wir suchten. Mit dem Toten hatten wir nichts zu schaffen.«

Einen Augenblick lang herrschte eisiges Schweigen. Ich spürte, wie die Spannung zwischen den Parteien langsam zunahm.

»Ach ja?« Der Blick des Alemannen fiel erneut auf Flavus. »Und wer sind diese beiden?«

»Ein Sklave des Statthalters, der versucht hat, uns auszuspionieren, und sein Liebchen. Wenn du den Mörder von Cornix suchst, da hast du ihn. Er wird für seine Schuld bezahlen.«

Sollte Flavus die beiden fremden Alemannen kennen, ließ seine Miene zumindest nichts davon erkennen. Noch immer blickte er stumm geradeaus. Die Muskeln wie zum Sprung gespannt.

»Das ist gut«, meinte der Einäugige schließlich, während sein Blick von Flavus wieder zu Livius zurückglitt. »Die Schulden zu bezahlen, das halte ich für eine äußerst gute Idee.«

Und ehe ich begriff, was geschah, hatte der Alemanne Livius ein Messer in die Brust gerammt.

Sein Kumpan, der noch immer neben Flavus gestanden hatte, stürzte sich sogleich auf den Einäugigen, riss ihn zu Boden, und beide rollten durch das hohe Gras.

Ein Aufschrei des Entsetzens entfuhr Pisos Kehle, und sein Griff lockerte sich. Den Schrecken des Augenblicks nutzend, riss ich mich los und verpasste ihm mit meiner Schulter einen Stoß, dass er nach hinten taumelte.

Mehr einem Instinkt als der Vernunft folgend, rannte ich zu Flavus. Noch immer waren seine Hände gefesselt, sein Hals in der Schlinge.

Nur am Rande nahm ich wahr, wie der zweite Alemanne sich Piso zuwandte.

Etwas Silbernes blinkte im Gras. Das Messer, mit dem der Alemanne Livius ermordet hatte! Ich ging in die Knie und tastete mit den auf dem Rücken zusammengebundenen Händen nach dem Schaft. Er war noch warm und klebrig vom frischen Blut.

»Mit dem Rücken zu mir!«, zischte Flavus. »Versuch, die Fesseln durchzuschneiden!«

Leichter gesagt als getan. Meine gefesselten Hände waren beinahe taub, außerdem konnte ich hinten nichts sehen. Doch der Unbekannte Gott muss meine Hand geführt haben, denn schon der erste Stoß traf den Strick, der Flavus' Handgelenke zusammenband. Drei schnelle Messerschnitte, und mit einem Knall rissen die übrigen Fasern, als Flavus seine Muskeln anspannte.

»Das Messer! Gib mir das Messer!«, keuchte er.

»Flavus! Pass auf!«

Wie ein Schatten der Unterwelt ragte der Einäugige vor uns auf. Seines Gegners hatte er sich entledigt. Nun kam er zu uns, um auch die beiden unliebsamen Zeugen zu beseitigen. In der Hand hielt er einen Gladius, das kurze Schwert der Legionäre. Flavus hatte gegen ihn nicht die geringste Chance.

Eine Gestalt kam von der Seite geflogen, rammte den Einäugigen und riss ihn herum. Es war Piso. Offenbar hatte der Gefährte des Einäugigen gegen ihn den Kürzeren gezogen. Ich kam gar nicht dazu, mir auszumalen, was geschehen sein mochte, denn der Alemanne hatte sich sofort wieder gefangen. Ein Stich mit der Klinge, ein Aufschrei, und sein Gegner ging zu Boden.

Doch der winzige Aufschub hatte Flavus gereicht, den Kopf aus der Schlinge zu ziehen. Mit einem Sprung war er auf dem Rücken des Mannes. Zwei starke Arme legten sich um dessen Brustkorb. Zwei kräftige, vom Holzhacken schwielige Hände schlossen sich in seinem Nacken.

Der Mörder taumelte und ließ sein Schwert fallen. Verzweifelt versuchte er, nach Flavus zu greifen, doch der zwang ihm den Kopf immer tiefer auf die Brust.

»Flavus, nicht …«

Aber Flavus hörte mich nicht. Er war außer sich vor Grimm. Seine ganze Wut, sein Zorn über den Untergang seiner Sippe, die ganze Erniedrigung, die er erfahren hatte, all dies legte er in diesen gewaltigen Kraftakt. Seinem hünenhaften Gegner begannen die Beine zu zittern. Jeden Augenblick musste sein Genick brechen wie ein dürrer Ast …

»Flavus«, schrie ich, »lass ihn leben! Er ist einer der Mörder von Baetius Quigo. Ich kann es beweisen. Nur wenn wir ihn dem Statthalter vorführen, haben wir vielleicht eine Chance, die Frau deines Bruders zu retten. Und ihren Sohn …«

Flavus' Augen waren blutunterlaufen. Doch dann klärte sich sein Blick. Mit einer geradezu verächtlichen Bewegung riss er den einäugigen Hünen hoch und schleuderte ihn wie eine Puppe gegen den Stamm einer Eiche, desselben Baumes, an dessen Ast er noch vor wenigen Augenblicken beinahe gehangen hätte. Noch einmal bäumte sich der Einäugige auf, dann rollte sein heiles Auge nach oben, und er sackte bewusstlos zusammen.

Eine unheimliche Stille lag über der Lichtung. Nur die Vögel sangen. Nie war mir ihr Gesang so süß erschienen.

Ohne ein Wort hob Flavus das Messer auf, das ins Gras gefallen war, und beugte sich zu mir herab, um auch meine Fesseln zu zerschneiden.

»Wir müssen hier weg«, sagte ich. »Nach Treveris. Uns bleibt keine Zeit mehr!«

Zwar hatte ich jedes Zeitgefühl verloren, doch wusste ich genau, dass es jetzt auf jede Stunde ankam, wenn wir die todgeweihten Sklaven des Hauses Baetius noch retten wollten.

Flavus wirkte immer noch wie von Furien besessen. Seine Miene war finster, und sein Blick verhieß Unheil, als er zu dem Einäugigen hinüberging. Er packte ihn mit der einen Hand am Gürtel, mit der anderen an den Haaren und schleifte ihn hinter sich her.

»Einen Strick«, sagte er. Es waren seine ersten Worte seit dem Kampf.

»Da waren welche im Wagen. Ich hole sie.« Stolpernd rannte ich an ihm vorbei zu dem Karren und bemühte mich dabei, den Blick nicht auf den Boden zu richten, wo unförmige Schatten im Gras in der hereinbrechenden Dämmerung die Stellen bezeichneten, an denen die Toten lagen.

Die Pferde der beiden Verfolger, ein Rappe und ein Fuchs, hatten vor dem Aufruhr und Blutgeruch gescheut, waren dann aber am Rand der Lichtung stehen geblieben, wo sie jetzt grasten. Leise murmelte Flavus einige Worte in seiner Sprache, während er sich den Tieren näherte, die bei seiner Witterung oder dem sanften Klang seiner Stimme erstaunt den Kopf hoben.

»Schhh«, flüsterte er leise, als er vorsichtig die Nüstern des ersten Pferdes berührte. Es wich nicht zurück.

Gemeinsam banden wir unseren Gefangenen, der sein Bewusstsein noch nicht wiedererlangt hatte, auf eines der Pferde. Flavus schnürte ihn so gut fest, dass er sich kaum bewegen konnte. Dann, ohne mir die Zeit zu nehmen, nähere Bekanntschaft mit den Tieren zu machen, packte er mich plötzlich und hob mich in den Sattel des Rappen. Mit einem Sprung saß er hinter mir, seinen erhitzten Körper fest an mich gepresst.

»Los!«, Ruckartig drückte er dem Pferd die Flanken in die Seite; es reagierte prompt und setzte sich in Bewegung. Dann trieb er es an, und ehe ich es mich versah, kanterten wir über die Lichtung hinab zu dem Weg, von dem wir gekommen waren.

Verzweifelt versuchte ich, mich irgendwo am Sattel festzuhalten. In meinem ganzen Leben hatte ich noch nie auf einem Pferd gesessen, und meine Muskeln waren von den Fesseln noch verspannt.

Irgendwie gelang es Flavus, nicht nur das Tier zu führen, sondern auch noch mich auf dessen Rücken zu halten und gleichzeitig das andere am Seil hinter sich herzuziehen. Er saß offenbar nicht zum ersten Mal im Sattel. Was es wohl noch alles gab, das ich nicht von ihm wusste?

»Was hast du jetzt vor?«, fragte ich atemlos.

»Zurück nach Treveris!« Sein Körper war angespannt, sein Blick geradeaus gerichtet. Es war sinnlos, ihn zum Sprechen zu bewegen, nicht wenn er gerade von einer Idee, einem Plan besessen und vollständig in Besitz genommen war.

Treveris musste nordöstlich von uns liegen. Also wandten wir dem letzten blutroten Schein der untergehenden Sonne den Rücken zu und ritten in die Nacht.

Eine Weile, nachdem wir die Lichtung hinter uns gelassen hatten, ließ Flavus das Pferd langsamer gehen und brachte es schließlich zum Stehen.

»Was ist los?«, fragte ich leise. »Warum halten wir an?«

»Merkst du es nicht?« Flavus' Stimme klang besorgt, während er langsam hinter mir vom Pferd glitt. »Das andere Tieer lahmt.«

Vorsichtig sah er sich die Hufe nacheinander an. »Es hat sich am rechten Vorderlauf verletzt. Wir müssen langsamer machen, um überhaupt anzukommen.« Ich spürte die Anspannung in seinem Körper, als er wieder aufsaß. »Es bleibt uns nur eins übrig, um sicher die Stadt zu erreichen. Wir müssen uns weiter Richtung Osten halten, bis wir auf die Straße stoßen, die vom Tempelbezirk nach Treveris führt.«

»Und wie willst du über den Fluss kommen?« Wenn meine vage Vorstellung von der Gegend mich nicht täuschte, befanden wir uns immer noch in dem Dreieck zwischen der Mosel und ihrem Nebenfluss, der Saar. Einen dieser Flussläufe mussten wir überqueren, um nach Treveris zu gelangen.

»Kurz vor dem Zusammenfluss führt eine Brücke hinüber«, erklärte Flavus. »Und wenn sie bewacht ist, dann gibt es eine alte Furt direkt oberhalb davon, wo große Steinplatten im Flussbett liegen.« Er musste meinen erstaunten Blick gespürt haben, denn er fügte hinzu: »Ich bin dort hinübergewatet. Aber vielleicht haben wir Glück, und die Brücke ist nachts frei.«

Mit einem Schnalzen trieb er das Pferd an, und stumm murmelte ich leise Gebete, das verletzte Tier möge uns noch halbwegs sicher nach Treveris folgen. Hierzulande wurde Epona, die Pferdegöttin, besonders verehrt. Obgleich ich noch immer weitaus weniger Vertrauen in die Götter der Treverer setzte als in den Gott der Philosophen, wandte ich mich mit meiner stummen Bitte auch an sie.

»Glaubst du, die Karte ist Beweis genug?«, fragte ich Flavus nach einer Weile. »Immerhin ist es das Einzige, was wir in der Hand haben, um zu zeigen, dass es bei der Sache um weit mehr geht als den Mord an einem Duumvir.«

Flavus schwieg eine Weile, sodass ich schon dachte, er habe meine Frage nicht verstanden. Doch dann ließ er das Pferd langsamer gehen und zog die Rolle und das kleine zusammengefaltete Stück Papyrus hervor, das er bisher noch nicht geöffnet hatte.

Es knisterte leise, als er die Karte aufrollte. Das helle Mondlicht ließ schwach die dunkel eingezeichneten Straßenzüge von Treveris erkennen sowie die Stadtmauer mit verschiedenen durch ein X gekennzeichneten Stellen.

Schließlich faltete Flavus auch den Papyrus auseinander und reichte ihn mir.

Angestrengt kniff ich die Augen zusammen, um im Halbdunkel etwas zu erkennen, dann las ich vor:

Marcus grüßt seinen Freund.

Es hat mich nicht unbeträchtliche Mühe gekostet, diese Karte anzufertigen, noch riskanter war es, sie dir zukommen zu lassen. Ich verlasse mich darauf, dass du sie fristgerecht und sicher an unsere alemannischen Verbündeten weiterleitest, nicht jedoch, ohne sie noch einmal an unsere Abmachung zu erinnern. Die Hälfte für sie, die andere Hälfte für uns beide. Sieh zu, dass du ihr Vertrauen behältst, ihre Loyalität scheint mir doch sehr wankelmütig.

Noch ein klein wenig Geduld, dann kannst auch du die Früchte genießen, nach denen du dich so lange gesehnt hast. Sobald das Feuer verloschen und die Asche erkaltet ist, wird deinen Plänen nichts mehr im Wege stehen. So erinnere auch du dich stets an unsre Vereinbarung und daran, wem du die kostbarste und teuerste Frucht verdankst.

Lebe wohl.

»Also doch«, entfuhr es Flavus, nachdem ich geendet hatte. »Das ist der Beweis, dass Cornix und Laicho gemeinsame Sache machen …«

Ich war ebenfalls erschüttert. Hätte ich es nicht mit eigenen Augen gelesen, hätte ich die Idee einer solchen groß angelegten Verschwörung als blanken Unsinn bezeichnet, aber so …

Was zunächst wie ein Mord als Racheakt eines einzelnen Sklaven ausgesehen hatte, war lediglich Teil eines weitaus größeren Verbrechens, die erste sichtbar gewordene Blutspur, die zu etwas zu führen schien, dessen Ausmaße ich nur erahnen konnte.

»Weißt du, wer dieser Marcus sein könnte?«, fragte ich Flavus, doch schüttelte dieser nur grimmig den Kopf, während er das Pferd weitertrieb.

Auch ich hatte ebenfalls nicht die Spur einer Ahnung. Marcus war ein so häufiger Name, dass er in Treveris sicherlich einige Dutzend Male vorkam, und ich wusste auf Anhieb niemanden, den ich damit in Verbindung bringen konnte. Auch wenn mir ein Gefühl sagte, dass mir die Person dahinter bekannt sein sollte.

Ebenfalls unklar war mir, was mit der kostbarsten und teuersten Frucht gemeint war. Ging es um Baetia Minor, die vorteilhafte Partie aus gutem Hause, oder etwas ganz anderes? Und vor allem … im blassen Mondlicht verschwamm die Schrift vor meinen Augen.

»Wenn die Asche erkaltet ist«, wiederholte ich leise und stockte, als ich endlich begriff.

»Sie wollen die Stadt brandschatzen!« Flavus' Stimme klang atemlos und gepresst, auch er schien gerade die volle Tragweite des Briefes begriffen zu haben »Laicho, Cornix und dieser Marcus müssen einen Pakt geschlossen haben, um Treveris zu überfallen.« Seine Worte überschlugen sich. »Natürlich, deswegen auch die Karte, die Hinweise auf Schwachstellen in den Befestigungsanlagen gibt. Cornix hätte die Karte Laichos Männern zuspielen sollen. Wahrscheinlich sollte er auch dafür sorgen, dass zu diesem Zeitpunkt möglichst wenig Wachen in der Stadt postiert waren, um so seinen alemannischen Verbündeten den Zutritt zu erleichtern. Vielleicht gab es ja auch noch Mitverschwörer in Treveris, die sich dort eingeschlichen hatten, oder Verräter, die bestochen worden waren. Dieser Marcus, bei allen Göttern! Er muss der Drahtzieher hinter der ganzen Sache sein, derjenige, der die ganze Geschichte eingefädelt und offensichtlich den größten persönlichen Nutzen davon hat und …«

»… die treibende Kraft hinter dem Mord an Baetius Quigo«, ergänzte ich.

»Und wahrscheinlich auch an dem von Cornix. Auch wenn er beide Morde wohl kaum eigenhändig durchgeführt hat.« Er schlug sich mit der Faust in die offene Handfläche. »Verflucht, wenn es mir doch nur gelungen wäre, mehr herauszubekommen!«

Verständnislos drehte ich mich zu ihm um.

»In der Villa des Cornix, in die man dich entführt hatte. Ich hätte viel mehr in Erfahrung bringen können, doch ich musste dich ja herausholen.« Beinahe entschuldigend lächelte er .»Wer weiß, ob es nicht schon zu spät ist.«

Ich fragte nicht nach, was er damit meinte, zu spät für ihn, seine Familie oder für die gesamte Stadt Treveris, auch wenn ich nicht wusste, ob ihn Letztere überhaupt kümmerte, ihn, den Fremden von jenseits des Rheines.

»Flavus?« Eine andere Frage brannte mir noch auf der Seele. »Die Männer des Cornix haben mich doch entführt, da sie mich für Marcella hielten, die Tochter des Statthalters.«

Flavus nickte. »Es war der Versuch einer Erpressung. Doch weiß ich nicht, um was genau es ging. Ich konnte ja nicht fragen, um mich nicht zu verraten, aber ich vermute, dass man den Statthalter auf diese Weise von den Dingen ablenken wollte, die sich hinter seinem Rücken in Treveris abspielten. Wir müssen ihn warnen, er muss von der ganzen Geschichte erfahren. Von der Gefahr für die Stadt, dem Komplott gegen ihn …«

»… und dass es einen anderen Mörder gibt«, fügte ich hinzu, während ich Karte und Brief in meiner Tunika verschwinden ließ. »Bevor Unschuldige sterben müssen!«

Es war kurz vor dem Morgengrauen, als endlich Treveris in Sicht kam. Mein Herz schlug höher bei dem vertrauten Anblick der Stadtmauern und Häuserdächer. Ich konnte nicht sehen, was mit der Stadt geschehen war, doch zumindest stand sie noch. Nichts, das auf Kämpfe, Brand oder Verwüstung hindeutete.

Wir hatten Glück gehabt auf dem letzten Stück des Wegs. Ein paar Stunden waren wir noch einem alten Wildpfad gefolgt, der sich zwischen den Hügeln dahinwand. Es musste schon nach Mitternacht gewesen sein, als wir endlich auf die befestigte Straße stießen. Von da an ging es rascher voran. Ich hatte stets Angst, jemandem zu begegnen, denn selbst ich hätte nicht gewusst, wie man erklären sollte, weshalb zwei abgerissene Gestalten, darunter eine junge Frau, mitten in der Nacht durch das Land ritten, noch dazu mit einem Gefangenen auf dem Handpferd.

Doch zum Glück erwies es sich nicht als erforderlich. Nur einmal war uns ein Reitertrupp entgegengekommen. Aber wir hatten ihn schon von weitem gehört und uns abseits der Straße hinter Bäumen versteckt. Noch einen kritischen Augenblick gab es, als unser Gefangener laut zu stöhnen begann, gerade während die Reiter an uns vorüberzogen. Flavus schickte ihn mit einem Hieb gegen den Kopf erneut in das Reich der Träume und verpasste ihm zudem einen Knebel, damit so etwas nicht noch einmal geschah. Noch nie hatte ich Flavus so brutal gesehen, doch konnte ich es ihm kaum verdenken.

Ohne aufgehalten zu werden, hatten wir die Brücke über die Saar überquert. Dann waren wir an der Mosel entlang Richtung Treveris geritten.

Nun zog sich der Fluss wie ein breites, schimmerndes Band zu unserer Linken durch das Halbdunkel. Ein unwirkliches Gefühl der Erleichterung durchströmte mich.

Wieder zu Hause!, schoss es mir durch den Kopf, obgleich ich wusste, wie widersinnig dieser Gedanke war. Was bedeutete Heimat schon für jemanden wie mich, der nicht einmal sich selbst gehörte und nur erahnen konnte, wo die eigenen Wurzeln lagen?

Erneut wurde mir Flavus' warmer Körper bewusst, der sich fest gegen meinen Rücken presste, und für einen kurzen Moment gab ich mich der Hoffnung hin, dass es vielleicht doch eine Antwort auf diese Frage geben könnte.

Wieder glitt mein Blick über die im Morgengrauen liegende Stadt, und plötzlich war mein Verlangen, dorthin zurückzukehren, in das Haus des Statthalters, wo ich die Menschen kannte, so groß, dass es mir beinahe die Tränen in die Augen trieb.

Mit dem Druck seiner Ferse lenkte Flavus das Pferd Richtung Stadttor. Schwarz und wuchtig erhob es sich vor dem dämmriggrauen Himmel. Wir waren angekommen, doch was würden wir hinter den Mauern vorfinden?

»Wer seid Ihr, und was wollt ihr um diese Zeit?«

Die Stimme des Torwächters klang verschlafen und unwirsch. Mit vor Müdigkeit oder vom Wein geröteten Augen musterte er uns missbilligend und kratzte sich dann am Hinterkopf, wobei er den Helm ein wenig in die Stirn rückte. Eigentlich sollten zwei Wachen hier Posten stehen, aber sein Kamerad hatte sich wohl zu den anderen in die Wachstube verzogen.

»Wir sind Boten des Statthalters«, erklärte Flavus mit fester Stimme. »Wir müssen ihm eine dringende Nachricht zukommen lassen.«

Gespannt wartete ich auf eine Reaktion und bemerkte, wie sich die Augen des Wächters noch weiter verengten.

»Ihr seid *was?*« Beinahe empört glitt sein Blick über unsere schäbige Aufmachung, die zerrissenen Kleider, die Spuren der Fesseln an unseren Händen, das zweite Pferd, das Flavus an der Handleine hinter uns herzog, und das Bündel Mensch auf dessen Rücken. Wir boten nicht gerade ein Vertrauen erweckendes Bild. »Und was ist mit dem da?«

»Er ist ein wichtiger Zeuge!«, brach es aus mir heraus. »Ich bin mir sicher, der Statthalter wird sehr verärgert sein, wenn er erfährt, dass du uns aufgehalten hast, statt uns zu ihm durchzulassen. Er wartet dringend auf unsere Nachrichten.« *Auch wenn er das vielleicht selbst noch nicht weiß*, fügte ich in Gedanken hinzu.

Zwar konnte ich nicht sagen, ob der Legatus uns nicht schon längst die Sklavenfänger auf den Hals geschickt hatte, doch in meinem Inneren hegte ich noch immer die Hoffnung, Marcella könnte sich vielleicht für mich verwendet und ein gutes Wort eingelegt haben. Falls ihr Vater nicht schon die Nachricht des Entführers erhalten hatte und ahnen konnte, was mit mir geschehen war.

»Mag sein!« Der Mann kam einige Schritte näher und ergriff das Pferd am Zügel. »Doch vielleicht seid ihr auch nur Diebsgesindel, und der Statthalter zieht mir die Haut ab, wenn er erfährt, dass ich euch einfach so eingelassen habe.«

Das Pferd scheute kurz und machte einen Schritt zurück. Ich spürte, wie Panik in mir aufstieg. Nun waren wir so weit gekommen, und ausgerechnet an den Toren der Stadt wurden wir noch aufgehalten. Wenn es uns nicht gelang, noch vor Tagesanbruch mit der Witwe des Baetius zu sprechen, waren die Sklaven verloren!

»Lass uns durch!«, knurrte Flavus hinter mir. Die Muskeln des Pferdes unter meinem Körper waren angespannt. »Und glaub mir«, fügte ich hinzu, »du würdest es bereuen, uns hier festzuhalten!«

Noch bevor ich die Worte zu Ende gesprochen hatte, riss Flavus das Tier los und presste ihm die Fersen in die Flanken.

Der Wächter sprang zur Seite. Seine empörten Rufe, die hinter uns herschallten, vermischten sich mit dem hämmernden Geräusch der Hufe. Krampfhaft hielt ich mich in der Mähne fest und betete darum, nicht zu stürzen, nicht so kurz vor dem Ziel.

Durch das Südtor waren wir auf eine der Hauptstraßen gelangt, die zum Forum führten. Obgleich der Morgen gerade erst anbrach, wimmelte es bereits von Menschen. Händler, die ihre Ware anlieferten, holperten mit ihren Wagen durch die Straße, Ladenbesitzer kehrten vor den geöffneten Eingangstüren, Betrunkene wankten nach Hause, und in all dem Gewimmel fielen Flavus und ich nicht weiter auf. Zwei verdreckte Gestalten auf einem schwarzen Pferd, die auf das Forum zuhielten. Dem Bündel auf unserem etwas lahmenden Handpferd schenkte kaum jemand weitere Beachtung, und die wenigen, die ihm vielleicht einen zweiten Blick gönnten, hielten es wohl für besser, den Mund zu halten und sich nicht einzumischen.

Bevor wir das Forum jedoch erreichten, lenkte Flavus den Rappen in eine Seitenstraße.

»Das ist nicht der Weg zum Statthalterpalast«, meinte ich irritiert.

Flavus gab keine Antwort.

»Was hast du vor?« Ich versuchte, mich auf dem unbequemen Sattel zu ihm umzuwenden. Sein Gesicht war finster, und ich spürte, wie mein Herz schneller zu schlagen begann.

Wütend riss ich das Pferd am Zügel, dass es scheute und schließlich laut schnaubend stehen blieb. »Ich reite nicht einen Schritt weiter, ehe du mir sagst, wohin du willst.«

Widerwillig blickte er mich an. »Zum Hause des Baetius.«

»Was?« Ich war erschüttert. Irgendwie hatte ich geglaubt, Flavus sei halbwegs vernünftig, würde zuerst mit unserem Dominus sprechen, ihm die Sachlage schildern und dann um seine Unterstützung bitten. Die Vorstellung, ganz ohne Rückendeckung der Witwe des Baetius die Beweise vorzulegen, erschien mir zu gewagt. Vielleicht sogar gefährlich.

»Möchtest du nicht lieber zuerst mit dem Statthalter …?«

»Nein!«, schnitt Flavus mir das Wort ab. »Das würde zu lange dauern. Wer weiß, wann die Hinrichtung stattfinden soll! Und wenn der Statthalter erst einmal angehört hat, was wir ihm zu sagen haben, wird er mit für ihn wichtigeren Problemen beschäftigt sein, als sich auch noch um irgendwelche Sklaven zu kümmern. Also komm!«

Darauf hatte ich nichts zu erwidern. Wenn ich darüber nachdachte, musste ich ihm irgendwie sogar recht geben.

Bis alle politischen Belange geregelt waren, konnten die Sklaven schon längst tot sein.

Stumm nickte ich und schickte ein Gebet an den Unbekannten Gott mit der Bitte, uns in dieser schwierigen Lage beizustehen, obgleich ich tagtäglich mehr daran zweifelte, dass er auch über das Leben von Sklaven wachte.

KAPITEL XVII

Das prächtige Stadthaus der Baetier lag wie ausgestorben im grauen Licht des dämmernden Morgens. Nichts rührte sich, kein Geräusch war zu hören, da wir uns hier abseits von Forum und Handwerkerviertel, unweit der Porta Martis, des nördlichen Stadttors, befanden.

Direkt vor der Eingangstür des Hauses hielt Flavus das Pferd an. Ich konnte spüren, wie angespannt er war. Schließlich schwang er sich hinter mir aus dem Sattel und stieg ab; ich fühlte mich genötigt, es ihm gleich zu tun.

Durch die unheimliche Stille drang nur das Stöhnen des Gefangenen auf seinem Pferd. Rasch warf ich einen Blick hinüber. Er wand sich in seinen Fesseln, schien aber noch nicht richtig zu sich gekommen zu sein.

»Vielleicht ist es noch zu früh, um zu stören«, flüsterte ich in kaum verhaltener Erregung. »Wahrscheinlich schlafen noch alle, und wir sorgen nur für unnötigen Ärger, wenn wir die Herrschaft aufwecken.« Ich wusste aus eigener Erfahrung, wie unwirsch sich Aristokraten gebärden konnten, wenn man sie im Schlaf störte.

Ohne auf meine Worte zu achten, ging Flavus direkt auf die Eingangstür zu. »Es ist kurz vor Sonnenaufgang. Höchste Zeit, um die Klienten zu empfangen.«

Es war gängige Praxis, dass Abhängige und Schützlinge vornehmer Herrschaften diesen schon im Morgengrauen ihre Aufwartung machten und gelegentlich Almosen, Vergünstigungen oder freies Essen erhielten.

»Aber es ist ein Feiertag«, gab ich zu bedenken.

Flavus ging nicht darauf ein. Beinahe zornig schlug er mit der Hand fest gegen die schwere Tür. »Die Herrin Julia sollte uns dankbar sein, dass wir ihr den Mörder ihres Gatten bringen. Sofern sie über seinen Tod aufrichtig betrübt ist.«

Er ist verrückt geworden!, schoss es mir durch den Kopf. Und wir hätten doch zuerst mit dem Statthalter sprechen müssen. Wer glaubte schon jemandem wie uns, zerrissen und schmutzig, wie wir aussahen. Dazu kam, dass die Beweise, die wir in der Hand hatten, eher dürftig waren.

Hinter der Tür regte sich etwas. Schlurfende Schritte kamen näher, und mit einem Quietschen öffnete sich die Tür.

Ein Gesicht erschien im Türspalt. Es war der neue, hünenhafte Türsteher, der nach dem Mord an Baetius Quigo diesen Posten übernommen hatte. Seine kleinen Augen blickten abweisend und verschlafen.

»Ja bitte?«

»Wir wünschen, die Domina Julia zu sehen!« Flavus musste tatsächlich den Verstand verloren haben! Zu glauben, dass jemand wie er so ohne weiteres vorgelassen würde.

Erst jetzt schien der Türsteher auch mich zu entdecken und schließlich unserer zerlumpten Aufmachung gewahr zu werden. Der Ausdruck von Herablassung glitt über sein bulliges Gesicht.

»Und was könnte die Herrin mit einem wie dir zu schaffen haben?« Er machte keinerlei Anstalten beiseitezutreten oder die Tür auch nur einen Fingerbreit weiter zu öffnen.

»Ich habe eine wichtige Nachricht für sie!«, brachte Flavus heiser hervor, nur mühsam den Zorn in seiner Stimme unterdrückend. »Den Tod ihres Gatten betreffend.«

»Ach ja?« Desinteressiert glitten die Augen des Türstehers von Flavus zu mir, blieben dann an meinem schmutzigen Gewand hängen. Seine Mundwinkel zogen sich in deutlicher Verachtung herab.

»Wir bringen ihr den Mörder«, erklärte ich kühn. »Also lass uns jetzt rein, oder deine Herrin wird dich auspeitschen lassen, wenn du uns nicht sofort zu ihr führst!«

»Tatsächlich?« Der Mund unseres Gegenübers verzog sich zu einem Grinsen. »Das glaube ich nicht. Der Schuldige steht schon lange fest, also bemüht euch nicht. Das ist es nicht wert.«

Nicht wert! Ich spürte, wie der Zorn über mir zusammenschlug, und ich musste mich zwingen, nichts zu sagen, was die ganze Situation nur verschlimmert hätte. Das Leben so vieler Sklaven stand auf dem Spiel, und ihm war das alles nichts wert?

Gewaltsam stieß Flavus die Tür auf und packte den Mann an seiner Tunika. »Du lässt uns jetzt sofort zur Herrin, oder ...«

Der kurze Ausdruck des Erschreckens im Gesicht des Mannes verflog so schnell, wie er gekommen war. »Es hat keinen Sinn, mir zu drohen. Das wird dir nur übel bekommen«, erklärte er, als Flavus der Stimme der Vernunft folgte und ihn losließ. »Ihr kommt ohnehin zu spät. Der Schuldige wird gerade seiner Strafe zugeführt.« Wie beiläufig wischte er über sein Gewand, um die Falten zu glätten. Es sah aus, als wollte er ein lästiges Insekt abstreifen. »Ich sagte euch doch, bemüht euch nicht.«

»Wo?«, stieß Flavus hervor; zu mehr schien er nicht in der Lage zu sein.

Ich weiß nicht, was den Türwächter dazu bewog, auf diese Frage zu antworten. Vielleicht genoss er es ja, sich an der Verzweiflung zu weiden, die ich nur schwer verbergen konnte.

»Nicht weit vom nördlichen Stadttor. An der Straße nach Mogontiacum. Und nun geht, oder ich lasse die Stadtwachen rufen!«

Noch bevor er den Satz zu Ende gesprochen hatte, stieß er die Tür zu. Durch das Holz gedämpft war zu hören, wie er sie von innen verriegelte.

Mein Atem ging stoßweise. Waren wir wirklich zu spät gekommen? Er hatte von *dem* Schuldigen gesprochen? Damit musste Hyacinthus gemeint sein. Doch was war mit den anderen Sklaven? Waren sie schon tot? Waren die Hinrichtungen bereits vollzogen, und hatte man nur Hyacinthus aufgespart, da man für ihn eine besondere Todesart vorgesehen hatte?

Der Mut sank mir. Ich hatte Mühe, mich auf den Beinen zu halten. Nur verschwommen nahm ich wahr, wie Flavus meinen Oberarm ergriff und mich mit sich zerrte.

»Komm!«, sagte er nur knapp, als er mich vor sich aufs Pferd hob und hinter mir aufsaß.

Von dem Gefangenen auf dem Packpferd kam ein unverständlicher Fluch, gedämpft durch den Knebel, den Flavus ihm angelegt hatte. Offenbar war der Einäugige erwacht und versuchte, sich zu befreien. Das Pferd wieherte und schnaubte unwillig. Flavus riss hart, fast brutal an der Handleine. Im letzten Moment konnte ich mich noch am Sattel festhalten, bevor er seinem Tier die Fersen gab und es Richtung Norden lenkte.

Hatten wir überhaupt noch eine Chance?

Fast unmittelbar nachdem wir die Stadt durch das Nordtor verlassen hatten, sahen wir das Kreuz im Licht der aufgehenden Morgensonne.

Die Hand auf den Mund gepresst, um einen Aufschrei zu unterdrücken, musste ich mich zwingen, nicht die Augen abzuwenden.

Selbst Flavus hinter mir überlief ein Schaudern, doch entspannte er sich gleich wieder. War es die Erleichterung darüber, dass seine Verwandten nicht dabei waren?

Mit dem Duck seiner Fersen trieb er das Pferd an, die Straße entlang, an der sich rechts und links riesige, mit farbenprächtigen Reliefen und Figuren geschmückte Grabsteine erhoben.

Nekropolis, Stadt der Toten! Eine passende Bezeichnung für die Friedhöfe entlang der Ausfallstraßen, welche von den Stadttoren fortführten. Und es sah fast so aus, als würde bald mindestens ein weiterer Toter hinzukommen.

Um das Kreuz herum hatte sich eine kleine Gruppe von Menschen versammelt. Zwei erkannte ich sofort: Julia, die Witwe des Ermordeten, und Publius Baetius, ihren Sohn. Außerdem war noch jemand dabei, den ich seit dem Gastmahl des Statthalters nicht mehr gesehen hatte, Ambrosius, der Aedil.

Ihre Augen waren auf drei Wachleute gerichtet, die gerade dabei waren, dem entkleideten Hyacinthus mit Seilen die Arme zu umwinden, um ihn später am Kreuz hochziehen zu können. Seine Haut war blutverkrustet, und nur mühsam konnte er sich überhaupt auf den Beinen halten.

Sein Anblick löste schlagartig Übelkeit in mir aus. In meinem ganzen Leben war ich noch nie gezwungen gewesen, einer Kreuzigung beizuwohnen, und ausgerechnet jemanden, den ich kannte, dieser bestialischen Tortur ausgesetzt zu sehen war beinahe mehr, als ich ertragen konnte.

Der Hufschlag unseres Pferdes ließ die Anwesenden zu uns herüberblicken.

Publius starrte uns an, als hätte er einen Geist gesehen. »Was wollt ihr?« Zorn flammte in seinen Augen auf, und erschrocken machte das Pferd einen Satz zurück, sodass ich beinahe zu Boden gestürzt wäre, wenn Flavus mich nicht im letzten Moment noch gepackt hätte. »Was habt ihr hier zu schaffen?«

Während ich mich dazu zwang, nicht auf Hyacinthus zu schauen, hielt ich Publius' Blick stand. »Wir haben gute Nachrichten«, gab ich mich selbstsicherer, als mir zumute war »wenn du uns die Gelegenheit gibst, diese vorzubringen.«

Sein abschätziger Blick streifte erst mich, dann Flavus, der hinter mir vom Pferd glitt und mir dann ebenfalls herunterhalf.

»Welche Nachrichten könnt ihr uns bringen? Und was ist so wichtig, dass es nicht bis später warten kann. Bis wir … äh … hiermit fertig sind.«

Ich spürte, wie Flavus mir seine Hand auf die Schulter legte, als wollte er mich davon abhalten, etwas Unüberlegtes zu sagen. »Wir wissen, wer für den Mord an deinem Vater verantwortlich ist«, brach es aus mir hervor, »und wir haben einen der Mörder gefangen genommen!«

»Ihr habt was?« Von einem Moment auf den anderen schien Leben in die Menschengruppe zu kommen. Alle Blicke waren auf uns gerichtet, ungläubig, sprachlos, als seien wir Totengeister, die irgendwo aus den hinter uns liegenden Gräbern auferstanden waren. Ambrosius' Blick ging von uns zu dem Einäugigen hinüber, der immer noch an den Sattel des Pferdes gefesselt war. Lag da so etwas wie Erschrecken in seinem Blick – oder sogar Erkennen?

»Wie kommst du dazu, so etwas zu behaupten?« Julias Stimme brachte mich wieder in die Wirklichkeit zurück. »Wie kannst du etwas wissen, was uns unbekannt ist. Der Schuldige steht hier und wird gerade seiner Strafe zugeführt. Also störe uns nicht weiter.« Sie betrachtete mich wie ein schmutziges Insekt, und wieder verfluchte ich mich dafür, nicht doch zuerst den Statthalter aufgesucht zu haben.

»Hyacinthus ist unschuldig!« Mit zitternden Fingern kramte ich nach der Karte und dem zusammengefalteten Papyrus und hielt ihr beides hin. »Sieh doch selbst! Dann verstehst du vielleicht, was ich meine.«

»Was ist das?« Mit spitzen Fingern nahm sie mir beides aus der Hand und rollte die Karte auf. »Was bedeutet das? Ich verstehe es nicht.«

»Lies den Brief, dann wirst du auch die Karte verstehen«, mischte sich nun Flavus ein und trat vor. »Beides belegt, dass der Drahtzieher des Verbrechens nicht Hyacinthus gewesen sein kann, sondern einige Männer, die viel zu erhoffen und noch viel mehr zu verlieren haben.«

Publius, die Stirn gerunzelt, schien das Ganze nach wie vor für ein absurdes Spiel zu halten, einen böswilligen Streich, den zwei zerlumpte Gestalten wie Flavus und ich ihm spielen wollten.

»›*Sobald das Feuer verloschen und die Asche erkaltet ist.*‹ Was soll das heißen?« Mit zusammengekniffenen Augen blickte mich Julia an. »Und was bedeutet diese Karte?« Ihre anfängliche Verärgerung wich langsam, aber sicher dem Anflug von Verwirrung.

»Das sind Einfallswege in die Stadt. Die kleinen Pforten, die nicht so scharf bewacht werden oder die ein Verbündeter von innen öffnen könnte. Die Schwachstellen, an denen die Mauer überwunden werden kann. Die gekennzeichneten Häuser gehören wohlhabenden treverischen Bürgern; fette Beute für eine Plünderung!« Ich fragte mich, wie Flavus in dieser Situation so ruhig sprechen konnte. »Der Brief müsste den Rest erklären.«

Ungläubiges Entsetzen überschattete Julias reifes Gesicht, als ihr allmählich einige Zusammenhänge zu dämmern schienen. »Soll das heißen, jemand hat geplant, die Stadt zu überfallen?«

»Schlimmer!« Meine Stimme überschlug sich bei der Erkenntnis, dass sie mir vielleicht Glauben schenkte. Jähe Hoffnung machte sich in mir breit. Vielleicht war noch nicht alles verloren. »Das sind die Beweise, dass Spurius Cornix gemeinsame Sache mit den alemannischen Plünderern gemacht und ihnen regelmäßig Informationen in die Hände gespielt hat.«

»Gemeinsame Sache mit diesen Barbaren?« Julias Stimme wurde schrill vor Empörung. »Wie kannst du es wagen, so etwas zu behaupten! Wo doch jeder weiß, dass er es war, der sich mit seiner Truppe gegen diese marodierenden Wilden gestellt hat.«

»Nur gegen diejenigen, die seinen Plänen hinderlich waren. Die anderen hat er für seine Zwecke benutzt.« Flavus' Stimme klang nur mühsam beherrscht.

Wütend riss Publius seiner Mutter die Papyri aus der Hand und trat auf mich zu. »Wer bist du eigentlich, dass du meinst, von solchen Dingen etwas zu verstehen?« Dann blieb sein Blick an Flavus hängen. »Und mit welchem Recht nimmst *du* dir heraus, dich in die Geschicke römischer Politik einzumischen.« Seine Augen verengten sich. »Wo kommst du überhaupt her?«

»Wir sind aus dem Hause des Statthalters!«, antwortete ich schnell. »Und wir sind ganz zufällig den Mördern auf die Spur gekommen.«

Flavus blieb kaltblütig. Mit ein paar Schritten war er zu dem Pferd getreten, auf das unser Gefangener gebunden war. Die Klinge seines Messers blitzte auf, als er mit zwei, drei raschen Schnitten die Fesseln durchtrennte. Der Alemanne konnte sich nicht mehr auf dem Sattel halten und rutschte kopfüber vom Pferd. Im Fallen drehte er sich, gefesselt, wie er war, zur Seite, rollte noch einmal herum und blieb im Straßengraben liegen. Vom Boden aus starrte er uns aus seinem gesunden Auge hasserfüllt an.

»Das ist einer von ihnen«, sagte Flavus.

Eisiges Schweigen entstand, eine beinahe ungläubige Sprachlosigkeit.

In die Stille hinein hörte ich Hyacinthus aufstöhnen. »Der Einäugige ...«

»Der Einäugige!« Ich konnte gar nicht so schnell sprechen, wie die Worte mir über die Lippen drangen. »Der Mann, den Hyacinthus gesehen hat in der Nacht, als der Duumvir ermordet wurde. Ich war selbst dabei, als er es gesagt hat, damals, als man ihn im Hof auspeitschte. Der

Sklavenaufseher hat es gehört. Befragt ihn! Baetius Quigo musste sterben, weil er zu viel wusste. Er muss etwas erfahren haben von den Umtrieben des Spurius Cornix, vielleicht wusste er sogar, wer der Schreiber des Briefes war. Der Verräter …«

Publius fing sich als Erster. »Tatsächlich? Und seit wann ist es üblich, dass die Sklaven sich in die Belange ihrer Herren einmischen? Ihr lügt doch alle, verdammtes Lumpenpack!« Wütend packte er mich an der Schulter. »Weiß der Statthalter, was ihr hier treibt? Ich bin das Oberhaupt einer angesehenen Familie dieser Stadt, und ich fordere Sühne für den Tod meines Vaters.« Speichel flog von seinen Lippen, so sehr hatte er sich in Rage geredet. »Fahrt fort mit der Hinrichtung!«, befahl er, an die Wachen gewandt. »Ich will diesen Kerl am Kreuz hängen sehen!«

Die Wachleute blickten sich unschlüssig an, dann ging ihr Blick zu dem Aedil hinüber. Dieser jedoch starrte immer noch auf den sich am Boden windenden Einäugigen, als sähe er dort die Fleisch gewordene Nemesis.

»Nichts dergleichen werdet ihr tun.« Kalt erklang Julias Stimme. Ihr Sohn fuhr herum, mit gefletschten Zähnen, ungläubige Wut in den hervorquellenden Augen. »Du hast schon genug Unheil in dieser Sache angerichtet, Publius«, beschied sie ihm, ganz die beherrschte, befehlsgewohnte Aristokratin. »Niemand wird hier hingerichtet. Und du, Marcus Lampenius, nimmst diesen Mann in Gewahrsam. Über alles Weitere soll der Statthalter entscheiden.«

Ich sah, wie Publius bei der Erwähnung dieses Namens zusammenzuckte. Sein Mund öffnete sich, als wollte er etwas sagen, während er erst zu seiner Mutter, dann zu Ambrosius blickte, der die ganze Zeit nur schweigend dabeigestanden hatte. Dann erschlaffte sein Kiefer, und sein Blick wurde leer.

Nun schien der Aedil zum Leben zu erwachen. Röte schoss ihm ins Gesicht, seine Augen begannen zu flackern.

»Ich denke«, sagte er, »es ist an der Zeit, dass ich diese Sache in die Hand nehme!«

»Das denke ich auch ...« Publius' Stimme sollte wahrscheinlich entschlossen klingen, was jedoch missglückte. Sein Blick ging von Ambrosius zu uns und wieder zurück.

Ich glaubte zu träumen, schon seit dieser Name das erste Mal gefallen war: Marcus Lampenius. Irgendwann hatte ich das schon einmal gehört. Meine Gedanken rasten, als ich mich wie durch zähen Nebel hindurch erinnerte.

Marcus Lampenius. *Marcus!*

Der Aedil war der Absender dieses Briefes, kein anderer. Er war derjenige gewesen, der Cornix seine Aufträge erteilt hatte, und er war es gewesen, der aus mir bisher noch unerklärlichen Motiven heraus Interesse daran hatte, befeindeten Alemannen Überfall und Plünderung der Stadt Treveris zu ermöglichen. Ich spürte, wie mir die Farbe aus dem Gesicht wich, als sich das letzte Mosaiksteinchen einfügte. Also war er es auch gewesen, der Cornix hatte beseitigen lassen – und Baetius ... Ich war nicht in der Lage, den Gedanken zu Ende zu spinnen. Und wir waren ihm direkt in die Arme gelaufen.

»Und überhaupt«, bedrohlich langsam kam Ambrosius näher, »wie seltsam sprichst du unsere Sprache?« Mit zusammengekniffenen Augen musterte er Flavus, und trotz der Absurdität dieser Situation verspürte ich eine widerwillige Bewunderung dafür, dass der Verräter selbst in dieser Situation noch einen kühlen Kopf behielt und sein Theaterstück weiterspielte. Wahrscheinlich, weil es seine letzte Chance war und er das wusste.

»Ich glaube, ich erinnere mich an dich? Ja, aber sicher doch, vom Gastmahl des Statthalters.«

Mein Magen verkrampfte sich, meine Hände wurden kalt. Gerne hätte ich Flavus ein Zeichen gegeben, irgendein Signal, um ihm die Wahrheit klarzumachen, dass es Ambrosius war, den wir die ganze Zeit über gesucht hatten und der nun unsere größte Gefahr bedeutete. Ich war mir nicht sicher, ob Flavus das begriffen hatte. Er wich keinen Schritt zurück und blickte Ambrosius fest in die Augen.

»Du hast mich doch am Abend des Gastmahls nach Hause geleitet, oder irre ich mich?«

Flavus zögerte einen Augenblick. »Ja, das habe ich.«

»Aha!« Ohne den Blick von ihm zu lassen, kam Ambrosius einen Schritt auf ihn zu. »Wusste ich doch, dass mir deine Nase bekannt vorkam.« Das Gesicht des Aedils hatte schon wieder einen weitaus selbstsichereren Ausdruck angenommen. »Ich erinnere mich auch noch genau daran, wie schnell du verschwunden bist, nachdem du mich zur Tür gebracht hattest. Schon damals war es mir seltsam vorgekommen, doch kümmert es mich gewöhnlich wenig, was ein Sklave so treibt. Nun aber weiß ich es besser …«

Ambrosius machte eine Pause, als wolle er sichergehen, dass alle Anwesenden seine Worte auch vernahmen.

»Jetzt wird mir einiges klar. Du hattest noch etwas zu erledigen an jenem Abend. Du hattest vor, den edlen Baetius Quigo abzufangen, ihn zu überfallen und zu töten.«

Wie erstarrt hörte ich zu, zu entgeistert, um auch nur irgendetwas erwidern zu können.

»Wahrscheinlich hattest du dich vorher noch mit Hyacinthus abgesprochen, welchen Weg er nehmen würde. Ihr Sklaven steckt doch immer unter einer Decke!« Aus Ambrosius' Stimme schien echte Empörung zu klingen. »Doch hast du nicht damit gerechnet, dass ausgerechnet dein Komplize«, mit einer Handbewegung wies er auf Hyacinthus, der noch immer halb bewusstlos im Griff der beiden Wachposten hing und von der ganzen Unterhaltung kaum etwas mitzubekommen schien, »unter Folter eine Aussage machte und gestand, er habe am Ort des Überfalls alemannische Worte gehört.«

Die Hitze schoss mir ins Gesicht, als ich mich daran erinnerte. Das hatte Hyacinthus tatsächlich gesagt, damals. Und Ambrosius war geschickt genug, es Flavus anzulasten.

»Hiermit würde ich sagen«, fuhr Ambrosius mit der Sicherheit des erfahrenen Aedils fort, »du bist überführt, zusammen mit diesem da den Mord am edlen Baetius Quigo geplant und durchgeführt zu haben. Wachen, ergreift ihn!«

Ehe ich so recht wusste, was geschah, hatten zwei der Wachleute Hyacinthus losgelassen und sich auf Flavus gestürzt. Einen Moment lang sah es so aus, als könne er sie abwehren, während ich starr vor Schreck daneben stand. Doch schließlich ergriff einer der Wachleute sein Schwert und drückte es ihm über das Brustbein, während der andere ihn so von hinten packte, dass Flavus in der Falle saß.

Was sollte ich tun? Wie gelähmt blickte ich die Gruppe an, die sich ebenfalls nicht zu rühren schien. Auf Julias sonst so befehlsgewohnter Miene zeichnete sich Bestürzung ab, Bestürzung und Unglauben. Publius hingegen schien sich von seinem Schrecken ein wenig schneller zu erholen; sein Gesichtsausdruck drückte fast etwas wie Erleichterung aus, vielleicht darüber, dass sich die Ordnung scheinbar so schnell wieder hergestellt hatte.

»Und den da«, sagte der Aedil mit einem Blick auf den gefesselten Einäugigen, der immer noch am Boden lag und nichts sagen konnte, weil ihm der Knebel das Sprechen verwehrte, »lasst frei. Er hat mit der ganzen Sache nichts zu tun.«

»Nehmt sie alle fest«, sagte Julia. Ihre Stimme klang nun nicht mehr so sicher, aber immer noch entschlossen genug, dass jedermann deutlich war, sie würde keinen Widerspruch dulden. »Ich bestehe darauf. Soll der Statthalter entscheiden, was mit ihnen geschieht. Unter der Folter wird sich die Wahrheit erweisen.«

»Ja«, fauchte Publius, »alle. Auch dieses … dieses Ding da.« Und damit meinte er mich.

So hatte ich mir die Entwicklung der ganzen Sache nicht vorgestellt. Ich war sicher gewesen, mit den Beweisen in der Hand und einem der Beteiligten als Zeugen würden wir irgendwie Hyacinthus' Hinrichtung abwenden und die Sklaven des Hauses Baetius vor dem sicheren Tode retten können und alle würden uns dankbar sein. Stattdessen waren wir nun selbst in den Kreis der Verdächtigen hineingezogen worden. Und einer von uns war auch noch ein alemannischer Kriegsgefangener. Wie leicht würde es für Ambrosius sein, vielleicht noch mit Hilfe seines einäugigen Komplizen, Flavus sogar als Mittäter hinzustellen. Was würden sie erst tun, wenn sie herausfänden, dass Flavus verwandtschaftliche Bande zu den beiden alemannischen Sklaven hatte, die in ihrem Haus lebten? Würde dies die konstruierte Anklage, mit der Flavus so fatal beschuldigt wurde, nicht unumstößlich bestätigen? Wer würde schon dem Wort zweier Sklaven wie uns Beachtung schenken, die einen ehrenwerten Aedil und einen lorbeerbekränzten Präfekten wie Spurius Cornix des Hochverrats bezichtigten? Und dass die zumindes für Julia die Aussage von Unfreien nicht das geringste Gewicht besaß, hatte ja schon Hyacinthus am eigenen Leib erfahren müssen.

Fieberhaft arbeiteten meine Gedanken. Gab es überhaupt irgendetwas, das ich in dieser Situation ausrichten konnte? Sollte ich mich in Sicherheit bringen, bevor Ambrosius auch mich festnehmen ließ? Was wäre gewonnen, wenn ich bliebe? Nichts! Es blieb nur eine letzte Möglichkeit zur Rettung.

Aber Flavus einfach zurücklassen?

Unsere Blicke trafen sich.

Mit seinen Augen gab er mir ein Zeichen. *Versuch zu fliehen! Geh zum Statthalter. Rette die anderen!*

Einen Moment zögerte ich noch, dann nutzte ich die allgemeine Lähmung, um mich umzuwenden und die drei Schritte zu dem Pferd zu eilen. Ungeschickt zog ich mich in den Sattel, krallte mich daran fest. Ein Aufschrei entfuhr Publius' Kehle: »Da, sie versucht zu fliehen!«

Bevor er Gelegenheit hatte, die Zügel des Pferdes zu packen, riss ich es herum und trieb es an, zurück in die Stadt.

Es blieb mir keine Zeit, zurückzuschauen. Krampfhaft zwang ich mich dazu, nur nach vorn zu blicken, während ich versuchte, nicht zu stürzen. Ich musste den Statthalter sprechen, bevor es zu spät war.

Mehr konnte ich für Flavus nicht tun.

Das Donnern der Hufe übertönte mein Weinen.

KAPITEL XVIII

Wie eine Betrunkene krallte ich mich am Sattel fest, dann wieder an der Mähne, die Zügel zwischen klammen Fingern eingeklemmt, im verzweifelten Versuch, das Tier irgendwie zu leiten, doch folgte es glücklicherweise einfach der Straße zurück in die Stadt.

Atemlos passierte ich das Nordtor, schlug dann nach Osten in eine Seitengasse ein, lenkte das folgsame Tier vorsichtig nach rechts und eine Straßenmündung weiter nach links. Mit letzter Kraft erreichte ich den Statthalterpalast und ließ mich mit zitternden Beinen vom schweißfeuchten Rücken des Pferdes gleiten.

Der Aufprall tat weh, ich verletzte mir den Knöchel, doch blieb mir keine Zeit, darauf zu achten. Die Tränen liefen mir die Wangen hinab, als ich zur Tür humpelte.

Zwei Wachen standen davor. Erschöpft sank ich ihnen vor die Füße. »Ich muss den Statthalter sprechen!«

Ihren Befehlen entsprechend, keine Fremden unangemeldet vorzulassen, schon gar nicht solche, die aussahen wie Vagabunden, packten sie mich, dann aber schien mich einer von ihnen zu erkennen.

»Bist du nicht die Sklavin, die vor einigen Tagen verschwunden ist? Wo warst du die ganze Zeit?« Also hatte man mich schon vermisst. Hatte der Statthalter etwa nicht die Nachricht der Entführer erhalten? Doch selbst wenn, ließ er von solchen Drohbriefen wahrscheinlich nichts nach außen verlauten.

»Das erzähle ich euch später. Ich muss zum Statthalter!«

Keiner von beiden trat beiseite. Wahrscheinlich hatten sie keine Anweisung, was zu tun war, wenn sich verloren gegangenes Hauspersonal von selbst wieder einfand.

»Lasst mich durch!«

»Der Statthalter ist nicht da«, sagte schließlich einer der beiden.

»Was?« Das Entsetzen muss mir im Gesicht gestanden haben. »Was sagst du da?«

»Er ist heute schon früh ausgebrochen, um die Spiele zu eröffnen, die Gäste zu begrüßen, er …«

»Am besten kommst du erst einmal rein«, unterbrach ihn der andere und wollte schließlich die Tür öffnen.

»Nein!« Irrsinnig vor Angst riss ich mich los. »Dafür ist keine Zeit. Ich muss zum Statthalter. Er muss mich anhören! Das Leben von Flavus ist in Gefahr! Hyacinthus! Ich …«

»Wer?« Ein verständnisloses Kopfschütteln war die Antwort. »Hast du etwas getrunken, oder bist du krank?«

Natürlich konnte er das alles nicht wissen, wahrscheinlich interessierte es ihn überhaupt nicht. Leute wie er würden ohnehin immer nur ihre Aufgaben erfüllen.

In meiner stärker werdenden Panik kam mir ein Gedanke: »Das Leben des Statthalters ist in Gefahr, es wird zu einem Krieg kommen, einer Plünderung! Er muss es wissen!«

Die Blicke, die mich trafen, waren von der Art, wie man sie gewöhnlich einer Irrsinnigen zuwirft, eine Mischung aus Erschrecken und Mitleid.

»Bringt mich bitte zum Statthalter!«

»Was ist denn hier los?« Ohne dass ich es bemerkt hatte, hatte sich leise die Tür geöffnet. In ihrem Rahmen stand Marcella. Ich musste blinzeln, um sie zu erkennen und mir zu sagen, dass mir mein wirrer Geist kein Trugbild vorgaukelte.

Was machte sie hier? Warum war sie nicht bei den Spielen, wie alle anderen? Es war Feiertag, ihr Vater würde auf ihrer Anwesenheit bestehen!

Dann fiel es mir wieder ein. Ihre seltsame Religion! Irgendwo hatte ich einmal gehört, dass die Christen die Spiele verabscheuten. Sie hielten sie für grausam und gotteslästerlich. Deshalb war sie also hiergeblieben. Irgendwie musste sie ihrem Vater dieses Zugeständnis abgerungen haben. Welch eine Ironie, dass ausgerechnet Marcellas seltsamer Glaube unsere Rettung bedeuten konnte!

»Herrin, ich …«, begann ich, dann versagte mir die Stimme.

Endlich schien sie mich zu erkennen. »Invita, du bist es! Ich dachte …« Sie unterbrach sich, als sie meinen erbärmlichen Zustand sah. »Komm rein, Bricia wird sich um dich kümmern. Ich dachte schon, du seiest tot. Gepriesen sei Gott!«

»Herrin!« Nur mühsam unterdrückte ich den Impuls, sie am Arm zu packen. »Dein Vater ist in Gefahr! Ihr alle! Die ganze Stadt! Ich weiß, wer Baetius ermordet hat, und jetzt will er Treveris an die Alemannen verraten! Bitte, bring mich zu deinem Vater!«

»Was sagst du da?« Marcellas helles Gesicht war noch einen Ton blasser geworden. Doch schien sie meine Worte nicht anzuzweifeln.

»Die Sklaven des Baetius«, fragte ich schließlich atemlos. »Sind sie, ich meine waren sie …?«

»Sie werden heute Morgen sterben, während der Spiele.«

»Noch könnten wir es verhindern.« Mein Flüstern war wie eine leise, hoffnungsvolle Bitte.

Einen Augenblick geschah nichts. Dann hatte sich Marcella entschieden. »Wir müssen zum Theater! Decimus, kümmere dich um einen Wagen!«

Ihr Blick fiel auf mich. »Noch ist es nicht zu spät. Und du kannst mir auf dem Weg die Einzelheiten berichten.«

Vor Erleichterung sank ich gegen die eisenbeschlagene Tür. Mochten die Götter geben, dass Marcella recht behielt!

»Legatus, deine Tochter möchte dich sprechen.«

Vorsichtig näherte sich der ältere Mann in blassblauer Tunika dem Statthalter. Unter dem Baldachin der Tribüne des Amphitheaters war es um die frühen Morgenstunden noch kühl. Ein frischer Wind bauschte die Stoffplanen.

Von meiner Position aus konnte ich sehen, wie sich zunächst ein Anflug von Verwirrung auf dem Gesicht des Statthalters abzeichnete, der sich rasch in Überraschung verwandelte.

Er wandte sich zu uns um, erblickte Marcella und stand auf. Ein Lächeln, mit dem er auf sie zutrat, zeigte, wie erfreut er darüber war, dass sie sich offensichtlich doch dazu entschieden hatte, sich seinen Wünschen zu fügen und den Spielen beizuwohnen.

Dann fiel sein Blick auf mich, und seine Miene verfinsterte sich. »Invita, wie kommst du hier…«

»Sie ist mit mir gekommen«, beantwortete Marcella die unvollendete Frage. »Du musst ihr zuhören, Vater. Du weißt, ich würde dich nicht hier aufsuchen, wenn es nicht äußerst wichtig wäre.«

Einen Augenblick lang schien der Statthalter einen inneren Kampf mit sich auszufechten. Da draußen saßen Tausende von Menschen, die auf sein Zeichen warteten. Das aufgeregte Gemurmel von den Rängen drang bis zu seiner Tribüne herauf; die Leute waren in Feiertagsstimmung. Es war Teil seiner Aufgabe, ihnen etwas zu bieten, seine Pflicht, das Volk bei Laune zu halten, und nun diese Störung …

»Was hast du mir zu sagen?«, fragte er schließlich, und wieder durchströmte mich Erleichterung. Doch dafür war es eindeutig noch zu früh.

Unter dem Blick des Herrn und Gebieters der Provinz erfror ich beinahe. Dann schluckte ich und berichtete ihm in kurzen Sätzen, was Flavus und ich in Erfahrung gebracht hatten und dass Ambrosius nun wohl alles in seiner Macht Stehende tun würde, um seine Ziele weiterzuverfolgen. Wenn ihn niemand überführte und seinen Machenschaften Einhalt gebot.

Atemlos beendete ich meinen Bericht.

Das Gesicht des Statthalters war ausdruckslos.

»Das ist ja ungeheuerlich«, meinte er schließlich. »Und du bist sicher, dass du nicht irrst?«

Hastig schüttelte ich den Kopf. *Bitte, er muss mir glauben!*

»Und die Beweisstücke, von denen du gesprochen hast, trägst du sie bei dir?«

Beschämt schüttelte ich den Kopf. »Nein. Publius Baetius hat sie mir entrissen. Sie sind jetzt in der Hand des …« *Des Mörders* wollte ich sagen, doch stand mir in meiner Position ein derartiges Urteil über einen freien römischen Bürger zu?

»Das heißt also, dass ich einen Aedil der Civitas Treverorum verhaften lassen soll, einzig und allein aufgrund deiner Aussage?« Was genau bedeutete: aufgrund der Aussage einer Sklavin, die vor Gericht nicht zählte, es sei denn, es handle sich um ein Geständnis unter Folter.

Ich nickte schwach.

So viele Menschenleben hingen davon ab, und die drohende Plünderung musste verhindert werden. Dazu hatte dieser Verbrecher auch noch Flavus in seiner Gewalt.

Einen Augenblick lang sah mich der Statthalter durchdringend an, eine Ewigkeit wie mir schien. Endlich wandte er sich zu einem der Benefiziarier, die neben ihm standen. »Mucius, bitte nimm ein paar deiner Männer und gehe zum Haus des Ambrosius und der Baetier. Sag ihnen, ich möchte sie sprechen.«

Der Benefiziarier nickte und trat ab. Ich wagte nicht, erleichtert aufzuatmen. Noch war nichts gewonnen und nichts bewiesen. Doch konnte selbst ein Aedil oder die Witwe des Duumvir eine Vorladung des Statthalters nicht einfach ignorieren.

Über die Balustrade hinweg blickte ich auf den hellen, in der Morgensonne leuchtenden Sand des Amphitheaters, der nur darauf zu warten schien, bald das Blut der Verurteilten aufzunehmen.

Erschöpft schloss ich die Augen. Es war Wahnsinn zu glauben, dass ausgerechnet ich das verhindern könnte.

KAPITEL XIX

Kaum war der junge Benefiziarier hinter der Tribüne verschwunden, kam Leben in mich.

Wie konnte ich hier untätig herumstehen und warten, während der Schuldige Flavus in seiner Gewalt hatte und in der Zwischenzeit vielleicht die Chance zur Flucht nutzte? Außerdem wussten die Männer des Statthalters gar nicht, wie die verräterische Karte und der Brief aussahen. Ganz sicher aber würden sie sich nicht ernsthaft um das Schicksal von Sklaven wie Hyacinthus oder Flavus scheren.

»Herr«, sagte ich schließlich, ohne aufzusehen, »vielleicht wäre es von Nutzen, wenn ich mitginge. Ich kenne die Beweisstücke und könnte dafür sorgen, dass du auch wirklich die richtigen Dokumente erhältst.« Da ich befürchtete, dass meine Bitte anmaßend klingen würde, schwieg ich. Verzweifelt, beinahe flehend schaute ich ihn an. Verstand er, um was es ging?

Das Gesicht des Statthalters wirkte unentschlossen. Fragend blickte er zu Marcella.

»Ich glaube, sie hat recht, Vater. Lass sie gehen. Du kannst ihr vertrauen.«

»Aber sie ist …« Der Statthalter ließ den Rest unausgesprochen.

Eine Weile geschah nichts. Die aufgeregten Stimmen der Zuschauer drangen zur Tribüne hoch, während der Statthalter zu überlegen schien, ob er als oberster Herr der Provinz sich auf die Urteilskraft zweier Frauen verlassen sollte, von denen die eine seine eher weltfremde Tochter und die andere deren Sklavin war.

Schließlich nickte er. »Rufus«, wandte er sich an einen anderen Benefiziarier. »Nimm das Mädchen mit zum Hause des Ambrosius. So wie es aussieht, ist es die einzige Zeugin.« Dann wandte er sich ab, als wolle er dem Soldaten bei dieser seltsam anmutenden Anweisung nicht in die Augen blicken.

Daher würde es keiner wagen, die Befehle eines Vertreters des Kaisers in Frage zu stellen!

Schweigend ging Rufus vor mir her die steinernen Treppen des Amphitheaters hinab, dann durch den Gang, der nach draußen führte.

Warme Maisonne ließ mich blinzeln. Ich strich mir ein paar Haarsträhnen aus dem Gesicht und eilte hinter dem Benefiziarier her, der sich mit großen Schritten in die angewiesene Richtung bewegte.

Meine Nerven waren zum Zerreißen gespannt. Was würden wir vorfinden, wie würde Ambrosius reagieren, und was war inzwischen mit Flavus und Hyacinthus geschehen?

Hatte man, ungeachtet des Aufruhrs, die Kreuzigung vollzogen? Und wenn ja, wie lange würde es dauern, bis der Gekreuzigte tot war. Es hieß, manchmal könne das recht schnell gehen, sich bisweilen aber auch über Tage hinziehen. Und selbst wenn Hyacinthus noch lebte, gab es nicht ein Gesetz, das es verbot, einen Verurteilten lebend vom Kreuz abzunehmen? Ich glaubte, irgendwann einmal so etwas gehört zu haben.

Das Hämmern meiner Schritte vermischte sich mit dem Brausen in meinem Kopf. Und was war mit Flavus? Wo hatte man ihn hingebracht? Oder hatte Ambrosius auch ihn kurzerhand hinrichten lassen? Als Schuldigen, als Komplizen? Doch bei allen Göttern, so etwas durfte er doch gar nicht! Flavus war Eigentum des Statthalters, nur ihm stand ein solches Urteil zu. Aber ein Wahnsinniger wie Ambrosius …

Als die Angst mir die Luft abzuschnüren drohte, verbot ich mir, weiter darüber nachzudenken.

Kurz vor Ambrosius' Haus hatten wir die anderen eingeholt. Mit wenigen Worten erklärte Rufus, womit der Statthalter mich beauftragt hatte. Sechs abweisende Augenpaare trafen mich, doch war ich zu sehr von Besorgnis aufgewühlt, um mich davon berührt zu fühlen.

Mit wehendem Umhang eilte Mucius die Stufen zum Haupteingang hinauf und hämmerte an die eisenbeschlagene Tür.

Nichts geschah.

Sein Hämmern verstärkte sich. Schließlich wurde einer der Flügel einen winzigen Spalt breit geöffnet.

Mit einem kräftigen Fußtritt stieß Mucius die Tür ganz auf, sodass sich der Türwächter nur durch einen Sprung zur Seite davor retten konnte, von ihr getroffen zu werden.

Vier von Mucius' Leuten drängten sich an ihm vorbei ins Haus.

»Rufus, du bewachst mit den anderen die Hinterausgänge!«

Eine kurze Bestätigung, dann hallten Stiefel über das morgendliche Pflaster, als die Männer ihre Positionen vor den Ausgängen einnahmen.

Nun wandte sich Mucius an den Türwächter, ein zierliches Männchen, das durch das gewaltsame Eindringen geradezu in eine Schockstarre versetzt worden war.

»Bring uns zu deinem Herrn!«, befahl Mucius.

Der Angesprochene reagierte nicht.

»Im Namen des Statthalters, bring uns zu deinem Herrn!«

Offensichtlich war der Türsteher mit der Situation überfordert. Sicher hatte er Anweisung erhalten, niemanden ins Haus zu lassen, konnte sich aber dem direkten Befehl des Statthalters auch nicht widersetzen. Unschlüssig blieb er in der Halle stehen.

Mit einem ungeduldigen Stoß schob Mucius den Mann beiseite und suchte sich selbst den Weg. Zitternd lief ich hinter ihm her durch den hohen Flur mit seinen prächtigen Wandbemalungen. Auf dem Sockel stolzierten kunstvoll in Szene gesetzte Reiher zwischen grünen Pflanzenbüscheln auf schwarzem Hintergrund.

Kurz blieb ich stehen und starrte diese Pracht an, als böte mir der Anblick Gelegenheit, das, was jetzt folgen würde, für einen Moment zu verdrängen.

»Los, weiter!« Einer der Benefiziarier packte mich am Arm und zog mich mit sich. Hastig stolperte ich über den Marmorboden hin zu der Tür, wo sich üblicherweise das Arbeitszimmer eines Hauses befand.

Ohne anzuklopfen, stieß Mucius die Tür auf und drängte mit seinen Männern hinein, ich, noch immer in Rufus' Schlepptau, hinterher.

Ambrosius stand in der Mitte des Raumes, Schriftrollen und Wachstäfelchen in der Hand. Nur wenige Schritte neben ihm stand der Einäugige, der offensichtlich gerade dabei war, ein inmitten des Raums aufgestelltes Kohlebecken zum Glühen zu bringen.

Wie im Traum nahm ich den Luxus des kostbar eingerichteten Raumes wahr. Die sorgfältig geschnitzten Sessel, die zierlich gearbeiteten Tische und die Truhen, deren Wände aus filigranen Gittern bestanden. Zu unseren Füßen erstreckte sich ein detailverliebtes Mosaik, das einen Wagenlenker in voller Montur zeigte, der in seinem Vierergespann posierte, Siegespalme und Lorbeerkranz in Händen. Darüber war der Name Polydus zu lesen. Offensichtlich war Ambrosius nicht nur ein Freund von Macht und Luxus, sondern auch von sportlichen Vergnügungen.

Bei unserem Eintreten fuhr Ambrosius wie ein auf frischer Tat Ertappter herum, hielt sich jedoch aufrecht und sah den Eindringlingen mit der selbstsicheren Miene eines römischen Beamten entgegen.

»Wie könnt ihr es wagen, einfach in mein Haus einzudringen?« Seine Stimme klang befehlsgewohnt, doch konnte ich ein Zittern heraushören, sei es aus aufrichtiger Empörung oder aus Angst.

Mucius erwiderte diese Begrüßung mit dem leicht amüsierten Ausdruck einer Katze, die weiß, dass ihr die Maus in die Falle gegangen war.

»Was ist los, Ambrosius? Hast du etwa kalte Füße bekommen, oder warum lässt du dir derart einheizen?«

Das Gesicht des Aedils wurde von einer tiefen Röte überzogen, während sein Blick auf die Schriftstücke fiel, die er noch immer im Arm hielt.

»Oder versuchst du etwa, wichtige Beweisstücke zu vernichten?« Langsam ging Mucius auf Ambrosius zu, ohne ihn aus den Augen zu lassen.

»Ich werde mich über dich beschweren, hier einfach so aufzutreten und mich zu beschuldigen …«

Noch immer lächelte Mucius. »Vielleicht solltest du eine offizielle Beschwerde an den Statthalter richten.«

Fast unmerklich zuckte Ambrosius zusammen, hatte sich jedoch gleich wieder in der Gewalt. »Ich fordere dich nun ein letztes Mal auf zu gehen. Sonst werde ich …« Zornig sah er kurz zu dem Einäugigen hinüber.

»Dann kommst du am besten gleich mit.« Mucius ließ sich nicht aus der Ruhe bringen. »Ich muss dich ohnehin auffordern, mich zum Statthalter zu begleiten. Und was du da alles im Arm hast, kannst du einem meiner Leute geben. Ich bin mir sicher, es wird den Statthalter sehr interessieren.«

Aus Ambrosius' Gesicht wich alle Farbe, Schweißperlen traten ihm auf die Stirn. Mucius wandte sich an mich.

»Sind das die beiden Männer, die du meinst?«

Ich nickte stumm und versuchte, dem hasserfüllten Blick des Einäugigen und den kalten Augen von Ambrosius auszuweichen.

»Und welche dieser Schriftstücke hier sind nun die Beweise, die man dir entrissen hat?«

Ich spürte, wie mein Herzschlag auszusetzen drohte. Auch wenn ich im Auftrag des Legatus handelte, erschien es mir unvorstellbar, einen römischen Beamten zu belasten. Und der Gedanke an die Folter, die mir als Sklavin bevorstand, wenn es zu einem Prozess kam, trieb mir den Schweiß auf die Stirn.

Verunsichert blickte ich zu Mucius auf. »Ich weiß nicht, Herr. Das müsste ich mir erst einmal genauer ansehen.«

Dieser gab mir einen Schubs. »Dann sieh doch nach! Na los! Dafür hat dich der Statthalter schließlich mitgeschickt.«

»Du meinst ...?« Wie erstarrt hielt ich inne und zeigte mit vor Angst kalt gewordenen Fingern auf eine der Rollen auf Ambrosius' Arm. »Das da vorne scheint mir die Karte zu sein, und außerdem müsste es da noch einen Brief geben, einen zusammengefalteten Bogen Papyrus.«

»Schmutzige kleine Sklavin!« Ambrosius' Worte trafen mich wie ein Schlag und ließen mich erschrocken einen Schritt zurücktreten. »Wie kannst du es wagen, mich zu beschuldigen!«

Bevor ich wusste, wie mir geschah, hatte er seine Papyri und Wachstäfelchen fallenlassen und mich gepackt. Mit der Kraft eines Irrsinnigen zerrte er mich zu sich, und plötzlich sah ich das helle Aufblitzen eines Dolches, dessen scharfe Klinge schmerzhaft an meinen Hals gepresst wurde.

»Keinen Schritt näher, oder eure wertvolle Zeugin ist ganz schnell tot. Hörst du?« Ambrosius' keuchende Stimme drang durch das Rauschen meines Ohres, mein Körper zitterte vor Panik, während Todesangst über mir zusammenschlug.

Mucius war einen Schritt zurückgewichen. Einen Moment schien er zu zögern, blickte von mir zu seinen Männern, dann wieder zurück zu Ambrosius.

»Verschwindet aus diesem Haus!, verstanden?«

Der Einäugige hatte sich nicht von der Stelle gerührt, als sei auch er von der unvorhergesehenen Reaktion seines Herrn überrascht. Dann jedoch zog er ebenfalls ein Messer hervor.

Ich spürte, wie Ambrosius langsam einige Schritte zurückwich und mich, immer noch an sich gepresst, mitzerrte.

Während mein Herz zum Bersten hämmerte, überschlugen sich meine Gedanken. Was hatte Ambrosius vor? Glaubte er wirklich, die Drohung, eine Sklavin zu töten, könnte Soldaten wie Mucius davon abhalten, ihre Pflicht zu erfüllen? Oder ging es ihm nur darum, das Überraschungsmoment auszunutzen, um wertvolle Zeit zu gewinnen?

»Also, was ist?« Ambrosius' Körper war angespannt, und die Klinge des Messers ritzte schon die Haut meines Halses. Ich spürte ein feines Rinnsal Blut an meinem Schlüsselbein hinablaufen.

»Glaubst du ernsthaft, ich ließe mich durch einen solch billigen Trick von der Ausführung meiner Befehle abhalten, Ambrosius?« Mucius kam einige Schritte näher. Ganz offensichtlich hatte er erkannt, wo im aktuellen Fall seine Prioritäten lagen und was es zu tun galt.

Wie durch dichten Nebel hindurch nahm ich wahr, dass einer der anderen Benefiziarier ganz langsam seine Waffe zog.

»Ich gebe dir nun zum letzten Mal die Möglichkeit, freiwillig mitzukommen und dich dem Statthalter zu stellen. Tust du das nicht, bin ich gezwungen, Gewalt anzuwenden, also überlege es dir gut.«

Ich spürte Ambrosius' Schweiß auf meiner Haut, und mein ganzer Körper verkrampfte sich..

Einen Augenblick lang geschah nichts, beide Männer blickten sich stumm in die Augen, als ginge es darum, verborgene Kräfte zu messen, während ich noch immer in

Ambrosius' Griff hing und die Angst mir zunehmend den Atem abdrückte.

»Sag deinem Statthalter, seine Niederlage sei nur aufgeschoben. Früher oder später wird auch seine Stadt Opfer der Flammen!« Nach diesen Worten stieß mich Ambrosius ruckartig nach vorn, dass ich hart auf dem Mosaikboden vor dem Kohlebecken landete.

Dann drehte er sich blitzschnell herum, während der Einäugige einen Satz nach vorn machte und sich auf einen der Benefiziarier stürzte.

Metall krachte auf Metall, als ein weiterer Soldat sein Schwert zog und sich dem Einäugigen entgegenstellte.

Stiefelgetrappel hallte um mich her, dann der Schlag einer Faust, ein Körper ging zu Boden.

Vom Aufprall noch benommen, schleppte ich mich auf Knien über den Mosaikboden zur Wand, wo mich um ein Haar der Körper eines der Benefiziarier getroffen hätte, der von einem Schlag des Einäugigen zu Boden geworfen wurde.

Erschrocken schrie ich auf, sah, wie sein Kamerad geistesgegenwärtig das Kohlebecken packte, das eiserne Gestell vom Boden hob und es mit voller Wucht auf den Schädel des Alemannen niederfahrenn ließ. Ein Schrei zerriss die Luft, glühende Kohlen fielen aus dem Becken, trafen auf Kopf und Gewand des Einäugigen, der sich schützend die Hände vors Gesicht hielt. Sofort fing der Stoff Feuer. Erneut holte der Benefiziarier aus, und der zweite Schlag, ließ den Einäugigen nur wenige Schritte von mir entfernt bewusstlos zu Boden stürzen.

Rasch trat der Soldat auf den Reglosen zu und schlug mit der Klinge seines Schwertes die kleinen Flammen aus, die sich züngelnd auf dem Gewand des Barbaren auszubreiten begonnen hatten.

Inzwischen hatten Mucius mit einem seiner Männer Ambrosius überwältigt und hielt ihn fest im Griff.

Über Ambrosius' rechtem Auge klaffte eine hässliche Platzwunde, aus der Blut über sein Gesicht lief. Er wirkte benommen, ansonsten jedoch unverletzt. Seine Toga war ihm von der Schulter gerutscht, das darunter liegende Gewand an mehreren Stellen zerrissen.

Unwillkürlich wich ich bei seinem Anblick zurück und drückte mich enger an die Wand.

Aber Ambrosius konnte mir nichts mehr tun. Der Verschwörer war überführt. Er, der zwei Männer kaltblütig hatte ermorden lassen, weil sie seinem Ehrgeiz hinderlich waren, und ohne Skrupel die Sklaven eines ganzen Haushalts, sogar eine ganze Stadt für seine ehrgeizigen Pläne geopfert hätte.

»Ich werde die Schriftstücke hier dem Statthalter übergeben. Das und die Aussage dieses Alemannen unter der Folter werden alles Übrige belegen.« Mit schnellen Handgriffen sammelte Mucius die zu Boden gefallenen Papyri auf. Dann wandte er sich um und verließ ohne ein weiteres Wort den Raum.

Noch immer am ganzen Körper zitternd, lehnte ich mich mit dem Rücken an die kunstvoll verzierte Wand und wartete darauf, dass der Raum aufhörte, sich zu drehen.

Wie eine Zuschauerin im Theater, die den letzten Akt einer Tragödie mit ansieht, ohne daran auch nur im Geringsten beteiligt zu sein, verfolgte ich, wie zwei von Mucius' Männer Ambrosius, zwei weitere den noch immer bewusstlosen Einäugigen fortschleppten.

Niemand nahm mehr von mir Notiz, und in diesem Moment dankte ich dem Unbekannten Gott dafür, endlich in Ruhe gelassen zu werden.

Einen Moment lang blieb ich so sitzen, allein, inmitten der überwältigenden Pracht des ambrosischen Herrenhauses, die für seinen Besitzer nun nutzlos geworden war.

Schließlich rappelte ich mich auf. Meine Beine waren von dem überstandenen Schrecken noch immer schwach, doch ich tastete mich an der Wand entlang nach oben.

Wie in Trance ging ich durch den einsamen Flur. Niemand stellte sich mir in den Weg, niemand hielt mich auf. Es war wie die Stille nach einem Gewitter, das die Luft gereinigt hatte.

War der Spuk nun endlich vorbei? Der Albtraum, der seit Monaten über dieser Stadt gehangen hatte, ohne dass sie etwas davon bemerkt hätte?

Für die Stadt vielleicht, aber noch nicht für mich. Noch wusste ich nicht, was mit Flavus geschehen war, wo sie ihn hingebracht, was sie ihm angetan hatten. Wieder spürte ich, wie die Angst mich zu überwältigen drohte.

Ich blinzelte, als ich hinaus in das Tageslicht trat. Beinahe gierig sog ich die Luft ein. Dann ging ich los, meine Füße nahmen den Weg zur Villa der Baetier. Nur dort konnte man wissen, wo Flavus festgehalten wurde.

Die Tür zum Hause stand offen. Schon von weitem hörte ich Stimmen. Zwei von Mucius' Männern waren offensichtlich ihrem Auftrag nachgekommen und hatten Julia und Publius die Vorladung des Statthalters überbracht. Nun standen sie inmitten des Eingangsbereichs und schienen zu warten.

Als ich mich wortlos durch die Tür schlängelte, bedachten sie mich nur mit einem kurzen Nicken und ließen mich gewähren. Einer der wenigen Vorteile, die einem vergönnt sind, wenn man im Auftrag des Statthalters unterwegs ist.

Als meine Augen über die idyllische Wandbemalung glitten, fragte ich mich, was ich mir eigentlich davon versprochen hatte, hierherzukommen. Hier im Haus würde ich Flavus gewiss nicht finden, und wohl keiner der vornehmen Familienmitglieder der Baetier würde mir darüber Auskunft geben können. Die Sklaven des Hauses waren alle im Amphitheater und mussten um ihr Leben zittern.

Ein leises Geräusch ließ mich herumfahren. Einige Schritte hinter mir war gerade eine weiß gewandete Gestalt dabei, durch die Haustür nach draußen zu gehen.

Aus einem Impuls heraus folgte ich ihr und erkannte, dass es sich um die geisterhafte junge Frau handelte, der ich schon zuvor einmal hier begegnet war.

Seltsam. Ich hatte gedacht, alle Sklaven seien aus dem Haus geschafft worden, um noch vor Mittag in der Arena zu sterben. Weshalb war ausgerechnet sie verschont geblieben?

Während ich stumm ihre rot verweinten, geschwollenen Augen betrachtete, begriff ich plötzlich, wen ich vor mir hatte.

»Sei gegrüßt, Baetia Minor«, sagte ich schließlich. »Kann ich dir irgendwie zu Diensten sein?«

Erschrocken, als sei sie bei etwas Verbotenem erwischt worden, fuhr sie herum. Noch immer erweckte sie einen abwesenden Eindruck, wie jemand, der unter Drogen stand.

»Ich kenne dich«, sagte sie schließlich leise, und trotz der unterdrückten Tränen wirkte ihre Stimme angenehm melodisch. »Ich habe dich schon einmal hier im Hause gesehen. Du gehörst dem Statthalter, nicht wahr?« Beinahe fragend glitt ihr Blick über mein verdrecktes Gesicht, mein zerlumptes Gewand. »Wer hat dich so zugerichtet?«

»Das ist eine lange Geschichte, Domina«, winkte ich ab. »Ich fürchte, jetzt ist nicht der geeignete Zeitpunkt, darüber zu reden.«

Ihre Augen flackerten, während sie nickte.

»Lebt er noch … ich meine, Hyacinthus?« Obwohl ich es als herzlos und grausam empfand, ausgerechnet ihr eine derartige Frage zu stellen, konnte ich im Augenblick darauf keine Rücksicht nehmen.

»Ich nehme es an«, hauchte sie schwach. »Mein Bruder kam mit Mutter frühzeitig zurück. Sie redeten von dem Aedil Ambrosius und einem Komplott.« Ihren unzusammenhängenden Sätzen zeigten, dass sie unter Schock stand, was nicht verwunderlich war, hatte sie doch bis vor Kurzem mit der qualvollen Vorstellung leben müssen, dass der Mann, den sie liebte, gerade am Kreuz zu Tode gefoltert würde.

»Weißt du, wo man ihn hingebracht hat?«, riss ich sie wieder in die Realität zurück.

»Was?« Erneut zuckte sie zusammen. »Wen?«

»Hyacinthus! Wo hat man ihn hingebracht?«

Baetia schien Mühe zu haben, sich zu sammeln. »In den Kerker, vermute ich.«

»Den Kerker?« Ich konnte nicht verhindern, dass mein Herz bei den Worten schneller schlug. »Du meinst, ins Ergastulum?«

»Nein, ich schätze, Ambrosius hat ihn in den städtischen Kerker bringen lassen.«

Das war naheliegend. Als Aedil der Stadt hatte Ambrosius die Möglichkeit, Hyacinthus zwischenzeitlich dorthin schaffen zu lassen, zumindest bis es ihm gelungen wäre, die belastenden Beweise gegen sich zu vernichten. Dann war Flavus bestimmt ebenfalls dort!

Ich musste unbedingt dahin! »Lassen sie dich dort hinein, Domina?«, fragte ich schließlich.

Ein müdes und gleichzeitig resigniertes Lächeln stahl sich auf ihre Züge. »Es gibt kaum etwas in Treveris, das man nicht kaufen kann.« Vorsichtig zog sie einen kleinen Lederbeutel hervor, in dem es vielversprechend klimperte. »Komm mit!«

Ein wenig atemlos eilte ich mit ihr zum Kerker, der sich nahe dem Amphitheater, im Osten der Stadt, befand. Die Straßen waren ungewöhnlich leer; die meisten Menschen waren bei den Spielen. Zwar zitterte ich immer noch, als wir beim Kerker ankamen, doch konnten selbst die dicken Wände und die schweren Eisenschlösser mir keine Angst mehr einjagen. Ich wusste, dass Flavus lebte – in diesem Augenblick war ich mir ganz sicher.

Lediglich am Rande bekam ich mit, wie Baetia dem Wächter einige Münzen zusteckte und dieser mit wichtigtuerischem Geklapper die Tür öffnete.

Meine Augen benötigten einen Moment um mich an die Dunkelheit der Zelle zu gewöhnen, dann konnte ich Flavus erkennen, der über dem auf der Erde zusammengesunkenen Hyacinthus wachte.

Blinzelnd blickte Flavus auf. Als er mich erkannte, erhob er sich und kam mir entgegen. Meine Knie wurden weich, kraftlos sank ich in seine Arme. Er presste mich so fest an sich, dass ich beinahe vergaß, wo ich mich befand. Durch den Stoff des Gewandes konnte ich seinen Herzschlag spüren.

Irgendwann gelang es mir, mich aus der unendlich scheinenden Umarmung zu lösen, ich rang nach Atem, strich mir eine Locke aus der Stirn und sah mich um, ohne jedoch Flavus' Hand loszulassen.

Eng umschlungen saßen Baetia und Hyacinthus in einer Ecke des schäbigen Kerkers. Im schwachen, von der Tür hereinfallenden Licht, erkannte ich, dass Hyacinthus noch immer mitgenommen aussah, doch er lebte, und ich wusste, dass er durchkommen würde.

Ehe ich die Gelegenheit hatte, zu den beiden hinzugehen und meine Hilfe anzubieten, war lautes Stiefelgetrappel zu vernehmen. »Im Namen des Statthalters, die beiden Gefangenen sind sofort freizulassen!«

Das Licht einer hellen Fackel blendete mich, als Mucius und seine Männer eintraten.

Mein Herz machte einen Sprung. Der Albtraum war nun endgültig zu Ende.

KAPITEL XX

Einen Moment stand ich vor der Tür, zögerte aber, anzuklopfen.

Wieder trug ich die blassblaue Tunika aus festem, geglättetem Leinen mit der nachtblauen Borte als einzigem Schmuck, die mich als Sklavin des Statthalters kennzeichnete, was mich sowohl unter dessen Gewalt als auch unter dessen Schutz stehen ließ.

Es war ein angenehmes Gefühl, wieder sauber gebadet, das weiche Leder der Sandalen an meinen Füßen, den teuren Stoff auf der Haut, durch die vertrauten Flure des Statthalterpalastes zu eilen, im Schutz der Stadtmauern, inmitten der Zivilisation, der befestigten Straßen und Kanäle.

Gleichzeitig fremd und vertraut, so fühlte ich mich nach allem, was hinter mir lag. Ich wusste, dass ich nicht mehr die Gleiche war wie zuvor, als ich noch nicht das Land jenseits der Stadtmauer, kennen gelernt hatte, die unendliche Weite der Hügel, die sich entlang der Mosel ausdehnten, die prächtigen Villen und die kleinen Hütten.

Meine Gedanken gingen zu Selena, und ich spürte einen Stich, als ich mich an unsere Begegnung erinnerte, ihre vertraute Stimme, den beruhigenden Kräuterduft in ihrer Hütte. Warum hatte sie nun doch nicht die Grenzen des Imperiums verlassen und sich ins freie Germanien zurückgezogen, wie sie es vorgehabt hatte?

Wie hatte ich mich seit unserer letzten Begegnung damals in Treveris danach gesehnt und darum gebetet, sie wiedersehen zu können, um ihr die eine, alles entscheidende Frage zu stellen. Und nun, nun hatte ich es nicht getan und auch von ihr nichts erfahren, nichts, was mir die letzte Gewissheit über meine Herkunft gegeben hätte.

Warm spürte ich das schwere Silber ihres Mondamuletts unter meiner Tunika, und einen Moment lang fragte ich mich, welchen Sinn es haben konnte, dieses zu tragen. Welchen Schutz sollte es mir geben? Was konnte es schon bewirken, außer dass es mich tagtäglich an Selena erinnern würde, den nie abklingenden Schmerz, die schwelende Frage, wer ich war und woher ich kam?

Schließlich fasste ich mir ein Herz und klopfte. Marcellas warme Stimme hieß mich eintreten, und so öffnete ich die Tür.

»Wie geht es dir?« In einem dunkelblauen Gewand saß sie im Korbsessel und hatte den Blick besorgt auf mich gerichtet.

Langsam trat ich näher und blieb einige Schritte vor ihr stehen. »Nur ein paar Schrammen.« Ich lächelte schief. »Doch ich bin froh, dass alles vorbei ist.«

»Zumindest vorerst.« Marcellas Gesicht war ernst, und ich sah, dass sie über die Zusammenhänge informiert war. Also hatten die Verhöre schon stattgefunden.

»Ich denke, es gibt noch einiges, was du mir zu berichten hast, auch wenn mein Vater mir schon einen Teil erzählt hat.« Sie lächelte. »Entgegen seiner Gewohnheit.«

Tief atmete ich ein. »Ambrosius muss Cornix als Mittelsmann dazu benutzt haben, ein Bündnis mit einer abtrünnigen Alemannensippe einzugehen, die Mitglieder des eigenen Stammes an die Römer verraten hat«, begann ich, während meine Augen über die vertraute Atmosphäre von Marcellas Zimmer glitten. »Deswegen wollte Ambrosius diesem Alemannenführer Laicho mithilfe eines Stadtplans Informationen zukommen lassen, um ihm die Schwachstellen in der Verteidigung der Stadt aufzuzeigen. Zudem hat er in diesem Plan auch die reichen Herrenhäuser der Stadt markiert, damit die geplanten Plünderungen schneller vonstatten gehen konnten.«

Marcella nickte. »So viel haben Ambrosius und der einäugige Alemanne gestanden. Doch müssen die Verstrickungen noch viel tiefer reichen. Seit der letzten siegreichen Schlacht, in der Cornix weit im Inneren des Barbarenlandes viele Kriegsgefangene machen konnte, hat Ambrosius durch seine Position als Aedil versucht, Alemannen – Stammesbrüder dieses verräterischen Anführers – an strategisch wichtigen Positionen zu platzieren. Germanische Wächter und Gladiatoren, so etwas fällt nicht einmal auf. Gleichzeitig hat er den Vorsteher der Stadtwache bestochen. Er hat ihn auf das Landgut des Cornix geschickt, den Ort, wo man dich gefangen gehalten hat.«

»Dann steckte dieser Mann hinter meiner … ich meine, *deiner* Entführung, Herrin?«

»So ist es. Damit befand er sich zugleich außerhalb der Stadt, und bei einem alemannischen Angriff wäre seine Truppe führungslos gewesen.«

Mein Herz hämmerte heftig, als mir das Ausmaß dieser Intrige bewusst wurde und ich sah, wie knapp nur die Stadt einer Katastrophe entgangen waren. »Was ich noch immer nicht verstehe, Herrin. Was hat sich Ambrosius davon erhofft, ausgerechnet mit den Alemannen zu paktieren? Welchen Nutzen hätte er davon gehabt, wenn die Stadt überfallen worden wäre?«

»Zu diesen Fragen hat Ambrosius während des gesamten Verhörs geschwiegen. Erst sein alemannischer Handlanger hat schließlich gestanden, unter der Folter.«

Unwillkürlich zuckte ich zusammen.

»Ambrosius' Pläne waren sehr ehrgeizig. Nach der Plünderung hätte er sich das erbeutete Vermögen mit den Alemannen geteilt. Womit wir bei dem letztendlichen Ziel seines ganzen Komplotts wären. Er benötigte sehr viel Geld.

Sein eigentlicher Plan war es nämlich, Statthalter zu werden.«

»Wie bitte?« Erschüttert starrte ich Marcella an. *Statthalter?* Allmählich bekam das Ganze einen Sinn.

Statthalter zu werden setzte einiges voraus. Zunächst eine vornehme Herkunft – die Ambrosius ja aufweisen konnte –, daneben aber jedoch auch ein gewisses Vermögen. Ich entsann mich wieder, bei einem Gespräch mit Marcella aufgeschnappt zu haben, dass die Familie der Ambrosier zwar einen alten Namen, jedoch nicht allzu viel Geld besaß. Eine dritte – sehr wichtige – Voraussetzung bestand in guten Beziehungen zum Kaiserhaus, da es einzig und allein dem Kaiser oblag, Statthalter ein- und wieder abzusetzen.

»Die Domina Julia!«, entfuhr es mir, als die verbliebenen Mosaiksteine schlagartig ein zusammenhängendes Bild ergaben. »Er erhoffte sich über die familiären Beziehungen der Herrin Julia zum Kaiserhaus den entsprechenden Einfluss, um diesen Posten zu erhalten.«

»Und hier kommt Cornix erneut ins Spiel«, ergriff Marcella wieder das Wort. »Indem Ambrosius seine – sagen wir – Freundschaft zu Publius und Julia nutzte, um eine Verlobung zwischen Spurius Cornix und der jungen Baetia zu arrangieren, hatte er gleich zwei Fliegen mit einer Klappe geschlagen. Er festigte die familiären Bindungen zum Hause des Baetius und damit über Julia zum Kaiserhaus, und außerdem …«

»… außerdem war ihm Cornix zu großem Dank verpflichtet, da er ihm eine so gute Partie besorgt hatte.« Ich schluckte hörbar »Die Hand der jungen Baetia als Belohnung dafür, dass Cornix für ihn das Bündnis mit den abtrünnigen Alemannen um Laicho knüpfte und aufrecht-erhielt.« Das hatte Ambrosius also die ganze Zeit beabsichtigt! »Niemand hätte geahnt, dass ausgerechnet er Drahtzieher des Alemannenüberfalls war. So hätte er weiterhin als aufrechter Beamter und Verteidiger der Stadt dastehen und in Ruhe seine politischen Pläne weiterverfolgen können.«

Marcellas Nicken zeigte mir, dass ich recht hatte. »Nach allem, was Ambrosius während des Verhörs aussagte, war schon vor geraumer Zeit eine recht enge Freundschaft zwischen ihm und dem jungen Publius entstanden.«

Natürlich! Flavus hatte erwähnt, dass Ambrosius ein häufiger Gast im Hause des Baetius war. Freundschaftsbesuche also, um den Sohn des Hauses durch Bestärkung seiner ehrgeizigen Pläne weiter an sich zu binden.

Es sprach für Ambrosius' Raffinesse, dass ihm keiner auf die Schliche gekommen war, noch nicht einmal Flavus, der von Beginn an über weitaus mehr Informationen verfügt hatte als ich.

»War Publius also auch Teil der Verschwörung? Und was ist mit seiner Mutter, der Domina Julia?«

Marcella schüttelte den Kopf. »Allem Anschein nach wussten sie von nichts. Zumindest Julia wirkte aufrichtig erschüttert, als sie von den Intrigen erfuhr, die der Freund des Hauses und Förderer ihres Sohnes gesponnen hat. Dennoch werden sie und ihr Sohn natürlich als Zeugen aussagen müssen. Publius ist gerade im Gespräch mit meinem Vater.«

Im Stillen fragte ich mich, ob Julia Ambrosius auch den Mord an ihrem Gatten verübelte oder lediglich die Tatsache, dass er ihr Vertrauen missbraucht und die Stadt für die Barbaren entblößt hatte.

Eine wichtigere Frage blieb jedoch: »Weshalb musste Cornix, der Verbündete in dem ganzen Spiel, sterben. Der Einäugige und sein Kumpan, die ihn töteten, waren doch Ambrosius' Männer, oder?«

Wieder nickte Marcella. »Es waren seine Leute, das hat Ambrosius gestanden. Aber warum er ihn töten ließ, hat er nicht gesagt. Vielleicht glaubte er einfach, sich auf Cornix nicht weiter verlassen zu können, und außerdem …«

Nachdenklich schwieg sie eine Weile. »Nachdem Ambrosius Baetius hatte töten lassen, konnte er als Witwer nun selbst eine viel größere familiäre Nähe zum Kaiserhaus aufbauen – über die Witwe Julia selbst. Die Verbindung zwischen Cornix und Baetia hatte somit keinen Nutzen mehr für ihn, im Gegenteil, Cornix war jetzt eher noch hinderlich, ein Mitwisser und Komplize, der eines Tages vielleicht noch gefährlich werden könnte.«

»Julia und Ambrosius?«, fragte ich erstaunt. »Hatte sich zwischen den beiden ein Verhältnis entwickelt?«

»Bisher noch nicht. Nach all dem, was mein Vater mir mitteilte, war zumindest bis zum Tode des Baetius Quigo die Freundschaft zwischen Ambrosius und Julia eher platonischer – besser gesagt, geschäftlicher – Natur. Doch offenbar war Ambrosius sich seiner selbst so sicher, dass er es nicht in Zweifel zog, Julia, nachdem ihr wenig ambitionierter Ehemann das Zeitliche gesegnet hatte, früher oder später für sich gewinnen zu können.«

»Musste Baetius Quigo also sterben, um Ambrosius die Möglichkeit zu geben, eine politisch vorteilhafte Beziehung zur Witwe Julia einzugehen?«, fragte ich nach einer Weile.

»So wie ich die Sache verstanden habe, gehörte das wohl nicht zum ursprünglichen Plan. Baetius Quigo war für Ambrosius zu einer Gefahr geworden. Irgendwie muss Baetius von dessen Intrigen erfahren und ihn deswegen zur Rede gestellt haben. Um nichts in der Welt hätte ein aufrichtiger Duumvir zugestanden, dass seine Stadt geschleift und die Beute unter einem verräterischen Aedil und den Barbaren aufgeteilt würde.«

Baetius' Worte auf dem Gastmahl des Statthalters fielen mir wieder ein, seine Kritik an Cornix' Argumenten und dem politischen Vorgehen des niedergermanischen Statthalters Postumus. Ja, er musste von Ambrosius' Plänen gewusst haben, und das war sein Todesurteil.

»Aber an einem entscheidenden Punkt schlug der Plan fehl«, überlegte ich laut. »Denn Flavus erfuhr von dem geheimen Treffen zwischen Cornix und den Alemannen im Tempelbezirk bei Tabernae, auch wenn er nicht wusste, um was genau es sich handelte. Ambrosius' Männer sollten Cornix ausschalten und die Karte selbst überbringen. Doch wurden sie von uns gestört und ergriffen die Flucht, ehe sie die Schriftrolle und den Brief an sich nehmen konnten. Somit war es eigentlich Flavus, der den Plan vereitelt hat. Und ich hatte geglaubt, er selbst ...« Ich unterbrach mich, da es mir nicht geraten schien, meine Gefühle gegenüber dem alemannischen Heizsklaven ausgerechnet vor meiner Herrin darzulegen. Hätte Flavus nicht nach mir gesucht, wäre er nie in die Villa gekommen, wo der Anführer der Stadtwache und Ambrosius' Schergen sich aufhielten. »Ich hatte keine Ahnung, was auf dem Spiel stand ...«

»Du hast getan, was du konntest, und sehr viele Leben gerettet.« Marcella lächelte wieder und stand auf. »Nicht zuletzt die der Sklaven des Hauses Baetius.«

Erst jetzt entsann ich mich wieder Hyacinthus' und der anderen Sklaven, die der eigentliche Auslöser dafür gewesen waren, dass ich mich auf die ganze Angelegenheit eingelassen hatte.

»Übrigens gibt es hier noch jemanden, der sich bei dir bedanken möchte.« Während sie sprach, hatte Marcella die Tür geöffnet und blickte mich auffordernd an.

»Bedanken?« Ein warmes Gefühl breitete sich in meiner Magengegend aus, und mit einem fragenden Gesichtsausdruck folgte ich Marcella aus dem Zimmer über den Flur, bis zu einer Tür, vor der sie stehen blieb. Nach kurzem Klopfen öffnete sie und ließ mich ein.

Warmes Abendlicht durchflutete den schlicht gehaltenen Raum, in dem sich nicht viel mehr befand als eine Truhe, ein Korbsessel, ein kleiner dreifüßiger Tisch und eine Liege, auf der jemand lag. Eine weitere Person, die daneben stand, stellte gerade vorsichtig einen Becher auf dem Tisch ab.

Bei unserem Eintreten wandte sie sich um, und ich erkannte Baetia Minor. Sie hatte die sandblonden Haare am Hinterkopf aufgesteckt und mit einem hellen Tuch zusammengehalten. Ihre zerbrechlich wirkende Gestalt war in ein sauberes, blassgelbes Gewand gehüllt. Noch immer wirkte ihr Blick traurig, doch war das verzweifelte, an Irrsinn grenzende Flackern aus ihren Augen verschwunden.

Mit einem Lächeln begrüßte sie Marcella und ließ dann ihren Blick kurz auf mir ruhen. Schließlich wandte sie sich wieder der Gestalt auf der Liege zu, und ich erkannte Hyacinthus, der dort auf einer Schicht weicher Kissen gebettet lag.

Seine Verletzungen waren behandelt und verbunden worden. Zunächst dachte ich, er schliefe, doch als ich näher herantrat, hob er den Kopf.

Er war blass, sein Gesicht wirkte schmal, gezeichnet von den Qualen und Strapazen der letzten Tage, doch seine Augen blickten wieder klar.

»Hyacinthus!« Aus einem Impuls heraus trat ich näher und ergriff seine Hand.

»Dachte ich doch, dass wir uns wiedersehen«, flüsterte er und lächelte schwach. »Die Herrin Marcella sagte mir, was du getan hast, um mich … um uns …«

Statt einer Antwort drückte ich seine Hand und nickte stumm, dann erst entsann ich mich wieder der Anwesenheit der jungen Baetia und sah mich ein wenig unsicher zu ihr um.

Sie wandte sich an mich: »Du hast sehr mutig und uneigennützig gehandelt. Ohne deine Hilfe wären die Sklaven meines Vaters tot, und Hyacinthus würde … würde gerade am Kreuz sterben …«

Beinahe beschämt lächelte ich, unfähig, auf dieses Lob angemessen zu reagieren.

»Eines würde mich noch interessieren«, durchbrach Marcella mit ihrer ruhigen Stimme das entstandene Schweigen. »Ambrosius hat deinen Vater töten lassen, da dieser von seinen Intrigen erfahren hatte und zu befürchten war, dass er auch den Statthalter darüber informieren würde. Doch wie ist dein Vater überhaupt hinter Ambrosius' Absichten gekommen?«

Kurz ging Baetias Blick hinüber zu Hyacinthus, dann wieder zurück zu Marcella. »Das war eigentlich meine Schuld. Natürlich hatte Spurius Cornix sehr schnell gespürt, dass ich mich dieser arrangierten Verlobung widersetzte und nicht bereit war, ihm das zu geben, was er sich wünschte. Vielleicht verhielt ich mich einfach zu abweisend, was sich ein Mann wie er, mit seinen hochtrabenden Plänen, nicht so einfach gefallen lassen wollte.« Ihre Augen flackerten, als fiele es ihr schwer, in die Vergangenheit zurückzukehren. »Eines Abends – er war schon ein wenig angetrunken, nachdem er lange mit meinem Bruder im Speisesaal gezecht und sich dann mit ihm in die Bibliothek zurückgezogen hatte, kam er noch auf mein Zimmer. Ich konnte seine Nähe nicht ertragen und drohte damit, meinen Vater von seinem ungebührlichen Benehmen in Kenntnis zu setzen. Doch Cornix, nicht mehr Herr seiner Sinne und angestachelt von Publius' ehrgeizigen Plänen, war in seiner Männlichkeit gekränkt. Wütend sagte er mir, ich würde noch einmal bedauern, ihm derart die kalte Schulter zu zeigen. Der Tag würde kommen, da ich und mein Vater ihn darum anflehen würden, uns zu beschützen, wenn die Katastrophe über die Stadt hereinbrechen würde. Und niemand könnte sie aufhalten, da der Aedil Ambrosius schon alles in die Wege geleitet hätte. Ich verstand nicht, was er damit sagen wollte, und wies ihm die Tür.« Baetias Atem ging heftig, Tränen schimmerten in ihren Augen. »Wenn ich nur begriffen hätte, was er damit meinte! So suchte ich am nächsten Abend meinen Vater auf und berichtete ihm davon. Wenn ich es nicht getan hätte, wäre er vielleicht noch am Leben.«

Marcella war an Baetia herangetreten und legte ihr tröstend die Hand auf die Schulter. »Dich trifft keine Schuld. Im Gegenteil, da du so klug warst, deinen Vater zu unterrichten, konntest du ein großes Unglück verhindern. Stell dir nur vor, Ambrosius' Plan wäre aufgegangen, das Schreiben tatsächlich in die Hände der alemannischen Verschwörer geraten ...« Sie ließ den Rest des Satzes unausgesprochen.

»Aber das macht meinen Vater nicht wieder lebendig!« Der letzte Satz war fast ein Schluchzen, das erahnen ließ, wie tief die Liebe Baetias zu ihrem Vater gewesen sein musste, dem sie in ihrer Art viel näher stand als ihrer von Ehrgeiz zerfressenen Mutter oder dem selbstsüchtigen Bruder.

Marcella nickte stumm, in ihren großen Augen zeigte sich ein tiefes Verstehen. »Sein Tod hat das Leben vieler Unschuldiger gerettet. Wäre dieses Verbrechen nicht geschehen, hätte Ambrosius ungehindert seine Machenschaften vorantreiben können. Niemand wäre darauf aufmerksam geworden.«

Noch immer standen Tränen in Baetias Augen, und Marcellas Argumente schienen sie nicht wirklich überzeugen zu können.

»Es gibt kein sinnloses Leid«, fügte Marcella leise hinzu, schien jedoch nicht weiter in Baetia dringen zu wollen.

Ein beklemmendes Schweigen entstand.

»Wenn ich mir auch eine Frage erlauben dürfte, Herrin«, begann ich vorsichtig, an Baetia gewandt, da ich wusste, dass ich mir gerade mehr Freiheiten herausnahm, als mir zustanden. »Dein Bruder, Publius, schien von Hyacinthus' Schuld überzeugt zu sein. Weshalb ...« Ich unterbrach mich, da ich merkte, auf welch dünnem Eis ich mich gerade bewegte.

Aber Baetia schien froh zu sein, endlich das aussprechen zu können, was sie bewegte: »Publius hat Hyacinthus schon immer gehasst. Er hat ihn darum beneidet, dass mein Vater ihm so viel Vertrauen und Zuneigung schenkte, ihm, dem Sklaven und Sohn einer Küchenmagd, während er sich selbst von Kindheit an nicht mit unserem Vater verstanden hatte. Es war kein Geheimnis, dass mein Vater seinen einzigen Sohn nicht schätzte, er kannte seine Machtgelüste, seinen maßlosen Ehrgeiz.«

Ich erinnerte mich daran, wie die Beamtentöchter in der Therme sagten, Baetius Quigo gönne seinem Sohn noch nicht einmal, Vorsteher der städtischen Populares-Einheit zu werden.

»Und dann war da noch die Sache mit Hyacinthus' Schwester …«, fuhr Baetia fort. »Spätestens da hat mein Vater erkannt, was für ein Mensch sein Sohn ist.«

Überrascht hielt ich inne. »Hyacinthus' Schwester? Publius hat das getan?«, entfuhr es mir, ohne darüber nachzudenken, was ich mir da gerade herausnahm. »Aber ich dachte, dein Vater, es hieß, der Herr … hätte … ich meine …« Gerade noch rechzeitig biss ich mir auf die Zunge und schwieg, bevor ich noch mehr Ungehöriges sagte.

»Nein«, Baetias Gesichtsausdruck war ernsthaft erstaunt. »Wieso sollte mein Vater so etwas tun? Er hätte noch nicht einmal einer Fliege etwas zuleide tun können, geschweige denn ein junges Mädchen in den Tod zu treiben, noch dazu die Schwester seines liebsten Sklaven.« Ihr Blick ging zu Hyacinthus, der noch immer mit blassem Gesicht und halbgeschlossenen Augen dalag und die ganze Szene beobachtete. »Publius hingegen konnte es nicht ertragen, dass alles im Hause unserem Vater und nichts davon ihm gehörte. Als sich ihm dann sogar noch Hyacinthus' Schwester widersetzte, da …«

Langsam nickte ich. Ich hatte verstanden.

»Das Schlimmste in Publius' Augen jedoch war, dass ich mich mit Hyacinthus ...« Beinahe beschämt senkte Baetia den Blick. »Die Tochter des Hauses und der Leibsklave des Pater Familias ...« Ihre letzten Worte waren kaum noch hörbar.

»Wie kam es eigentlich dazu ... Zwischen dir und Hyacinthus?«, fragte Marcella leise.

Ein Ausdruck von Traurigkeit und Resignation glitt über Baetias Gesicht. »Unsere Bindung muss dir sicher ungeheuerlich erscheinen.«

Marcella schüttelte den Kopf. »Nein, da irrst du.« Einen Moment lang schien sie zu zögern, als wisse sie nicht, ob es klug war, weiterzusprechen. »Es gibt keinen Unterschied zwischen Sklaven und Freien«, fuhr sie schließlich fort, und es klang, als gebe sie ein Zitat wieder.

Mit geröteten Augen blickte Baetia auf. »Du hast Seneca gelesen?«

Marcella lächelte, während ihre Hand immer noch auf Baetias Schulter ruhte. »Ja, als Kind.«

Ich wusste, dass diese Worte nicht aus der Feder Senecas stammten, suchte stumm Marcellas Blick und schwieg.

Stockend sprach Baetia weiter: »Mein ganzes Leben habe ich unter meinem Bruder gelitten, seinem Ehrgeiz, seiner Besessenheit, es zu etwas Großem zu bringen, zu mehr noch als unser Vater. Mutter unterstützte ihn dabei; sie hielt Vater für einen Schwächling, zu weich und nicht ehrgeizig genug, um Vermögen und Einfluss weiter zu mehren. So setzte sie ihre ganzen Hoffnungen auf ihren Sohn. Deshalb konnte Lampenius Ambrosius auch sehr schnell ihr Vertrauen gewinnen, entsprach er doch mit seinen hochtrabenden Plänen genau ihren Vorstellungen von einem Mann, der wusste, welcher Platz in der Welt ihm zustand.« Bedrückt schüttelte sie den Kopf. »Es war für Ambrosius ein Leichtes gewesen, Publius für sich einzunehmen, sich als seinen großen Förderer dazustellen. Und Mutter hat dies gefallen.«

Wieder glitt ihr Blick zu Hyacinthus, der nun die Augen geschlossen hielt und aussah, als schliefe er. »Wahrscheinlich habe ich deshalb zu ihm gefunden. Immer auf der Schattenseite einer ehrgeizigen Familie und Publius' hochtrabenden Plänen untergeordnet.« Sie hob die Schultern. »Wenn wenigstens meine Schwester noch leben würde, wäre ich vielleicht nicht so auf mich allein gestellt gewesen. Aber sie starb so früh, dass ich kaum noch eine Erinnerung an sie habe.«

Die mysteriöse ältere Schwester! Das war es also. Nun war auch das Rätsel um die nie erwähnte ältere Schwester gelöst. Baetia Maior musste wohl schon als Kind gestorben sein, ein trauriger Umstand, der sehr häufig zu beklagen war, da auch in wohlhabenden Familien viele Kinder nie das Erwachsenenalter erreichten.

»Irgendwie hat Ambrosius sowohl Publius als auch meine Mutter von den Vorteilen einer ehelichen Verbindung zwischen dem Präfekten Cornix und mir überzeugen können«, fuhr Baetia nach einer kurzen Pause fort. »Cornix stammt ja auch aus dem Trevererland, auch wenn er mit seiner Ala in Niedergermanien stationiert war. Außerdem war er Ambrosius' Vetter zweiten Grades und hatte, anders als dieser, auch großen militärischen Einfluss. Alles an dem Arrangement schien perfekt, meine Meinung war natürlich nicht gefragt.«

Ein Anflug von Mitleid huschte über Marcellas Züge. »Aber musste dein Vater dieser Beziehung nicht zustimmen?«

Baetia nickte. »Meine Mutter war sehr geschickt darin, ihm die Vorteile dieser Bindung einzureden und den Eindruck zu erwecken, diese Verlobung entspräche auch meinem Wunsch.«

Auf Marcellas fragenden Blick hin fuhr Baetia fort: »Publius, der schon bald hinter die Beziehung zwischen mir und Hyacinthus gekommen war, hatte damit gedroht, ihn in die Steinbrüche verkaufen zu lassen, wenn ich mich der Verlobung mit Cornix widersetzte. Ich kenne Publius' Verschlagenheit; er hätte einen Vorwand gefunden, Hyacinthus auf irgendeine Weise loszuwerden. So hatte ich keine Wahl, als mich zu fügen – verkauft von meinem eigenen Bruder!«

Ein bedrückendes Schweigen entstand, und während keiner von uns die richtigen Worte fand, um etwas zu der Ungeheuerlichkeit zu sagen, die in vornehmen Gesellschaftsschichten keine Seltenheit darstellte, wurde mir plötzlich bewusst, was Seneca damit meinte, so mancher sei der Sklave seines eigenen Geldes oder seiner Gier nach Macht. Nur dass in diesem Falle Baetia das Opfer war – und natürlich Hyacinthus.

»Wie wird es nun weitergehen?«, durchbrach Marcella die Stille.

Resignierend hob Baetia ihre Schultern. »Ich weiß es nicht. Nur der Großzügigkeit deines Vaters ist es zu verdanken, dass Hyacinthus hierbleiben darf, bis es ihm wieder besser geht. Doch danach ... Wenn er nach Hause zurückmuss, zu Mutter und Publius – ohne den Schutz meines Vaters, nach all dem, was geschehen ist ...«

»Und was wird mit euch beiden?«

Baetia schüttelte den Kopf. »Für uns wird es keine gemeinsame Zukunft geben.« Mit den Fingerkuppen rieb sie sich über die Stirn, als versuchte sie, bohrende Kopfschmerzen zu vertreiben. »Wahrscheinlich muss es so sein ... Und ich bin schon dankbar, dass Hyacinthus – trotz Publius' Hass – mit dem Leben davongekommen ist.«

Ich spürte widersprüchliche Gefühle in mir aufsteigen. Einerseits bedrückte mich Baetias Trauer um die Aussichtslosigkeit ihrer Liebe, aber gleichzeitig durchströmte mich stark und lebendig ein Glücksgefühl.

Ich hatte Flavus!

Auch wenn ich nie selbst über mein eigenes Leben bestimmen konnte, noch immer nicht mit Sicherheit wusste, wo ich herkam, wer meine Mutter war und warum sie mich als Kind ausgesetzt hatte, so war ich doch nicht mehr allein. Flavus hatte sein Leben und das seiner Verwandten riskiert, um mich zu retten.

Und wenn ich diesen Raum verließ, würde er auf mich warten.

Deutlich hörbar rang ich nach Luft. So viel Glück hatte mir das Schicksal bisher noch nie gegönnt, und ich wusste beinahe nicht damit umzugehen.

»Wir lassen euch jetzt besser allein.« Marcellas Stimme klang sanft. »Sicher habt ihr euch einiges zu sagen. Schick einfach nach einer Dienerin, solltest du irgendetwas brauchen.«

Ohne Baetias Dank abzuwarten, wandte sie sich um und ging nach draußen. Mit einem letzten Blick auf den schlafenden Hyacinthus folgte ich ihr, noch immer von dem seltsamen Glücksgefühl durchdrungen, das ganz langsam die Anspannungen der letzten Tage aus meinem Körper vertrieb.

Zurück in ihrem Zimmer, wandte sich Marcella wieder an mich. Ihr Gesichtsausdruck war weich, doch ich sah, dass ihre Augen feucht glitzerten.

»Du hättest jede Möglichkeit gehabt, nicht mehr zurückzukommen.« Ihre Worte hingen wie eine unausgesprochene Frage im Raum.

Ich war nicht in der Lage, etwas zu erwidern oder auch nur zu nicken.

»Es wäre dir ein Leichtes gewesen, nach deiner Flucht irgendwohin zu verschwinden, über den Fluss, in die Berge. Du hättest dich in einem entlegenen Dorf niederlassen können. Ich bin mir sicher, niemand hätte dich gefunden.« Unverwandt waren Marcellas Augen auf mich gerichtet. »Und doch bist du zurückgekommen.« Sie unterbrach sich kurz. »Weshalb?«

»Es …« Ich musste mich räuspern, um weitersprechen zu können. Meine Stimme war belegt. »Ich konnte die

Sklaven des Baetius Quigo nicht ihrem Schicksal überlassen.« In meinem Kopf gingen die Gedanken wild durcheinander. Ich wusste nicht, wie ich der Tochter meines Herrn verständlich machen konnte, weshalb ich so töricht gewesen war, meine Freiheit aufzugeben, um Menschen zu helfen, die ich kaum kannte und denen ich nichts schuldig war. »Unschuldig hingerichtet zu werden, nur weil man jemandem gehört, der ermordet wurde. Ich ...« Meine Stimme versagte, als Tränen in mir aufzusteigen drohten.

»Mein Vater wird sich sicher erkenntlich zeigen für das, was du für ihn getan hast. Du hast seinen Ruf, seine Position, vielleicht sogar die ganze Stadt gerettet.« Langsam trat sie ein paar Schritte auf mich zu. »Mein Vater ist ein aufrichtiger Mann, der seine Schulden bezahlt, weil ihm das seine Ehre gebietet.«

Stumm nickte ich; das war mir bekannt. Der Statthalter war in der Tat ein gerechter Herr.

»Doch wird niemand im Taumel darüber, dass diese Verschwörung verhindert werden konnte, ein Wort über die Sklaven des Baetius verlieren, deren Leben nun verschont wird.«

Eine leichte Gänsehaut lief mir über den Rücken. Marcella hatte recht, doch so etwas hatte ich auch nicht erwartet.

»Du hast für sie dein Leben riskiert und dadurch gleichzeitig eine Verschwörung gegen meinen Vater verhindert. Gottes Wege sind oft unergründlich.«

Mir schwirrte der Kopf. Von dieser Warte hatte ich die Angelegenheit noch nie betrachtet. Unbewusst griff ich mit der Hand nach Selenas Amulett, das nun halb aus dem Stoff meiner Tunika herauslugte.

»Was hast du da?«, fragte Marcella..

Einen Augenblick zögerte ich. »Ein Geschenk«, sagte ich schließlich verlegen und erinnerte mich daran, dass auf alles, was ich besaß, mein Herr Anspruch erheben konnte.

»Ein Geschenk von jemandem …«, ich unterbrach mich; wie sollte ich Selena beschreiben? »Von jemandem, der mir einmal sehr nahegestanden hat.« Ich hoffte, dass das die Wahrheit war.

Vorsichtig zog ich den Anhänger an dem Lederband hervor und legte ihn auf meine Handfläche, um ihn Marcella zu zeigen. »Ich glaube, es ist Silber.«

Einen Moment lang betrachtete Marcella schweigend das schwere Schmuckstück, dessen eingestanzte Verzierungen im schwachen Schein des Abendlichtes blass aufleuchteten. »Eine Mondsichel.« Sie lächelte. *»Eine Frau, bekleidet mit der Sonne, der Mond zu ihren Füßen …«* Langsam blickte sie zu mir auf. »Behalte es nur, wenn es dir gehört.«

Langsam ließ ich den Anhänger zurück in meinen Ausschnitt gleiten. Das warme Metall auf meiner Haut gab mir das widersinnige Gefühl von Sicherheit.

»Du musst jetzt zu meinem Vater«, sagte Marcella schließlich, und der Anflug von Bedauern schwang in ihrer Stimme mit. »Doch was auch immer er über dein Verhalten sagen wird, du und ich, wir wissen, was du getan hast, und für wen.«

»Danke«, sagte ich leise, und für einen Moment hatte ich den Eindruck, tatsächlich nach Hause gekommen zu sein.

Mit einer kurzen Verbeugung verabschiedete ich mich und verließ den Raum.

Mein Herz klopfte bei dem Gedanken, was der Herr über Leben und Tod in der Provinz zu sagen haben würde.

KAPITEL XXI

Flavus stand an der Eingangstür des Statthalterbüros. Auch er trug eine saubere Tunika und war frisch rasiert. Nur seine Haare, die seit seiner Ankunft in diesem Hause wieder etwas nachgewachsen waren, hingen ihm noch ein wenig feucht vom Bad in die Stirn.

Über seine linke Wange zog sich eine rötlich verkrustete Wunde, an seinem Hals schimmerte ein dunkler Bluterguss. Er lächelte, als er mich kommen sah, und es war das erste richtige Lächeln, seit er von der drohenden Hinrichtung seiner Verwandten erfahren hatte.

Von einem Augenblick auf den anderen spürte ich, wie eine schwere Last von mir fiel. Wir waren am Leben. Flavus, ich und die Sklaven des Baetius. Das war mehr, als ich ernsthaft hatte erhoffen können, und wahrscheinlich hatte ich genügend Gründe, dem Unbekannten Gott zu danken.

Beinahe zögernd näherte ich mich Flavus. Es gab vieles, das ich ihm zu sagen hatte. Meinen sinnlosen Verdacht, mein unbegründetes Misstrauen ...

Der Vorgeschmack eines Versprechens lag in seinen Augen.

Später ... wenn wir allein sind ...

Das Auffliegen der Tür zerriss das Knistern in der Luft. Eine in volle Toga gekleidete Gestalt kam aus dem Büro gestürzt, und erst auf den zweiten Blick erkannte ich, dass es Publius war, der mit hochrotem Kopf und verkniffenem Mund an Flavus und mir vorbeistürmte, ohne uns auch nur eines Blickes zu würdigen.

Was auch immer er mit dem Statthalter zu bereden gehabt hatte, das Gespräch war offenbar nicht nach seiner Vorstellung verlaufen.

Ich versuchte nicht, meine schadenfrohe Genugtuung zu unterdrücken, während ich Flavus noch einmal einen Blick zuwarf, bevor dieser an den noch immer halb geöffneten Flügel der Tür klopfte.

Auf eine kurze Antwort von drinnen hin traten wir nacheinander ein, hielten aber einen gebührenden Abstand vom Schreibtisch des Legatus.

Das letzte Licht des Abends, gepaart mit dem Schein der von den Decken herunterhängenden Öllampen, tauchte den Raum in ein warmes, gedämpftes Licht. Bei unserem Eintreten erhob sich der Statthalter von seinem Stuhl, legte eine Schriftrolle beiseite und kam auf uns zu.

Eine Weile musterte er uns schweigend. Seine wachen Augen schien mich zu sondieren, und es kostete mich eine gewisse Anstrengung, nicht den Blick zu senken.

»Man hat mir alles berichtet, was ihr getan habt«, begann er schließlich ohne Umschweife. Er unterbrach sich, ließ seinen Blick kurz über mich gleiten und wandte sich dann zunächst Flavus zu.

Dieser stand bewegungslos vor ihm. Hoch aufgerichtet, die Hände hinter dem Rücken verschränkt, blickte er seinem Herrn direkt ins Gesicht. Das Flackern in seinen Augen verriet seinen unterdrückten Stolz, seine Weigerung, sich selbst in dieser Situation dem Willen des Statthalters zu unterwerfen.

»Du hast eigenmächtig gehandelt.« Ohne sich von Flavus' Auftreten beeindruckt zu zeigen, musterte der Legatus ihn eingehend. »Du hast ohne eine Erlaubnis, ja ohne eine Nachricht das Haus verlassen und dich außerhalb der Stadt herumgetrieben. Du musst wissen, dass ich ein solches Verhalten nicht dulde.«

Bei diesen Worten begann mein Herz laut zu hämmern, und ich hatte Mühe, auch weiterhin ein unbeteiligtes Gesicht zu machen. Doch Flavus rührte sich nicht, zeigte keine Reaktion, weder Anspannung noch Erschrecken.

Widerwillig spürte ich einen Anflug von Bewunderung in mir aufsteigen. War das die Folge davon, frei geboren zu sein? Nicht zusammenzuzucken, wenn man gerügt wurde. Nicht gleich nach einer Rechtfertigung zu suchen, einer Entschuldigung oder Erklärung?

»Normalerweise«, nahm der Legatus, noch immer an Flavus gewandt, das Wort wieder auf, »würde ich Hermion damit beauftragen, dich dafür zu bestrafen.«

Unwillkürlich zuckte ich zusammen.

»Allerdings«, er unterbrach sich und sah dann kurz zu mir herüber, »hast du ein großes Unrecht verhindert, und ich bin dir zu Dank verpflichtet.« Sein Blick war fest auf Flavus gerichtet, der ihn um zwei Fingerbreit überragte. »Ohne deine Hilfe wäre vielleicht die Stadt gebrandschatzt und ein Verbrecher als Statthalter eingesetzt worden. Ein Mensch, der nicht davor zurückschreckt, das Wohl römischer Bürger um seines persönlichen Vorteils willen zu opfern.« Er schwieg, und für einen Moment lang hörte ich nur meinen eigenen Herzschlag. »Aus diesem Grunde sehe ich von der verdienten Strafe ab.«

Während mir ein Stein vom Herzen fiel, blieb Flavus' Gesicht unbewegt. Nur kurz nickte er zum Zeichen des Verstehens.

»Ich habe gehört, dass zwei der baetischen Sklaven, die dem Tode geweiht waren, Verwandte von dir sind. Ist das richtig?«

Zum ersten Mal, seit wir diesen Raum betreten hatten, antwortete Flavus. »Ja, Herr. Die Frau und der Sohn meines Bruders.«

»Ich werde mich darum kümmern, dass ihnen nichts geschieht.«

Flavus verzog keine Miene.

Noch einmal blickte der Statthalter ihn ernst an, dann wandte er sich mir zu.

»Meine Tochter ist sehr erleichtert, dich wohlbehalten wiederzuhaben.«

Vorsichtig nickte ich. »Das freut mich zu hören, Herr.«

»Du hast dich in der Stunde der Gefahr sehr mutig gezeigt. So etwas hätte ich nicht erwartet.«

Bescheiden senkte ich den Blick. Es war besser, den Statthalter in dem Glauben zu lassen, ich sei lediglich durch widrige Umstände in die ganze Angelegenheit hineingezogen worden. Meine Recherchen in eigener Sache, die ich sogar mit Marcellas Segen durchgeführt hatte, behielt ich lieber für mich.

»Meine Tochter ist recht wählerisch, was ihren persönlichen Umgang betrifft. Ich glaube, mit dir hat sie keine schlechte Wahl getroffen.«

Ich konnte nicht verhindern, dass mir das Blut in die Wangen schoss. Ein solches Kompliment vom mächtigsten Mann der Provinz zu erhalten bedeutete mir mehr, als ich mir eingestehen wollte.

»Du bist noch sehr jung«, meinte er schließlich. »Noch keine zwanzig Jahre, nehme ich an.«

Ich schüttelte den Kopf. »Nein, Herr.«

»Dann hast du das Mindestalter, um freigelassen zu werden, noch nicht erreicht.«

Das Knistern von Spannung, das in der Luft lag, war beinahe mit Händen greifbar.

»Dennoch möchte ich dir aufgrund des Dienstes, den du uns erwiesen hast, eine Belohnung zukommen lassen. Gibt es etwas, das ich für dich tun kann?«

Flavus!, dachte ich spontan. Versichere mir, dass du ihn nicht verkaufen wirst – oder mich, solange er hier im Hause lebt! Dein Wort, dass wir zusammenbleiben dürfen.

Mein Herz pochte bei dem Gedanken, doch wäre ich lieber gestorben, als vor dem obersten Herrn und Richter der Provinz meine Gefühle derart offen zur Schau zu stellen.

»Herr«, fragte ich stattdessen, um Zeit zu gewinnen, bis ich mich für eine Antwort entschieden hätte, »was wird nun mit dem Aedil Ambrosius geschehen?«

Der Statthalter hielt in seiner Bewegung inne und sah mich fragend an, als sei er nicht sicher, ob er ausgerechnet die Sklavin seiner Tochter in seine politischen Belange einweihen sollte.

»Er hat gestanden, den Mord an Baetius Quigo in Auftrag gegeben zu haben. Die Beweislast war erdrückend, und dann war noch der alemannische Zeuge.«

Das Herz klopfte mir zum Zerspringen. Dann hatte ich diesmal also alles richtig gemacht.

»Außerdem habe ich einige meiner Männer zur Landvilla des Präfekten Cornix geschickt«, fuhr der Statthalter fort, »wo man dich gefangen gehalten hatte …«

Kein Wort darüber, dass ich dort das Schicksal erlitten hatte, das eigentlich für seine Tochter vorgesehen war, und wesentlich Schlimmeres.

»Sie trafen dort auf den Vorsteher der Stadtwache, den Lampenius Ambrosius und Spurius Cornix bestochen hatten.« Der Legatus sah mir direkt in die Augen. »Durch den Brief, den er an mich geschrieben hatte, während er dich in seiner Gewalt hielt, hat er sich selbst verraten. Er wird in diesem Moment verhaftet und nach Treveris gebracht. Es wird ihm keine Wahl bleiben, als ebenfalls zu gestehen oder freiwillig aus dem Leben zu scheiden.« Erneut glitt der Anflug der Befriedigung über das Gesicht des Statthalters. »Glaubte er doch tatsächlich, ich sei erpressbar …«

In meinen Augen musste die unausgesprochene Frage deutlich lesbar gewesen sein, und diesmal ließ sich der Legatus von sich aus herab, diese zu beantworten.

»Es war der Versuch, mein Schweigen zu erzwingen und den Rücktritt von meinem Amt. Doch dabei haben sie sich selbst überschätzt ...«

Das war es also gewesen. Die Entführung seiner Tochter hätte zwei Zielen dienen sollen:

Zum einen war sie als Druckmittel gedacht gewesen, um den Statthalter dazu zu bewegen, zu schweigen, sollte er durch Baetius Quigo von Ambrosius' Plänen erfahren haben. Nun verstand ich auch die Fragen, die man mir während der Folter gestellt hatte. Es war der Versuch gewesen, herauszufinden, ob irgendetwas im Verhalten des Statthalters darauf hindeutete dass er Bescheid wüsste und vielleicht schon Gegenmaßnahmen ergriffen hätte.

Zum anderen sollte der Statthalter durch die Geiselnahme seiner Tochter gezwungen werden, seinen Amtssessel zu räumen, damit auch dieses Hindernis auf der Karriereleiter des Ambrosius aus dem Weg geräumt wäre.

Wirklich, ein gut durchdachter, perfider Plan, der keinen Aspekt außer Acht gelassen hatte, beinahe keinen ...

»Es ist immer das Gleiche, das Streben nach Ansehen, Macht und Reichtum. Alles ist käuflich, und sogar eine weniger vornehme Herkunft ist nur ein kleiner Makel, der sich nur allzu leicht durch eine geschickte Heirat wieder ausgleichen lässt.«

Zustimmend nickte ich, während ich an Cornix dachte.

»Stümper, die nicht wissen, dass eine vornehme Herkunft keine Garantie für edles Handeln ist und wahrer Adel anderen Ursachen hat. «

Familie und Herkunft ... Mein Herz begann bei diesen Worten schneller zu schlagen. Es war wie das richtige Stichwort, und plötzlich wusste ich, welchen Gefallen ich mir vom Statthalter erbitten würde.

»Herr«, sagte ich schnell, bevor dieser Gelegenheit hatte, sich die Sache mit der Belohnung noch anders zu überlegen. »Du musst doch in nächster Zeit nach Divodurum reisen, um dort Gericht zu halten.«

»Ja.« Er nickte leicht.

»Bitte erlaube mir, dich und deine Tochter dabei zu begleiten.«

Ich spürte, wie Flavus mich erstaunt anblickte, während ich auf eine Antwort wartete.

Der Gedanke war mir spontan gekommen, doch je mehr er in mir Gestalt annahm, desto stärker wurde er zu einem alles beherrschenden Wunsch. Schon als Säugling war ich nach Divodurum verkauft worden; dort war ich aufgewachsen. Wenn es also eine Möglichkeit gab, mehr über meine Herkunft zu erfahren, dann am ehesten dort.

Wenn Selena nicht bereit war, von sich aus mehr zu sagen, musste ich eben auf eigene Faust versuchen, etwas herauszubekommen, und diesmal würde ich mich bei meiner Suche von nichts aufhalten lassen.

Noch immer wartete ich auf die Antwort des Statthalters. Schließlich nickte er. »Dem steht nichts entgegen.« Seiner Stimme war zu entnehmen, dass er sich fragte, weshalb ich es mir wünschte, ausgerechnet diese Stadt zu sehen. »Du wirst mit mir und meiner Tochter reisen. Damit wäre alles geklärt.«

Wieder blieb sein Blick an Flavus hängen, als sei er noch immer nicht sicher, was er von ihm halten sollte. »Ich nehme an, ihr habt nun Hunger. Lasst euch in der Küche etwas zu essen geben. Eure Dienste werden bis morgen nicht mehr benötigt.«

Mit diesen Worten wandte sich der Statthalter von uns ab und begab sich wieder an sein Schreibpult.

Nach einer kurzen Verbeugung drehten Flavus und ich uns ebenfalls um und gingen zur Tür.

»Ich danke euch für eure Hilfe.« Die Stimme des Legatus ließ uns kurz vor der Tür innehalten. »Ohne euer mutiges Handeln befände sich diese Stadt nun in großer Gefahr. Es gibt mir zugleich den willkommenen Anlass, die Populares verstärken zu lassen – aber gewiss nicht unter dem Befehl des Publius Baetius …«

Noch einmal blickte ich zum Legatus hinüber. Er hatte sich schon wieder über seine Schriftrollen gebeugt.

»Herr!«, fasste ich mir noch einmal ein Herz.

Die Augenbrauen des Statthalters waren zusammengezogen, als er wieder aufsah.

»Was geschieht jetzt mit dem Sklaven Hyacinthus?«, entfuhr es mir, ohne darüber nachzudenken, dass es vielleicht klüger wäre, mein bisheriges Glück nicht weiter auszureizen. »Nachdem es als bewiesen angesehen werden kann, dass er mit dem Mord an seinem Herrn nichts zu tun hatte.«

»Er wird nicht ins Haus des Baetius zurückkehren.« Sein Tonfall zeigte mir, dass für ihn das Gespräch beendet war. »Ein Herr, der seinen Sklaven grundlos misshandelt, kann gesetzlich dazu verpflichtet werden, diesen zu verkaufen. Ich habe schon mit Publius gesprochen, alles ist in die Wege geleitet.« Ein Lächeln huschte über die aristokratischen Züge des Statthalters. »Er hatte keine Möglichkeit, sich dieser Anordnung zu widersetzen.«

Daher also Publius' Wut. Sein ganzes Leben hatte er versucht, Hyacinthus zu Fall zu bringen. Und nun hatte er diesen Kampf verloren, und das auch noch durch die persönliche Unterstützung des Statthalters, dem die Stirn zu bieten er sich nach den jüngsten Ereignissen wohl nicht mehr so schnell trauen würde. Dabei konnte Publius noch von Glück reden, dass er nicht als Mitverschwörer vor Gericht gestellt und verurteilt wurde. Aber sein erhoffter Einfluss in der Stadt war nun dahin.

Wieder hatte sich der Statthalter über seine Schriftrollen gebeugt, und selbst mir war klar, dass es nun besser für uns war, zu gehen. Mehr würde ich sowieso nicht erfahren.

Lautlos schlossen wir die Tür hinter uns.

KAPITEL XXII

Es war schon spät, etwa um die dritte Nachtwache, als es Flavus und mir endlich möglich war, die neugierige Schar der Haussklaven zu verlassen und uns zurückzuziehen.

Nach der Unterredung mit dem Statthalter hatte Bricia es sich nicht nehmen lassen, uns das Beste aufzutischen, was ihre Küche hergab. Die anderen Bediensteten waren begierig gewesen, unsere Geschichte in allen Einzelheiten zu hören. So war schon mehr als die Hälfte der Nacht vorüber, als Flavus endlich die schwere Eichentür zu der Kammer aufstieß, die der Vilicus uns seinerzeit zugewiesen hatte.

Die Luft war abgestanden und schal. Es war deutlich, dass sich hier längere Zeit niemand aufgehalten hatte.

Meine Augen glitten über den kleinen schäbigen Raum und das einfache Bett, das genauso zum Inventar meines Herrn gehörte wie Flavus und ich. Ich dachte an Marcellas Worte, und ein kurzes Bedauern überkam mich bei dem Gedanken an das, was ich aufgegeben hatte, in jenem Moment, als ich mich entschloss, nach Treveris zurückzukehren. Dann sah ich die Augen von Flavus' Neffen vor mir, und ich wusste, dass ich nicht anders hätte handeln können. Meine Entscheidung war richtig gewesen.

Ich blickte zu Flavus. »Wieder zu Hause«, sagte ich leise und wartete dann stumm auf eine Reaktion.

Langsam schüttelte er den Kopf. »Nein. Mein Zuhause gibt es nicht mehr. Der Rabe hat es zerstört.«

Ein Hauch von Enttäuschung hing in der Luft. Er konnte also nicht von der Vergangenheit lassen. Immer würde er an das denken, was er verloren hatte: seine Heimat, seine Familie, sein Volk. Alles Dinge, die ich nie besessen hatte und wahrscheinlich nie besitzen würde. Er hingegen würde nichts vergessen können, und nichts von dem, was wir gemeinsam hatten oder vielleicht einmal haben würden, konnte ihm das ersetzen, was er unwiederbringlich verloren hatte.

Die noch kurz zuvor empfundene Erleichterung drohte einer tiefen Traurigkeit zu weichen. Doch was hatte ich eigentlich erwartet?

Sanft legte sich eine Hand auf meine Schulter, und ich drehte mich zu ihm um. »Ich wollte dich nicht verletzen«, sagte er leise. »Auch ich bin froh, dass wir wohlbehalten hier eingetroffen sind, dass alles gut gegangen ist und …« Er unterbrach sich, fasste dann mein Kinn mit seinen rauen Fingern und hob es so an, dass ich ihm direkt in die Augen sehen musste. »Du hast versucht, das Leben meiner Verwandten zu retten. Dafür stehe ich bis zum Rest meiner Tage in deiner Schuld!«

Ich zwang mich zu einem schwachen Lächeln. Schuld und Ehre, das war es also, was Flavus an mich band. Natürlich, ich hätte es wissen müssen. Was konnte ich von einem Wilden wie ihm denn schon anderes erwarten?

Obgleich seine Worte im Wagen anders geklungen hatten …

Bevor ich wusste, wie mir geschah, hatte Flavus mich zu sich herangezogen. Ich spürte seinen harten Körper unter dem Stoff seiner Tunika, seine Lippen auf meinem Hals. Einen Moment lang drohte die Umgebung zu verschwimmen, doch dann hatte ich mich wieder in der Gewalt.

»Lass es gut sein«, protestierte ich schwach. »Fühl dich nicht verpflichtet, auf diese Art deine Schulden zu begleichen. Du hast auch mein Leben gerettet, zweimal sogar. Damit sind wir quitt.«

Mit seinen Händen schob er mich so weit zurück, dass ich ihm direkt ins Gesicht sehen konnte: »Du scheinst mich noch immer nicht zu kennen.« Statt der üblichen Verärgerung funkelten seine hellen Augen amüsiert. »Bisher habe ich im Leben noch immer meine Schulden beglichen, doch niemals auf diese Art.«

Ich konnte es nicht verhindern, dass mein Herz heftig zu pochen begann. Wahrscheinlich die Reaktion auf die überstandenen Gefahren, die Freude darüber, mit dem Leben davongekommen zu sein. Ich spürte, wie mein Blut pulsierte und neue Kraft bis in meine Fingerspitzen strömte.

»Auch du schuldest mir nichts.« Sein Gesicht war ernst. »Du hast großen Mut bewiesen. Wenn dich diese Kerle getötet hätten …«

Ein Schauer überlief mich. Ich sagte nichts, aus Angst, ein einziges Wort könnte den Zauber des Augenblicks zerstören, diesen unwirklichen Moment zerplatzen lassen wie eine Seifenblase.

»Was willst *du?*«, fragte er, und bei diesen Worten konnte ich es nicht verhindern, dass mir Tränen in die Augen stiegen. Noch nie zuvor hatte mich jemand nach meinen Wünschen gefragt, nach meinen Träumen und meinem Begehr. Immer hieß es nur, *tu dies und das*, und ich konnte froh sein, wenn es mir gelang, die an mich gestellten Erwartungen zu erfüllen. Aber was wollte ich nun wirklich?

Fragend, beinahe forschend glitt mein Blick über Flavus, seine hellen Augen, seine honigblonden Haare, den von Kampf und harter Arbeit gestählten Körper. Hitze stieg in mir auf, als ich mich an seine Berührungen, seine Kraft erinnerte, wie mühelos er mich vom Boden aufheben konnte, und einen Moment lang ertappte ich mich bei der Frage, welchen Preis der Statthalter wohl für einen wie ihn hatte bezahlen müssen.

Dieser Gedanke genügte, um mich schlagartig in die Wirklichkeit zurückzubringen.

Es half nichts, sich etwas vorzumachen, sich im süßen Gefühl des Augenblickes zu verlieren. Flavus gehörte dem Statthalter, genauso wie ich selbst. Unsere Bindung, die uns seitens des Vilicus gewährt, ja befohlen worden war, konnte von einem Tag auf den anderen widerrufen werden. Schon morgen mochte der Statthalter Flavus an die Steinbrüche oder in die Arena verkaufen, und dann würden wir uns niemals wiedersehen. Nichts auf der Welt gab uns die Sicherheit, dass das, was wir heute Nacht vielleicht beginnen würden, auch nur einen einzigen Monat andauerte.

Alles, was wir hatten oder auch nicht, war von Gnade und Wohlwollen unseres Herrn abhängig. Wahrscheinlich wäre es klüger, sich gar nicht erst darauf einzulassen, sondern still seiner Wege zu gehen und die Fallstricke Amors den Menschen zu überlassen, die es sich aufgrund ihrer Stellung erlauben konnten.

»Ich …«, begann ich zögerlich, »ich weiß es nicht.«

Aber das war nicht wahr. Ich wusste durchaus, was ich wollte, doch wusste ich nicht, ob es auch vernünftig war – oder nur neuen Schmerz bereithielt.

»Ihr Römer seid wirklich ein dummes Volk!« Flavus' Worte rissen mich aus meinen Gedanken.

Mit verärgert zusammengezogener Stirn blickte ich ihn an.

Ein spöttisches Lachen hatte sich auf seinem Gesicht ausgebreitet. »Ihr behauptet von euch, so klug und gebildet zu sein und alles auf der Welt zu wissen.« Ohne dass ich es verhindern konnte, hatte er mein Handgelenk gepackt und hielt es in seinem Griff. »Dabei seid ihr noch nicht einmal in der Lage, eine derart simple Frage zu beantworten.«

Wütend versuchte ich mich aus seinem Griff zu befreien.

»Ich denke, dann muss ich dir wohl die Entscheidung abnehmen.« Mit einem Ruck zog er mich zu sich heran.

Die Hitze in mir verstärkte sich, und erneut wurde mir schwindelig. Ganz sicher noch die Nachwirkung meiner Verletzungen.

»Noch hast du die Möglichkeit, nein zu sagen.« Sein Mund war ganz nahe an meinem Ohr. »Also, willst du diese Nacht mit deinen Studien verbringen?«

Es gelang mir, schwach den Kopf zu schütteln.

»... dann also mit mir?« Seine hellen Augen waren unverwandt auf mich gerichtet. »Doch ich warne dich gleich, wenn du jetzt ja sagst, bin ich bis zum Rest meiner Tage an deiner Seite. Überleg dir also gut – ist es das, was du wirklich willst?«

»Stellst du jetzt die vielgepriesene Treue der Germanen unter Beweis?« Meine Stimme war heiser, mein Körper fiebrig, und der Versuch, spöttisch zu klingen, misslang mir gänzlich.

»Willst du?«, brach es atemlos aus ihm hervor.

Seine Anspannung war greifbar und scheinbar gegen meinen Willen musste ich nicken.

Viel sanfter, als ich es von ihm erwartet hätte, hatten Flavus' kräftige Hände meine Schultern umfasst und strichen behutsam an meinem Körper hinab. Ich leistete keinen Widerstand, als er mich hochhob und hinüber zu dem schäbigen Bett trug.

Und dann wusste ich nicht mehr, wo oben oder unten war, fühlte mich verwirrt, unfähig, auch nur einen klaren Gedanken zu fassen, während Flavus sich langsam über mich beugte. Eine Weile betrachtete er mich stumm, bevor er sich dann zu mir legte.

Das Blut rauschte mir in den Ohren, meine Haut glühte dort, wo sein Körper mich berührte. Doch noch etwas ganz anderes brannte mir auf der Seele. »Eine Frage hätte ich noch.«

Überrascht blickte Flavus mich an. »Ja?«, meinte er.

»Flavus ist doch nur der Name, den der Statthalter dir gegeben hat. Wegen der Farbe deiner Haare.« Vergeblich bemühte ich mich darum, sachlich zu bleiben. »Wie heißt du eigentlich wirklich?«

Ohne dass ich wusste weshalb, begann er plötzlich zu lachen. Er lachte so lange, dass ich schon dachte, er hätte den Verstand verloren. Dann zog er mich noch enger zu sich und raunte mir etwas ins Ohr.

»Wie bitte?«, fragte ich verständnislos.

Erneut berührten seine Lippen mein Ohr, als er es wiederholte, und ich verstand.

»Nun weiß ich auch, warum der Statthalter es bei Flavus belassen wollte«, antwortete ich heiser, als ich meiner Stimme wieder mächtig war. »Er hat eben Sinn für Ästhetik.«

Einen Augenblick lang glaubte ich, Flavus erzürnt zu haben. Doch er grinste nur und zog mich noch enger zu sich heran. »Römische Arroganz«, flüsterte er leise, und seiner Stimme war anzuhören, dass er noch immer lächelte. »Aber die werde ich dir schon austreiben.«

Ich wusste, dass er zu seinem Wort stehen würde.

Krampfhaft bemühte ich mich, ein Zitat Senecas zu finden, das die Absurdität unserer Situation rechtfertigen konnte. Doch mir fiel keines ein. Dafür entsann ich mich etwas anderen:

»Mein Geliebter komme in seinen Garten und esse seine köstlichen Früchte!«, flüsterte ich.

Obgleich Flavus kein Wort meines Griechischen verstand, schien er es als *Ja* zu nehmen. Vorsichtig zog er meine Tunika über die Schultern herab und streichelte behutsam über die Haut.

»Die Wunden werden heilen«, murmelte er, »doch wirst du Spuren davon zurückbehalten.« Leise flüsterte er Worte in seiner Sprache, deren Klang den Rest meiner Schmerzen zu vertreiben schien. »Sie werden mich immer daran erinnern, was du für mich und die Meinen getan hast. Mein ganzes Leben lang.«

Das ganze Leben? Was bedeutete das für jemanden, der nicht einmal selbst bestimmen konnte, wo er den nächsten Morgen verbringen würde. Aber in diesem Augenblick war es mir gleichgültig.

Während die Berührungen seiner Hände auch noch die letzten Erinnerungen an den Schrecken der vergangenen Tage aus meinem Körper verbannten, glaubte ich ihm.

Und plötzlich gab es kein Gestern und kein Morgen, keine Römer oder Barbaren, Herren oder Sklaven.

Morgen mochte man mich daran erinnern, dass wir beide dem Statthalter gehörten.

Doch in dieser Nacht gehörte ich nur ihm.

NACHWORT

Nachdem die barbarischen Truppen der Franken und Alemannen im Jahr 259/60 den Limes überrannt hatten, rückten die Grenzprovinzen des römischen Imperiums im Gebiet des heutigen Deutschlands ins Zentrum des politischen Weltgeschehens.

Da große Teile der im Rhein- und Limesgebiet stationierten Truppen in die persischen Gebiete abgezogen wurden, um dort Kaiser Valerian in seinem Krieg zu unterstützen, trafen die ersten Wellen der Barbareneinfälle auf vergleichsweise geringen Widerstand. Viele Gehöfte und Städte bis tief ins Kernland des Imperiums wurden von Plünderungstruppen überfallen und ausgeraubt.

Im dritten Jahrhundert nach Christus unterschieden sich die Lebensart und das Selbstverständnis der Provinzbevölkerung im römischen Gallien oder Germanien kaum von denen der Reichsbewohner in Italien oder der übrigen römischen Gebiete. Schon im Jahre 212 n. Chr. war das römische Bürgerrecht an alle frei geborenen Reichsbewohner vergeben worden, was deren Selbstverständnis als Römer noch zusätzlich verstärkte.

Zu dieser Zeit setzte sich die herrschende Klasse des Imperiums aus römischem und einheimischem Adel zusammen. Selbst viele Kaiser waren spätestens vom zweiten Jahrhundert nach Christus an nicht-italischer Herkunft.

Gerade die römischen Beamten und Würdenträger aus Städten wie Trier, Köln und Mainz – Duumviri, Aedile und Quaestoren – stammten meist aus Familien, die schon lange vor der römischen Eroberung als Stammesfürsten und

Adelige Ansehen und Einfluss genossen hatten. Durch die Strukturen und Möglichkeiten des weltumspannenden Imperiums konnten sie dies häufig noch mehren. So waren es auch diese keltischen und germanischen Adelsfamilien gewesen, die von Anfang an die Romanisierung in den Provinzen vorantrieben, lateinische Namen annahmen und die römische Politik vertraten.

Vor diesem Hintergrund repräsentieren auch die Romanfiguren des Aedils Ambrosius und des Duumvirs Baetius Quigo Abkömmlinge alter treverischer Fürstenfamilien, die seit der Römerherrschaft wichtige Positionen in Politik und Militär einnahmen. Als gewählte Beamten waren sie für die innenpolitischen Geschicke ihrer Stadt und Civitas zuständig.

Die großen römischen Landvillen, die *Villae Rusticae*, wie sie noch heute vielerorts in Deutschland ausgegraben werden und zu besichtigen sind, gehörten meist solchen Beamten, die darüber hinaus oft noch ein Stadthaus in der jeweiligen Hauptstadt der Civitas besaßen. So ist die Villa des Cornix von der bei Merzig im Saarland ausgegrabenen Villa Mechern inspiriert; deren Fundstücke meist im Museum für Vor- und Frühgeschichte in Saarbrücken zu sehen sind. Die Villa des fiktiven Lucius Verecundus, in der Invita zeitweise Unterschlupf findet, ist identisch mit der Villa Borg bei Perl an der Mosel, die mit funktionstüchtiger Thermenanlage vollständig rekonstruiert ist.

Auch die beschriebenen Stadthäuser des Ambrosius und Baetius entsprechen Originalfunden aus Trier. Die in den Häuserresten gefundenen Mosaike mit Abbildungen des Bacchus bzw. des Wagenlenkers Polydus gehören zu den Ausstellungsstücken des Rheinischen Landesmuseums Trier.

Anders als die städtischen Beamten war der Statthalter, wie auch der Finanzprokurator, meist auswärtiger Herkunft und wurde vom Kaiser eingesetzt, dem er direkt unterstellt war. Als oberster Richter, Feldherr und Vertreter des Kaisers repräsentierte er die höchste Macht der Provinz.

Die Sklaverei war im gesamten Römischen Imperium, ja in der ganzen antiken Welt eine bedeutende Institution, die von keiner Seite in Frage gestellt wurde und ohne die die gesellschaftlichen Strukturen zusammengebrochen wären. In manchen Zeiten war bis zu ein Drittel der Bevölkerung Sklaven. In Haushalt, Familie, Handel und Landwirtschaft waren Römer von Kindheit an von unfreien Abhängigen umgeben.

Vom juristischen Standpunkt aus gesehen galten Sklaven nicht als Menschen sondern als Sache, mit der – zumindest in früheren Zeiten – nach Belieben verfahren werden konnte. Das alte Gesetz, nach dem für den Mord am Hausherrn durch einen seiner Sklaven die gesamte unter demselben Dach lebende Sklavenschaft hingerichtet werden durfte, sollte als Abschreckung dienen und Sklaven dazu zwingen, sich gegenseitig zu kontrollieren und das Leben ihres Herrn zu schützen. Bis in die Kaiserzeit wurde dieses Gesetz nachweislich angewendet, stieß jedoch selbst unter den Römern aufgrund seiner Grausamkeit Unschuldigen gegenüber häufiger auf Widerstand.

Da in der späten Kaiserzeit kaum noch große Eroberungsfeldzüge durchgeführt wurden, und dadurch weniger Kriegsgefangene importiert wurden, wurden Sklaven zunehmend zu einem wertvollen Besitz. Deshalb sah man es als notwendig an, diese besser zu schützen, und aus diesem Grund wurden nach und nach immer mehr Gesetze erlassen, um übermäßige Willkür der Herren einzuschränken.

Doch wie zu allen Zeiten wussten Einflussreiche und Mächtige sich auch damals schon über Gesetze hinwegzusetzen und aufgrund ihrer hohen gesellschaftlichen Stellung einer Anklage zu entgehen.

Grundsätzlich kann gesagt werden, dass in den Nordprovinzen – dem nordgallischen und germanischen Raum – der Sklaverei zumindest zahlenmäßig nicht dieselbe Bedeutung zukam wie im italischen Mutterland. Vor allem in der Landwirtschaft dürfen keine Parallelen zu Sizilien oder Süditalien gezogen werden, wo die ausgedehnten Ländereien mit riesigen Sklavenheeren bestellt wurden. Allerdings kam allein schon aus Prestigegründen der Sklaverei in den großen Städten und Vororten der Provinzen im Gebiet des heutigen Deutschlands eine nicht unbedeutende Rolle zu. Aufgrund von Grabinschriften sind uns nicht nur die Namen vieler Sklaven, sondern auch die wohlhabender Sklavenhändler überliefert. Daraus lässt sich schließen, dass dieser Handelszweig und die damit verbundene Institution der Sklaverei auch in unseren Breiten keine unbedeutende Rolle gespielt hat.

Die gesamte römische Gesellschaft fußte auf der Existenz und Grundstruktur der Familie, der eine bedeutend wichtigere soziale Stellung zukam als heute und die neben den eigentlichen Familienmitgliedern auch die Sklaven und Abhängigen umfasste.

Der *Pater Familias*, das älteste männliche Familienmitglied, stand als Familienoberhaupt diesem Mikrokosmos vor. Er hatte die vollkommene Macht – ursprünglich sogar über Leben und Tod – nicht nur über seine Sklaven, sondern auch über Kinder und Ehefrau. Selbst erwachsene und politisch aktive Söhne waren bis zum Ableben ihres Vaters in der Regel seiner väterlichen Gewalt, der so genannten *Patria Potestas* unterstellt, was – wie überliefert ist – den Vatermord zu einem nicht seltenen Verbrechen machte.

Die römische Frau unterstand in den meisten Fällen der Gewalt ihres Vaters oder ihres Ehemanns, der sich auch um ihre finanziellen Belange kümmerte. In der Regel war sie so einem Vormund unterstellt, der auch ein anderes männliches Familienmitglied sein konnte. Mit der Geburt von drei Kindern konnte die Frau jedoch aus der Vormundschaft entlassen werden und wurde Person ihres eigenen Rechtes, frei, über Vermögen und Geschäfte uneingeschränkt zu verfügen.

Das dritte Jahrhundert nach Christus war eine Zeit großer politischer und gesellschaftlicher Umwälzungen. Die erste große Welle der Barbareneinfälle war erst ein Vorbeben auf das, was über ein Jahrzehnt später – in den 70er Jahren des dritten Jahrhunderts – über die gesamten Grenzprovinzen hereinbrechen sollte, eine Katastrophe unglaublichen Ausmaßes, die manche Historiker mit der Situation Ostpreußens im Frühjahr 1945 vergleichen.

Erst die Umstrukturierungen des Reiches unter Diokletian und später Konstantin dem Großen läuteten eine vorübergehende Stabilität des römischen Imperiums und einen goldenen Herbst der großen Städte der Nordprovinzen – allen voran Trier – ein.

GLOSSAR

Apodyterium: Umkleideraum in einem römischen Bad, in dem sich auch Gefächer oder Regale befanden, in denen die Kleidung aufbewahrt werden konnte

Aedil: jährlich gewählter römischer Beamter, der die Aufsicht über öffentliche Gebäude, Straßen und Märkte innehatte, also die Marktgerichtsbarkeit und im weiteren Sinne so etwas wie die Polizeigewalt ausübte

Ala: Bezeichnung für die Reitereinheit der verbündeten Hilfstruppen, die meist an den Rändern der regulären Legionen aufgestellt wurden

Bacchus: Gott des Weines und des Rausches

Benefiziarier: vom Statthalter abkommandierte Legionäre, die polizeiliche Aufgaben wahrnahmen

Caldarium: Heißwasserbad

Catasta: Sklavenblock, auf dem die Sklaven zum Kauf ausgestellt und angeboten wurden

Centurio: Offizier der römischen Legion aus dem Mannschaftsdienstgrad

Colonia Claudia Ara Agrippinensium: das heutige Köln

Contionacum: das heutige Konz

Decurio: Ratsherr, Mitglied des Stadtrates, der so genannten Curia, auch Decurionenrat genannt, der sich in den Provinzstädten aus Vertretern der einheimischen Adelsschicht zusammensetzte

Divodurum Mediomatricorum, auch Mettis genannt, das heutige Metz

Dominus, Domina: Hausherr, Hausherrin

Duumvir: einer der beiden Bürgermeister einer römisch verwalteten Stadt oder Gemeinde, auf ein Jahr gewählt

Epona: keltische Mutter- und Pferdegöttin, von der gesagt wird, sie brächte die Toten auf dem Rücken ihres Pferdes hinüber ins Jenseits, später auch in der römischen Reiterei verehrt

Ergastulum: Sklavengefängnis, oft unterirdisch gelegener Zwangsarbeitsraum, häufiger auf Landgütern üblich

Fatum: Schicksal

Flagellum: römische Geißel, mehrschwänzige Peitsche

Fugitivarius: Sklavenfänger

Gallia Belgica: römische Provinz, Teile des heutigen Frankreich, Belgien, der Westschweiz sowie das Einzugsgebiet der Mosel bis etwa fünfzig Kilometer von der Mündung in den Rhein umfassend

Gallia Lugdunensis: etwa die Mitte des heutigen Frankreich von der Bretagne und der Normandie, das Gebiet von Loire und Seine bis Rhônetal bei Lyon (lat. Lugdunum)

Genius: Schutzgeist oder auch inneres Wirkungsprinzip eines Menschen; nach römischer Vorstellung lebte er nur in Männern

Gentilname: Familienname, zweiter Teil des Namens eines römischen Bürgers

Hypocaustum: römische Fußbodenheizung

Kline: römische Speiseliegen, daher auch das Wort Triclinium, für ein ursprünglich mit drei Klinen ausgestattetes Speisezimmer

Legatus: eigentlich Legatus Augusti pro praetore, kaiserlicher Statthalter

Leuge: altkeltisches Längenmaß, etwa 2450 m

Limes: römischer Grenzwall zwischen dem Imperium und dem freien Germanien

Luna: römische Mondgöttin (griech. Selene)

Mogontiacum: das heutige Mainz

Moretum: traditionelle römische Creme aus Schafskäse, Olivenöl, Knoblauch und verschiedenen anderen Gewürzen

Mulsum: römischer Würzwein, der kalt oder auch warm, getrunken, mit Honig, Pfeffer und verschiedenen anderen Gewürzen angereichert ist und in der Antike als gesundheitsfördernd galt

Nachen: flaches Boot oder Kahn

Nemesis: antike Rachegöttin

Nekropole: Gräberfeld, Friedhof, der sich wie im römischen Reich üblich außerhalb der Stadtmauern, meist entlang der großen Fernstraßen befand (griech. Nekropolis ›Stadt der Toten‹)

Nornen: germanische Schicksalsgöttinnen

Ornatrix: Frisiersklavin

Palaestra: meist ein Innenhof, gedacht als Trainingsfläche für sportliche Übungen

Pater Familias: Familienoberhaupt, ältestes männliches Mitglied einer römischen Familie. Besitzt das Recht über Leben und Tod über alle im Haushalt lebenden Personen, Ehefrau, Kinder und Sklaven. Selbst erwachsene Söhne unterstanden bis zu dessen Tod der Macht ihres Vaters.

Pedisequus: persönlicher Sklave, dessen Aufgabe es war, den Herrn bei Spaziergängen oder Besuchen zu begleiten

Porta Martis: das nördliche Stadttor von Trier, heutige Porta Nigra

Porticus: Säulengang

Praefect: aus dem Ritterstand stammender Kommandant einer Hilfstruppeneinheit

Praefurnium: Heizung oder auch Heizraum, besonders bei Thermen oder größeren Villenanlagen

Procurator: oberster Finanzverwalter einer Provinz

Puella: Mädchen, häufig auch als Anrede für weibliche Sklaven verwendet

Pythagoräer: Angehörige einer religiös-philosophischen Schule, die Pythagoras von Samos gegründet hatte. Grundelement ihrer Philosophie war die Vorstellung der Seelenwanderung, der Beherrschung der Begierden, vegetarische Ernährung und Ablehnung von Tieropfern, im weiteren Sinne eine allgemeine Fleisches- und Leibfeindlichkeit

Salve: Sei gegrüßt!

Secundinier: wohlhabende treverische Tuchhändlerfamilie, die durch den Bau eines prächtigen Grabmonumentes, die so genannte Igeler Säule, bis in die heutige Zeit bekannt ist

Seneca: römischer Philosoph zur Zeit Kaiser Neros

Sirona: keltische Heil- und Quellgöttin, die auch in römischer Zeit verehrt wurde

Stigma: Brandzeichen oder Ähnliches, mit dem bisweilen Sklaven oder Verbrecher gekennzeichnet wurden

Stoa: philosophische Ausrichtung, die durch emotionale Selbstbeherrschung zu Gelassenheit und Glückseligkeit führen möchte

Tabernae: das heutige Tawern, Verbandsgemeinde Konz

Tepidarium: Laubad

Thermen: römische Badeanlagen, die mit unterschiedlichen Bädern, aber auch Sport- und Kultureinrichtungen ausgestattet waren

Treveris: eigentlich Colonia Augusta Treverorum, das heutige Trier

Tribun: im engeren Sinne Militärtribun, ein höherer Offizier der römischen Legion; meist junge adelige Männer, die entweder aus dem Senatoren- oder Ritterstand stammen

Triclinium: Speisezimmer

Unctrix: Masseursklavin

Verna: hausgeborener Sklave

Vilicus: Hausverwalter

DAS RÖMISCHE TRIER
im 3. Jahrhundert n. Chr.

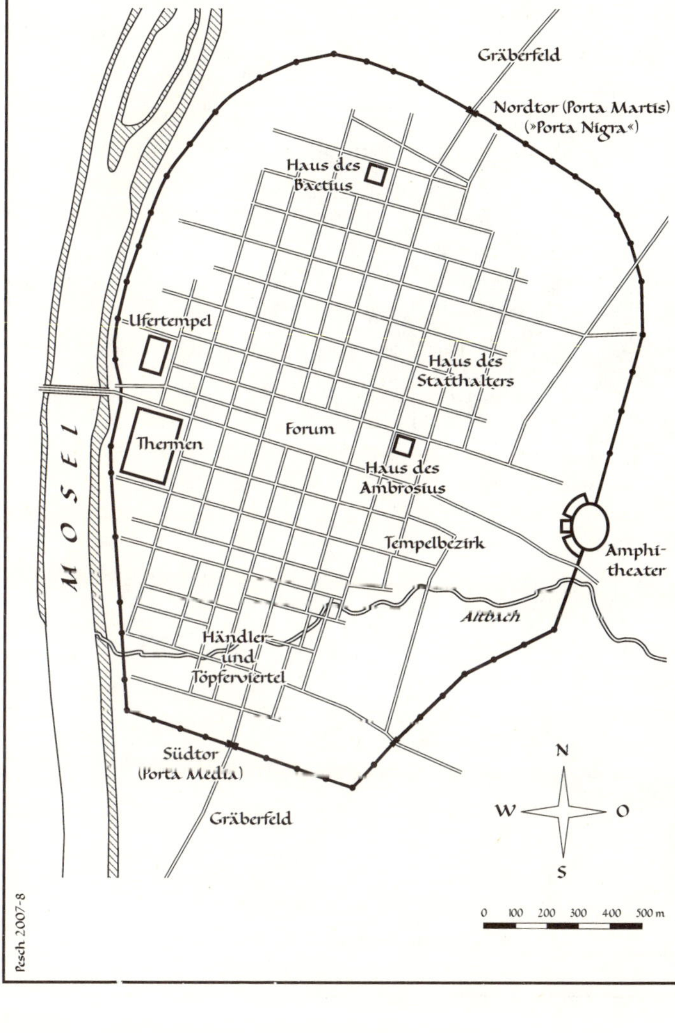

Zwischen Mosel und Saar
im 3. Jahrhundert n. Chr.

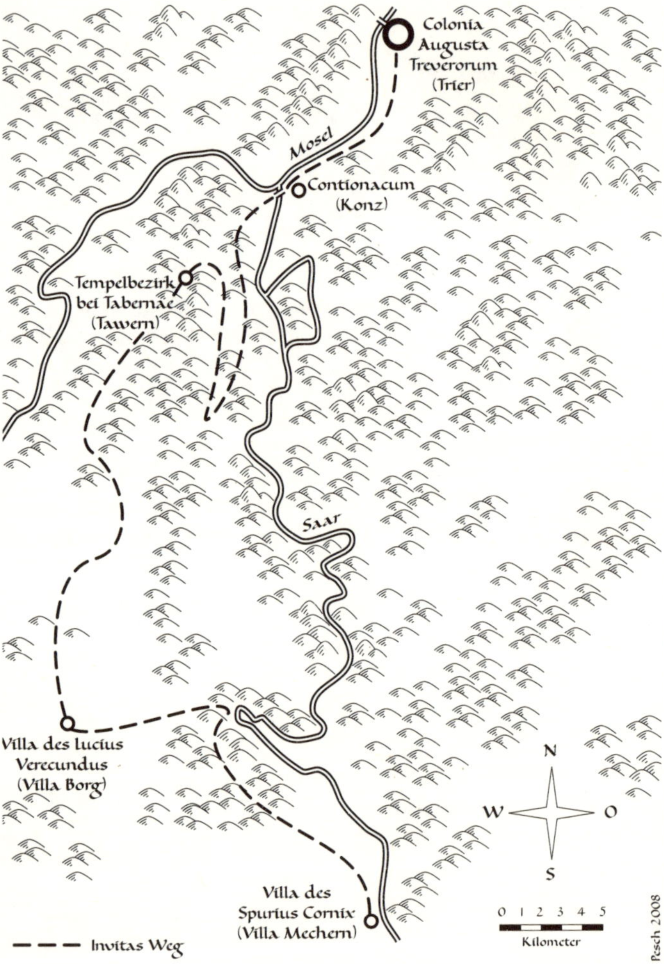

DANKSAGUNGEN

Historische Romane leben von Begebenheiten und Funden aus der jeweiligen Zeit. Auch dieser Krimi verdankt seine Authentizität der jahrelangen Recherche über das Leben und Sterben im Römischen Weltreich sowie der Zusammenarbeit mit namhaften Wissenschaftlern.

Hierbei gilt mein ganz besonderer Dank

Professor Dr. Thomas Fischer (Universität zu Köln), der mich hinsichtlich der provinzialrömischen Hintergründe beraten und das Manuskript auf sachliche Korrektheit hin überprüft hat, sowie

Dr. Ursula Heimberg (Rheinisches Landesmuseum Bonn), die dabei geholfen hat, eine historisch stimmige Krimihandlung zu entwickeln, welche die politischen und sozialen Entwicklungen des 3. Jahrhunderts n. Chr. deutlich vor Augen führt.

Darüber hinaus erhielt ich unschätzbare Unterstützung von:

Professor Dr. Heinz Heinen (Universität Trier)
Professor Dr. Erich Kettenhofen (Universität Trier)
Professor Dr. Leonhard Schumacher (Johannes-Gutenberg Universität Mainz),
Professor Dr. Anja Klöckner (Justus-Liebig-Universität-Gießen)

PD Dr. Christiane Kunst (Universität Potsdam)
Dr. Sabine Faust (Rheinisches Landesmuseum Trier)
Dr. Bettina Birkenhagen (Archäologiepark Römische Villa Borg)
Dr. Gabriel Seitz (Albert-Ludwigs-Universität Freiburg)
Dr. Sabine Panzram (Universität Hamburg)
Dr. Michael Rathmann (Rheinische Friedrich-Wilhelms-Universität Bonn)
Dr. Franz-Josef Schumacher (Museum für Vor- und Frühgeschichte Saarbrücken)
Dr. Michael Glaser (Museum für Vor- und Frühgeschichte Saarbrücken)
Dr. Babett Edelmann (Universität Regensburg)
Dr. Klaus-Peter Henz (Römischer Vicus (Römischer Vicus Wareswald)
Michelle Froese M.A. (Universität des Saarlandes)
Florian Müller (Europäischer Kulturpark Bliesbruck-Reinheim)
Stefan Nitsche (Culina Romana)
Stefan Deuble (Experimentalarchäologische Alemannengruppe »Ulfinger«)

Besonders zu erwähnen sind aber auch die Menschen in meinem Familien- und Freundeskreis, die mir in all der Zeit mit ihrer Hilfe zur Seite standen: allen voran meine Mutter, die nie die Handlungsstränge aus den Augen verloren hat, und mein Mann, der mir in der ganzen Zeit den Rücken freihielt. Mein ganz spezieller Dank gilt auch Svenja Bach, die über fast rund um die Uhr für Fragen und Tipps zur Verfügung gestanden hat und ohne die sich die Beziehung zwischen Flavus und Invita nie auf diese Art hätte weiterentwickeln können. Darüber hinaus danke ich auch Katharina Greiffenberg, Monika Ries, Marcia Klein, Sophie Gerhold, Regina Hoppe, Verena Gottert und Yasmin Petry.

Besonders verpflichtet fühle ich mich Günter Wolff, der mir freundlicherweise sein Alter Ego geliehen hat, sowie Ronja, Nora, Lenno und Marcel, die mich auf ihre originelle Art inspiriert haben und mir dadurch ermöglichten, Invitas Motivationen wesentlich besser nachempfinden und darstellen zu können.

Sollten sich trotz Recherchen und Korrekturen noch Fehler eingeschlichen haben, sind diese allein mir anzulasten.

Sankt Augustin
Im Mai 2008

Maria W. Peter

Geheimnisse und Intrigen im römischen Trier

Maria W. Peter
FORTUNAS RACHE
Historischer Roman
BLT
320 Seiten
ISBN 978-3-404-92269-7

Trier im 3. Jahrhundert n. Chr. Invita, ein Findelkind, ist Sklavin im Hause des Statthalters. Als der Sklave Modestus von einem Botengang nicht zurückkehrt, fällt der Verdacht auf sie, etwas mit dem Verschwinden zu tun zu haben. Denn Invita ist gewitzt und aufsässig und dafür bekannt, dass sie ihre Nase in Dinge steckt, die sie nichts angehen. Bei dem Versuch, ihre Unschuld zu beweisen, stellt sie fest, dass es nicht um einen gewöhnlichen Fluchtversuch handelt. Die Lösung des Rätsels ist weit in der Vergangenheit zu suchen. Einer Vergangenheit, die für sie selbst im Dunkeln liegt …